KB033237

유다의 별

1

유다의 별

1

도진기 장편소설

황금가지

1937년 4월 7일 경기도 양평 용문산.

봄은 아직 발걸음을 머뭇거리고 있었다. 잿빛 들녘은 노인의 정수리처럼 휑하고, 북풍 부는 골짜기는 잔설로 덮여 있다.

동쪽 하늘에 불그스름하게 무리진 구름이 떠오른 새벽녘이었다. 임시 수사본부로 쓰이는 행소리 이장 박 씨 집에서는 밥 짓는 연기가 모락모락 피어올랐고 마당은 사람들로 붐볐다. 경찰복을 입은 사람, 총을 걸머진 사람도 있고, 바지저고리에 적삼을 입고 잠이 덜 깬 얼굴로 괭이자루, 호미자루를 들고 선 사람들도 눈에 띈다. 군중들은 대체로 옷차림별로 모여 웅성거렸다. 산자락의 냉기에 빨갛게 언 얼굴들엔 결연하고 불안한 눈빛들이 엇갈리고 있었다.

동대문경찰서 고등계 주임 오노데라는 댓돌 위에 올라서서 사람들 무리 위로 머리를 내밀고 바쁘게 지시를 내렸다. 이장 집 마당이 모자라 사립문 바깥에까지 늘어선 사람들은 전날 파견되어 온 경기도 경찰부원, 동대문 경찰서원 합계 25명의 경찰 병력에다 양평경찰서원, 양평소방서원뿐 아니라 차출된 마을 주민들까지 더하여 모두 100여 명에 이르는 수색대 무리였다. 급한 대로 마구 모이다 보니 복장과 생김새, 표정은 제각각이었다.

참혹하게 도살당한 시체가 속속 발굴되었고, 핵심 수하들 대부분은 붙잡혔다. 하지만 정작 두목을 검거하지 못했다. 경찰은 범인이 도주한 양평군 단월면을 중심으로 비상경계망을 펴고 관할서인 양평경찰서의 인력을 총동원해 인근을 뒤졌지만 행방이 묘연했다. 그러던 중, "양평 용문산 어딘가에 있는 산막으로 들어갔다."는 믿을 만한 정보가 입수되었다. 고위 간부로부터 나온 이 증언에 움찔한 경찰은 신속하게 움직였다. 조선총독부 미하시(三橋) 경무국장은 즉시 범위를 용문산 줄기 일대로 좁혀 대대적으로 수색하라는 명령을 내렸고, 동대문경찰서 고등계 주임 오노데라의 지휘 아래 전날 경찰 병력이 출동했다.

범인이 피신해 있던 용문산 행소리 산막은 쉽게 찾아냈다. 하지만 주인 잃은 산막에서는 문풍지만이 세찬 바람에 울고 있었다. 범인은 경찰 병력이 압박해 들어오자 급히 떠난 모양이었다. 깊게 파인 부엌에는 젊은 처녀 세 명의 시체가 거꾸로 처박혀 있었다. 범인이 데리고 도피했던 '시녀'였다. 용의자는 삼엄한 경계망이 쳐져 있던 산 아래 행소리 마을로 내려오지는 못했을 것이었다. 산막을 떠난 용의자가 향할 곳은 산 속 더 깊은 곳, 도일봉뿐이었다. 형세를 보아서는 독 안에 든 쥐였다.

날이 완전히 저물었기에 오노데라는 일단 마을로 돌아가 이장 집에서 하루를 지새웠다. 다음 날인 4월 7일 새벽 대원 전체가 수색을 시작하기 위해 이장 집 앞마당에 다시 모인 것이다. 오노데라는 수색대를 3개 반으로 나눈 다음 지시했다.

"용의자는 용문산 도일봉 쪽으로 도주한 것으로 보인다. 이 추위에 혼자 산 속으로 향했으니 멀리 가지는 못했을 것이다. 용의자가 봉우리를 넘어 다른 마을로 빠져나가기 전에 잡아야 한다. 여기서 범인을 놓친다면 경찰의 위신은 땅에 떨어진다. 사건의 중대함은 제군들이 더 잘 알고 있을 것이다. 주민들의 말에 따르면 여기서 도일봉으로 들어가는 길은 딱 세 군데다. 지금부터 3개 반으로 나눈 수색대는 각자 맡은 길을 샅샅이 훑으면서 올라가도록. 그놈은 오덕도를 늘 품에 지니고 있었다고 하니 체포할 때는 범인의 칼을 조심하라."

도일봉으로 향하는 세 군데의 길을 모두 막아 버리겠다는 심산이었다. 저인망식으로 아래에서부터 훑으며 좁혀 나가면 막다른 길에 몰린 용의자는 반드시 손아귀에 떨어지리라는 계산이었다.

한편으로 오노데라의 마음속에는 우려가 있었다.

'용의자가 자살을 택하지 않을까.'

막다른 길에 몰린 범인이 자살하는 경우를 여러 번 보아 왔기 때문이다.

잡초 같은 인생을 살아온 자들은 수갑을 덤덤하게 받아들이기도 한다. 바깥 생활이나 교도소 생활이나 별반 차이가 없다면 수감 생활이 길다 해도 못 버틸 바 없다. 반면에 그 차이가 크면 클수록 용의자는 절망에 빠져 극단적인 선택을 하기 쉽다. 연약한 생명력의 정치인이나 부자는 경찰이 영장을 들고 달려가면 한순간 툭 하고 삶의 의지를 놓아버리는 일이 드물지 않았다. 이 용의자는 자신이 만든 왕국 안에서 역사상의 어떤 전제군주보다 더한 절대 권력과 향락을 누려 온 인물이다. 그 역시도 경찰의 손에 잡혀 나락으로 떨어지기보다는 차라리 죽음을 택할 가능성이 있다. 도주 생활을 지탱케하던 시녀들마저 산막에서 참살해 버리고 도주한 사실도 최후의 선택을 앞둔 자의 마지막 발악을 예감케 했다.

수색대는 지체 없이 용문산을 향해 출발했다. 세 그룹으로 나눠 각자 길을 잘 아는 행소리 주민들을 앞세웠다. 해발 1200미터가량되는 용문산은 수려한 산세도 자랑이지만 경기도에서 네 번째로 높은 산인 만큼 소나무와 동백나무, 박달나무가 울창하게 우거진 깊은 산이기도 하다. 얽히고설킨 나무 그늘 아래 언 눈이 뭉쳐 있고, 컴컴한 숲 속은 땅속처럼 오싹한 기운을 드리웠다. 산등성이를 휘몰아내리는 찬바람이 소나무 가지를 윙윙 울렸다. 봄의 시작이라기보다는 겨울의 마지막인 계절이었다.

"왜 하필 그런 흉악한 놈이 우리 마을로 왔대."

"그러게 말이야. 춘분 겨우 지나서 산에는 먹을 것도 없을 텐데."

한기에 몸이 시린 마을 사람들은 손에 쥔 막대기를 휘저으며 저마다 한마디씩 했지만, 순사들은 굳은 얼굴로 말이 없었다. 희대의 사건을 맞이해 얼어붙은 경찰 상부의 분위기를 모두 눈치로 아는 탓이다.

세 무리의 수색대 중 양평경찰서원이 주축이 된 부대는 비솔고개 마루턱으로 올라섰다. 거기서 능선을 타고 산길로 5리를 더 간 봉우리가 도일봉이다. 대원들은 한 줄로 서서 걸었다. 마을 사람들 중에는 건장한 몸 때문에 동원된 이도 있지만 흉악범을 그대로 뒀다가 마을에 우환이 될까 봐 자원한 이, 호기심에 수색대를 따라나선 이들도 섞여 있었다. 찬바람에 지친 주민뿐 아니라 관헌들 입에서도 슬슬 군말이 튀어나오기 시작했다.

"이리루 도망쳤다는 정보가 맞긴 맞는 거야? 왜 하필 산 속으로 도망쳤지?"

"첨엔 양평 읍내로 도망쳤대. 그런데 금방 경찰이 비상경계망을 치고 뒤졌잖아. 결국 밀리고 밀리다 산 속까지 기어들어 간 거지."

"어쩌면 자살하러 간 건지도 몰라."

양평경찰서 당게 주임은 순사들의 대화를 뒷전으로 들으며 말이 없었다. 그 역시 마찬가지로 범인의 자살 가능성을 염두에 두고 있었다.

햇볕이 들지 않는 숲을 지나며 수색대원들의 몸은 습하고 찬 기운에 젖어 갔다. 밥 한 덩어리로 아침을 때우고, 몸을 풀기도 전에 산행부터 시작했으니, 언 몸 마디마디 관절이 삐거덕거렸다. 발목 아래는 얼얼하다 못해 남의 살처럼 변한 지 오래였다. 한기에 떨던 대원들이 콧김을 내뿜을 때쯤, 먼 섬 같기만 하던 도일봉 마루턱이 시야 안으로 들어왔다. 문득 내딛는 발걸음이 가벼워졌다. 기울어진 산길이 다하고, 평평한 솔밭 지대로 들어섰다. 잡초가 우거진 앞쪽으로 소나무가 한 그루 우뚝 솟아 있고, 둘레에 작은 소나무들이 빽빽하게 늘어선 작은 숲이 있었다. 이대로 도일봉 마루턱을 넘어 봉우리를 넘으면 건너편 설악면으로 이어진다.

"여기서 잠시 휴식."이라는 양평경찰서 당게 주임의 말이 떨어지자마자 대원들은 적당한 땅을 골라 철퍼덕 주저앉아 담배를 꺼내 물었다. 숨이 찬 나머지 모두들 말이 없었다. 짙어지는 담배 연기 속에 도일봉을 하염없이 바라보며 언제 저길 다 수색하나, 하는 근심에 제각기 사로잡혀 있었다.

앞쪽 큰 소나무 아래에서 부스럭거리는 소리가 들렸다. 알아차린 순사들 몇몇이 긴장해 앞쪽을 건너다보았다.

"시체다!"

소나무 아래에서 누군가가 갈라진 목소리로 소리쳤다. 떠꺼머리 총각이 놀란 토끼처럼 튀어나왔다.

"시체! 시체가!"

스물이나 되었을까. 떠꺼머리가 같은 말을 되풀이 외치면서 대원들이 있는 곳으로 줄달음질쳐 왔다. 앳된 얼굴이 새파랗게 질려 있었다. 당게 주임이 스프링처럼 튀어 일어났다.

"가자!"

그가 앞장서 달렸고, 이어 대원들이 우르르 달려갔다.

"어디냐?"

당게는 숨 가쁘게 뛰어오는 떠꺼머리의 팔을 붙잡고 물었다.

"저, 저, 저쪽이에요. 소, 소나무 아래."

숨을 몰아쉬며 떠꺼머리가 겨우 팔을 들어 가리킨 곳에는 잔솔밭이 능선을 만들고 있었다.

"저 비탈길 너머에요."

솔밭을 넘어가면 행소리 반대편인 설악면 방면으로 기운 비탈길이다.

"넌 저쪽 마을에서 왔나?"

"예. 비, 비솔고개 저편에서 올라왔는데, 저, 저, 저걸 보고는 에구구……."

양평경찰서원과 수색대원, 마을 사람들은 떠꺼머리를 에워싸다시피 앞세워 솔밭 능선을 넘었다. 비탈길을 넘자 윗부분만 보이던 소나무가 고고한 자태를 전부 드러냈다. 밑동이 굵은 소나무 옆 솔밭에 덩그러니 짐승의 시체 같은 것이 뉘여 있었다.

"있다! 시체가 있다!"

"어흑, 이거 왜 이래?"

걸음을 바삐 해 다가간 대원들은 외마디 소리를 내질렀다. 40대 중반 남자의 시체였다. 한복 바지, 양복저고리 차림에 머리는 헝클어져 있었고 아래턱 부분이 없었다. 늑대나 멧돼지 같은 산짐승들이 뜯어먹은 모양새였다. 키는 그리 크지 않았으나 체격은 다부졌고, 머리통이 컸다. 범인의 인상착의와 일치했다. 오른손에는 오덕도를 쥐고 있었고 왼손목에는 길고 깊게 벌어진 상처가 나 있었는데, 상처에서 흘러내린 피가 엉겨 얼어붙어 있었다. 순사들에 뒤이어 마을 주민들이 우르르 몰려왔다. 희대의 악한이 어떻게 생겼나 보기 위해 저마다 다투어 목을 빼고 시체를 들여다보다가 턱이 찢겨 나간 참혹한 모습에 고개를 돌리고는 다들 혀를 찼다.

"쯧쯧, 저승으로 가는 노잣돈인가."

늙수그레한 마을 주민 한 사람이 시체의 양복 주머니에서 나온 엘진 금시계와 돈 80원을 내려다보며 중얼거렸다. 당게 주임은 순사들 몇몇을 남겨 놓고 나머지 대원들, 주민들과 같이 산 아래로 내려갔다. 오노데라 주임에게 시체를 발견한 사실을 알렸고, 오노데라 주임은 동대문경찰서에 급히 보고했다. 그날 밤, 동대문경찰서장, 경찰부 고등과장, 경성지방법원 검사국 검사가 시체의 신원 확인을 위해 용의자의 아들 전중기와 수하 이경득, 용의자의 첩을 데리고 양평으로 급히 출발했다. 경성에서 거의 반나절이 걸리는 거리니, 하룻밤을 넘기고 다음 날 날이 밝는 대로 경성에서 출발한다 해도 산꼭대기에 있는 시체 확인에는 또 하루 가까이 지체된다. 그랬다가는 미하시 경무국장이 노발대발할 것이 뻔하기에 이들은 밤길을 도와 달렸다.

다음 날인 8일. 경성에서 내려온 일행과 양평경찰서장, 전중기, 이경득은 이장 박 씨 집에서 하루를 지낸 후 당게 주임의 안내를 받아 시체가 발견된 도일봉 꼭대기로 서둘러 올라갔다. 찬바람을 헤치며 전날 수색대원들이 발을 들였던 잔솔밭 평지에 다다랐다. 소나무 아래에서 시체를 지키고 있던 양평경찰서 소속 순사들이 그들을 보자 벌떡 일어섰다.

"시체는 어딨나?"

동대문경찰서장의 물음에 당게 주임이 시체가 놓인 곳을 가리켰다. 턱이 없는 시체는 전날과 똑같은 자세로 하늘을 우러르고 있었다. 일행이 시체가 있는 곳을 향해 걸음을 떼는데, "아이구, 아버지!" 하고 전중기가 부르짖으며 달려가 시체에 매달렸다. 그는 시체를 부여잡고 꺼이꺼이 흐느껴 울기 시작했다. 이경득과 첩도 조심스레 다가왔다. 시체를 부여잡고 울부짖는 전중기를 내려다보는 간부 이경득은 따라 울 것 같은 얼굴이 되었고, 첩은 고개를 돌리고서 눈물을 찍어 냈다.

그날 밤 사체 부검이 실시되었다. 죽은 시기는 50여 일 전인 2월 23일이나 2월 24일 경으로 추정되었다. 유곤용이 동대문경찰서 산하 왕십리주재소에 괴이한 종교결사의 죄상을 고발해 잔악한 실상이 백일하에 드러난 날로부터 불과 1주일 뒤에 해당하는 날이다.

미하시 경무국장은 4월 13일, 거의 두 달 가까이 해 온 보도 관제를 풀었다. 사건이 사건이니만큼 조선총독부 경무국 대회의실에 구름떼처럼 모인 기자단을 앞에 두고 직접 연단 앞에 서서 사건의 전모를 공개했다.

그는 "오랜 기간 음학과 재산갈취, 살인을 일삼던 사교결사(邪教結社) 백백교의 일당이 일망타진되었다."는 말로 서두를 뗐다. 기자들의 펜 끝이 바빠지기 시작했다. 사각거리는 소리만이 회의실을 가득 채운 가운데 미하시 국장의 발표가 이어졌다.

"백백교주 전용해는 '곧 일본의 통치가 끝이 나고 조선에 큰 홍수가 나 전멸하게 된다, 그 심판에서 구원을 받으려면 백백교를 믿어야 한다'는 허무맹랑한 말을 퍼뜨렸다. 심판의 날에 헌금 액수에 따라 관직과 부귀를 나누어 줄 것이라며 무지몽매한 사람들을 현혹해 집과 땅, 가산을 모두 정리하고 상경하여 교주에게 바치도록 부추겼으며, 재산을 다 바쳐 쓸모가 없어진 신도들은 산간벽지에 가둬 금수의 생활을 하게 했다. 이에 그치지 않고 신도들의 아내, 딸이나 누이동생 중에 곱상한 여자가 있으면 신의 행사라는 이름하에 욕정의 제물로 삼았고, 싫증 난 부녀자들은 심복들에게 넘겨 재삼재사 정조를 유린했다. 전용해는 의심을 품거나 불평을 말하는 교도들을 서

숨지 않고 살해해 암매장했는데, 시체가 발견된 것만 해도 그 수가 346명에 이른다. 전용해의 명령을 받아 교도를 살해한 문봉조는 대낮에 시체를 거적에 싸 자전거 뒤에 비끄러매고 종로 네거리부터 조선은행 앞을 지나 남대문, 경성역 앞을 통과해 한강까지 가 철교에서 시체를 내다 버리는 대담성을 보이기도 했다. 신도 살해는 '벽력사'라는 이름이 붙은 전용해의 심복들이 실행했는데, 이경득 혼자서만 166명을 살해했고, 그 밖에 공동으로 살해에 가담한 것을 포함하면 문봉조가 129명, 길서진이 169명, 길군옥이 121명, 이한종이 35명에 이른다. 발굴된 시체 말고도 전용해의 명령에 따라 참살된 교도의 전체 수는 2000명 정도로 추정되는 바, 이들에게는 인명이 파리목숨 이상이 되지 못했다. 교주 전용해는 경찰의 수사가 시작되자 곧 도주하여 두 달간 종적이 묘연하였으나……."

발표의 마무리는 극적이었다. 경성, 아니, 온 나라를 충격에 빠뜨린, 세계사에 유례가 드문 잔혹한 사교(邪教)집단 백백교의 교주 전용해가 43세의 나이로 경기도 양평 용문산에서 자살한 채 발견되었다는 결말이었다.

'……교도의 생사를 쥐락펴락하며 위세가 당당했던 그는 초라한 쥐새끼처럼 도주해 산막에 칩거하다 마침내 북풍 부는 겨울 산마루에 올라 자신의 손으로 생을 마감했다. 주검마저 편치 못해 들짐승의 이빨에 아래턱이 무참하게 뜯겨 나갔다. 무자비한 폭력에 기대 온 그는 힘을 상실하자마자 보통사람보다 더 나약한 본연의 모습을 드러냈다. 초라한 의지로 자신의 숨통을 끊고 들판에 나뒹굴어 한낱 짐승의 희롱을 당하는 데에 그친 그를 만물의 영장이

라는 인간이 재산과 여자와 목숨을 바쳐 받들어 온 웃지 못할 일이 벌어졌던 것이다.'

미하시 경무국장은 백백교 사건을 질타하는 사설이 실린 신문을 한 번 툭 치고는 책상 위로 던졌다.

"그건 공표 안 하실 겁니까?"

곤도 부관이 책상 앞에 꼿꼿이 선 채로 물었다.

"뭘 말인가."

미하시 경무국장이 고개도 들지 않고 되물었다.

"그게…… 죄다…… 상태가 이상하지 않았습니까."

곤도는 머뭇거리며 말했다.

"그런 건 덮어 두게."

"괜찮겠습니까."

"이번 일로 민심이 극도로 흉흉해졌어. 이런 판국에 그런 쓸데없는 것까지 알려 보게, 어떻게 되겠나. 안 그래도 반도인들은 특히 미신을 좋아해. 그런 건 필요 없어."

"하지만……."

"사실 보도를 우선하는 건 기자들의 몫이야. 요즘 내지(內地)가 불온한 자들 때문에 불안한 판에 반도까지 술렁이면 어떻게 되겠나. 우리 경찰의 임무는 어디까지나 치안과 안정에 있다는 걸 잊지 말게."

미하시 경무국장은 책상 위에 펼쳐져 있던 보고서를 탁 하고 덮어 버렸다.

1

철컹, 문이 열렸다.

반요한은 가방 하나를 어깨에 메고 철문을 나섰다. 광덕산 암벽이 병풍처럼 둘러싸고 있는 경북 북부 제2교도소는 옛 이름이 청송교도소였던 시절부터 담장이 높기로 유명하다. 담장 바깥 공기가 분명더 신선했다. 반요한은 심호흡을 했다. 교도소에서 요한에게 특히잘 대해 주었던 교도관은 다시는 여기서 보지 말자는 말로 마지막인사를 건넸지만 감흥이 없다. 맞으러 나온 가족은 없다. 요한은 두리번거리다가 해를 등지는 방향으로 터덜터덜 걸었다. 늦가을의 해가 앞길에 긴 그림자를 만들었다.

요한은 버스를 타고 대구로 향했다. 성서에 사는 친구 이상중의집에 찾아갔다. 손바닥만 한 월세방이다. 상중은 1년 반 만에 만난요한을 반기지도 않았지만 내치지도 않았다. 새벽에 인력 시장에 나가 막일로 생계를 연명하는 이상중은 월세도 감당하기 벅찬 판에 요한을 더부살이시킬 여력은 없어 보였다.

요한은 고등학교 때까지 갖가지 운동으로 다져진 몸이었다. 지구력 하나는 자신 있었고, 그 덕분에 장거리나 마라톤 선수를 꿈꾸기도 했다. 부풀어 오른 허벅지의 근육이 뜀박질에 방해된다는 배부른 고민도 했었다. 우연히 손댄 필로폰으로 몸과 신세를 망치기 전의 이야기다. 약은 병까지 불러오는 것일까. 반요한은 어느새 찾아든 당뇨병 때문에 눈이 침침하고 신장이 안 좋아져 때때로 혈뇨가 나오는 몸이 돼 버렸다. 상중이 나가고 방 안에 우두커니 혼자 있으면 이대로 땅으로 꺼져 버렸으면 하는 생각에 사로잡혔다.

상중의 말투는 처음부터 살갑지 않았지만 날이 갈수록 퉁명스러워졌다. 요한은 한 달을 빈둥거렸는데, 마음이 약하다는 말을 듣는 요한으로서는 꽤나 오래 눈칫밥을 버틴 셈이었다. 한 달을 넘긴 즈음, 요한은 상중의 집을 나왔다. 곧장 부산으로 내려갔다. 예전에 연안어선 정도는 타 본 경험이 있었다. 이번엔 멀리 외항선이나 화물선을 타고 1년쯤 나가서 돈을 벌어 볼까. 하지만 선원증이 없어서 안 된다며 가는 곳마다 문전에서 거절당했다. 이럴 줄 알았으면 차라리 해군을 지원해서 선원증이나 받아 놓을걸. 고개를 늘어뜨리고 광복동 뒷길을 터덜터덜 걷던 중에 고구마 장사의 드럼통이 눈에 띄었다. 요한은 즉흥적으로 자갈치 시장 쪽으로 가, 입구 2층 건물에 있는 '영도 파이낸스' 사무실을 찾았다.

"200만 원만 빌려주십시오. 고구마 장사를 해서 꼭 갚겠습니다."

"등급이 안 나오네요."

좋은 표현이었지만, 결국 꺼지란 말이었다. 자포자기한 마음에 약을 구하려 했지만 거지나 다름없는 요한에게 팔 사람은 없었다. 예전에 거래했던 판매책은 현찰이 떨어진 요한을 거들떠보지도 않았다.

다시 대구로 올라왔다. 한밤중에 월세방 문을 열었을 때, 상중은 문지방을 넘는 진드기를 보듯 요한을 봤다. 요한은 시선을 피해 조용히 구석에 가 누웠다.

한 달 후 새벽, 상중은 팔을 괴고 벽을 보며 누워 있던 요한을 향해 "개새끼." 하고 읊조리고는 방문을 닫고 나가 버렸다. 요한은 잠들어 있지 않았다. 가슴을 인두로 지진 듯 찌릿했지만 울컥하지는 않았다. 난리 칠 기력도 이제는 없다. 따지고 보면 개새끼도 과분하다. 이 따위 인생.

반요한은 반나절 동안 팔베개를 하고 누워 천장을 바라보았다. 오후의 해가 창문을 비출 무렵 천천히 몸을 일으킨 반요한은 부엌 찬장에서 과도를 꺼냈다. 과도를 물끄러미 보다가 옆에 놓아두고 상의를 완전히 벗었다. 거울을 보았다. 지금도 사람들이 찔끔할 만큼 우락부락한 근육이 남아 있다. 허울만 좋을 뿐 아무 쓸모가 없다. 반요한은 칼을 집어 들고 뱃가죽을 잡아 당겨 찌를 곳을 더듬었다. 약으로 몸을 망쳤지만, 운동하던 시절의 흔적인지 아직도 복근은 꽤나 탄탄하다. 칼에 찔렸던 불그죽죽한 흉터도 그대로다. 문득 손에 쥔 칼이 형편없어 보였다. 이런 과일 깎기 칼 정도라면 찔러도 한 번에 푹 들어가지 않을 텐데. 죽는 건 두렵지 않지만 마지막까지 꼴사납게 뒹굴고 싶지는 않다. 칼을 들고 거울을 보며 잠시 망설였다. 방안을 둘러보았다. 세상의 입처럼 꽉 닫힌 창문이 답답하게 느껴졌다. 요한은 생각했다. 면도칼을 사야겠다.

상의를 챙겨 입고 밖으로 나섰다. 이른 겨울의 볕이 좋았다. 가까운 슈퍼에서 면도칼을 산 요한은 두류공원을 향했다. 이왕이면 마지막으로 세상이나 한번 보고 싶었다. 걸어서 30분 거리였다.

공원으로 막 들어서는데, "요한아!" 하며 누군가가 불렀다.

이름이 불리는 건 오랜만이었다. 고개를 돌려보니 남기만이 서 있었다. 절도였던가? 하여튼 시시한 죄명의 교도소 동기였는데 8개월 전 먼저 출소해 나갔다. 과묵한 요한과 달리 말이 많은 사람이었다. 주로 불평불만이었지만. 나이는 그쪽이 몇 살 더 많았는데, 기질적으로 반대인 점이 오히려 통해서 잘 어울려 지냈다. 전처가 키우는 딸의 병원비 문제로 감방 안에서도 고민이 많았던 게 기억이 났다. 그 좁은 사회에서의 친교. 못 알아볼 리가 없다. 그런데 요한은 잠시 멈칫했다. 얼굴이, 그때의 얼굴이 아니었다. 세상 욕하는 맛으로 사는 듯 암울한 낯빛이 더 이상 아니었다. 어찌 보면 미세하게 표정만 변한 것 같기도 하지만, 그게 마치 다른 사람이 된 듯한 큰 착각을 불러일으켰다. 우물 바닥에서 동아줄을 잡은 사람의 얼굴이랄까? 아니, 그것보다는 구호 단체에 기부라도 하러 온 부유한 사람의 얼굴이었다. 남기만이 부자일 리는 없는데도.

"잘 지냈냐."

남기만이 여유롭게 웃으며 말했다. 그리고 요한이 뭐라 대답하기도 전에 이어 말했다.

"너한테 새 세상을 보여 주러 왔다."

울산 울주군의 어느 곳이었다. 외딴 숲으로 오붓이 둘러싸인 산기슭 외딴 곳이었는데, 초겨울의 마른 먼지가 풀풀 이는 맨땅 한구석에 간이주택 한 채가 서 있고, 마주보는 쪽에는 대형 컨테이너 박스가 한 대 놓여 있었다. 그 사이의 마당이 넓었다. 봄이 오면 땅을 파서 작물을 키울 예정이라 했다.

이곳을 '수련장'이라 불렀다. 네 사람이 모여서 공동생활을 한 지두 달이 되어 간다. 요한이 가장 마지막으로 합류했고, 나머지 세 사람은 훨씬 더 일찍부터 공동생활을 해 오고 있다. 남기만을 뺀 나머지 김각수와 여순철은 이곳에 와서 처음 인사를 나누었다. 김각수는 작지만 단단한 몸집에 눈빛이 날카로웠고 그 눈가에는 커다란 점이 있었으며 신입인 요한을 어딘지 경계하는 듯한 눈치였다. 한쪽 손이 의수에다가 다리까지 저는 여순철은 가장 나이가 많았고 늘 사람 좋은 웃음을 지어 허술해 보였다.

그리고, 1주일에 한 번씩, 주말마다 서울에서 '그분'이 왔다.

'나'라는 마음을 죽여라.

누구든지 내 몸처럼 여겨라.

이웃의 잘못은 나의 잘못이다.

곧 다가올 구원의 날을 준비하라.

이곳에 와서 수백 번 수천 번을 듣고 따라한 '그분'의 말씀이었다. 모든 싸움을 끝내고 세상을 구원할 분이라고 했다.

남기만은 이곳에 오기 전 요한에게 말했다. "넌 이 따위 세상이 계속될 거라고 생각하냐?" 계속되지 않았으면 좋겠다. 아니, 계속될리가 없다. 아무 잘못도 없는 내가 이렇게 죽지 못해 사는데, 약아 빠지고 거만한 자들은 땅이 꺼져라 웃고 있는 세상. 그런데 또 남기만은, 그 마음부터 다스려야 한다고 했다.

아침에 일어나면 숙소 맞은편 컨테이너 하우스에 모였다. 벽이 온통 하얗게 칠해져 있었고, 바닥에는 나뭇결무늬의 비닐장판이 깔려 있었다. 흰 명주 천을 깐 조그만 탁자가 구석에 붙어 있었다. 이 썰렁한 공간은 제단이라 불렸고, 그곳에 매일 모여서 가르침을 반복하고 암송했다. 저녁에도 마찬가지였다. 그렇다고 낮 시간에 노는 건 아니었다. 호미와 삽으로 언 땅을 파 겨울 개간을 하거나 산에 올라가 겨울 약초를 캐거나 하는, 뜻도 없고 돈도 안 되어 보이는 노동으로 시간을 꽉꽉 채웠다. 도무지 딴생각이 들지 않을 만큼 바빴다. 식사는 채소 위주로 철저히 가렸다. 먹고 자고 일하는 것 모두 군대 이상으로 철저히 규율에 따랐다. 가르침은 엄격했고 실수나 위반이 있으면 서로 질책했다.

처음에는 이게 대체 뭔가, 속은 게 아닌가, 이상한 곳에 데려온 남기만을 원망하기도 했다. 닷새째 되던 날, 불만을 토로한 요한에게 남기만이 조용히 눈을 빛내며 말했다.

"생각해 봐. 사이비 종교라면 백이면 백, 우리한테 돈을 바랐을 거야. 그런데 지금껏 돈 바치라는 말 들어 본 적 있어? 오히려 이곳에서는 먹이고 입히고 재워 주고 있어. 여자 따먹으려는 사이비 교주도 많지만 여긴 여자도 없지. 우리를 봐. 모두 밑바닥 인생이야. 뭐 뜯어먹을 게 있다고 속이겠어? '그분'을 의심하지 마. 우린 선택된 사람들이야. 아무나 누리지 못하는 행운이라고. 부처도 예수도 처음부터 사람들이 따르진 않았어. 가난한 제자들 몇 명에서부터 시작했지. 우리가 바로 그런 사람들인 거야."

생각해 보면 틀린 말이 아니었다. 일단 반요한과 남기만부터가 전과자였고, 여순철은 아무짝에도 쓸모없어 보였으며, 김각수는 이루 말할 수 없이 성질머리가 더러웠다. 이곳은 돈을 걷기는커녕 별일 않는데도 의식주를 보장해 주었다. 예수님과 부처님의 첫 제자들과 같다는 말에는 배 밑에서 뿌듯한 기운이 솟아오르기도 했다. 어쩌면, 이건 정말 복일지도.

'그분'의 가르침과 위대함을 암송하는 나날이 반복되면서 말씀은 귀에 딱지가 앉았고, 요한의 머릿속에 '그분'에 대한 심상이 날마다 각인되어 갔다. 교리의 수준은 조금씩 높아졌다. 지금은 빛과 어둠의 싸움이 일어나기 직전이다. 전쟁이 일어나면 모두가 심판을 받게 되리라. 처음엔 도저히 받아들일 수 없는 교리도 동료와 함께 반복적으로 학습하다 보면 어느새 극복되었다. 이 과정이 반복되었다. 어쩌면 요한은 절대적인 어떤 것을 무작정 믿고 싶었던 건지도 모른다. 한없이 깊은 곳으로 기꺼이 뛰어들 준비가 되어 있었고, 누군가가 등을 떠밀어 주기만을 바라고 있었는지도 모른다.

처음에 '그분'은 훌륭한 '사람'이었다. 그분의 말씀을 한참 학습하다 보면, '그분'이 인간을 넘어선 '선각자'로 자연스럽게 받아들여졌다. 그다음 단계에서는 '그분'은 '예언자'였고, 결국에는 인간을 넘어 세상을 구원할 깨달은 자, 혹은 '구세주'가 되었다. '그분'의 위치는 점차 손에 닿을 수 없는 곳으로 올라갔다. 최후의 전쟁이 일어나면 '그분'을 받들어 어둠을 파멸시키는 것이 우리의 사명이다. 가랑비에 몸이 젖어 가듯 요한의 생각은 날마다 조금씩 변해 갔다. 그러다가 어느 날 정신이 몽땅 바뀌는 지점에 도달했는데, 자신은 알지 못했다. 깨달아야 할 정신이 이미 사라져 버린 때문이었다. 두 달 전의 자신은 전혀 상상할 수 없었던 사람이 되어 있었다. 그러면서 예전 자신의 인생은 마치 불을 발견하기 전의 인류쯤으로 여기는 것이었다. 요한은 '그분'의 절대적 힘을 믿게 되었는데, 그런 자신이 신기하지도 않았다. '나'의 생각은 필요 없다. '그분'이 판단하고, 말씀한다. 그것만 믿고 의지하면 된다.

말 때문만은 아니었다. 요한의 청춘을 망가뜨린 당뇨병이 점차 나아지고 있는 것이었다. 혈뇨는 사라졌고 눈도 밝아졌다. 마치 10대 때처럼 근육이 탱탱해지고 날로 기운이 차올랐다. 절망이 채우고 있던 마음의 공간을 사명감과 희망이 대체했다. 밑바닥 인생에서 사회의 초엘리트로 고양된 기분. 어느 누구도 알지 못하는 진실을 독점한 뿌듯함. 사회의 쓰레기통을 기웃거리다 자살까지 생각했던 예전에는 상상도 할 수 없는 변화였다.

무엇보다 아아, '그분'을 직접 보았을 때, 요한은 상서로운 기운에 흠뻑 적셔지는 느낌에 휩싸였다. 나무처럼 우뚝 솟은 키, 우물보다 깊은 눈. 독특한 울림의 목소리. 불과 몇 살 더 위인 것 같지만 범접할 수 없는 구세주의 모습이었다. 두렵고 엄해 보였던 '그분'이 두 번째로 찾아와 손을 잡아 주었을 땐 일찍이 느껴 보지 못한 희열에 사로잡혀 요한은 엉엉 울고 말았다.

외길을 따라 1킬로미터 정도 내려가면 마을이 나오지만 심부름 당번이 되어 식료품과 생필품을 사러 가는 때 외에는 거의 내려가지 않았다. 그런데 요한을 제외한 세 사람은 가끔씩 어디론가 모여서 사라졌다가 다음 날 돌아오곤 했다. 1주일이나 2주일에 한 번꼴로 찾아오는 '그분'과 함께였다. 거기에 대해선 아무도 말을 안 해 주었는데, 얼핏 '필생의 과업'이니 '사업'이니 하는 단어가 들렸다. 이곳에서 매우 아니, 가장 중요한 거사를 치르는 듯한 눈치를 둔한 반요한도 감지했다. 요한은 초조했다. 열정은 누구보다 못지않은데 아직 참여할 기회를 주지 않는 것이다. 막내라서 그런가. 그렇다고 해서 감히 '그분'에게 말해 볼 수도 없다. 남기만을 통해 틈틈이 안달 난 마음을 토로할 뿐이었다. 한 달 보름이 지났을 무렵 '그분'이 드디어 지나가듯 말했다. 요한이 너도 같이 가지. 요한은 뛸 듯이 기뻤다.

밤중에 진입로를 걸어 내려가 외딴 곳에 세워진 차에 일사불란하게 올랐다. 12인승 그랜드 스타렉스였는데, 가히 괴력의 차였다. 원래 견인차로 사용되기도 할 만큼 힘이 넘치는 차인 데다가 튜닝을 해서 엔진 출력을 업그레이드해 놓았다고 했다. 짐칸 쪽에는 밧줄과 각목, 공구부터 윈치, 견인장치 따위 온갖 장비가 있고, 접이식 침대까지 구비되어 있었다. 굉음의 엔진을 가진 이 스타렉스를 타고 과업을 떠나는 일은 요한에게 무척 신나는 행사였다. 목적지에 도착하기 전까지는 어딘지 알지 못한다. 구세주인 '그분'이 인도하는 곳으로 가서 시키는 대로 할 뿐이다.

처음에는 생각과 많이 다른 일이어서 마음에 갈등이 있었다. 높은 나무에 어중간하게 걸려 내려가지도 올라가지도 못하는 사람처럼 쩔쩔매며 지켜보기만 했다. 하지만 언제까지나 어정쩡하게 있을 수는 없었다. 세상의 통념은 이미 수도 없이 깨뜨렸다. 이것도 마찬가지다. '그분'이 하시는 일이니 분명히 이유가 있을 것이다. 다만, 그 이유를 납득하고 싶었다. 그 이유에 대한 신뢰는 요한의 밖에서 왔다. 김각수와 여순철, 남기만이 보여 준, 한 올의 주저함도 없는 확신은 요한에게 전염되었다. 신념의 화신 같은 그들을 보면서 서서히 갈등은 사라져 갔다. 그래, 어쩔 수 없는 희생도 있는 법이다. 새로운 세상을 이 땅에 부르기 위해서라면. 차곡차곡 쌓이던 갈망이 어느 순간 노도처럼 밀려와 모든 갈등을 덮었다.

공동생활을 하던 수련장에 어느 날 점퍼 차림을 한 40대의 낯선 남자가 찾아왔다. 형사였다. 울주경찰서 소속 박진우라고 했다. 무슨 일인가 싶어 요한이 작업하던 삽을 던지고 앞마당에 나가 보았을 땐 김각수, 남기만이 이미 박진우와 이야기를 나누고 있었다. 주로 박진우가 말했고, 기분 나쁜 눈빛으로 사람들을 훑어보며 몇 가지를 물어보고 있었다. 꽤나 신경에 거슬렸다. 박진우는 여순철이 어딨냐고 물었다. 볼일은 여순철에게 있는 모양이었다. 눈치를 보아하니 독지가의 기부금 따위를 전달하러 온 건 아니었다. 여순철은 마침 생필품을 사러 마을에 내려가 있었다. 요한은 하마터면 사실대로 이야기할 뻔했다. 눈치 빠른 남기만이 먼저 나섰다. 여순철은 이곳에 잠깐 머물렀을 뿐 나간 지 꽤 되었고 우리도 모른다고 둘러댔다. 박진우는 짜증스러운 표정을 지었을 뿐 더 캐묻지는 않았다. 아마도 여순철이 이곳에 있다는 확신 없이 유도신문 삼아 말을 한번 던져 본 모양이었다.

남기만이 박진우에게 물었다.

"그런데 여순철 씨는 왜 찾으시는데요? 사고 칠 만한 사람이 아니거든요."

"거 모르는 소리 말아요!"

박진우는 성질을 버럭 냈다.

"아뇨, 오래 안 봐서 잘은 모르지만 벌레 한 마리 못 죽일 착한 사람이에요."

남기만이 재차 역성을 들자 박진우는 아예 콧방귀를 뀌었다.

"이봐요. 여순철이 어떤 사람인지 모르는 건 당신이야. 그 인간은 강도 사건으로 쫓기고 있어. 당신들도 조심해. 여순철이 만나면 괜히 의리니 뭐니 숨겨 주지 말고 곧장 경찰에 연락들 하시라고."

숫제 으름장을 놓았다. 남기만은 떨떠름하게 박진우가 건네는 명함을 받아 쥐었다. 얻을 것을 얻지 못한 박진우 형사는 "이딴 곳에서 뭐하는 짓들이야!" 하고 다 들리는 혼잣말을 거칠게 내뱉으며 떠나갔다. 마치 거지 집단을 보는 듯한 눈빛을 남기고. 요한은 모욕감에 몸을 떨었지만 어차피 세상에 우리를 이해시킬 수는 없다고 자위했다.

엿새 후 생필품을 사러 가는 당번이 되어 마을로 내려갔던 요한은 슈퍼마켓 주인이 틀어 놓은 케이블 방송 뉴스에 무심코 시선을 주었다. 가게 주인이 포장해 놓은 검은 봉지를 계산대에서 집어 들다 하마터면 떨어뜨릴 뻔했다. 화면에는 부산 을숙도 풍경이 비쳤고, 정복과 사복 경찰 여럿이 마른 갈대숲을 헤치며 우왕좌왕하고 있었다. 낙동강 하구에서 형사가 토막 난 사체로 발견되었다는 뉴스였다. 얼굴 사진은 나오지 않았지만 소속과 이름이 분명하게 자막으로 밝혀져 있었다.

울주경찰서 박진우 형사.

요한은 놀랐지만, 불현듯 기억이 났다. 박진우 형사가 살해된 것으로 추정된 그날, 한 번도 그런 일이 없었던 김각수가 단독으로 하루 종일 수련장을 떠나 있었다는 것을.

근거는 없지만 김각수가 한 것 같다는 생각이 강하게 들었다. 그 생각은 곧 확신으로 변했다.

하지만 왜?

형사를 죽일 이유가……?

"오싹한데요."

괜히 슈퍼마켓 주인에게 말을 던졌지만, 그때 요한이 김각수에 대해 느낀 것은 오싹함이 아니라 질투심이었다.

그 사건이 있은 지 얼마 후 또다시 일이 벌어졌다. 교단에 탈퇴자가 생겼다. 여순철이 갑자기 사라진 것이다. 남기만의 말로는 믿음이 흔들려 떠났다고 했다. 요한은 화가 치밀었지만 한편으로는 고개를 갸우뚱했다. 여순철은 이 생활에 만족하고 있었다. 여기서 뼈를 묻어야지. 나 같은 사람이 사람 취급 받으며 살 수 있는 데는 여기뿐이야. 어느 날 밤 움직이지 않는 자신의 의수를 허허롭게 내려다보며 말하던 모습이 기억에 남아 있다. 왠지 '그분'을 구세주로 받들기보다는 여기밖에 몸을 의탁할 데가 없다는 듯한 느낌이어서 거부감이 있었지만 그게 배신으로 이어질 거라고는 생각하지 못했다. 김각수처럼 불같은 열정을 보이지는 않았지만 불평하거나 의심하는 말

또한 한 번도 한 적이 없었다.

어쨌든 지독한 배신이었다. 몇 달이나 의식주를 의탁했던 '그분'을 하루아침에 저버렸다. 동고동락하며 평생 믿음을 따르자던 세 사람에게는 일언반구도 없이 사라져 버렸다. 다혈질인 김각수는 불같이 화를 냈다. 뜻밖에 남기만은 별 말이 없었다. 무언가를 아는 것 같았지만 더 캐물어도 돌아오는 답은 없었다. 단지 '그분'은 다 알고 있으며, 주저 없이 배교자 여순철을 보내 주었다고만 했다. 요한은 여순철에게 무척 화가 났지만 그에 비례해 용서할 수 없는 일을 용서한 '그분'의 경이로운 관용에 가슴이 뭉클했다.

며칠 후 불쑥 경찰 두 명이 찾아왔다.

혹시 박진우 형사가 살해당한 그 사건 때문에?

요한은 긴장했고 김각수는 눈에 핏발을 세웠지만 용건은 그게 아니었다. 경찰의 말에 요한은 소스라치게 놀랐다.

"여순철 씨가 자살했습니다."

외딴 컨테이너에서 혼자 생활을 하다가 스스로 목을 맸다고 했다. 경찰은 여순철이 한때 이곳에서 생활을 했다는 이야기를 전해 듣고 찾아온 모양이었다. 컨테이너 정도라면 이곳에도 있지 않은가. 겨우 컨테이너를 옮겨 다니려고 떠났나. 요한은 서글픈 생각이 들었다. 이것저것 더 캐물었지만 경찰은 대답 대신 세 사람이 그날 무엇을 했는지를 물었다. 여순철이 자살한 날은 이곳에서 나간 지 불과 며칠이 지나지 않은 월요일이었다. 반요한은 사실대로 대답했다. 여순철이 자살한 날 분명히 세 사람 모두 여느 날과 다름없이 새벽부터 밤까지 수련장에서 가르침을 배우고 되새기고 있었다. 경찰은 '그분'에 관해서는 일체 묻지 않았는데, 아예 존재를 알지 못하는 눈치였다. 물론 묻는다 하더라도 하등 거리낌은 없다. 그날 '그분'은 멀리 서울에 있었다. 경찰은 세 사람의 대답에 별반 의심을 보이지 않고 곧 돌아갔다. 여순철이 자살했으니 더 캐물을 것도 없을 게 당연하다.

요한을 비롯한 세 사람은 일종의 경외감에 사로잡혔다. 여순철의 가출 건에 관해 무언가를 알고 있는 듯한 눈치였던 남기만도 경찰이 전해 준 자살 소식에는 크게 놀란 것 같았다. 아니, 그가 받은 충격은 김각수와 반요한 쪽보다 훨씬 더 커 보였다. 하지만 김각수와 반요한이 캐물어도 남기만은 입을 꾹 다물고 창백한 얼굴로 고개를 저을 뿐이었다.

요한은 경찰과 달리 자꾸만 여순철이 자살하지 않았다는 쪽으로 생각이 기울었다. 가까운 사람이었고 같이 믿음을 가졌었기에 잘 안다. 사람이 어딘가 무기력해 보이긴 했어도 낙천적이었다. 더구나 아무리 교단을 나갔다 하더라도 '그분'의 가르침을 요한보다 오랜 기간 따른 사람이었다. 다가올 새 세상을 앞두고 교단을 떠나자마자 자살을 택한다는 건 도무지 상상할 수 없었다. 경찰이 자살로 결론 내렸다지만 그건 세상이 보는 관점에서다.

요한은 그렇게 믿었다. 교단을 배신하고 떠난 여순철이 며칠 만에 자살했다면 그것은 천벌이라고. '그분'은 바다보다 넓은 도량으로 보내 주었지만 '그분'을 저버린 여순철에게 하늘이 대신 벌을 내린 것이다. '그분'을 배신한다는 짓 따위는 처음부터 생각하지 말았어야 했다.

'그분'은 지금 이곳의 몇 명만이 알아보고 따르는 밤하늘의 별이지만, 언젠가는 세상 모두를 환한 곳으로 인도할 태양이 될 분이니까.

2

"국에 신문 말아 먹으라고요?"

고진이 펴 든 신문 한 귀퉁이가 이유현의 순댓국 그릇에 잠겨 리트머스 시험지처럼 물들어 가고 있었다. 고진은 이유현의 국밥 그릇을 앞에 두고 신문을 있는 대로 펴들었고, 이유현은 시야가 온통 가려진 채 갑갑하게 밥숟가락을 뜨고 있다. 손이 빠른 고진은 이미 한참 전 숟가락을 놓은 상태다.

"아아, 미안."

고진은 신문을 슬쩍 들어 국에서 뺐다.

이유현은 수개월 전 광역수사대 강력팀장으로 발령 났다. 서초경찰서 강력팀장 시절과는 다른 동선을 그리며 살고 있는 탓에 다른 사람들에게는 두문불출하는 것처럼 비쳤다. 고진은 오랜만에 식사라도 해야지, 수선을 떨면서 이유현을 불러내고는 뚝딱 밥그릇을 비우더니 내내 신문만 보고 있다.

"드디어 폐기되는 건가."

고진은 신문을 대충 접어 식탁 옆 의자에 툭 던졌다. 이어 의자 등받이에 몸을 삐딱하게 걸쳤다. 흰색 와이셔츠가 그의 검은 얼굴과 대조적으로 번들거렸다.

"뭐가요."

이유현이 국밥 그릇에서 시선을 떼지 않고 입만 열었다.

"백백교주 머리."

"백백교주 머리?"

이유현은 뜨던 숟가락을 내리고 고개를 들었다.

"아하, 국과수에 보관하고 있던 그거요?"

그도 들은 바 있다. 예전에 경찰대에 재학 중이던 때, 국립과학수사연구원에 견학 가서 직접 본 적도 있었다. 포르말린 용액이 담긴 투명한 병에 보관되어 있던 그 얼굴에는 이리저리 바느질 자국이 남아 있었고 가죽이 해골 두상에 착 달라붙은 얼굴에 윗니만이 드러나 있어 그로테스크했다. 벌써 10여 년 전이다. 기억이 가물가물했다.

"나도 경찰대 시절에 직접 본 적이 있어요. 다른 인체 표본도 한두어 개 같이 있었던 것 같던데."

"맞아. 국과수에는 일제강점기 시절부터 전해 오는 인체 표본이 두 개 있지. 백백교주 전용해의 머리하고 명월관 기생 명월이의 생식기. 백백교주 전용해의 머리는 범죄형 두뇌의 표본으로 연구 가치가 있다고 해서 보관했다던가. 범죄인은 타고 난다는 롬브로조의 '생래적 범죄인론'이나, 얼굴의 생김새로 범죄성을 판별할 수 있다는 골상학(骨相學) 따위가 유행하던 시절이니 그랬던 건지도 몰라. 아무튼 일본 경찰의 악취미인지 호기심인지 몰라도 명분은 그랬어."

"그럼 기생 생식기는 왜 보관했을까요."

옆자리에서 수저를 들던 중년 여성이 이들 쪽을 힐끔 돌아보았다.

"몇 가지 설이 있어. 당시 종로에 있던 요정 명월관에 명월이라고 하는 유명한 기생이 있었는데 같이 잠자리를 한 남자들마다 복상사를 했다는군. 그 소문을 들은 어느 의학도가 명월이의 생식기에 의혹을 풀 열쇠가 있다고 생각하고 그 비밀을 밝히려 명월이하고 동침을 했어. 그날 밤 대체 무슨 일이 있었는지는 모르지만, 그 의학도는 명월이를 목 졸라 죽이고 수술칼로 생식기를 도려냈대. 생식기를 가져가서 개인적으로 연구해 볼 작정이었는지도 모르지. 그자는 경찰에 체포돼 수사를 받으면서 명월이의 생식기에 특이한 조직이 있다고 주장했다는데, 그런 진술 때문인지 경찰은 명월이 생식기를 증거물로 보관했고 국과수에까지 전해 내려왔다는 거야. 또 다른 소문으로는, 명월이가 일본인 고관대작이나 부자들만 상대하면서 조선인들을 멸시했다는군. 그래서 명월이가 죽자 화난 조선 사람들이 그녀의 신체 일부를 훼손했고 그게 경찰에 넘겨져서 보관되어 왔다는 이야기도 있어. 아무튼 죽음도 비참하고 뒷이야기도 억울한 소리가 많이 보태졌을 테니 한이 많지 않을까."

"황당하네요. 그런데 형님은 어찌 그리 자세하게 압니까?"

"나도 예전 사법연수생 시절에 국과수에 견학 가서 본 기억이 있거든. 충격적이었어. 그래서 좀 자료를 찾아봤었지."

"형님 취향에 맞을지도 모르겠군요."

비아냥대는 듯한 말투였다.

"그런 소리 마. 여자의 신체 부분은 끔찍했어. 여성을 그런 식으로 만나고 싶진 않거든. 그래도 더 기억에 남은 건 남자의 머리 쪽이었어. 너덜너덜 바느질 자국이 선명히 남아 있더군. 해부도 대충, 봉합도 대충 한 거겠지. 입과 턱이 뜯겨져 나가 있고 포르말린 액에 잠긴 눈은 도롱뇽처럼 검고 멍했어. 인상적이었던 건 남자의 전체적 인상이야. 사람을 수백 명이나 처죽인 남자치고는 아주 평범한 중년 남자더군. 흠, 그러고 보니 인상이 인상적이었다고 얘길 하니 좀 웃기는데, 하하하!"

고진은 혼자 말하고 혼자서 크게 웃었다. 민폐도 이런 민폐가 없다. 변호사인 고진과 광역수사대 강력팀장 이유현에게는 큰 소리로 대화를 나누기에 적당한 화제일지 모른다. 다만, 그곳이 수육을 전문으로 하는 자그마한 식당이라는 사실만 제외한다면. 낮지만 선명한 고진의 목소리와 울림통이 큰 이유현의 음성으로 나누는 대화는 홀 구석구석까지 뚜렷하게 퍼졌다. 흥건한 육수에 잠긴 수육 절편을 앞에 두고 잘린 인체에 관한 이야기를 억지로 들어야 했던 주변 손님들은 힐끔힐끔 그들을 쳐다보았다. 급기야 그중 여자 손님 몇 명은 슬그머니 밥숟가락을 놓았다.

"그런데 이젠 폐기하기로 했답니까?"

"여기 기사에 있어."

고진이 옆 의자에 놓았던 신문을 다시 들어 이유현에게 건네주었다. 고진이 가리키는 곳에 기사가 조그맣게 실려 있었다.

국과수에서 보관 중이던 백백교주 머리 등, 법원 "인간 존엄성 침해" 폐기 권고

서울중앙지법 민사합의37부는 "국립과학수사연구원은 일제가 뽑아낸 인체 표본의 보관을 중지하라"며 봉선사 혜문 스님 등이 낸 소송에서 원고의 청구대로 "국가는 인체 적출물을 처리하라"는 내용의 화해권고결정을 했다고 밝혔다. 연고 없는 인체 표본을 어쩔 수 없이 보관해 온 데에 부담을 느껴오던 국과수도 '표본을 폐기하는 데 문제가 없다'는 입장인 것으로 알려졌다.

국과수는 그동안 백백교 교주 전용해의 머리와 명월관 기생으로 알려진 여성의 생식기를 보관하고 있었다. 전용해는 일제강점기 하에서 사이비 종교인 백백교를 창시해 수많은 신도의 재산과 정조를 유린하고 목숨을 빼앗은 인물로, 죄상이 드러나자 1937년 경기도 양평 용문산으로 도주했다가 43세의 나이로 자살한 인물이다. 법원의 결정이 확정되면 국과수에 보관 중인 해당 표본은 법률에 따라 연고자가 없거나 알 수 없는 시체로 분류돼 화장 절차를 거쳐 폐기될 예정이다. 불교계에서는 백백교 교주의 머리를 두고 '위령 천도제'를 지내 역사의 한을 씻기로 했다.

혜문 스님 등은 "일본 경찰이 부검 과정에서 뽑아내 보관하던 백백교 교주의 머리와 기생 명월이의 생식기를 국과수가 보관하고 있는 것은 헌법에 규정된 인간의 존엄성을 해치는 것"이라며 소송을 낸 바 있다.

"불교계 인사 몇 명이서 몇 달 전 소송을 냈던가 봐. 인체의 일부를 별다른 이유 없이 국가기관에서 보관하고 있다는 게 비인도적이라는 이유로 공익 소송을 한 거지. 국과수 입장에서도 반대할 이유가 없으니 이번 화해권고결정은 아마 이의 없이 확정될 거야."

"그런데 이 기사가 어때서요. 형님도 전용해의 뇌에 관심 있습니까."

"그냥 그때 기억이 뇌리에 박혔었나 봐. 사실은 전용해의 뇌보다 그 인물을 철석같이 믿고 따른 사람들의 뇌를 더 연구해 보고 싶어."

고진은 대화에 종지부를 찍듯 물을 들이켰다. 이유현도 더 이상 말을 잇지 않았다.

신문기사에 대한 그들의 관심은 거기서 끝났다. 하지만 어느 봄날 기억에도 남지 않을 식사 도중의 이 짤막한 대화가 폭염과 함께 닥쳐올 두 달 뒤의 대사건과 이어지리라고는 두 사람 모두 전혀 상상하지 못했다.

* * *

장문오는 한밤중에 잠을 깼다. 가늘게 뜬 눈 틈으로 잠든 아내의 넓적한 등판이 보였다. 배를 덮었던 얇은 이불은 어느새 다리 사이에 구겨져 있다. 한여름이지만 더위 탓에 깬 건 아니다. 시골의 서늘한 밤공기가 스멀스멀 방 안으로 기어들어 와 있고, 타이머가 다 된 선풍기는 꺼져 있다. 잠을 깬 건 부스럭거리는 소리가 들린 탓이었다. 소음은 옆방에서 났다. 아버지가 잠에서 깼셨나. 일흔이 훌쩍 넘은 아버지는 요새 부쩍 밤잠이 없어지긴 했다.

장문오는 다시 잠을 청하려 반대쪽으로 돌아누웠다. 삼베 이불을 배 위로 끌어올렸다. 절반쯤 꿈속에 발을 걸치고 있던 차라 다시 잠속으로 걸어 들어가는 건 금방이었다. 하지만 곧 다시 깨어났다. 옆방에서 들리던 소음이 더 또렷해진 때문이었다. 발소리는 마루 쪽으로 이동했다. 스무 평 남짓한 집 안에 발소리는 유독 크게 울렸다. 장문오의 집은 농가가 모여 있는 마을에서도 변두리라 산 속 절간이 따로 없다. 최근 리모델링을 한 뒤로는 건축 자재와 페인트가 내뿜는 독한 환경호르몬에 곤충도 도망쳐 버렸는지 밤중에 풀벌레 우는 소리조차 잘 들리지 않는다. 바람 소리 정도라면 자장가나 다름없다. 옆방의 늙은 아버지가 거동하는 소리는 잠을 깨지 않을 만큼 익숙하다. 하지만 지금 들리는 발걸음 소리는 달랐다. 여러 개의 발소리가 뒤섞여 났고, 노부의 발걸음치고는 묵직한 힘이 느껴졌다.

아버지일 리 없다. 적어도 아버지 혼자는 아니다.

머리카락이 쭈뼛 섰다. 잠이 확 달아났다. 동시에 방문이 벌컥 열렸다. 마루의 불빛이 쏟아져 들어왔고, 장문오는 소스라치게 놀라 이불을 헤치고 윗몸을 벌떡 일으켰다. 불빛에 찡그린 눈에 사람의 실루엣만이 어렴풋이 비쳤다. 여러 명이었다.

"헉, 누, 누구……."

비명도 여지가 있어야 지르는 법. 네 명의 낯선 사내들 사이에 축 늘어져 있는 부친을 알아본 순간 목구멍이 콱 막혀 버렸다. 침입한 남자들은 아무 말이 없었지만, 거드름이 느껴질 정도로 위압적인 태도에 장문오는 저항하는 시늉이라도 내 볼 엄두가 나지 않았다. 남자들의 얼굴이 뚜렷하게 분간이 가지 않았는데, 곧 그 이유를 알 수 있었다. 네 사내는 모두 눈 아래로 복면을 하고 있었다. 홍채가 빛에 익숙해지면서 체형만은 확연히 알아볼 수 있었다. 근육질의 건장한 남자. 땅딸막하지만 다부진 남자, 작고 왜소한 남자 그리고 키가 훌쩍 큰 남자. 남자들은 모두 서른 중반을 앞서거니 뒤서거니 한 정도로 보였다. 작고 다부진 남자는 잡고 있던 노인의 팔을 뿌리쳐 장문오 앞에 내동댕이쳤다.

"엄마야!"

그 소동에 장문오의 처가 벌떡 깨어나 소리를 질렀다.

"쉬……."

다부진 몸의 남자가 한쪽 무릎을 꿇고 앉으며 손가락을 자신의 복면 위 입 부근에 갖다 댔다. 다른 한 손에는 번득이는 칼이 들려 있었다. 서늘할 만큼 날카롭다는 것만 알 수 있을 뿐 어떤 종류의 칼인지는 눈에 들어오지도 않았다. 눈썹 옆에 500원짜리 동전만 한 점이 눈에 띄었다. 다른 사내들은 무심하게 서 있을 뿐이었다. 키 큰 남자의 눈이 유달리 움푹 들어가 있었다.

"시끄러운 걸 싫어해서 말이야. 나도 모르게 손이 쓱 하고 나가 버릴지도 몰라."

쇳소리가 섞인 거친 목소리였다. 다부진 몸의 남자는 칼을 든 손을 노인의 목 근처에 갖다 댔다. 노인은 엎드려 웅크린 채 오들오들 떨고만 있었다. 이미 무서움에 충분히 질려 있는 모습이었다. 괴한들은 노인의 방에 먼저 들러 노인을 위협한 다음 그를 데리고 장문오의 방까지 온 모양이었다. 일흔이 넘은 노부와 쉰이 다 된 장문오, 그리고 아내가 이 집 식구의 전부이다. 가장 가까운 이웃집조차 도심으로 치면 두 블럭 정도 떨어져 있다. 지금 와서 소리를 질러 봤자 이웃집에 들릴 리도 만무하고, 들린다 해도 누군가가 도와주러 오기 전 괴한들의 칼에 세 식구가 절단 날 것이다. 장문오는 새파래진 입술을 달았다. 남자의 말투는 느릿느릿했지만 소름이 끼쳤다. 한밤중에 칼을 든 괴한이 아무리 친절하게 말한다 해도 그건 오싹함 이하일 수는 없었다. 눈알을 굴려 남자들을 살폈다. 키 큰 남자가 보스인 듯했다. 그는 말없이 서 있을 뿐이었다. 복면 위 움푹 꺼진 눈에는 한 점의 감정도 떠 있지 않았다. 표본실의 개구리를 앞에 둔 것 같은 얼굴이랄까. 나머지 두 사내는 그 양옆으로 섰는데, 위엄을 부린다기보다는 키 큰 남자 앞에서 감히 나서지 못한다는 몸가짐 같았다.

칼을 들고 위협하는 쪽은 쪼그려 앉은 다부진 남자였지만 그 또한 힐긋거리며 키 큰 남자의 눈치를 보고 있다.

"당신들, 끈 갖고 있지?"

다부진 남자가 다짜고짜 물었다. 가족들 모두에게 묻는 셈이었다.

"끈…… 끈이라뇨?"

장문오가 더듬거리며 되물었다.

"광목천으로 된 거 말이야."

"무, 무슨 소린지……."

남자는 노인 쪽으로 얼굴을 돌렸다.

"영감이 말해 봐. 영감이 아버지한테서 물려받은 거 있지? 광목 노끈 같은 거. 잘 간직하라고 하면서 남겨 놓은 게 있을 거야."

노인은 아래턱을 덜덜 떨 뿐 아무 말도 하지 못했다. 다부진 남자가 말없이 칼을 노인의 목 아래에 갖다 댔다.

"이봐요, 잠깐. 카, 칼은 제발 치워요. 이게 도대체 무슨."

장문오가 꽉 막힌 목을 쥐어 짜내 항의하자 남자는 칼을 들지 않은 손의 검지를 세워 조용히 자신의 입 쪽에 갖다 댔다. 장문오는 남자의 서늘한 눈빛을 보고는 입을 다물었다. 금방이라도 칼 든 손에 힘을 콱 주어 버릴 것만 같았다.

"우린 사람을 죽이러 온 게 아니야. 꼭 필요하지 않다면 말이야."

바꾸어 말하면 필요하면 죽이겠다는 뜻 아닌가. 장문오는 침을 꼴깍 삼켰다. 노인은 공포에 질려 버린 듯 얼어붙어 있었다.

"살려 주세요, 살려 주세요, 제발 살려 주세요오……."

장문오의 처는 이불에 얼굴을 묻고 염불을 외듯 무작정 주억댔다.

"아줌마, 조용히 해."

왜소한 남자가 처음으로 입을 뗐고 여자의 울음은 뚝 그쳤다.

"끈만 내놓으면 돼. 광목천을 찢어 만든 거. 그것만 주면 조용히 물러가 주지."

"도대체 그게 무슨 말이오? 끈……이라니요? 우린 그런 거 뭔지도 모르고 갖고 있지도 않아요. 사람을 잘못 찾아왔어요."

장문오는 필사적이었다.

"이런 식이면 좀 귀찮지만 대충 해치우고 우리가 집을 직접 뒤져 보는 수밖에."

남자의 말에 장문오는 정신이 아득해졌다. 모른다고 해도 믿지 않는다는 건가, 이자들은? 이때 웅크리고 있던 노인이 더듬더듬 말했다.

"광목천으로 만든 끈……? 아아, 그건가…… 없어요. 아니, 우리한테는 없어요."

장문오는 무슨 말인가 싶어 힐긋 자신의 아버지를 보았다. 노인의 말에 다부진 남자는 오싹하게 웃으며 뒤에 말없이 서 있는 키 큰 남자를 쳐다보았다. 키 큰 남자가 눈으로 어서, 하듯이 재촉했고 다부진 남자가 그 눈길을 받아 노인에게 말했다.

"드디어 찾아냈군. 영감은 알고 있어."

"몰라요. 그냥……, 그냥 그런 끈이 집안에 있었다는 것만 알아요. 그게 대체 뭐하는 물건이길래 한밤중에 들이닥쳐 이런단 말이오."

"영감의 아버지가 그 끈에 관해서 분명 말해 주었을 텐데."

"아니요, 아버지는 한 마디도 말씀 안 했소. 돌아가실 때까지……. 그냥 왠지 버리지 못하고 미련이 남아서 갖고 계신 것 같았을 뿐이오."

"그건 됐고, 말해 봐, 그럼 지금 어딨는지."

"여긴 없소."

"그럼 죽어야지."

남자는 서슴없이 칼을 노인의 목 앞으로 쑥 내밀었다.

"자, 잠깐. 기다리시오!"

노인이 기겁을 했다. 칼이 멈추었다.

"정말이오. 기억이 잘……. 오래된 일이라 기억이……. 잠깐만 기다려 주시오. 그래요, 그래! 오래전에 아버지 친구분이 찾아왔소. 그분이 가져간 거요."

"그 친구가 누구야."

"안문갑 씨라고 있소. 아버지가 돌아가신 뒤에 몇 년 지나서일 거요. 지금부터 한 20년 전이지, 아마. 아들하고 같이 와서는 그 끈을 달라고 하길래 그냥 드렸던 기억이 있어."

노인은 필사적으로 기억을 짜냈다.

"뭐라고 했길래 끈을 그냥 줬지?"

"지금이야 기억이 잘 안 나오. 별 말은 없었던 것 같은데……. 필요도 없어 보이고 괜히 불길한 기분도 들어서 달라기에 그냥 줬던 것뿐이오. 안문갑 씨는 아버지하고 워낙에 오래전부터 아는 사이기도 했고."

"안문갑은 지금 어디 있나?"

키 큰 남자가 처음으로 말했다. 카랑카랑하지만 단조롭고 느린 말투였다. 노인은 깜짝 놀라 키 큰 남자를 힐끔 보고는 말했다.

"15년 전에 일본으로 건너 간 걸로 알고 있소."

"영감 아버지와 아는 사이일 정도면 살날 얼마 안 남은 늙은이였을 텐데 그 나이에 일본으로 건너가?"

키 큰 남자가 목소리를 높였고, 노인은 다급하게 말했다.

"거짓말 아니오. 하나뿐인 아들이 일본으로 건너가게 되어 할 수 없이 따라간 걸로 알아요. 안 그래도 노인네는 일본에서 곧 죽었다고 합디다."

"아들 이름은 뭐야?"

"아들은…… 안병조였던가."

"아들은 아직도 일본에 있나."

"……일본 어디더라, 교토 어디에서 조그만 가게를 하며 산다고 했는데. 외국이라 잘 기억이……."

남자는 거두었던 칼을 다시 쑥 내밀었다. 끈을 찾는 게 그들의 목적인 듯한데도 그들의 행동에는 아무런 망설임이 없었다. 제보자의 목숨은 물론, 그가 제공할 수 있을 정보도 전혀 아쉽지 않은 것 같았다. 그런 태도가 그렇지 않아도 벼랑 끝에 몰린 장문오 가족들의 혼을 완전히 빼놓았다. 협상이니 뭐니 하며 밀고 당기고 할 여지가 없는 자들이다. 이것저것 계산하며 시간을 벌어 봤자 소용없다. 자칫 지체하면 곧 죽음이다. 그런 느낌을 확실하게 주었다. 노인이 부르르 떠는 손을 들어 얼굴을 가리며 소리쳤다.

"잠깐! 잠깐! 기다려! 편지가 있을 거요! 작년인가 재작년인가 그 아들이 일본에서 나한테 안부 편지를 보낸 적이 있어요."

"가져와."

칼 든 남자는 노인을 일으켜 세워 데리고 나갔다. 키 큰 남자의 눈짓에 옆에 서 있던 건장한 남자도 곧장 따라 나섰다. 방 안에는 키 큰 남자와 왜소한 남자 둘이 남았다.

가만, 이제 두 명인데. 지금 저자들만 쓰러뜨리면? 농사일로 다져진 몸인데, 죽을힘으로 덤비면 저 30대 녀석 둘보다 못할까? 다행히 제일 힘이 좋아 보이는 녀석과 칼 든 녀석은 둘 다 방을 나갔다. 저자들의 요구대로 해 준다고 해서 아무도 다치지 않고 끝난다는 보장이 없지 않나? 이판사판으로 지금 덤벼서 제압하는 게 낫지 않을까. 장문오가 머릿속으로 생각을 굴리며 바짝 긴장해 있는데 키 큰 남자가 말했다.

"그만두는 게 좋아. 저 친구를 말릴 수 있는 사람은 나뿐이니까."

실낱같이 남은 의지를 꺾어 버리는 목소리였다. 남자는 팔짱을 끼고 조용히 휘파람을 불기 시작했다. 마치 소금기를 띤 사막 바람 같은 휘파람 소리는 서정적인 멜로디에도 불구하고 소름 끼쳤다. 노인을 데리고 편지를 가지러 간 칼 든 남자에게 보내는 어떤 신호 같았다. 이 휘파람이 멈춘다면 당장 내게로 달려오라는. 저 휘파람이 이어지는 한 장문오와 아내는 안전하다. 하지만 멈춘다면 칼 든 남자가 당장 되돌아와 미친개처럼 들이닥친다. 장문오는 그렇게 느꼈다.

얼마 후 두 남자가 노인을 데리고 방문을 열고 들어왔다. 건장한 남자가 노인의 팔을 비틀듯이 붙들고 있었고, 칼 든 남자의 다른 쪽 손에는 편지 봉투가 들려 있었다.

"여기 주소가 적혀 있습니다."

칼을 들었던 남자는 잠시 칼을 허리춤에 꽂고 편지봉투를 두 손으로 받들듯이 하여 키 큰 남자에게 공손하게 바쳤다. 그것을 받아든 키 큰 남자는 겉봉을 힐긋 보더니 답답하다는 듯이 목을 움찔거리며 복면을 잡아당겨 내렸다. 움푹 파인 눈 아래 불거진 광대뼈와 야윈 뺨이 드러났다. 장문오는 움찔했다. 기껏 복면을 쓰고 들어왔다가 지금 벗어 던졌다는 것은?

입을 꽉 다문 채 편지 봉투를 노려보던 남자가 시선을 고정한 채 말했다.

"요한이가 정리해."

정리한다는 건 무슨 뜻일까. 장문오는 어리둥절했다. 일당 중 지금껏 한 마디도 없었던 건장한 남자가 요한인 모양이었다. 그는 지목을 받자 어깨를 움찔하더니 키 큰 남자를 향해 곤혹스럽게 물었다.

"다…… 정리…… 합니까?"

"정리해."

키 큰 남자는 두 번 말하기 귀찮다는 듯 말을 툭 던졌다. 어스름한 거실 불빛에 비친 남자의 움푹 들어간 눈은 파충류처럼 차가웠다. 장문오의 귀밑에서부터 쭈뼛하며 찬 기운이 확 뻗쳐 올라왔다. 요한이라고 불린 건장한 남자는 칼 든 남자로부터 칼을 건네받았다. 다부진 남자는 내키지 않는 몸짓으로 칼을 건네주며 커다란 영예라도 뺏긴 듯 눈을 도사렸다. 요한이라는 남자는 칼을 고쳐 쥐더니 눈을 한 번 질끈 감았다 떴다. 눈빛이 변해 있었다. 남자는 왼쪽 손을 들어 거칠게 복면을 걷어 내렸다. 의외로 앳되고 순진무구한 얼굴이 드러났다. 그 인상 탓에 어이없게도 장문오는 자신도 모르게 약간 안심하는 마음이 들었다. 장문오의 애처로운 기대는 곧 산산조각 났다. 칼을 쥔 남자는 살쾡이처럼 다가오기 시작했다. 그의 얼굴에는 결연함과 단호함을 넘어서 어떤 경건함마저 배어 있었다. 장문오는 '정리'한다는 말의 의미를 그제야 이해했다.

3

　지루했던 장마철이 지나고 바야흐로 여름의 한가운데로 들어서고 있었다. 아침부터 쏟아지는 땡볕은 무서울 정도였다. 열린 창문을 타고 사우나를 방불케 하는 더운 김이 아파트 거실로 훌훌 넘어 들어왔다. 이유현은 반바지에 헐렁한 브이넥 티셔츠 하나만 걸치고 거실바닥에 앉아 탁자 위에 놓인 서류 뭉치를 뒤적이고 있었다. 선풍기 바람에 펄펄 날리는 종이를 두서없이 눌러 대느라 애를 먹는 중이었다.

　현관 차임벨이 울렸다. 휴일 아침에 택배가 올 리도 없고, 반장 아주머니인가? 이유현은 들고 있던 서류를 테이블 위에 던지고 현관으로 가서 문을 벌컥 열었다. 문 너머의 방문객은 고진이었다. 감색 정장에 흰 와이셔츠를 받쳐 입었고, 넥타이까지 맸다. 한여름에 도전하는 듯한 옷차림 탓인지 이마에서 관자놀이까지 땀이 번져 있다. 그는 다짜고짜 씩 웃으면서 이유현의 코앞에 샌드위치 봉지를 들이밀었다.

"아침을 굶고 있을 것 같아서 말이야."

비닐봉지를 받아든 이유현은 몸을 틀어 지나갈 길을 만들었다.

"고맙긴 합니다만, 엔간히 심심하신 모양입니다."

"어허, 손님한테 그게 할 소린가."

고진의 마르고 긴 몸은 덩치가 좋은 이유현이 비켜서 만들어 준 틈 사이로 쑥 미끄러졌다. 제집처럼 요란스럽게 활개 치며 들어간 고진은 거실 소파에 양복 상의를 던져 놓더니 부엌으로 가 식탁 의자를 반쯤 잡아당겨 털썩 앉았다. 동선이 자신의 집처럼 익숙하다. 반가워하는지 아닌지 모를 이유현의 기색 따위는 전혀 살피지 않았다. 이유현은 냉장고에서 콜라 캔을 두 개 꺼내 식탁에 마주 앉았다.

"이 더위에 그렇게 차려입고 어디 가세요?"

넥타이를 풀어헤친 흰 와이셔츠가 검은 고진의 얼굴빛과 대조되어 화사하게 도드라졌다. 고진은 콜라 캔을 집어 들었다.

"근처에 결혼식이 있어서. 온 김에 들러 봤어."

"내 집을 대기실 삼겠다, 이거군요."

"그렇게 따지는 버릇만 없었다면 오늘 내가 참석할 결혼식의 주인공은 자네일 수도 있었을 거야."

이유현은 어이없다는 듯 코웃음을 쳤다. 결혼에서 뒤처진 대열에 일찌감치 들어선 고진이 하기에는 뻔뻔스러운 이야기였다. 고진은 콜라를 벌컥벌컥 들이켜고는 말을 돌렸다.

"광역수사대로 옮긴 뒤로는 영 얼굴 보기가 힘들어졌어. 섭섭한데. 그쪽 일이 더 많은 거야?"

수육 집에서 같이 밥을 먹은 후 처음이다.

"바쁜 거야 서서 있을 때도 똑같았죠. 역시 거리가 머니까."

서울시 광역수사대 건물은 마포역 부근에 있으니 서초동과는 꽤 먼 거리다. 경찰서의 관할이란 것이 비교적 엄격해서 한 사건을 두고도 관할권이 서로 있네 없네 다툼이 생기는 경우도 많고, 여러 경찰서 관할에 걸쳐서 사건이 일어나면 그때마다 공조수사를 하기도 번거롭다. 광역수사대는 이런 식으로 2개 이상의 경찰서 관할에 걸쳐 발생한 사건을 주로 처리하기 위해 설치된 수사대다. 한국판 FBI라고 보아도 무방할 것이다.

고진은 이유현보다 몇 살 위지만 두 사람 사이에는 선후배보다는 친구나 동료 같은 감정 쪽이 강했다. 경찰대를 졸업하고서도 내리 현장에서만 달려온 이유현과 무슨무슨 '자리'에 얽매이는 일에 흥미 없는 고진과는 기질상 애당초 어딘가에서 통해 있는지도 모르지만, 같이 겪어 온 남다른 사건이 끈끈이 역할을 해 온 이유가 크다. 변호사인 고진은 사무실도 직원도 없이 떠돌아다니며 수상한 일을 맡아 왔다. 마치 전국시대(戰國時代)의 무소속 용병이나 양산박의 도적 같은 모양새도 변호사로서는 전례가 없는 일이지만 그 일을 하는 방식 또한 괴팍하기 이를 데 없었다. 법정에도 나가지 않으며 법의 뒷문을 열어 번잡한 절차를 건너 뛴 사건 해결을 도모하는 그에게 어느새 '어둠의 변호사'라는 별명이 붙었다. 그 별명은 그 안에 도사린 인성의 괴괴한 비틀림을 들여다본 어떤 의뢰인이 붙인 듯한데, 이유현의 기억으로는 그가 그 별명에 대해 좋다, 나쁘다는 말을 한 적이 없었다.

"그건 그렇고, 형님은 충격에서 좀 회복하셨어요?"

지난겨울, 두 사람의 인연에 얽힌 사건을 추적하다가 끔찍한 결말을 맞았다. 이유현이 돌연 '그 사건''을 언급하자 고진은 거의 음료수를 엎지를 만큼 펄쩍 뛰었다.

"왜 이래. 만나자마자 그 이야기 할 건가?"

"트라우마가 없을 리 없잖습니까? 이탁오 박사한테 또 한 번 농락당했잖아요. 그것도 바로 눈앞에서."

"대놓고 상처에 소금을 뿌리는구만. 염장을 해서 염장을 지르는 건가."

고진은 짐짓 울적한 목소리로 말했다.

"그런 허튼소리 하시는 걸 보니 말씀만큼은 아닌 모양인데요."

"……실은 뭐 그래. 허탈하긴 하지만 차라리 홀가분하달까."

고진은 목을 이리저리 돌리더니 넥타이를 아예 풀어 버렸다.

"범인을 못 밝힌 건 아니잖아. 단지 눈앞에 범인을 두고도 체포하지 못한 거지. 지금까지 우리가 한 일이 범인이 누구인가를 밝혀내는 일이었다면 박사는 그 한계를 뛰어넘어 버렸어. 살인을 한 것은 명백하다, 하지만 체포할 수 없다. 이런 말도 안 되는 상황을 만들어 버렸단 말이야. 틀에 박힌 법률가들이 상상하지 못할 법률의 맹점을 찔렀어. 박사는 법을 주물탕 놓고서 우리를 엿 먹이는 걸 즐겼고."

"맞습니다. 그건 형님 잘못이 아니에요. 이젠 뭐 잊어버리세요."

* 『정신자살』(들녘, 2011)

언제나 묵은 상처를 헤집은 다음 약간의 약을 발라 주는 이유현이었다.

"이거 뭐, 말이야 쉽지. 자넨 잊을 수 있나."

"……어떻게 잊겠습니까? 경찰 안에서도 계선을 뛰어넘어 상층부의 극히 일부에게만 보고되었고, 진상을 제대로 아는 사람은 거의 없어요. 내부적으로는 단순한 미제 사건으로 처리됐죠."

이유현은 고개를 갸우뚱거리다가 말했다.

"지금은 어떻게 돼 있을까요?"

"글쎄……."

고진의 머리가 더위를 먹은 개처럼 푹 꺾였다.

"더 생각하지 말죠. 그냥 운이 없었다고 생각하세요."

"아냐. 그래도 재밌었어. 그때 그 사건이 없었다면 권태를 못 이겨 결혼이라도 하고 말았을 거야."

하긴 흉터만 남긴 사건은 아닐 것이다. 이유현은 한편으로 고진이 선악의 건너편에 앉아 상식에 돌을 툭툭 던져 온 이탁오 박사와의 인연을 즐기는 것이 아닌지 의심하고 있다. 이유현은 남은 샌드위치를 한입에 털어 넣고 음료수를 쭉 들이켠 다음 마치 떡밥을 던지듯 넌지시 말했다.

"묘한 사건이 하나 있긴 있는데."

"묘한 사건?"

이유현은 대답을 않고 일어서서 거실 쪽으로 걸어갔다. 탁자 위에는 조금 전까지 들여다보고 있던 두툼한 종이뭉치가 흩어져 있다. 이유현은 서류를 주섬주섬 뒤적였다. 그 모습을 멀찍이서 건너다보며 고진이 말했다.

"수사 자료를 집까지 갖고 온 거야? 질리겠군."

"중요한 자료 몇 장만 복사했어요."

"이래서야 휴일이 의미가 없잖아. 어떤 거야?"

고진은 무심한 척 물었지만, 분명 가장이었다. 이유현이 먼저 이야기를 꺼낼 정도면 틀림없이 신경을 간질일 만한 사건임을 경험으로 알고 있다.

"발로 뛰는 수사는 할 만큼 했고……. 그런데 뭔가 미심쩍어요. 벽에 부딪친 셈인데……. 아, 혹시 형님의 엉뚱한 상상력이 해결에 보탬이 되는 종류의 사건일지도 몰라요. 한번 들어 보시겠습니까?"

이유현은 슬쩍 흘리듯 말했지만 실은 마침 고진이 온 김에 꼭 사건 내용을 들려주고 싶었다. 고진이 비록 헛소리를 일삼는 버릇이 있지만 그 입의 무게는 누구보다 믿을 만했기에 그에게만은 신경을 곤두세우지 않고 편하게 사건 이야기를 할 수 있었다. 강력팀장 입장에서 부하들에게는 차마 하기 어려운 말도 있고, 고진의 추리가 엉뚱한 방향에서 영감을 던져 줄 때도 있다. 이유현이 이렇게 아닌 척 대놓고 이야기를 던지는 걸 보면 어지간히 수사 상황이 답답한 지경에 처한 것이다.

"시간도 좀 남고…… 한번 들어나 볼까."

고진은 괜히 벽시계를 한 번 쳐다보고는 뻐기듯 말했다. 하지만 고진이 걸터앉은 부엌 의자는 벌써 거실 방향으로 돌아 있었다. 이유현은 침을 한 번 꿀꺽 삼키고 이야기를 시작했다.

"발단부터 따지면 좀 오래된 사건이에요. 그 사건을 처음 보고받은 게 올 2월이니까, 광역수사대로 발령받은 거의 직후네요. 마포 효창공원 언덕배기의 오래된 집에서 강도사건이 일어났습니다. 엄밀히 말하면 강도 미수지만. 근데 이게 특이한 게 복면한 강도 네 명이 한밤중에 침입해서는 가족들 다 깨워 놓고 다짜고짜 끈을 내놓으라고 했단 겁니다."

"복면 강도? 끈?"

"예. 광목천으로 된 오래된 끈을 찾고 있었대요. 그자들이 한밤중에 목에 칼을 들이대니 사람들이 혼비백산했죠. 끈 같은 건 모른다고 하니 이자들이 직접 집 안의 오래된 다락방하고 문갑 같은 데를 마구 뒤지다가 사라져 버렸답니다. 다른 돈이나 패물 같은 건 거들떠보지 않고요."

고진은 작전 타임을 요청하듯 양손을 엇갈린 다음 담배를 꺼내 불을 붙였다. 지금부터 경청하겠다는 신호였다. 금연을 신조로 삼는 이유현으로서는 못마땅할 수밖에 없다. 여자가 생긴다면 저 해로운 버릇이 고쳐질까? 혀를 차는 이유현이었지만 그렇다고 한 번도 말로 타박한 적은 없다. 담배를 물어야 고진의 입도 열리고 뇌도 열린다는 것을 경험으로 아는 탓이다. 이유현은 말없이 일어서서 맞바람이 통하도록 부엌 쪽 창문을 열어젖히는 것으로 항의 표시를 했다.

"피해자들이 마포 쪽에 살다 보니 가까운 우리 광역수사대에 신고를 해 왔어요. 관할서로 이첩시키려다 문득 꺼림칙하더라고요. 이자들 행태로 봐서 사건이 더 있지 않을까 싶어서 전국 경찰서에 조회를 해 봤죠. 그랬더니 각지에서 유사 사건이 확인된 겁니다. 다섯 건이 더 있었어요. 전남 담양, 경남 울주군, 강원도 봉평 등 범행 장소는 전국이었고, 대부분 시골 마을 외딴 집이었습니다. 한밤중에 남자들이 들이닥쳐서는 끈을 찾다가 돌아갔대요. 복면 때문에 얼굴은 아무도 못 보았고요. 첫 세 건은 4인조였고 뒤의 두 건은 5인조였다는데 아마 같은 놈들인 것 같아요. 시골 영감님들인 데다가 겁을 먹거나 별다른 피해가 없어 신고 안 한 사건이 더 있었을 겁니다. 담양에서는 피해자 가족 중 한 명이 강도들하고 격투를 벌이다가 칼에 찔려 죽은 일까지 벌어졌어요. 강도살인이라는 중대 사건으로 비화됐지만, 다른 지역 사건하고의 연관성을 알지 못했으니까 단발성 사건으로만 치부되어 있었던가 봅니다."

"이때 우리의 이유현 경감이 등장해 사건이 전부 광역수사대로 모인 거군. 역시 대단해."

고진은 이유현을 적당히 치켜세웠다.

"무대가 전국이다 보니 서울 관할을 넘어섰지만 그렇다고 경찰청 아래 특별수사본부를 설치하기도 뭣한 사건이고 해서 우리 서울 광역수사대가 맡게 된 거죠. 애당초 마포에서 일어난 강도사건이 계기가 되기도 했고. 아무튼 남자들의 인상착의는 다 같았어요. 아, 복면을 했으니 인상보다는 체형이나 신체의 특징 같은 것들이 일치했죠. 그런데 희한한 게, 피해자들끼리는 서로 전혀 알지 못하는 사람들이고 아무런 인연이 없었어요. 광목천 끈이라는 게 도대체 뭐냐고 물으니 자기들도 전혀 모른대요."

고진은 고개를 갸우뚱하며 담배 연기를 콜라 캔에 톡톡 털었다.

"이상하군. 강도들이 장돌뱅이 패거리들이 아닌 다음에야 전국을 떠돌다가 무작위로 집을 고른 건 아닐 거고. 분명히 그 피해자들이 그 끈을 갖고 있다고 믿을 이유가 있을 텐데……."

"그렇습니다. 그런데 그게 전혀 이유가 안 드러나 있다는 게 문제예요. 적어도 겉으로는요."

"피해자들의 학연이나 지연 같은 건 조사했을 테고……."

"물론이죠. 털끝만큼도 연관이 없어요."

"금융 다단계의 회원은 아닐까? 시골에는 그런 거 많잖아."

"그런 것도 조사했죠. 하지만 다단계 쪽으로 빠져 있는 사람은 없었어요."

"그렇다면, 오래된 끈을 찾았다는 걸로 봐서……."

고진은 손가락을 부딪쳐 탁 소리를 냈다.

"피해자들의 선조들하고 무슨 연관이 있는 게 아닐까?"

이유현은 단호하게 고개를 저었다.

"우리도 그래서 피해자들 할아버지하고 증조할아버지까지도 다 뒤졌어요. 그런데 아무리 훑어 봐도 선조들 사이에도 인연이 없어요. 친척 관계도 없고, 혼인 관계로 이어진 것도 없었어요. 같이 사업을 한 사이도 아니고, 심지어 같은 지역에 살던 사람도 아니었습니다. 이 사람들은 자기들끼리보다는 차라리 오바마와 더 인연이 있을 겁니다."

"괴이하군……."

고진은 턱을 쓰다듬었다.

"거참. 아무 관계없는 사람들을 상대로 이 집 저 집 건너다니면서 한 가지 물건을 찾으러 다녔다?"

"그런데 여기서 더 괴이한 일이 발생합니다."

"무슨 일?"

어느새 고진의 의자는 이유현 쪽으로 완전히 돌려져 있다. 고진의 손끝에 매달려 혼자 타들어 가는 담배가 위태로운 긴 재를 남기고 있었다.

"지난번처럼 담뱃재 떨어뜨려 거실에 자국 내면 여기서 이야기 끝낼 겁니다."

고진은 퍼뜩 정신을 차린 듯 반쯤 남은 담배를 바로 콜라 캔에 집어넣었다.

"다섯 명 중 한 명은 신원을 파악했어요."

"복면했다더니 용케 알아냈군."

"그자가 인상이 워낙 독특했던 모양입니다. 일단 다섯 남자들에 관한 피해자들의 진술을 모아 보면 그렇습니다. 덩치 크고 몸이 좋은 남자, 키 큰 남자, 땅딸막하고 검은 얼굴의 야무진 일꾼 타입, 작고 볼품없는 남자. 그리고 나머지 한 명도 키가 작달막했는데 오른손이 의수고, 한쪽 다리를 절었답니다. 신원이 파악된 쪽은 마지막 남자입니다. 나머지는 체형 정도뿐이어서 특정하기 어려웠는데요, 마지막 남자는 의수라는 남다른 특징이 있어서 경찰청 데이터베이스에서 찾아낼 수 있었어요. 우리로선 다행이랄까, 범죄 전력이 있었거든요. 그래도 형사들이 꽤나 고생했죠. 지문이나 DNA 대조 같은 거야 전산으로 금방 되지만, 이건 일일이 수작업으로 확인하는 거라서요. 전과자 데이터베이스를 다 뒤져서 오른손에 의수를 한 남자를 결국 찾아냈습니다. 여순철이라는 39세의 남자로, 초등학교 졸업 학력에 독신이고, 예전에 공장에서 청소 일을 했었는데 전원이

들어온 상태에서 롤러 기계를 만지다 팔이 말려 들어가 손목 하나를 잃었다는군요. 그 뒤로 의욕을 잃고 범죄에 빠져 절도 전과 4범. 마지막으로 출소한 지 한 3년 된 상태였어요. 등록된 주소지가 충남 홍성군으로 되어 있어 찾아가 보았더니 등이 꾸부정한 노모가 혼자 기거하고 있었는데, 노모 말로는 여순철이 집을 나간 지 2년이 넘었답니다. 오히려 자기 자식 좀 찾아 달라고 신신당부를 하더군요. 2년간 어디서 뭐했는지는 밝혀내지 못했지만 비교적 최근의 행적은 찾아냈습니다. 여순철은 경남 울주군 쪽으로 내려가 외딴 곳에 거주하면서 고물을 주워다 팔며 하루하루 연명하며 살았던 모양입니다. 우리는 울주군 관할서에 여순철의 소재를 파악해 달라고 수사를 촉탁했고, 현지 경찰서 박진우 형사가 단독으로 조사에 나섰어요. 박 형사는 같이 고물을 주우면서 비교적 친하게 지낸 영감님을 찾아냈죠. 노인은 자기야 나이 들어 기술도 없고 고물 수집이나 하지만 여순철이가 젊은 나이에 그러고 사는 게 안타까워서 같이 술도 마시고 좋은 얘기도 많이 해 주고 그랬나 봐요. 여순철이는 뭐 듣는 둥 마는 둥 했던 것 같습니다만. 그러다가 여순철이가 이 영감님한테 돈을 빌려 갖고는 근 1년 전에 모습을 감추었는데, 그 얼마 전 다시 나타났대요. 그런데, 여기서 돌발 사태가 발생합니다."

"돌발 사태?"

"여순철의 소재를 탐문 중이던 박 형사가 갑자기 사라졌어요."

고진은 턱을 바짝 당겼다.

"형사가? 용의자가 사라진 게 아니라?"

"그 며칠 뒤에 시체로 발견되었어요."

고진의 입술이 씰룩거렸다. 호기심은 당기지만 사람이 죽은 이야기에 갈채를 보낼 수도 없는 감정의 모순이 낳은 신체의 부작용이라고나 할까. 그 속내를 빤히 들여다보며 이유현은 말을 이었다.

"토막 난 채로 낙동강 하구에서 발견되었어요. 팔다리가 잘려 나간 참혹한 상태로 둥둥 떠내려가다가 강기슭에 밀려왔던 거죠. 신문에서 보셨을 겁니다. 한동안 꽤 떠들썩했으니까."

"음, 그 기사는 나도 봤어. 그게 아마 초봄쯤 되었던가."

"그 박진우 형사가 실은 이 사건을 조사하고 있었던 겁니다. 처음에는 박 형사의 죽음이 설마 이 사건하고 관계있을 거라고는 생각지도 못했죠. 이 사건이 특이하긴 해도 강도사건일 뿐이고, 도중에 일어난 살인도 우발적이었으니까요. 경찰에서는 오히려 박 형사의 개인적 원한 관계나 금전 관계, 다른 강력 사건의 용의자들을 뒤져 보고 있었어요. 아무튼 박 형사가 죽어 버리니 그자들한테 접근해 들어갈 실마리가 사라져 버린 것도 사실입니다."

"그럼 왜 박 형사의 죽음이 이 연쇄 강도사건과 관련 있다고 생각하게 된 거야?"

"앞에 얘기했죠? 괴이한 사건이 있었다고."

"뭔데?"

"박 형사가 조사하던 그 여순철이 박 형사가 피살되고 바로 얼마 후에 자살한 시체로 발견되었어요."

"호오. 이건 신문에 나지 않은 이야기로군."

고진은 의자를 바짝 당겼다.

"원래 박 형사의 시체가 발견되었을 때 강도사건 용의자 여순철도 순위가 높진 않았지만 일단 수사 대상이긴 했어요. 박진우 형사의 수첩에 여순철이 기거하던 장소가 적혀 있었답니다. 하지만 수사의 초점이나 우선순위는 역시 개인적인 원한 관계나 다른 강력사건이었죠. 관할서도 인력이 제한되어 있으니 일단 우선순위의 용의자부터 수사하고 차차 탐문하려던 차였어요. 그러던 중에 여순철한테서 그 고물업 하던 영감님한테 메시지가 왔던 겁니다. 언제 어디로 오면 빌린 돈을 갚겠다, 이렇게요. 그래서 영감님이 지정한 장소, 시간에 찾아갔답니다. 산길 초입 후미진 공터에 컨테이너 두 대가 나란히 놓여 있는 곳이었는데, 여순철은 아무리 기다려도 오지 않았고, 영감님이 휴대폰을 걸어 보니까 컨테이너 안에서 벨소리가 울렸답니다. 컨테이너 문은 잠겨 있었고요. 고민하던 영감님은 경찰에 신고를 했죠. 신고를 받고 현장에 간 경찰은 그 컨테이너 안에서 여순철의 시체를 발견합니다. 컨테이너 안 내벽에 박아 놓은 옷걸이에 노끈을 칭칭 감고는 그 노끈에 목을 매달고 축 늘어져 있었답니다. 자신이 박진우 형사를 죽였다는 유서가 바닥에 놓여 있었고요."

"그런데 대체 이 사건의 어떤 부분이 괴이하다는 거야? 자신을 쫓던 형사를 죽이고 자살했다면 충격적이긴 하지만 있을 수 있는 일이잖아."

이유현이 또박또박 끊어서 말했다.

"사실상 밀실이었거든요."

"밀실?"

고진의 작은 눈이 쭉 찢어졌다. 최대치의 흥미를 보일 때의 반응이다.

"제대로 된 컨테이너 하우스도 아니고 수출용 컨테이너 아시죠, 그거 개조한 그런 거였어요. 진입로는 넓었지만 수풀을 등진 외딴 곳이었습니다. 물론 사람들의 왕래도 드물었고요. 컨테이너 두 대가 나란히 놓여 있었는데, 등산객 진술로는 최소한 2주일 전부터 그곳에 두 대가 나란히 놓여 있었답니다. 워낙 시선을 끌 만한 장소나 물건이 아니었으니까 그다지 주의 깊게 본 사람은 없었어요. 한 대의 컨테이너는 문이 열려 있고 텅 비어 있었지만, 그 옆 여순철이 죽은 컨테이너는 완벽한 밀실이었던 거죠. 창은 시커멓게 코팅되어서 안이 보이지 않았습니다. 안에서 여순철의 벨소리가 들리지 않았다면 경찰이 빠루를 가져와 컨테이너 문을 비틀어 잡아 뜯기까지는 못했을 겁니다."

"창문은 어땠는데?"

"모두 안에서 잠겨 있었어요. 크레센트라고 하는 초승달형 고리 모양 자물쇠 있죠? 안에서 고리를 내려 거는 단순한 형태지만 그만큼 튼튼하죠. 어떤 장치를 이용하더라도 밖에서 잠그는 건 불가능할 겁니다. 창 바깥에는 얼기설기 창살도 달려 있고요. 창틀에 먼지가 그득 쌓여 있었던 걸 보면 한동안은 창문 부근에 사람의 손길이 얼씬거린 적조차 없었다고 봐야겠죠. 컨테이너 출입문은 애당초 안에서 잠겨 있었고."

고진은 이유현의 이야기에 이끌린 듯 아예 거실로 자리를 옮겨 마루에 철퍼덕 주저앉았다.

"문이 잠겨 있었다는 게 확실해?"

"그때는요."

"그게 무슨 말이야?"

"문 자물쇠가 안에서 눌려 잠겨 있었을 뿐만 아니라, 별도로 디지털 도어록이 달려 있었어요."

"잠깐."

고진은 팔을 내저었다.

"자물쇠야 미리 누르고 나오면 되는 거고, 디지털 도어록은 대부분 문을 닫으면 자동으로 잠기게 되어 있잖아. 범인이 살해하고 나오면서 문을 충분히 잠글 수 있을 텐데, 대체 어떤 점에서 밀실이었단 거야?"

"경찰이 들어갈 때 빠루로 마구 뜯어 내긴 했지만, 디지털 도어록에 내장된 CPU하고 기록장치는 망가지지 않았거든요. 그걸 분석해 봤더니, 디지털 도어록은 적어도 여순철이 사망 12시간 전에 잠겼고 그 뒤로는 개폐한 흔적이 전혀 없었어요."

"흐음……."

고진은 담배를 잃은 빈 손가락을 담배 대신 거실 테이블에 탈탈 두드려 댔다.

"부검 결과, 사망 시각은 발견한 날 아침 10시에서 오후 1시 사이로 추정되었어요. 그런데 디지털 도어록 기록상으로는 전날 밤 12시 10분경에 마지막으로 잠긴 것으로 나왔어요. 다시 말해 밤 12시 10분경에 컨테이너의 모든 출입구가 잠겼다. 그리고 컨테이너 안에 혼자 있던 여순철은 그로부터 약 12시간 후에 목을 매달고 자살했다. 이런 결론 외에는 생각할 수 없는 거죠. 경찰이 컨테이너 안에 들어갔을 때부터 술 냄새가 심하게 났는데, 아니나 다를까 부검해 보니 여순철은 술을 잔뜩 마신 채였어요. 수면제도 검출되었고요. 친했던 고물상 영감님한테 물어보니 여순철은 술이 약해 한 잔만 먹어도 픽 쓰러져 자는 체질이었답니다. 일단은 술에 취해 충동적으로 수면제를 먹고 목을 매달아 자살한 것으로 보였습니다. 마음이 약한 사람들은 죽음의 순간을 잊으려 수면제를 들이켜고 목을 매는 경우도 있거든요. 목 앞에서 시작해서 비스듬히 위로 진행해 우측 후두부에서 만나는 삭흔이 발견됐고, 얼굴 안검 결막에서 일혈점이 발견되었는데 모두 경부 압박에 의한 질식사의 전형적인 징표입니다. 몸에 다른 상처는 없었어요. 옷걸이가 그리 높지 않아 발이 살짝 바닥에 닿는 불완전한 형태의 액사였는데, 이때는 보통 목에 체중의 70퍼센트 정도로 하중이 걸립니다."

"대롱대롱 매달린 형태는 아니었군. 하긴 옷걸이는 사람이 매달릴 만큼 높은 데 설치되는 게 아니니까."

"그렇습니다. 액사라고 하면 완전히 발을 땅에서 떼고 대롱대롱 목을 매다는 죽음만 생각하는데 실은 발이 땅에 닿아 늘어진 채 죽는 경우도 흔하죠. 방문 손잡이에 목을 매달아 죽는 일도 많고, 보고된 바로는 의자 발걸이에 목을 매단 사례도 있습니다. 아무튼 이 액사는 대부분 자살로 분류됩니다. 이 사건에서도 목에 남은 노끈의 흔적이 자연스러웠어요. 폭력이 행사된 거친 흔적은 전혀 없었습니다."

"그럼 완벽한 밀실이잖아. 어중간한 상태도 아니고, 그 정도면 후디니도 탈출 못 하겠는데? 놀랍군. 자살이 아니라면 누군가가 술을 먹여 정신을 못 차리게 한 다음 목을 졸라 살해하고 자살로 위장했단 이야긴데, 디지털 도어록에는 분명히 죽을 무렵 출입한 사람은 없고. 그런데 자네는 자살이 아니라고 단정하고 있다? 확실한 이유라도 있는 거야? 이를테면 의수로는 목을 매달기 힘들다든가."

"그렇지는 않았어요. 한 손으로도 충분히 가능한 자살이었어요. 노끈을 옷걸이하고 목에 몇 번씩 감은 것뿐이니까. 또 여순철을 알고 지낸 노인 말로는 성한 한쪽 손이 두 손 몫을 할 만큼 아주 능숙했다더군요."

"그럼?"

고진은 이유현을 빤히 보았다. 그런데도 자살이 아니라고 확신하는 이유를 눈으로 묻고 있었다.

"일단 그 허름한 컨테이너에 비싼 디지털 도어록을 달아 놓았다는 게 말이 안 되잖아요. 훔쳐 갈 것도 없는데. 오히려 출입 시간이 기록되게 해서 타살이 아니라는 걸 굳이 드러내겠다는 노골적인 장치로 보이지 않습니까? 증인도 없을 만한 외진 곳이니 디지털 기기의 힘을 빌려 알리바이를 확보한 거죠. 말하자면 누군지 모르지만 이 범인은 대놓고 과시한 겁니다. 경찰들아, 봐라, 밀실이다, 여순철은 자살이지 않는가, 하고요."

"절대로 타살을 입증할 수 없을 거라는 범인의 자신감이다, 이건가."

"또 유서가 있었으니까요."

"박진우 형사를 자신이 죽였다는 거? 그거야 상식적으로는 자살을 가리키는 증거라고 봐야 하지 않겠어? 밀실살인이 아니라 밀실자살이 되는 셈이군……."

투덜거리던 고진은 이유현의 진지한 표정을 보고는 입을 닫았다.

"물론 아주 상식적이고 뻔하게 생각하면 그렇단 거고. 자네의 그 표정은…… 흐음, 뭔가 더 미심쩍은 데가 있는 거군."

"작위적인 냄새가 풍기지 않아요? 일단 상황이 의심스럽잖습니까. 광목천 띠를 찾겠다는 일념으로 전국을 돌며 강도짓 하던 인물이 갑자기 자살이라뇨. 뚜렷한 목적의식이 있는 사람이 자살하는 일은 드물죠. 유서가 있다는 게 오히려 더 수상해요. 종이쪼가리에다가 휘갈겨 쓴 건데, 자기가 형사를 죽여서 토막 내서 강에 버렸다, 미안하다, 그런 내용이었어요. 필적은 감정할 수 없을 만큼 비뚤어져 있었어요. 당시 경찰은 술에 취해 써서 그럴 것이다 판단했다는데, 아무리 생각해도 지나치게 아귀가 잘 맞아떨어져요. 어떤 의지를 가지고 집요하게 강도질을 하던 범죄자가 자신을 쫓던 경찰을 잔인하게 죽이고는 갑자기 자살을 한다? 갑자기 양심의 가책을 느껴서? 과연 그럴까요?"

고진은 고개를 끄덕끄덕하다가 멈칫하며 물었다.

"……그런데, 컨테이너를 살 돈은 어디서 났을까. 돈 한 푼 없었다며."

"알 수가 없었어요. 원래 중고 컨테이너는 등기부가 있는 것도 아니고 해서 소유 관계를 추적하기 힘듭니다. 사실 여순철이 그 컨테이너를 산 게 아니라 버려진 컨테이너에 잠시 들어가 기거하고 있지 않았나 보고 있어요. 여순철이는 거의 노숙자 수준이었거든요. 오다가다 컨테이너를 본 등산객들도 그 안에 사람이 살고 있을 거라고는 생각 못 했다고 할 정도로 녹슬고 낡아 있었습니다. 안에는 옷 쪼가리, 속옷, 양말 몇 개하고 이불 두 장이 아무렇게나 뭉쳐져 있었어요. 유서하고 볼펜 한 자루, 휴대폰, 팩 소주 10여 개, 라면 봉지, 젓가락, 생수 페트병 몇 개가 바닥에 굴러 있고. 그거 말고는 아무것도 없었어요."

"휴대폰 통화 기록 추적에서도 어떤 실마리가 없었던 모양이지? 강도 패거리로 의심되는 자들과의 통화 내역 같은 거 말이야."

통화 추적은 기본 중의 기본이다. 이유현은 고개를 가로흔들었다.

"못 찾아냈어요. 일단 통화가 거의 없었습니다. 하루에 한 통화도 하지 않은 날도 많았고. 띄엄띄엄 있던 통화도 추적해 보면 모두 통화할 만한 상대방이었고. 그 친하게 지냈다던 영감님 아니면 거래하던 고물상, 혹은 식당이었어요. 이메일 쪽도 알아봤는데, 여순철은 컴퓨터도 없고, 이메일 계정도 없었거든요. 아마 일당들끼리는 대포폰 같은 걸 쓰지 않았나 싶어요."

"광목천 쪼가리를 찾아 전국을 헤매던 정신 상태로 봐선 갑자기 자살했다고 해도 이상할 게 없는 죽음 같긴 한데…… 하지만 상황은 분명히 이상해. 경찰에 쫓기다가 체포 직전에 죽었다는 것도 그렇고. 우연히 자살의 타이밍이 일치했다고 보기엔 지나쳐……."

고진은 일어서서 거실을 어슬렁거리다가 다시 바닥에 앉았다.

"그런데 타살이라고 하려면 밀실이 문제군."

"커다란 벽이죠."

이유현이 곤란하다는 듯 입을 오므렸다.

"도무지 수사를 진행할 건덕지가 없으니 일단은 자살로 정리된 상태예요. 그래도 여기서 마지막 반전이랄까 아쉬운 일이랄까 하여간 상당히 수상한 사건이 생깁니다."

"뭔데."

"박 형사의 수첩에 여순철이 기거하던 곳에 관한 메모가 있었다고 했죠? 여순철의 시체가 발견된 후에 경찰이 거기를 들러 보았답니다. 자살이 분명하다고 판단하고 있었기 때문이 적극적인 수사는 하지 않았던 모양이에요. 거기서 남자 세 명을 만났다는데 진술도 의심할 거리가 전혀 없었다고 하고요. 갈 곳이 없던 여순철이 거기서 잠시 지내다가 얼마 전에 아무 말도 없이 나가 버렸다는 겁니다. 아마 그 뒤로 그 컨테이너에서 생활한 모양이에요. 경찰은 그 무렵 여순철 사건에만 초점을 맞추어서 가볍게 질문만 하고 돌아왔다네요. 자살로 결론 내렸으니 길게 조사할 이유가 없었던 거죠. 연쇄강도 사건은 박진우 형사가 우리 광수대의 촉탁을 받아서 개별적으로 여순철의 소재만 탐문하고 있었을 뿐이니까 내용조차 몰랐고요. 그런데, 내가 나중에 여순철이 죽은 현장을 보러 간 김에 여순철이 살던 곳을 찾아갔던 경찰을 만나 보니 거기서 만난 남자들이 강도사건 용의자들하고 체형 같은 특징들이 엇비슷하게 맞아 들어가는 거예요. 그래서 부랴부랴 거기를 찾아가 봤죠. 황당했습니다. 몽땅 사라져 있었어요. 허름한 주택하고 컨테이너 하우스 하나만 덩그러니 남아 있을 뿐 깨끗하게 비워져 있었어요. 쓰레기도 한 점 없이. 한밤중에 큰 승합차가 굉음을 울리며 나가더라는 마을 주민의 목격담 말고는 누가 살았는지 차 번호는 뭔지 아무 흔적도 남아 있지 않았어요. 지문조차도요."

"그자들이 강도 패거리였던 모양이군. 정말 아깝네."

"그렇다고 생각합니다. 그런데 강도는 그렇다치고, 어차피 여순철

자살 건으로는 그자들을 붙잡는다 해도 수사해 들어가기가 어려워요. 심정적으로는 도무지 납득이 가지 않지만 물리적으로는 자살이 분명하거든요."

고진은 폭염으로 물들어 가는 창밖을 내다보며 곰곰이 생각에 빠져들었다.

"동기 없는 살인이 없듯, 동기 없는 자살도 없어. 상식에 맞지 않는다면 죽을 때까지 파 보는 수밖에……."

고진은 눈알을 이리저리 굴리다가 히죽 웃으며 물었다.

"컨테이너가 있던 장소가 정확히 어디야?"

"또 뭔가 혼자 공상하고 납득하신 거 같은데, 뭡니까?"

"아직은 확인해 봐야 해. 일단은 장소를 가르쳐 줘 봐."

이유현은 팔짱을 낀 채 고진을 비스듬히 꼬나보다가 할 수 없다는 듯 말했다.

"울산시 울주군 온양읍 어디쯤 되는데 주택가에서도 도로에서도 떨어진 외진 곳이에요. 그 옆은 논밭이고."

"컨테이너가 있던 곳에 진입로가 있고 차를 댈 만한 공터가 있지 않나?"

"차가 들어가려면 들어갈 수는 있어요. 공터도 있고. 그래야 컨테이너도 설치할 수 있었을 테니까요."

고진은 입꼬리를 끌어올리며 웃더니 돌연 물었다.

"혹시 부근에 송유관이 지나지 않나?"

"송유관이오? 송유관이 왜요?"

이유현은 의아한 표정으로 되물었다.

"한번 확인해 볼 필요가 있을 것 같은데."

고진은 재차 야릇하게 웃었다. 이유현은 무언가를 물으려 입술을 들썩이다 그만두고 의자에서 일어섰다. 방으로 가더니 노트북을 꺼내 왔다. 이유현은 거실 탁자 위 서류 더미 사이를 비집고 노트북을 놓은 다음 자판을 두드리기 시작했다. 송유관 매설 현황이 웹에 곧장 뜨지는 않았지만 어떤 논문에 자료로 첨부되어 있었다. 이유현은 국회도서관에 로그인해 요금을 결제한 뒤 논문을 다운받아 송유관 매설 현황을 띄웠다. 뚫어져라 모니터를 들여다보던 이유현이 눈을 떼고 소리를 높였다.

"오호! 컨테이너 근처에 분명 송유관이 지나는 것 같은데요. 울산에 정유 공장이 많고 대한송유관공사도 있어서 그런가 보네요. 도면 축적이 커서 어느 만큼의 거리인지는 모르겠지만. 그런데 어떻게 아셨습니까?"

"추측이 맞군. 아마 현장에 가 보면 생각보다 송유관이 훨씬 가까운 곳에 있을 거야."

이유현은 고진을 향해 눈을 부릅떴다.

"또 말 돌리기 시작이네요. 뭔가 떠오른 모양인데, 빨리 털어놓아 보시죠."

"수사 자문위원으로 보수라도 받아야 할 판에 이렇게 몰아세우기만 할 거야?"

"자문위원 보수? 밥이라도 사란 겁니까?"

"밥은 됐고……."

고진은 이유현의 노트북 옆에 중구난방으로 흩어진 종이 더미를 뒤적이기 시작했다.

"부검보고서하고 피해자들 진술서 몇 개밖에 없잖아. 연쇄 강도 사건치고는 참 증거물도 빈약하군. 그만큼 범인들이 철저하다는 얘기겠지."

이유현은 자리를 비켜 주고 어디 한번 봐 보란 듯이 팔짱을 꼈다. 고진은 이유현이 앉았던 자리에 몸을 들이밀고 서류를 넘겨보기 시작했다. 피해자들의 진술서를 휘리릭 훑어보더니 이유현에게 볼펜하고 메모지를 달라고 해 무언가 메모를 하기 시작했다.

"뭘 적어 가는 겁니까?"

이유현이 넌지시 들여다보니 피해자들의 이름과 주소가 적혀 있었다.

"개인정보는 곤란합니다. 설마 이 사람들 주민번호를 이용해서 불법 사이트 가입 같은 것에 이용하려는 건 아니겠죠?"

"사람 모욕하는 방법도 가지가지군. 단지 피해자들의 연관 관계를 연구해 보고 싶어졌을 뿐이야. 이거야말로 이 사건의 최대 미스터리이자 열쇠이지 않겠어?"

"밀실이 아니고요?"

"밀실 수수께끼는 이 자리에서 풀렸어."

고진이 느긋하게 말했다. 인내심 강한 이유현의 얼굴에 슬슬 짜증의 빛이 떠올랐다.

"사건 파악이 대충 끝났으면 의견을 말씀해 보시죠."

"기다려 봐. 담배 한 대 더 피우고."

고진은 일어나 부엌 쪽으로 가서 담배를 꺼내 불을 붙였고, 담배를 입에 문 채 의자를 하나 드르륵 꺼내 앉았다. 이유현은 입술을 깨물었다. 고진은 담배 한 개비가 다 타들어 갈 무렵에야 거들먹거리는 목소리로 입을 떼었다.

"송유관이 옆에 있다는 건 말이야, 사건에 큰 의미가 있어."

"예에. 의미가 없을 리 없겠죠. 뭡니까."

"아마 자넨 주로 서울 지역에서 강력반 생활을 해서 이런 잔챙이 절도범 수법은 잘 모를 거야. 이런 범죄는 지방에서 주로 벌어지거든. 뭐냐 하면, 송유관에서 기름을 훔쳐 내는 기름 도둑들인데, 땅을 파서 기름이 지나는 송유관에 접근을 해. 땅 밑에서 송유관에 구멍을 뚫은 다음 파이프를 연결하는 거야. 그 파이프를 땅굴을 통해서 다른 곳으로 연결해서 지속적으로 기름을 훔쳐 내는 거지. 처음에 땅굴 파는 게 힘들지, 파이프만 연결해 놓으면 그 뒤부터는 기름이 알아서 흘러들어 오니까 누워서 떡 먹기야. 송유관 아래에 연결한 파이프는 땅굴을 통해 다른 곳으로 빼내야 하는데, 그 다른 쪽 출구가 사람들 눈에 뜨이니까 거기에 컨테이너를 설치해 버리는 거야."

이유현이 입을 쩍 벌렸다.

"송유관 옆구리에서 빠져나온 파이프가 땅굴을 통해 컨테이너 바닥까지 연결되는 거지. 컨테이너 앞마당에 탱크로리를 대절해 놓고 기름을 퍼 나르면 그만이야. 정유 회사에서는 기름이 새는 걸 확인하기도 어렵고, 확인한다고 해도 어느 지점에서 새는지 알 수가 없어. 교묘한 기름 절도야."

"그럼 이 현장에 있던 컨테이너도 그런 것 중의 하나일 수가 있겠군요."

"그렇지. 아마 바닥을 들춰 보면 땅굴이 나올 거야. 이렇게 한 거지. 범인은 컨테이너 안에서 여순철에게 술과 수면제를 먹여 재운 다음 출입문을 안에서 걸어 잠갔어. 그러고는 12시간쯤 후에 여순철의 목을 매달아 살해했지. 여순철의 휴대폰으로 미리 고물상 영감한테 정해진 시간에 컨테이너 앞으로 오도록 메시지를 보내 놓고 말이야. 그러고는 유유히 땅굴을 통해서 빠져나간 거지. 그러면 나중에 여순철을 만나러 온 영감님은 12시간 전에 잠긴 밀실 안에서 자살한 여순철의 시체를 발견하게 되는 거고."

"으음. 탈출구는 바닥이란 말이죠……."

이유현은 벌떡 일어섰다.

"마술사 후디니가 알고 봤더니 이런 허접한 수법이었다, 이거지……."

"엇, 잠깐. 조금 전까지만 해도 괴이한 밀실 사건이니 뭐니 해 놓고는 내가 수수께끼를 푸니까 이제 와서 허접한 수법이라는 건가."

고진이 항의했지만 이유현은 몇 걸음 왔다 갔다 하더니 갑자기 방 안으로 쑥 들어가 버렸다. 고진은 담배를 쥔 채 부엌 의자에 멍하니 앉아 있을 수밖에 없었다. 잠시 후, 트레이닝복 차림으로 안방에 들어갔던 이유현은 어느새 말쑥한 베이지색 면바지와 검은색 폴로셔츠 차림으로 거실에 등장했다. 이유현의 당당한 체격과 어우러지니 당장 폴로 경기에 뛰어들어도 될 만한 모양새였다. 이유현의 변신에 놀란 고진이 말했다.

"혹시 그 방 안에 기사 작위를 내리는 여왕폐하라도 있나? 평민으로 들어가서 귀족이 되어 나왔군."

"같이 가시죠."

이유현은 다그치듯 말했다.

"설마…… 지금 컨테이너에 가 보려고?"

고진의 입이 벌어졌고, 담배는 아랫입술에 매달렸다.

"그래야죠. 지체할 이유가 있습니까?"

"난 왜? 그럴 거면 그냥 자네 혼자 다녀와. 난 결혼식 참석해야 돼. 벌써 좀 늦은 것 같아."

"부조는 하셨어요?"

"부조금은 미리 딴 사람한테 줘 놨어. 혹시 늦잠자서 늦을까 봐. 잠깐……."

"그럼 됐습니다. 부조금을 받았으니 이젠 형님을 반가워하진 않을 거예요. 밥 축내러 오는 사람이 반갑겠어요?"

이유현은 고진을 잡아끌었다.

"이런, 날도 더운데……."

고진은 툴툴거렸지만 그다지 큰 반항 없이 따라 나섰다. 그도 결혼식장보다는 사건 현장 쪽에 마음이 더 기운 모양이었다. 그의 불만은 결혼식에 참석하지 못하게 된 것보다는 이 더운 날씨에 왜 야외에 나가야 하는지에 있는 것 같았다.

4

공휴일이지만 이른 시각이라 하행선 KTX는 자리가 넉넉했다. 울산역까지는 2시간 10분 남짓 걸린다. 고진은 맥주를 두 캔 사서 마시고는 "결혼식에 가야 하는데……." 하며 중얼거리다가 쿨쿨 잠들어 버렸다. 생각에 골몰해 있던 이유현도 하필이면 동대구역을 지날 무렵에 얼핏 잠이 들어 버려 울산역에서는 허겁지겁 뛰어내리다시피 해야 했다. 울산역은 도심을 기준으로 서쪽으로 20킬로미터가량 떨어진 외곽 산골에 우뚝 선 금자탑 같은 자태로 서 있다. 역을 나서자마자 여지없이 후끈한 대기가 덮쳐 왔다.

두 사람은 택시를 잡아타고 울주군 온양읍내로 진입했다. 시가지를 가로질러 다시 외곽으로 벗어나자 모내기가 끝난 논에 농약을 뿌리는 농부들의 모습이 보였다. 택시는 논을 왼편으로 두고 비포장 길을 덜컹이며 들어섰다. 곧바로 조그마한 공터가 나왔고, 구석에는 낡은 컨테이너 두 대가 덩그러니 놓여 있었다. 뒤편은 숲으로 차단되어 있다. 한 번도 행선지로 되지 않았을 곳에 도착한 택시 기사는 고개를 갸웃거리면서 두 사람을 내려 두고 횡하니 가 버렸다. 냉방된 택시에서 내리자마자 냉장고에서 갓 꺼낸 콜라 캔처럼 고진과 이유현의 이마에 금세 땀방울이 송글송글 맺혔다.

작열하는 태양 아래 컨테이너는 달아오른 프라이팬처럼 잔뜩 뜨거워져 있었고, 어디서 날아온 건지 모를 먼지를 잔뜩 뒤집어쓰고 있었다. 여순철이 죽은 채로 발견된 컨테이너는 오른쪽 것이었다. 고진은 겉을 먼저 둘러보았다. 앞뒷면으로 출입문과 창이 각 하나씩 나 있는데, 창문은 왼쪽에 출입문은 오른쪽에 만들어져 있다. 창문에는 촘촘하게 철제 창틀이 덧씌워져 있고, 창은 유리가 아니라 검게 코팅된 값싼 아크릴판이었다. 모두 단단히 잠겨 있었다.

"여름에 여기 살다간 목이 안 졸려도 그냥 죽겠군."

"여순철이 살던 때는 서너 달 전이었으니까 괜찮았을 겁니다."

고진이 창틀을 만져 보는 사이, 이유현은 서슴없이 그 옆 출입문을 열었다. 열쇠는 경찰이 시체를 발견할 당시에 부숴 놓은 그대로였다. 사우나 같은 열기가 안에서 확 뿜어져 나왔다.

"철판구이가 되기 싫으면 좀 기다리지."

고진이 말했다. 두 사람은 출입구에서 멀찍이 떨어져 뜨거운 공기가 빠져나가기를 기다렸다. 2분쯤 지나 이유현이 먼저 안으로 들어갔고, 고진도 손수건을 꺼내 얼굴과 목의 땀을 훔치며 뒤따라 들어갔다. 내부는 텅 비어 있었다. 그나마 남아 있던 살림살이는 경찰이 수거해 간 상태였다. 고진은 실눈을 뜨고 김이 모락모락 피어나는 것 같은 컨테이너 내부를 둘러보았다. 들어온 출입문의 부서진 잠금장치와 그 대각선 맞은편 출입문의 잠금장치, 그리고 창문 두 개의 크레센트 시정장치를 유심히 들여다보고는 고개를 끄덕였다. 그다음에는 들어온 출입문 왼편 벽에 단단히 못 박힌 옷걸이로 눈을 돌렸다.

"여기에 목을 매달았던 모양이군."

"견학 그만 하시고 이거나 좀 도와주세요."

성미 급한 이유현이 바닥의 모놀륨 한쪽 끝을 걷어 냈다. 고진이 반대쪽으로 가 장판의 다른 쪽 끝을 붙들었다. 두 사람은 팔을 걷어붙이고 열대의 포로처럼 벌건 얼굴로 비지땀을 흘려 가며 모놀륨을 걷어 냈다.

컨테이너 바닥이 드러났다. 땅굴로 통하는 구멍을 기대하고 있던 두 사람 앞에 송판이 모습을 드러냈다.

"좀 이상한데……. 모놀륨 밑에 이렇게 송판이 한 겹 더 있다면 빠져나가면서 송판과 모놀륨 둘 다 덮어 놓기가 어려웠을 텐데."

고진이 고개를 갸웃했고, 이유현도 뭔가 기대대로 일이 되어 가지 않을 듯한 불안감에 젖어들었다.

"어쨌든 송판까지 벗겨 보죠."

두 사람이 다시 힘을 합해 송판 조각을 걷어 냈다. 컨테이너의 맨바닥이 드러났다. 고진은 주춤했고, 이유현의 양 미간은 확 구겨졌다. 바닥에는 컨테이너의 철판이 앙상하게 드러났을 뿐 구멍 따위는 어디에도 없었다.

"없잖습니까."

맥 풀린 이유현의 목소리에는 비난이 담겨 있었다.

"그러게, 땅굴이 없네."

고진이 억양 없이 대답했다. 두 사람은 송판과 모놀륨을 대충 덮어 놓고 컨테이너를 나왔다.

"그래도 컨테이너 안쪽보다는 바깥이 좀 낫군."

고진이 딴청을 피우자, 이유현이 질타하듯 말했다.

"추리가 완전히 빗나갔잖아요."

고진은 모른 척 왼편 컨테이너로 발걸음을 옮겨 안을 들여다보았다. 텅 비었고, 이곳은 아예 낡은 철판이 앙상한 뼈대처럼 드러나 있다. '땅굴설'에 미련을 놓지 못하고 옆 컨테이너까지 살피는 고진의 모습을 어깨 너머로 지켜보던 이유현이 말했다.

"여기도 바닥에 구멍은 없죠? 컨테이너에 구멍이 없으니 기름이건 사람이건 나갈 수가 없겠네요."

말투에 빈정대는 기운이 서려 있다.

"그래도 여기까지 온 보람이 있었어."

"무슨 소리예요? 보람이라뇨?"

이유현이 발끈했다.

"타살 가능성이 낮아졌잖아. 그럼 이제부터 자살이라고 전제하고 수사 방향을 잡아 나가면 어때?"

"이제 와서 왜 이러세요. 송유관 절도에 이용한 컨테이너다, 범인이 빠져나간 땅굴이 분명 있을 것이다, 라고 추리를 펼친 걸 잊으셨습니까?"

"그랬던가…… 흠."

75

고진은 먼 산으로 시선을 보냈다.

"형님도 이젠 다 되었네요. 아무래도 지난겨울 이탁오 박사한테 한 방 먹더니 아직 충격에서 못 헤어나신 거 같습니다."

이유현은 모든 게 못마땅했다. 엉뚱한 추리에 고무되어 멀리까지 시간과 돈을 내버리며 온 건 그렇다치고 날씨라도 덥지 않았더라면. 땀이 목덜미에 흥건하다 못해 가슴팍까지 젖어 버렸다. 뙤약볕에 떠밀리듯 두 사람은 터덜터덜 걸어 나왔다. 택시를 보낸 게 실수였다. 도무지 어디까지 걸어가야 택시를 잡을 수 있을지 알지 못한 채 하염없이 걷다 보니 땀을 한 사발씩 더 쏟을 수밖에 없었다.

비포장 길이 끝나고 겨우 도로를 만났을 무렵, 이유현의 휴대전화가 울렸다. 액정 화면에는 '윤영탁'이라고 떠 있다. 광역수사대 강력팀 형사다. 일요일 오후에는 그다지 어울리지 않는 발신자였다. 이상한 느낌을 동시에 받은 두 사람은 잠시 얼굴을 마주보았고, 이유현은 버튼을 눌러 전화를 받았다. 상대편의 목소리가 매우 커서 고진도 들을 수 있었다.

"그 강도들입니다. 이번엔 일가족 모두를 죽였습니다."

이유현은 환자를 만나기 전에 의사와 한참 실랑이를 벌여야 했다. 이유현 옆에서 윤영탁 형사가 못마땅한 표정으로 거들었다.

"잠깐인데도요?"

"그 잠깐이 그분의 마지막 시간일 수 있어요."

의사 입장에서는 환자가 경찰의 신문에 응했다가 중태에 빠지기라도 한다면 면담을 허락한 책임 문제가 있기에 예민해질 수밖에 없다. 옥신각신 끝에 '5분 이내, 의사 입회하'라는 조건하에 겨우 장문오와 이야기할 시간을 얻어 낼 수 있었다.

"꽉 막힌 의사네. 저러다 범인을 놓치면 환자는 화병으로 죽겠구만."

윤영탁이 혼잣말을 내뱉었다. 이유현은 의사가 들을까 봐 눈짓을 보냈지만 사실 강력팀 형사로서는 의사의 과잉 보호가 마뜩찮을 수밖에 없다. 일가족이 몰살당한, 아니 장문오가 '아직은' 살아 있으니 거의 몰살당할 뻔한 중대 사건이었다. 사건 발생 장소는 경기도 화성 농가 마을의 외딴 집. 장문오의 아내와 늙은 아버지는 칼에 찔려 그 자리에서 숨이 끊어졌고, 기적의 도움을 얻은 장문오는 실낱같은 숨이 붙어 있는 채로 발견되어 병원으로 급히 후송되었다. 칼이 늑골 사이로 들어갔는데 장기의 치명적인 손상을 피했다고 한다.

장문오는 그때까지도 의식만은 뚜렷했다. 수술 후 깨어나서는 한밤중에 강도들이 침입해 다짜고짜 끈을 내놓으라며 가족들을 찔렀다는 말까지 했고, 이 정보가 광역수사대까지 들어갔다. 이어 가족들의 안부를 묻다가 주변 사람들의 머뭇거리는 태도에서 모두 사망했음을 깨닫고는 그만 의식을 잃고 말았다. 그가 다시 깨어난 것은 이유현이 도착한 뒤로도 3~4시간이 더 지난 밤 시간이었다. 범행이 있은 지 거의 만 하루가 지났다.

이유현은 윤영탁 형사와 같이 장문오의 침상 옆에 섰다. 장문오는 1인 병실에 눈을 감고 누워 있었는데, 마치 수리 중인 로봇처럼 얼기설기 튜브로 연결되어 있었다. 의사는 침상 반대편에서 흰 가운에 양손을 찔러 넣고 감시하듯 섰다.

"광역수사대 강력팀장 이유현입니다. 가족을 잃고 본인도 중태시고 여러 가지로 힘드실 테니 긴 말은 생략하겠습니다. 저희 경찰이 반드시 범인을 잡겠습니다. 그러기 위해선 선생님의 정보가 꼭 필요합니다. 몇 가지만 여쭈어 봐도 되겠습니까?"

이유현은 중태인 장문오의 상태를 고려해 본론으로 직행했다. 장문오는 눈꺼풀을 힘없이 두 번 깜박였다.

"먼저 범인에 대해서 기억나는 대로 말씀 좀 해 주시죠."

"네 명이었는데…… 한 명은 마르고 키가 컸어요. 눈이…… 움푹 꺼져 있고, 목소리가 높고 카랑카랑했어요…… 그 사람이 두목이었어…… 한 명은 몸이 작지만 다부졌는데. ……오른편 눈썹 옆에 커다란 반점이 있었어요. 한 명은 아주 몸이 좋았고, 한 명은 작고 어딘가 풀죽은 듯한…… 나이는 한 다들 서른 중반쯤 되었나……. 몸이 좋은 놈은 좀 더 어린 것 같았고……."

"처음 보는 사람들이었습니까?"

"전혀……. 다들 복면을 했다가 나중엔 벗었는데, 모르는 얼굴들이었어요. 도무지 영문 모를 말만 했어요……. 띠를 내놓으라고. 광목천으로 된. 아버님은 아시는 물건이었던가 봐. 할아버지한테서 물려받은 거라는데……. 오래전에 안병갑이라는 친구분이 오셔서 가져갔다고 말하니, 그 사람은 어디 있냐고 또 다그쳤어. ……아버지가 그 사람은 죽었고, 그 아들한테서 받은 편지가 있다며 봉투를 건네주었어요. 키 큰 놈이 봉투를 받아 들고 나서는 우리를 다 죽이라고 명령했고, 몸 좋은 남자한테 시켰는데, 이름이 요한이라고 했어요."

이유현과 윤영탁은 장문오의 병상 위로 시선을 마주쳤다. 단서를 잡았을 때의 눈빛. 발치에 서 있던 윤영탁은 두 번 묻지 않고 수첩에 요한이라는 이름을 꾹 눌러썼다.

"혹시 그 봉투에 적힌 주소와 이름은 기억하십니까?"

"아들 이름이…… 안병조라던가? 15년 전에 일본에 건너가서 지금은 교토에서 무슨 가게를 하는 모양이에요. 주소까지는 모르겠어요."

장문오는 가쁜 숨을 몰아쉬었다.

"간단하게 하시죠."

맞은편에 서 있던 의사가 이유현을 향해 딱딱하게 말했다. 이유현은 알겠다는 듯 눈을 끔벅했다.

"그 끈이라는 게 어떤 건지 모르십니까?"

"전혀요. ……아버지가 평소에 말씀하신 적도 없고, 아버지도 그놈들이 캐물으니까 기억하신 거지, 잘 모르시는 것 같았어요. 할아버지한테서 물려받기만 한 거니까……."

반쯤 넋이 나간 사람치고 장문오는 비교적 요령 있게 이야기를 해나갔다. 비명횡사한 가족들을 생각하며 마지막 기억을 짜내려 안간힘을 쓰는 것 같았다. 의사가 다시 나설 것 같은 기척을 느낀 이유현이 말했다.

"다 끝났습니다. 마지막으로 그자들에 대해서 더 생각나시는 건 없습니까?"

장문오는 마치 천장에서 기억을 캐내려는 듯 누운 채로 눈알을 굴렸다.

"……작은 남자가 키 큰 남자를 '대원이'라고 불렀던 것 같아요."

"대원?"

윤영탁 형사가 이름을 되짚었다. 그는 수첩에 대원이라는 이름을 볼펜으로 쓰고 둘레에 커다란 동그라미를 여러 겹 그렸다.

장문오는 거기까지가 한계였는지 거친 숨을 헐떡였다. 이유현과 윤영탁은 의사로부터 거의 쫓겨나다시피 병실을 나와야 했다. 아쉬웠지만 중요한 정보 몇 가지를 얻어 냈다는 것에 만족해야 했다.

"이 강도들은 원래 사람을 죽이지는 않았어요. 한 사람이 죽긴 했지만 그건 강도들에게 덤비다가 그렇게 된 거고. 하지만 이번 화성 건에서는 범인들이 복면을 벗어던지고 가차 없이 일가족을 도륙해 버렸어요. 왜일까요?"

어두운 병원 복도를 걸어 나오며 윤영탁이 의문을 던졌다.

"띠가 어디 있는지 소재를 알아냈기 때문 아닐까. 편지 겉봉에 적힌 교토의 주소 어딘가 말이지. 그게 알려질까 봐 가족들을 모두 죽이려 했다고 볼 수밖에 없어."

"그 띠란 게 범인들에게 엄청난 가치가 있는 게 분명하네요. 사람을 죽이면서까지 입을 막으려 한 걸 보면."

"혹은 사람의 목숨 따위는 그들에게 아무런 가치가 없었던 거고……."

이유현이 나지막하게 말했다. 윤영탁은 몸을 움츠리고서 휘이 하고 휘파람을 불었다.

월요일, 출근한 이유현은 의자에 허리를 한번 걸치지도 않고 곧장 광역수사대장실로 갔다. 민호원 총경은 책상에 앉아 있다가 이유현이 들어오자 책상 앞 소파로 옮겨 앉았다. 넓적한 얼굴에 부리부리한 눈썹이 강렬한 민호원의 얼굴은 마치 불리한 전황을 보고 받는 군 장성처럼 딱딱하게 굳어 있었다. 민호원 총경은 서울지방경찰청 외사과장에서 이유현과 비슷한 시기에 광역수사대로 발령을 받았다. 계급은 다르지만 '발령 동기' 비슷한 정서를 갖고 있다고 이유현은 느끼고 있다. 조직의 수장치고는 말수가 적은 편이었고, 한번 입을 떼면 그래도 어딘가에는 쓸모가 있는 말이었다. 타율이 높은 화법이 그의 계급에 무게감과 존재감을 더해 주었다. 간밤에 장문오 일가족 살인사건에 관해 간단한 보고는 이미 받았을 터였다. 이유현은 민호원의 손짓에 따라 테이블 옆 의자에 앉았다. 이유현은 허리를 곧추세우고 사건에 관한 간략한 브리핑을 시작했다. 민호원은 눈썹을 모으고 팔걸이에 팔을 올려놓은 채 묵묵히 듣기만 하다가 이유현의 말이 끝나자 물었다.

"앞으로의 수사 계획은?"

"범인들 중 누군가는 그 띠를 찾기 위해 일본 교토로 향할 것이 분명합니다. 공항과 항만을 지키고 있으면 일단은 출국을 통제할 수 있고 잘하면 검거할 수 있을지도 모릅니다."

"범인들 신상이나 인상착의는 아직 모르지 않나?"

"예. 현재로는 그중 두 명의 이름만 알고 있을 뿐입니다. 대원과 요한. 그래서 장문오가 회복하는 대로 범인들 인상착의를 기초로 몽타주를 작성해서 공항 경찰에 협조를 요청, 출국을 통제하도록 할 계획입니다."

"만약 범인이 한국을 빠져나간다면 교토의 안병조란 인물을 찾아가 띠를 찾으려 들 것이고 그 사람의 신변이 위험해질 가능성도 높

아. 만일의 사태가 생길 경우에는 경찰의 책임론도 대두될 거야. 그 점에 대한 대비는 있나?"

수사 책임자로서는 타당한 우려였다. 범인이 만에 하나 출국에 성공한다면, 안병조의 목숨은 바람 앞의 촛불이다. 끈의 소재가 알려질까 봐 일가족을 살해한 범인이 끈을 갖고 있던 사람의 목숨을 남겨 놓으리라는 것은 부질없는 희망에 불과하다.

"말씀대로 교토에 있다는 안병조의 안전을 확보하는 일이 급선무입니다. 일본 주재 한국대사관 측에 협조를 구해 교토에 사는 안병조란 사람의 소재를 파악하도록 할 작정입니다. 또, 만일의 경우를 대비해 형사를 한 사람 파견하려 합니다."

"매사에 만전을 기하는 게 좋겠지. 이 팀장이 알아서 한 명 선발하고 곧 출장신청서를 올리게."

이유현은 대답하고 자리에서 일어섰다.

괴이한 사건이 속출해 피해가 현재 진행 중인 상황에서 민호원 총경이 책임자로서 심기가 편할 리 없다. 하지만 그런 눈치는 적어도 이 순간 이유현에게 내비치지 않았다. 민호원은 늘 그랬다. 상황 앞을 자신이 막아설 뿐 결코 부하에게 불안을 전염시키지 않는다.

생뚱맞게 고진이 생각났다. 민호원이 조직에 바람직한 인간이라면, 고진은 도무지 조직 생활이 상상이 가지 않는 인물이다. 그러면서도 두 사람에게 공통점이 있다면 이유현이 좋아한다는 점 정도일 것이다. 이유현은 상극인 이 두 사람을 같이 좋아하는 이유는 무엇일까 생각해 본 적이 있지만 물냉면과 비빔냉면을 번갈아 먹는 취향 정도 외의 다른 답은 떠오르지 않았다.

이유현은 강력팀 사무실로 돌아가자마자 교토 출장을 자원할 형사를 찾았다. 웅성대던 사무실이 일순 조용해졌다. 다들 옆 사람 눈치를 보며 우물쭈물 꼬리를 내렸다. 해외 출장은 형사 생활에 거의 없는 일이다. 역사의 고도(古都) 교토로 간다지만 이건 휴가가 아니다. 만에 하나 실패하면 개인적 문책이 따를 수도 있다. 언어의 장벽을 넘어 목적을 달성해야 한다는 이중의 부담감이 형사들의 어깨를 짓눌렀다.

평양감사도 싫은 사람이 있듯이, 반대로 고생을 사서 하겠다는 사람도 있게 마련이다. 대부분의 형사들이 어물어물하는 사이 윤영탁과 유오경 두 사람이 거의 동시에 자원하고 나섰다. 지원자가 있다는 건 다행이지만 둘 중 한 명을 선택해야 했다. 예산과 인력 운용 문제로 두 사람 모두를 파견할 수는 없었다. 광역수사대를 자원했던 유오경은 팀에서 막내이고 체력도 좋다. 날렵한 몸에 붙임성도 있어 애로가 예상되는 해외 업무에 장점이 있지만, 이유현은 '일본어를 할 수 있다'는 한마디에 윤영탁을 선택했다. 언어 문제가 아니라도 이유현은 윤영탁에 대한 믿음이 마음 한구석에 있었다. 몇 날을 잠복근무하며 집에 들어가지 않는 형사를 구시대의 유물로 취급하고 호시탐탐 귀가 찬스를 노리는 형사들이 요즘 늘어나 이유현은 내심 불만스럽던 참이었다. 윤영탁은 충실하거나 소홀하거나 할 가정 자체가 없었다. 탄탄한 체구의 소유자이며, 살 없는 뺨 위로는 늘 수염이 거칠게 자라 있었다. 사계절 점퍼 차림의 후줄근한 옷차림은 20세기 형사의 전형을 21세기에 구현했다고 해도 과언이 아니었다. 그는 무엇을 맡기든 항상 성과를 보여 주어 단박에 이유현의 신뢰를 얻어 냈다. 일본어도 틈틈이 독학했던 모양이다. 이유현보다는 두 살 아래여서 바로 아래 동생처럼 친근하게 느껴지기도 했다.

"범인이 경계망을 뚫고 출국하기는 어려울 거야. 하지만 만일 그런 일이 생긴다면 안병조의 목숨이 위험할 수도 있어. 피해자 보호를 최우선으로 해. 안병조를 만나면 우선 '끈'을 확보해 놓고."

"알겠습니다."

윤영탁은 씩씩하게 대답했다. 대사관을 통해 안병조의 주소지가 파악되는 대로 윤영탁에게 연락을 주기로 하고 윤영탁은 먼저 일본에 가 있도록 신속히 출장 절차를 밟게 했다.

이유현은 전과자 중 대원과 요한이라는 이름을 가진 인물을 모두 찾아내도록 지시했다. 그중 30대 남자를 골라 내 장문오에게 일일이 얼굴을 확인시킬 심산이었다. 힘은 들겠지만, '대원'이라는 자가 보스인 것으로 추정되니 만약 이 그물에 걸린다면 사건이 쉽게 풀릴 수 있다는 기대를 걸어 볼 만했다. 하지만 한편으로는 왠지 이자가 자신의 전과 기록과 얼굴을 본 증인을 동시에 남길 만큼 허술하지는 않을 것 같다는 막연한 불안이 일었다. 대원이란 자는 거지왕 김춘삼도 아니면서 이름 모를 '점박이'에 '의수', '근육질' 같은 온갖 다양한 인물들을 부하로 둔 괴이한 조직을 구성하고는 고물상에서도 값을 쳐주지 않을 광목천 쪼가리를 찾아다니는 기이한 행보를 보여 왔다. 그리고, 그 행적에서는 엄청난 자신감과 주도면밀함이 느껴졌다.

일가족 살인사건 수사가 개시된 며칠 후 고진으로부터 전화 한 통이 걸려 왔다. 컨테이너 앞에서 윤영탁의 전화를 받고 이유현이 화성으로 급히 달려가면서 헤어진 이후로는 첫 통화였다.

"용의자 신상은 아직 파악이 안 된 모양이지?"

웃음소리는 들리지 않았지만 고진이 비실비실 웃는 얼굴이 그려졌다. 재미있는 장난을 앞둔 악동의 이죽거림 같았다. 장문오 일가 살인사건은 고진도 신문기사를 통해 어느 정도 알고 있을 것이다. 이유현은 언론에 비교적 상세한 내용을 흘렸다. 용의자들의 출국을 금지했다는 사실도 기자들에게 알렸다. 그건 의도적이었다. 범인 체포보다는 추가적인 피해자가 생기지 않는 쪽이 우선이었으니까. 경찰이 공항과 항만을 통제한다는 사실을 범인들이 알면 체포는 더 힘들어질 수 있겠지만, 일본으로 건너가 안병조를 찾는, 그래서 아마도 살해로 이어질 시도 자체를 포기할 수도 있다는 판단하에서였다. 인상착의가 일반에 알려지면 운신의 폭도 좁아질 것이고 추가적인 범행 의지도 위축될 수 있다. 이런 경우 경찰 조직은 은근히 검거 실적을 우선하는 경향이 있지만 민호원 총경은 단호하게 이유현의 방침을 지지해 주었다. 앞뜰에 실적이라는 이름의 나무가 무성할수록 뒤뜰에 묻힌 관의 개수가 늘어나는 조직체의 비정한 논리를 잘 아는 이유현으로서는 민호원의 후원이 고마울 뿐이었다.

이유현은 더 이상의 대화를 자르고 싶었다. 아무래도 이번 사건에는 고진의 역할이 없을 것 같다.

"사건이 변했어요. 형님한테 자문을 구했던 건 취소입니다. 신경 끄셔도 돼요."

"이거 섭섭한데."

"어쩔 수 없죠. 사건을 원하시면 정식으로 경찰에 들어오시든가."

85

"끈은 아직 못 찾았지?"

"그러면 어떻고, 또 아니면 어떻습니까?"

고진이 쳇 하며 혀를 찼다.

"필요할 때만 자문을 구했다가 이젠 소용없다 싶으니깐 냅다 내치려구? 단맛만 살짝 보여 주고는 사탕을 채 가는 거야?"

"사건이 재밌지 않게 됐어요. 발로 뛰어야 하는 일이거든요."

"글쎄, 과연 그럴까?"

다시 고진의 칙칙한 웃음기가 느껴졌다.

"내가 꽤 도움이 될 수 있을걸. 재미있는 가설을 하나 세웠는데 말이야······."

이유현은 말을 끊었다.

"아무리 재미있어도 이 더운 날에 또 땀 빼고 싶지는 않네요."

이유현은 며칠 전 컨테이너 안에서 헛되이 비지땀을 흘린 일을 비꼬았다. 고진은 아랑곳 않았다.

"아직은 가설 수준이야. 하지만 새로운 방향을 제시할 수 있을지도 몰라. 물론 경찰이 아는 몇 가지 사실을 내가 알게 된다면 더 심도 있는 연구를 할 수도 있겠지만."

"그럼 나중에 이야기나 한번 들어 보죠."

이유현은 '나중에 소주 한 잔'이나 마찬가지 수준의 인사치레 말로 무마했다.

"나중에 나한테 아쉬운 소리 할 때가 올 거야. 그때 내 입을 열려면 훨씬 비싸질걸."

전화를 끊기 전 고진의 마지막 말은 허깨비 같은 위협으로 들렸기에 귓전으로 흘렀다. 컨테이너 사건 이후로 고진의 추리에 기대감이 희미해진 탓도 있지만, 일련의 사건에서 경찰이 얻어 낸 정보도 너무나 빈약해 수사를 진행시키기 어려운 판에 이유현으로부터 강도 사건 이야기를 부분적으로 전해 듣고 장문오 일가 살인사건에 관해 신문기사를 읽었을 뿐인 고진이 수사에 도움이 되는 가설을 세운다는 게 어불성설로 여겨졌다. 더구나 당분간은 수사 진행을 지휘하고 점검하느라 눈코 뜰 새가 없었다.

한낮의 인천공항 3층 출국장 앞은 여느 때와 다름없이 떠나는 사람들로 붐볐다. 반바지, 민소매, 샌들 차림의 젊은이들이 대합실 의자를 펭귄 떼처럼 메우고 있다. 침대만 한 여행 가방을 뒤로하고 공항의 이별에 눈물짓는 커플이 있는가 하면, 그 옆에서는 사무적인 악수가 난무하기도 한다. 먼 길을 떠나는 이들 여행객은 느끼지 못했지만 점점이 흩어진 공항 경찰 대원들 사이에는 실낱같은 긴장감이 전류처럼 흐르고 있었다. 출국장 앞으로는 구절양장 긴 줄이 만들어졌고 사람들은 앞쪽에 무슨 일이 있는지 조급한 눈길을 보내고 있다. 인천공항 경찰대 소속 배기호는 옆에 비켜서서 여권과 비행기 표를 손에 쥐고 들어서는 승객들의 얼굴을 일일이 들여다보고 있었다.

이번 건은 다소 특별했다. 일반적인 출국 금지라면 여권 심사할 때 대상자가 전산에 뜨니 별달리 품도 들지 않고 문제가 없다. 하지만 이번에 특별히 서울 광역수사대에서 들어온 협조 요청은 달랐다. 인적사항, 주민번호, 여권번호 따위는 일체 없고, 오직 남자 네 명의 몽타주와 외모의 특징만이 전달되었을 뿐이다. 그중 두 명의 이름이 '대원'과 '요한'이라는 것이 더해졌지만 별 도움이 안 된다. 이를테면, '대원의 특징-키 크고 마른 체형, 목소리가 높음'이라는 식이다. 몽타주는 모두 애매하다. 목격자의 흐릿한 기억에 의지해 만든 그림인 모양이다. 배기호는 혀를 찼다. 보통의 출국 통제보다 몇 배나 애를 먹을 수밖에 없으면서도 만약 구멍이 뚫리면 책임 문제는 분명 따라오니 골치 아픈 일이다. 어쨌든 식별이 가능한 한도 내에서 승객들을 일일이 뚫어져라 살피는 수밖에 없다.

배기호는 출국장 벽면 안쪽에 몽타주 그림을 붙여 놓고, 들어서는 승객의 얼굴과 그림을 번갈아 가며 시선을 교차시키고 있었다. 승객들은 자신도 모르는 사이에 경찰의 체크를 한 번 더 받고서야 보안 심사대로 들어서게 되는 셈이다. 이런 상황은 인천공항뿐 아니라 김포공항 및 국제선이 출발하는 전국의 공항과 항만에서 동시에 진행되고 있었다.

어느새 오후 2시 35분에 출발하는 오사카행 JAL 승객이 하나둘 들어서고 있었다. 배기호는 새삼스레 자세를 고쳐 잡았다. '용의자는 교토에 가기 위해 오사카행 비행기를 탈 가능성이 높다. 오사카행 승객에 특히 유의하라'는 지시가 하달되어 있다.

배낭여행을 떠나는 것으로 보이는 젊은 여자 둘이 지나갔다. 이어 가족 단위로 떠나는 승객들이 무리지어 우르르 들어왔다. 다른 항공편 승객 사이로 띄엄띄엄 들어오던 오사카행 승객은 시간이 무르익자 몰려 들어오다시피 했다. 경찰이 감시하고 있다는 걸 안다면 범인은 분명 이런 때를 노려 묻어 가려 할 것이다. 배기호는 눈을 더욱 부릅떴다.

　배기호가 벽에 붙은 몽타주로 잠시 눈을 돌리는 사이, 점퍼 차림의 작달막한 30대 남자 한 명이 배기호 앞에서 머뭇거렸다. 여권과 항공권을 든 손이 잠시 주저하며 헛돌았다. 남자는 "이런, 라이터를 갖고 들어왔네." 하며 혼잣말을 하더니 몸을 빙글 돌려 되돌아갔다. 몽타주에서 눈을 뗀 배기호는 돌아서는 남자의 옆얼굴만을 힐긋 보았을 뿐이다. 기내에 반입이 금지되는 라이터를 무심코 가지고 들어왔다가 버리려 되돌아가는 것으로 보였기에 당장은 큰 관심을 두지 않았다. 하지만 잠시 후, 배기호의 뇌리를 스쳐 가는 분명한 이질감이 있었다. 남자가 배기호의 시선을 따라 얼핏 벽면에 붙은 몽타주를 본 것 같은 느낌이 남았던 것이다. 말투도 어딘가 어색했다. 그러고 보니 남자의 눈가에서 커다란 점을 본 것 같기도 하다. '눈가에 500원 동전만 한 점. 작고 다부진 몸집.' 수배한 몽타주 속의 남자가 갖춘 특징 그대로였다.

　배기호는 남자가 사라진 쪽으로 급히 발길을 옮겼다. 남자의 뒷모습이 벌써 하행 에스컬레이터 아래로 사라지고 있었다. 배기호는 걸음을 빨리 했다. 에스컬레이터를 뛰다시피 내려가 1층에 다다른 배기호는 두리번거리며 남자를 찾았다. 인파를 갈치처럼 매끄럽게 요리조리 헤치며 1층 공항 출입구 쪽을 향해 빠져나가는 남자의 뒤통수가 보였다. 배기호는 달리기 시작했다. 경찰 제복을 입은 남자가 뛰자 공항의 승객들이 놀라 비키면서 길을 만들어 주었지만 남자와의 거리는 쉽게 좁혀지지 않았다.

　"잠깐만요! 앞에 계신 남자분!"

배기호는 큰 소리로 남자를 불렀다. 남자는 분명 들었을 터이지만 뒤돌아보지 않았고, 발걸음을 늦추지도 않았다. 남자는 공항 건물 출입구를 향하고 있었다.

"멈춰!"

배기호는 소리를 지르며 뛰어갔다. 그러자 남자는 뒤도 돌아보지 않고 쏜살같이 달리기 시작했다. 배기호가 급히 무전 연락을 취하면서 공항 바깥으로 나섰을 때, 남자는 이미 횡단보도 건너편으로 가 승용차에 올라타고 있었다. 배기호가 주춤거리는 차량들을 비집고 뛰어갔지만 한 발 늦고 말았다. 남자를 태운 승용차는 이미 배기가스의 흔적만을 남기고 출발한 뒤였다. 배기호는 분명 보았다. 운전석에는 또 한 명의 남자가 앉아 있었다.

수사팀이 펼친 경계망에 드디어 용의자가 걸려들었다. 이유현은 공항에서 사라진 남자가 장문오 일가 살인사건 용의자 중의 1인이라고 확신했다. 작고 다부진 체구의 남자는 장문오가 이야기한 범인 중 한 명과 비슷했다. 남자의 눈가에 점이 있었다는 공항경찰 배기호의 보고도 일치한다. 강도 현장에서 칼을 들고 설치며 행동대원 역할을 했던 '점박이'가 틀림없다. '대원'이나 '요한'과 달리 장문오가 그자의 이름을 듣지 못했으니 그나마 공항 출국이 상대적으로 안전하다고 판단했을지 모른다. 칼을 주로 쓰는 모양인데, 오사카로 건너가 상대를 해치우는 역할을 맡기에도 적역이다.

얼굴을 확인하는 일은 쉽지 않았다. 인천공항 상황관리센터에서 건네받은 CCTV 영상은 큰 도움이 되지 못했다. 공항 CCTV 카메라는 터미널 내부에만 900여 개가 설치되어 있음에도 불구하고 거대한 건축물의 성격상 승객의 얼굴을 자세히 담아 내지 못했다. 출국장과 건물 입구 CCTV에서는 남자의 얼굴이 근접 촬영되었지만 모자를 쓰고 있었고 입구를 통과할 때는 때 아닌 황사 마스크까지 쓰고 있었다. 출국장에서는 분명 의식적으로 고개를 숙이거나 고개를 들더라도 손바닥으로 얼굴을 반쯤 가리고 있었다. 화면 사본을 병실의 장문오에게 보내 얼굴을 확인하게 했지만, "비슷한 것 같기는 한데." 하면서도 고개를 갸우뚱했다.

항공사에서 예약자 명단을 확보해 신상 확인에 들어갔다. 남자는 34세의 김도곤이라는 자로, 주소는 경기도 파주로 되어 있었다. 형사가 주소지에 갔다 왔지만 도움이 되는 보고는 없었다. 형 부부가 찌든 살림을 살고 있었고, 김도곤은 주민등록만 되어 있을 뿐 오래전에 집을 나가 소식을 모른다는 것이었다.

김도곤이 혹시 일본어를 하느냐는 질문에 김도곤의 형은 "일본어요? 말도 안 됩니다. 중학교를 겨우 졸업했는데." 하며 손사래를 쳤고, 김도곤이 혹시 해외 여행을 자주 나갔냐는 질문에는 "해외라면 우리도 못 가 봤는데 동생이 무슨." 하며 일축해 버렸다고 한다.

김도곤이 여권을 만든 것은 출발일 3일 전이었고, 생애 처음이었다. 김도곤의 사진을 장문오에게 보였지만 고개를 흔들 뿐이었다. 공항 CCTV에 희미하게 찍힌 남자의 얼굴과 면밀히 비교했지만 그와 김도곤이 동일인이라는 결론은 얻을 수 없었다. 체격과 연령대는 비슷했지만 얼굴 생김새가 워낙 흔한 타입이었다.

CCTV 화면에서 눈을 떼며 유오경이 말했다.

"노숙자 아닐까요? 범인들이 노숙자 중에 일당 중 점박이 놈하고 얼굴이 얼추 비슷한 김도곤을 골라 돈을 주고 여권을 만들게 한 겁니다. 그 여권을 가지고 점박이가 출국을 시도했던 거고."

"아마 그럴 거야."

이유현이 고개를 끄덕끄덕했다.

"별로 좋지 않아. 여전히 우린 범인에 대해 아무런 정보가 없는 셈이야. 희미한 CCTV 화면을 빼면."

"공항경찰 배기호는 운전석에 다른 남자가 있었다고 했습니다. 일당이 차량을 공항 바깥에 대고 있었던 거겠죠. 공항 경찰이 쫓아오자 점박이를 바로 태우고 날랐어요. 출국 통제가 보도되었으니까 혹시 공항에서 걸릴 경우를 대비한 거겠죠. 치밀한 놈들입니다."

"끈 하나를 찾으러 일가족을 죽인 놈들이야. 그 집념으로 보면…… 이대로 출국을 포기하진 않을 텐데."

이유현은 착잡했다. 반대로 범인이 출국을 재시도하지 않는다면 범인들의 소재 또한 오리무중일 거라는 뜻이기도 했다.

CCTV 화면을 분석해 공항에서 범인 일행을 태운 차량의 번호판을 수배했지만 어김없이 대포차였고, 차종만으로는 백사장에 떨어진 바늘을 찾는 격이라 영 소식이 없었다. 김도곤에 대해 체포영장을 발부받아 전국에 지명수배를 내렸지만, 노숙 생활을 한다면 소재 파악을 기대하기란 힘든 터라 눈앞의 물고기를 놓친 이유현은 답답할 뿐이었다.

고진이 '압상트'에 들르기는 꽤나 오랜만이었다. 가게 문이 열리

고 고진의 호리호리한 모습이 푸르스름한 조명 아래 유령처럼 비치
자 류경아는 환하게 웃으며 반겼다.

"고 변호사님, 왜 이리 오랜만에 오셨어요."

류경아의 책망에 반가움이 실려 있다. 그녀는 잰걸음으로 다가와
고진에게 카운터 앞자리를 권했다. 졸지에 아름다운 여성을 빼앗긴
구석 자리의 중년 남자들이 분한 얼굴을 했다. 류경아와는 그녀가
데리고 있던 정유미 살인사건"으로 인연을 맺었다. 고진은 류경아가
청담동 강남구청 역 뒤편에 자기 가게를 연 때부터 드나든 원년 멤
버였다. 고진이 개업 선물로 사다 준 사전트의 명화 「마담X」는 강남
밤 사교계의 총아 류경아에 대한 오마주였고, 지금도 카운터 건너편
벽면 중앙을 떡하니 차지하고 있다. 지난겨울에는 우연히 살인사건
에 말려들어 이탁오 박사라는 괴이한 인물과 맞닥뜨려 고락을 같이
한 인연도 있다. 이유현은 류경아와 고진의 사이에 관해 핑크빛 의
혹의 눈길을 보내는 것 같지만 표면상으로는 어디까지나 가게 주인
과 고객 사이에 불과하다.

고진은 카운터 앞 스툴에 앉으려다 발을 헛디뎌 휘청하고 말았다.

"저런, 괜찮으세요? 날이 너무 더워서 다리에 힘이 풀리셨나 봐."

류경아의 말에 민망해진 고진은 어두운 불빛을 탓했다.

"조명 탓이야. 왜 이렇게 어두워?"

"가게가 밝으면 그만큼 얼굴의 주름도 잘 보이겠죠?"

류경아가 카운터 건너편에 서서 주름 하나 없는 얼굴로 방긋 웃었

** 『라 트라비아타의 초상』(들녘, 2010)

다. 서른이 넘었지만 그녀의 피부는 현대미술관에 전시된 도자기처럼 매끄럽다. 고진은 발렌타인 17년산을 병째로 주문했다.

"오랜만에 만나는 손님이 오시나 보네요."

"어? 예리한데. 그 추리의 근거는?"

"추리는 무슨. 평소에 좋아하던 싱글몰트가 아니잖아요."

잠시 후 류경아는 양주병을 가져왔다. 얼음통과 유리잔을 놓고 스트레이트 잔에 위스키를 채워 주었다.

"오늘은 누구예요? 의뢰인?"

"국과수에서 부검의로 일하는 친구야."

"어머, 잘됐다!"

류경아는 손뼉을 탁 쳤다.

"뭐가."

"시체 막 부검하고 이러면 술도 자주 드실 거 아녜요. 잘하면 단골한 분 더 생기겠네."

"……그 프로 근성에는 항복이야."

류경아는 오른쪽으로 길게 흘러내린 머리가 성가신 듯 손으로 천천히 쓸어내려 앞으로 가지런히 모았다. 압상트의 어둡고 몽환적인 조명은 주인인 류경아의 매력을 최대한 발산할 수 있는 조도와 각도에 맞춰 놓은 것 같았다. 한 손에 잔을 들고 사팔뜨기처럼 좁아진 눈으로 그 모습을 홀린 듯 바라보던 고진이 말했다.

"마치 모딜리아니의 그림이 살아 움직이는 것 같군."

류경아는 그 칭찬이 성에 안 찬다는 듯 가볍게 웃어넘길 뿐이었다.

"왜 그동안엔 그분하고 한 번도 같이 안 왔어요?"

"그 인간?"

고진은 피식 웃었다.

"성질이 더러워서 자주 만나지는 않았어. 목마른 사람이 우물을 판다고 오늘은 내가 좀 아쉬워서 연락했지."

"무슨 사건 맡으셨나 봐요. 시체 상대하는 그런 살인사건?"

"그건 아니지만, 어쩌면 기막히게 재밌는 일이 될지 몰라."

류경아는 휴우 하며 고개를 옆으로 하고 가볍게 한숨을 쉬었다.

"왜."

"고 변호사님이 재밌어한 일은 결국엔 끔찍하게 끝나는 경우가 많았잖아요."

"자꾸 지난 이야기 꺼낼 거야?"

고진은 장난스럽게 이를 드러내 보이고는 술을 털어 넣었다.

10여 분 후, 문이 열리며 양복을 느슨하게 걸쳐 입은 남자 한 명이 들어왔다. 더위에 견디기 힘들 통통한 몸집이었고, 아니나 다를까 둥그런 이마부터 목덜미까지 땀이 흥건했다. 고진이 기다리던 국립과학수사연구원 부검의 박양서 박사였다. 고진이 손을 번쩍 들었다. 박양서는 뚱한 얼굴로 손을 마주 들어 보이고는 고진에게 다가와 옆자리 스툴에 엉덩이를 걸쳤다.

고진이 카운터 건너편의 류경아를 향해 손바닥을 받치듯 펴 보였다.

"소개하지. 이쪽은 압상트의 꽃, 류경아 사장."

이어 고진은 손바닥을 박양서의 턱 아래로 옮겼다.

"국과수의 베테랑 부검의, 박빡사."

'박박'을 일부러 꼬는 고진의 말에 류경아는 풋 하고 짧게 웃었다. 그녀는 박양서에게 위스키 한 잔을 따르고는 곧 꾸벅 인사를 하고 자리를 떠났다. 단골을 만들겠다던 조금 전의 결의와는 달랐는데, 고진이 박양서와 용건 이야기를 하도록 일부러 비켜 준 듯했다. 박양서는 티슈로 얼굴의 땀을 닦으며 류경아의 뒷모습에 아쉬운 시선을 보냈다.

"난 고 변호사보단 저 마담 쪽하고 이야기하고 싶었는데."

"섭섭하게 왜 이러나. 박빠사."

"거 '박빠사'라고 좀 하지 마. 어감 참 개떡 같구만."

"입 걸은 건 여전하네. 오늘 술 한잔 살 테니까 나랑 얘기 좀 해."

고진은 온더록스 잔을 기울여 목을 축였다. 요즘 어떻게 지내냐, 애들은 잘 크냐는 둥 고진이 몇 마디 물었지만 박양서는 시큰둥했다.

"별로 궁금하지도 않은 내 근황은 그만 묻고 빨리 본론을 이야기해봐."

"성질 참 우라질이구만."

고진도 걸쭉한 말을 뱉었는데, 그게 오히려 박양서의 비위에 맞는 듯했다. 고진이 말했다.

"실은 요즘 리서치하는 주제에 관해 좀 궁금한 게 있어서 말이야."

박양서는 어서 말하라는 듯 말없이 위스키 잔을 들이켰다.

"국과수에서 백백교주 머리 보관하고 있지?"

"그래. 아는 사람은 다 알지. 그런데 왜 그런 거에 관심을 둬?"

"넓은 의미에서 학술적인 흥미랄까. 백백교주 머리뿐 아니라 명월이라고, 기생 생식기 표본도 있잖아. 도대체 어째서 그런 표본들이 국과수에 보관돼 온 거야?"

"나도 잘 몰라. 아마 국과수 내에서도 그 유래를 정확히 아는 사람은 없을걸?"

그러면서 박양서는 무언가를 생각해 내듯 머리를 기울였다.

"듣기로는 그랬어. 그 표본은 원래 종로서가 보관하고 있던 건데, 해방 후 내무부 산하 치안국 감식과로 넘겨져서 국과수까지 이전하게 된 거라던가."

"그냥 마지못해 점유를 이어받은 것에 불과하다는 소리네."

"그렇지. 유래를 따지려면 종로서에 가서 따져야겠지. 그것도 지금 종로서가 아니라 일제강점기 시절 종로서지만."

고진은 턱을 슬슬 문질렀다.

"그렇다면 백백교주 머리는 출처도 불분명한 해골에 그냥 이름표만 붙여 놓은 건 아닌 게 확실하군. 교주의 사체가 발견되고 나서 부검 후 머리만 떼서 종로서에서 보관했다는 게 되네. 자네가 이야기한 유래가 맞다면 그 머리는 정통성을 부여받는 셈이야."

"사람 머리에도 정통성이 있나."

박양서는 황당하다는 듯 말했다.

"내가 요즘 관심 있는 일에는 그런 게 중요한 문제거든. 괜히 뼈대 없는 뼈다귀 갖고 헛삽질을 하긴 싫으니까."

고진은 담배를 꺼내 불을 붙였다. 그가 뿜어 내는 연기에 박양서는 손을 휘휘 저으며 인상을 찌푸렸다.

"요즘도 담배 피우는 남자가 있다니. 연기 뿜어 내는 거 멋있게 봐

주던 건 우리 세대 여자들로 끝이야."

고진은 연기를 끝까지 내뿜은 뒤 다시 입을 열었다.

"명분은 백백교주 머리가 범죄형 인간의 표본으로서 연구 가치가 있다, 뭐 그렇게 알려진 것 같은데, 실제로 표본을 해부하거나 연구한 기록은 있어?"

"연구? 밀어닥치는 제 일 하기 바쁜데 누가 그딴 걸 연구해? 그런 명분도 남들이 갖다 붙인 거지, 우리 국과수에서 내세운 건 아냐. 아까도 말했지만 일경 종로서에서 그냥 넘겨받은 것에 불과하니까. 범죄형 해골이니 하는 이론도 구닥다리가 된 지 오래고. 누가 연구해보겠다고 해부 신청했다간 또라이 취급받을걸."

"그럼 해방 이후 한 번도 봉인이 풀린 적이 없다는 거야?"

"아마도. 안 그래도 소송이 걸린 후에 국과수에서 그 표본들을 여러 번 체크했어. 물려받은 그대로야."

고진은 다행이라는 표정을 지었다.

"예전에 연수원 시절 나도 국과수 가서 표본을 본 일이 있어. 하도 오래돼서 어디서 봤는지 기억이 가물가물한데……. 건물 복도던가? 표본 같은 게 늘어서 있던데 교주 머리도 그렇게 보관하고 있어?"

"아냐. 건물 복도에 있는 건 일반 신체 장기 표본이고, 교주 머리하고 명월이 생식기 같은 건 따로 지하 부검실 냉장 보관고에 들어가 있어. 아무래도 복도 같은 공개된 장소에는 내놓기 뭐하잖아."

"지하실 보관고 쪽에는 외부인 접근이 어려울까?"

박양서는 크게 손을 내저었다.

"지하 부검실은 묵직한 차폐문 세 개를 열고 들어가야 해. 부검실 안쪽에도 문이 하나 더 있고. 거기가 냉장 보관고인데, 그 안쪽 선반 제일 위 칸에 들어 있어. 하나는 '백백교주의 머리', 다른 하나는 '조선 여인의 생식기'라고 라벨이 붙어 있지."

"그럼 외부인뿐 아니라 내부 사람이라도 아무나 접근하기는 어렵겠군. 몰래 표본을 열어 볼 수도 없을 것이고."

"당연하지. 몇 개의 열쇠가 있어야 하고, 열쇠는 특별히 관리되고 있으니깐. 관리대장 같은 기록에 다 남지. 포르말린 병 자체도 단단하게 봉인되어 있으니깐 흔적을 남기지 않고 손댈 수도 없어. 그런데 정말 이런 게 조사에 필요해? 대체 무슨 개뼈다귀 같은 리서치길래."

"개뼈다귀가 아니라 사람 뼈지."

고진은 유유히 온더록스 잔을 들이켜고는 말했다.

"내가 요즘 범죄형 인간 리서치에 관심이 있어서 말이야. 어때? 그 해골을 좀 대여할 수 있을까?"

박양서가 황당하다는 듯 고진을 바라보았다.

"그런 연구에 해골 빌려줬다간 우리 국과수가 욕 얻어먹을 걸. 차라리 자네가 몰래 와서 훔쳐가."

"그래 볼까…… 하지만 안 될 거 같은데? 자네 얘길 들어 보면 외부인이 국과수 건물에 침입해서 접근하는 건 불가능한 수준이잖아."

"그렇긴 하지. 건물이나 부검실 보안은 이중 삼중이거든. 열쇠도 특별히 관리되고, 출입도 다 전산기록에 남아."

고진의 엉뚱한 말에 어리숙하게도 열심히 답해 주는 박양서였다. 고진은 무언가를 생각하는 양 조용해졌다. 두 남자가 동시에 잔을 들이켰고, 그 잔을 내려놓을 때쯤 류경아가 다가왔다.

"박 박사······, 아니 박 선생님께서는 고 변호사님하고 어떻게 아세요?"

류경아가 말을 걸자 지쳐 있던 박양서의 둥그런 얼굴이 밝아지면서 두 음 정도 목소리가 높아졌다.

"약간의 인연이 있었죠. 3년 전인가, 고 변호사가 피해자 측 대리인이었는데 우리 부검 보고서를 계속 물고 늘어지면서 트집을 잡는 겁니다. 성질나서 도대체 뭐하는 인간인가 싶어 만나 보았죠. 그때 친해졌어요."

"호호, 고 변호사님 말대로 한 성질 하시나 봐요."

류경아와 박양서 사이에 한담이 이어졌다. 그새 고진의 존재를 잊은 박양서의 시선은 류경아에게 못 박혀 떠날 줄을 몰랐다.

"의사 선생님이시니까 월급은 많이 받죠?"

"별로. 어차피 공무원 신분이니까 직급에 맞춰 받을 뿐이죠. 대학병원 의사들에 비하면야 반도 안 되고."

"어머, 그래요? 너무한다."

박양서는 류경아의 위로에 흐뭇하게 웃었지만 류경아의 이마에는 실망의 빛의 스쳤다. 매출에 크게 도움 될 손님이 아니겠다고 판단한 듯했다. 류경아는 공무원 손님에게 준비된 뻔한 레퍼토리인 게 틀림없는 위로의 말 2탄을 건넸다.

"그래도 공무원 신분이면 안정적이잖아요. 나중에 연금도 나오고. 우리 같은 일이야 노후가 걱정이죠. 요즘 젊은 사람들 사이에서는 공무원이 최고 인기 직장 아닌가요?"

"그렇긴 하죠. 그래도 그런 장점은 어느 정도 세상을 살아 봐야 절

실하게 깨달아요. 요즘 사람들은 자기 적성에 안 맞으면 이런 직장
도 쉽게 관둬 버리더군요.”

“정말? 너무 성급하다. 국과수면 다들 선망하는 직장인데.”

눈썹을 깜빡깜빡하는 류경아의 반응에 신이 난 박양서는 묻지도
않은 이야기를 술술 해 대기 시작했다.

“두 달 전인가에도 한 직원이 갑자기 그만뒀어요. 기술직으로 들
어온 친군데.”

“일이 힘들었나 봐요.”

“막 힘 쓰고 그런 일은 없거든요. 국과수가 무슨 물류 창고도 아
니고. 들어올 때 경쟁이 아주 치열했어요. 그거 생각해 보면 정말
아깝죠. 작년에 기술직으로 30년 일하다가 정년 퇴임한 분도 있는
데……. 그런데 들어온 지 2년 만에 멀쩡한 친구가 덜컥 사표를 내
니까 다들 황당했죠. 좋게 보고 있었는데.”

“무슨 일을 했는데?”

고진이 무료했는지 끼어들었다. 박양서는 그제야 고진이 있었다
는 걸 깨달은 것처럼 대답했다.

“관리계 직원이야. 물품 조달하고 설비 유지, 보수도 하고 그런 거
지.”

“관리계 직원이 사표 낸 일까지 박빡사가 다 알고 있나?”

“그 직원이 유독 일을 잘했어. 뭘 하다 왔는지 열관리사, 정보처리
기능사, 수질환경기능사 같은 온갖 자격증을 갖고 있어서 화제가 되
기도 했고. 크게 눈에 띄진 않지만 일하는 게 남달랐어. 내 눈엔 그
게 보이거든. 술 담배도 안했어. 여자도 관심 없고, 주말 동호회 모임

같은 데는 절대 안 나오고, 저녁 회식에도 거의 안 나왔어. 그래서 더 튀었지. 사람 참 괜찮다고 내심 신경을 쓰고 있었는데 말이야. 허우대도 멀쩡하고. 좀 아깝더라구."

"이상한 친구로군. 왜 그만뒀대?"

"이유? 별 이유가 없었으니 더 황당하지. 적은 나이도 아니고, 벌써 서른 중반은 된 것 같은데, 다른 일을 찾은 것도 아닌 것 같고. 사실 우리 기술직들 한번 들어오면 거의 나가는 일이 없거든. 평생 직장이지."

"아, 로또 맞은 거겠다!"

류경아가 멋진 생각을 해내기라도 한 듯이 양 손바닥을 탁 부딪쳤다. 박양서는 정색을 하며 "돈은 좀 있어 보였어요. 돈 때문에 국과수일 한 거 같진 않았습니다." 하고 반박했다.

"죄송해요. 공무원 앞에선 농담 하면 안 되는데."

류경아가 뿌루퉁하게 말했고, 민망해진 박양서는 손수건을 꺼내 이미 마른 이마의 땀을 닦았다.

고진은 고개를 갸우뚱했다.

"혹시…… 설마……."

혼잣말처럼 그렇게 중얼거리다가 물었다.

"그 친구가 입사한 때하고 그만둔 때를 좀 더 정확히 말해 줘 봐."

"날짜?"

박양서는 이유를 물으려다가 고진의 기세에 밀려 곧장 날짜를 기억해 내려 눈알을 굴리기 시작했다. 입사 시기는 오래된 탓에 제대로 알지 못했다. 반면 그만둔 때는 꽤 근접하게 날짜를 짚어 냈다.

비교적 최근이기도 했고 퇴직할 때 일일이 인사를 다니는 공공기관의 관행 덕분이었다.

"……그날이 금요일이었지, 아마."

고진은 만족스러운 듯 고개를 끄덕끄덕했다.

"그러니까 대략 2년 전에 치열한 경쟁을 뚫고 국과수 기술직으로 들어와서는 바로 그 시점에서 별 이유도 없이 전격적으로 사표를 던져 버렸다 이거군."

고진은 입 찢어진 탈바가지처럼 웃으며 손바닥을 마주 비볐다.

"잘하면 이거 굉장히 재미있어지겠는데."

"재미? 그런 일이? 고 변호사 취향은 도무지 알 수가 없어."

박양서는 고개를 저었다. 취향을 알 수 없는 고진의 검은 얼굴이지만 기묘한 호기심에 고무되어 있는 것만은 분명해 보였다.

* * *

반요한은 거실 마루 한구석에 풀이 죽어 앉아 있는 김각수를 보고 은근히 통쾌한 기분에 휩싸였다. 김각수가 '과업'의 수행자로 뽑혔을 때 내심 질투하는 마음이 있었던 게 분명하다. 김각수는 어설프게도 출국 바로 직전에 공항에서 경찰에 발각되어 되돌아와 버렸다. 공항 바깥에 차를 대고 있지 않았더라면 김각수는 경찰에 체포되고 모든 일은 수포로 돌아갔을 것이다. 여기서 모든 일이란 물론, 세상을 구원할 그분의 말씀을 전하고 종말에 대비하는 일이다. '그분'의 예지가 없었더라면 어떻게 되었을지 생각만으로도 아찔하다. '그분'

은 김각수의 실패에 아무런 질책을 하지 않았다. 입을 꽉 다물고만 있었는데 그게 오히려 숨도 못 쉴 만큼 분위기를 가라앉게 했다. 하지만 '그분'의 낯빛 어디에도 낭패나 실망의 기운이 보이지 않았다. 당연하다. 보통 사람의 척도로 잴 수 있는 분이 아니니.

지금 모여 있는 이 집만 해도 그렇다. 경기도 수원 위쪽 고기리란 곳이라는데, 한적한 고갯마루에서 눈에 띄게 큰 저택이다. 요한은 평생 한 번도 발을 들이밀어 본 적 없는 고급스러운 집이다. '그분'이 불가사의하게 보였다. 자신 따위는 도무지 알 수 없는 신비한 영역을 갖고 있는 분이었다. 한때 잠시나마 돈을 뜯어 내려고 헛소리하는 피라미드 업자나 사이비 교주가 아닐까 의심했던 자신이 한심했다. 돈을 요구하기는커녕, 의식주를 챙겨 주었으며, 알고 보니 이미 이런 큰 저택까지 소유하고 있는 '그분'이었다. 요한의 푼돈을 넘본다는 생각 자체가 터무니없이 불경한 것이었다. '그분'은 각자의 개별 활동을 위해 서울 각처에 조그만 방도 따로 얻어 주었다. 거처를 '점'으로 만든 일은 과업 수행의 보안상 필요하다고 했다. 만에 하나 누군가가 경찰에 붙들리더라도 절대 '그분'이나 교단에 대해서 발설하지 않고 혼자 모든 걸 끝내야 한다. 연락은 교단 내부용으로 따로 마련한 휴대전화를 쓴다. 어리석은 경찰은 사태의 겉만 보고 범죄라는 세속의 틀을 씌워 우리를 체포하려 한다. 하긴 그들이 어떻게 우리를 이해할 수 있을까. 석가모니, 예수와 그의 제자들이 처음에 그랬듯이, 세상에 이해받지 못하는 고난과 박해의 시기를 지나고 있는 것이다. 그리고…… 또다시 불가피한 희생이 있었다. 마음에 걸리지만 어쩔 수 없는 일 아닌가. 누군가를 찔렀다 해도 그건

'사고'였다. 그분이 말씀했다. 그건 죄가 아니라고. 그러니 저지르지 않은 죄로 괴로워할 필요가 없다고.

이번에 일본에 가서 수행해야 할 교단의 절대 사업. '그분'은 김각수를 지명했었다. 요한은 내가 더 잘할 수 있는데 하는 생각이 치밀었지만 감히 입 밖으로 꺼내지 못했다. 그분의 결정이니까. 요한은 말을 삼키고 굴 껍질처럼 입을 닫았다. 그런데 김각수는 일본 땅을 밟아 보기는커녕 공항에서 덜커덕 걸리고 말았다. 하지만 포기할 수 없는 일이다. 누군가는 해야 한다. 방법은 이제부터 '그분'이 알려 줄 것이다.

'그분'은 소파에 몸을 파묻고 김각수의 여권을 한참 들여다보고 있다. 정확히는 김각수의 여권이 아니라 김각수와 얼추 비슷해 보이는 김도곤이라는 노숙자의 여권이다. '그분'은 여권을 테이블 위에 툭 던지고 마루에 앉아 있는 세 사람을 쭉 둘러보았다. 그 시선은 고개를 푹 숙이고 있는 김각수 쪽을 버리고 남기만, 반요한에게 번갈아 머물렀다.

남기만의 침 넘어가는 소리가 꼴깍꼴깍 들렸다. 반요한은 차마 시선을 맞받지 못하고 눈을 마룻바닥으로 향했다. 김도곤의 사진과 자신의 얼굴이 남기만보다는 더 닮았기를 간절히 바라면서.

이윽고 '그분'이 입을 열었다.

"요한이가 맞겠군. 요한이가 해."

아, 드디어.

남기만의 작은 탄식이 들렸다.

반요한은 눈물이 찔끔 나왔다.

* * *

광역수사대 사무실 창밖에는 이미 어둠이 내린 지 오래다. 마포대로의 온갖 소음이 한 덩어리로 뒤섞여 밀려왔지만 책상 위에 쌓인 수사 자료에 파묻혀 이유현은 거의 의식하지 못했다.

휴대전화가 울렸다. 이유현은 자료에서 눈을 떼지 않은 채 휴대전화로 손을 뻗었다. 고진의 목소리였다.

"밥시간은 지났고, 술 한잔하지."

여유로운 목소리가 왠지 얄미웠다.

"아직 사무실이에요. 요즘은 여유가 없어서요."

"혹시 그 건 때문이야?"

"뭐 그렇죠. 대충."

"그렇다면 더욱 오늘 술 한잔해야겠는데. 재밌는 이야기가 있어."

"글쎄요, 형님의 추리 소설이 늘 재밌긴 하지만 오늘 듣기에는 좀 여유가 없네요. 게다가 이 사건은 현실 자체입니다. 상상력이 개입할 여지가 전혀 없어요."

이유현은 수화기를 귀와 어깨 사이에 끼고 양손으로 서류 더미를 뒤적였다.

"민간인이 자발적으로 수사에 협조하겠다는데도 이러기야?"

"그럼 혹시 목격자라도 되십니까?"

"피해자들의 공통점을 알아낸 것 같아."

공훈담을 자랑하고 싶어 못 견디는 이등병의 목소리 같았다.

"피해를 당했다는 공통점이 있죠. 그건 우리도 압니다."

"그 말이 논리학상 오류라는 건 아나?"

"그럼 전화로 이야기해 보세요. 공통점이 뭡니까?"

"전화로는 좀 긴 이야긴데. 신문을 보니까 일가족 살인 용의자로 대원이라는 자를 수배했다고 하던데, 대원이가 누군지는 알아냈나?"

"대원이가 대원이지 누구겠습니까?"

고진이 키득키득 웃었다.

"피해자들의 공통점, 그리고 대원이라는 인물, 그리고 우리가 알지 못하는 사이에 진행되고 있던 사건들을 골라내서 시간 순서와 인과 관계를 짜맞추어 보면 이게 무지하게 재밌는 사건이 되거든."

"바로 그 사건 때문에 내가 못 나가요. 지금 자리를 비웠다가 그새 새로운 보고가 들어올지 모르거든요. 당분간은 사무실을 떠나기 어렵습니다. 다음에 조용해지면 한잔하죠. 류 마담한테 안부나 전해 주세요."

고진은 몇 번을 더 만나자고 졸랐지만 그의 빗나간 추리에 실망하고 이 사건에 관한 그의 가설은 어차피 리얼리티와 동떨어진 개인 취미에 불과하다고 여기게 된 이유현은 호응하지 않았다. 고진은 결국 "나중에 후회하지 마." 하는 위협만을 남기고 전화를 끊었다. 이유현은 한창 바쁜 중에 일방적으로 조르는 고진의 전화가 귀찮다는 생각을 하며 곧 사건의 세계로 다시 빠져 들어갔다.

전화상으로 듣는 윤영탁의 목소리는 무척 반가웠다. 윤영탁은 교토로 출장 간 뒤 매일 보고 전화를 했지만 이날의 통화는 남달랐다. 오늘 아침 안병조의 주소를 대사관으로부터 넘겨받아 윤영탁에게 휴대전화 메시지로 전해 준 때문이었다. 그 후 거의 반나절이 지나도록 연락이 없었다. 아직 성과가 없는 거겠지 하고 초조한 마음을 누르고 있었다. 실수하는 걸 실패하는 것보다 싫어하고 성과가 있을 때까지 입을 다무는 윤영탁이었다. 이유현은 답답했다. 그런데 드디어 전화가 왔다. 좋든 나쁘든 사태의 진전 내지 변화가 있다는 이야기다. 사무실에 남아 있던 형사들은 일손을 잠시 접어 두고 일제히 전화기에 시선을 모았다. 이유현이 다급하게 물었다.

"어떻게 됐어? 안병조는 찾았나?"

윤영탁의 목소리는 대조적으로 낮았다.

"찾긴 찾았습니다만……."

"그런데?"

"죽었습니다. 살해당했어요."

"뭐? 살해?"

이유현은 아연실색해 수화기를 든 채 벌떡 일어섰다. 형사들이 이유현을 빙 둘러싸고 그의 입을 주시하고 있었다. 이유현은 버튼을 눌러 스피커폰 모드로 바꾸었다. 윤영탁은 자신의 책임이라도 되는 양 의기소침한 목소리로 말했다.

"아침에 안병조의 집 주소를 전해 받자마자 찾아갔습니다. 집에 노란색 경찰 테이프가 쳐져 있더군요. 뭔가 잘못되었다고 직감하고 관할 경찰서로 찾아갔습니다. 신분증을 보여 주고 한국에서 파견된 형사임을 밝혔더니 안병조가 바로 이틀 전에 살해당했다고 이야기해 주더군요. 뭐 정식으로 수사 공조가 된 것도 아니고 해서 자세히는 알려 주지 않았습니다만, 목이 졸려 죽었답니다."

"칼이 아니고?"

"예. 끈을 사용한 것도 아니고, 양손으로 목을 졸랐는데, 흔적으로 판단해 보면 범인은 엄청난 힘의 소유자랍니다. 안병조가 50대고 보통 체격이긴 하지만 그래도 성인 남자를 일방적으로 제압해서 간단하게 목을 졸라 죽이기는 쉽지 않았을 텐데 말입니다."

"범인은 아직?"

"예. 아직은 전혀 감을 못 잡는 형편인 것 같습니다."

"일본 경찰의 판단은 어떤 쪽이야?"

"더 이상은 말해 주지 않아요. 목이 졸려 죽었다는 것도 어차피 언론에 나간 거라서 귀띔해 준 정도고요. 한국에서 온 형사래도 여기서는 민간인 신분이나 다를 바 없으니까요."

윤영탁은 수사에 참여하기는커녕 제대로 된 정보도 얻어내지 못하고 있는 모양이다. 그로서도 어쩔 수 없으리라. 그래도 전혀 소득이 없지는 않았다.

"일본 경찰이 이웃집 남자를 상대로 조사하고 있는 걸 봤습니다. 경찰이 떠난 후에 제가 남자를 찾아가 물어봤죠. 길게 대답은 안 해 주었습니다만, 핵심 진술은 그거더군요. 안병조가 죽던 그날 밤에 큰 소리가 들렸는데, 주로 낯선 남자의 화난 듯한 목소리였고, 자기는 잘 모르지만 한국말이 분명했답니다."

"한국말이라…… 역시."

"그런 정황으로 봐선 우연히 들른 강도가 아닌 건 분명합니다. 아무래도 우리가 쫓던 그 일당일 가능성이 높습니다."

최상민 형사가 이유현 곁으로 다가와 "팀장님, 끈을 찾았는지 물어봐야죠."라고 말했다. 그제야 중요한 질문이 빠진 것을 깨달은 이유현이 물었다.

"끈은?"

"그게 확실치 않습니다. 일본 경찰이 정보 공개에 무지하게 인색해요. 그쪽은 끈이 이 사건에서 문제가 된다는 것 자체를 모르고 있기도 하고요. 아마 끈이 현장에 남아 있다 하더라도 수거할 생각 따윈 못 했을 겁니다. 제가 몰래 현장에 잠입해서라도 한번 뒤져 볼 작정입니다. 범인이 가져가지 않았다면 제가 발견할 수 있을 수도 있겠죠."

결국 사건 현장에 불법적으로 들어가 수색을 하겠다는 말이지만 이유현은 딱히 말리지 않았다. 실은 대놓고 시킬 수 없는 입장에서, 알아서 하겠다는 데야 고마울 지경이다.

"일단 일본 경찰한테 정보를 얻어 봐. 범인은 한국에서 건너간 것 같다고 말이야. 한국에서 살인까지 불사하면서 끈을 찾아다닌 놈들이야. 그자가 안병조를 찾아 일본행 비행기를 타려고도 했고, 마침 그 직후에 안병조가 살해당했다면 이게 절대 우연이라고 할 수는 없어. 범인이 한국말을 했다는 진술도 나왔고."

"저도 이런저런 말은 해 봤습니다. 그래도 그게 우리 측 사정이지 일본 경찰한테는 씨알도 안 먹혀요. 밑도 끝도 없는 이야기로 들리는 모양입니다. 도무지 협조해 줄 생각을 않아요. 공문도 없는 상태라 제 신분도 여기선 어중간하고요."

"알았어. 정식으로 수사공조 절차를 밟도록 할 테니까, 일본 출장을 좀 연장하지."

이유현은 낭패감에 혀를 찼다. 윤영탁이 미안함을 덮듯 기운차게 말했다.

"알겠습니다. 출장을 연기해 주십시오. 여기서 최대한 조사해 보겠습니다."

예상치 못한 방향으로 진전된 사태는 이유현을 얼마간 패닉에 빠뜨렸다. 절대 일어날 것 같지 않은 일도 일어나고 만다. 악마 같은 범인이 철통같은 경찰의 봉쇄를 뚫고 출국해서 대상자를 살해해 버리는 일 같은.

하지만 도대체 범인은 어떻게 한국을 빠져나가 안병조를 살해했단 말인가?

공항과 항만은 모두 폐쇄했다. 노숙자인지 공범인지 모르지만 김도곤의 사진을 이미 돌렸고, 범인들의 몽타주는 그 전에 배포되어 있었다. 물론 사진도 없고 프로필도 어설펐지만 경찰이 범인의 출국을 놓쳤으리라고는 생각할 수 없었다. 그건 범인이 출국을 시도하다가 실패했다는 분명한 사실이 뒷받침해 주고 있다. 범인 중 한 명은 공항에서 출국을 시도했다가 수배가 된 것을 알고는 곧장 도주하지 않았는가. 게다가 차량까지 준비해 놓고서는 출국에 실패해 되돌아올 경우까지 대비하고 있었다. 그렇다면 그들도 경찰의 경계망을 충분히 경계하고 있었다는 이야기인데, 이토록 용의주도한 범인이, 뻔히 삼엄한 수배망이 내려져 있는 걸 알면서 한 번 실패한 출국을 다시금 시도했을까? 거기다 운 좋게 성공까지 하고?

"혹시 일본에 공범이 있었던 건 아닐까요?"

유오경이 말했지만 이유현은 고개를 저었다.

"가능성이 너무 낮지 않아? 국제 마피아도 아니고. 또 끈을 가진 안병조가 일본에 있다는 사실은 그때까지 범인들도 모르는 우연이었어. 그런데 하필 그 일본에 공범이 있었다고는 생각하기 어렵겠지. 그리고 일본에 공범이 있었다면 애당초 경찰의 경계망이 깔린 상태에서 굳이 위험을 무릅쓰고 출국하려는 시도조차 안 했을 거야."

"하지만 살인은 발생했고, 분명 일본에 누군가 건너갔단 이야긴데……."

유오경이 고개를 갸웃거렸다. 그것이 문제였다. 한국 경찰이 뻔히 눈 뜨고서 범인을 놓쳤다는 결론이기 때문이다. 이유현이 곧장 광역수사대장 민호원 총경에게 찾아갔을 때도 표면적인 상황의 뒤틀림 이면의 진정한 낭패는 그 부분인 것처럼 보였다. 민호원은 보고를 듣는 동안 내내 선 채로 굳은 얼굴이었다.

"그래서 일본 경찰과의 공조수사가 필요하다?"

"그렇습니다. 곧 절차를 밟겠습니다."

민호원은 팔짱을 낀 채 한동안 책상 앞을 왔다 갔다 하다가 입을 뗐다.

"……과연 그게 현명한 조치일까?"

"예?"

이유현은 고개를 쳐들었다.

"먼 일본의 살인까지 우리나라 경찰이 나서서 책임을 질 필요가 있는가 하는 말일세."

"하지만 정황으로 보면 범인이 일본으로 가서 살인을 저지른 게 분명합니다."

112

"그럼, 우리 경찰이 경계를 그렇게 어설프게 했나?"

"그건······."

이유현은 말이 막혔다.

"아무리 범인의 신상이 불투명하다고 해도, 한국 경찰이 공항과 항만을 지켜 외국으로 건너가는 길목을 완전히 막아 놓았는데, 범인이 빠져나간다는 게 말이 돼?"

이유현이 주저하면서 대답했다.

"······그 점이 생각하기 어려운 면도 있습니다. 범인은 한 번 공항을 통해 출국하려다 실패했거든요. 그런데 막대한 위험을 감수하고 다시 출국 시도를 했을 거라는 가정부터가 생각하기 어렵긴 합니다."

"그렇다면 범인이 한국을 빠져나갔을 가능성과 일본의 안병조를 죽인 범인이 이쪽에서 건너간 범인이 아닐 가능성 중 어느 쪽이 높다고 단언할 수 있나?"

"······솔직히 어느 쪽이라고 잘라 말하긴 어렵습니다."

"그런데 굳이 왜 한국에서 범인이 건너가 안병조를 살해했다고 단정하고 우리가 스스로 책임을 뒤집어쓰냐는 거지."

"하지만 그 가능성은 매우 높습니다."

"같은 이야기로 돌아오는군. 조금 전에 마찬가지로 한국에서 범인이 건너가지 못했을 거라고 하지 않았나. 그렇지 않을 가능성이 더 낮다고 할 수 있나?"

이유현은 대답할 말을 잃어버렸다. 민호원이 이처럼 길게 말하는 것도 드문 일이었지만, 뭔가 이치에 닿지 않으면서도 묘하게 반박하기 곤란한 화법을 쓰고 있다는 점도 놀라웠다. 민호원의 말이 이어졌다.

"지금 단계에서 일본에 공조수사를 요청하려면 그 살인자가 한국에서 건너간 범인이라고 우리가 지레 단정 짓고 나서지 않으면 안 되는데, 그건 지나치게 성급한 짓이야. 당분간 일본 경찰의 수사를 좀 더 지켜보지. 그런 다음에 범인이 한국인이라는 결과가 나온다면 그때 가서 우리가 개입하고 정보를 넘겨받아도 늦지 않아."

이유현은 물러나오면서 민호원이 관리자로서 내린 판단에 일리가 있다는 쪽으로 생각이 기울었다. 범인의 윤곽이 드러나기도 전에 한국 경찰이 불쑥 나서서 범인은 한국에서 건너간 살인자이며 그 책임은 경계를 제대로 못한 우리에게 있다고 선언하는 일은 분명 위험하다. 그런다고 일본 경찰이 고마워하며 넙죽 사건을 넘길 리도 없다. 만약 아니라면 유례없는 큰 창피를 당할 수도 있다. 신중할 수밖에 없다.

윤영탁이 얼마만큼 독자적으로 조사를 해 줄 것인가. 남은 기대는 거기에 걸어 볼 수밖에 없었다.

5

가죽소파 너머로 담배 연기가 조그만 봉홧불처럼 솟고 있다. 테이블 위 재떨이에는 담배꽁초가 수북하다. 임인건은 미간을 좁히고 담배를 깊게 빨아 당기더니 순식간에 꽁초를 하나 더 만들어 재떨이에 내던졌다. 그는 테이블 위에 놓인 작은 골판지 상자를 주워들었다.

"이게 대체 무슨 값어치가 나간단 거야?"

상자 안에 집어넣었다가 꺼낸 그의 오른손에는 끈이 들려 있었다. 광목천으로 만든 그 끈은 누렇게 바래져 있어 꽤 오래된 것처럼 보였다.

"거기다 낙서질까지 해 놨구만."

끈 위에는 먹으로 ㄴ, ㅎ, ㅇ, ㅍ, ㅈ 같은 한글 자모가 적혀 있다. 한글을 처음 배우는 사람이 띠 위에 글씨 연습을 한 것 같았다.

"그래도 분명 남기만이는 신주단지 모시듯 했걸랑요. 그놈한테는 소중한 물건인가 보더라고요."

마호가니 책상가에 앉아 있던 김종낙이 말했다. 그 옆 파이프 의
자에 나누어 앉은 우대원, 강태수도 한쪽 다리를 탈탈 떨며 동조하
듯 고개를 끄덕였다. 사무실에는 전화기와 컴퓨터가 놓인 책상 한
대와 빈 책상 한 대, 의자 몇 개, 보스 임인건이 앉아 있는 소파, 녹
색 부직포 위에 두툼한 판유리가 덮인 갈색 나무탁자, 그리고 구석
에 놓인 정수기가 전부였다. 에어컨 바람이 세게 나오고 있다는 점
만 빼면 좀 넓은 교도소 방이 이럴까 싶은 사무실이었다. 책상 위에
는 팩스도, 여분의 전화기도 없었다. 대신, 돈을 빌려간 채무자들의
신상과 입금 내역 따위가 적힌 장부가 몇 권 있을 뿐이었다. 구석에
매달린 카나리아 새장만이 살풍경 가운데 한 점의 생기를 느끼게
했다.

임인건은 근래에 들어 부쩍 초조감을 갖게 된다. 10여 년 전 돈
많은 영감을 우연히 알게 돼 사채업에 진출할 기회를 잡은 것까지
는 좋았으나, 기업어음할인이나 상장기업 주식담보대출 같은 폼 나
는 일은 못 해 봤다. 전주 영감은 그쪽 일은 정통 사채업자들에게 맡
기고 자신한테는 개인 상대로 푼돈을 주고받는 소매금융 쪽 자금만
을 대주었다. 같은 명동 사채업자라지만 레벨이 너무 다르다. 이쪽
은 장부로 쓸 노트 몇 권과 약간의 물리력이 업무에 필요한 전부다.
막다른 길에 몰린 사람을 쥐어짜 고리를 받아 내다 보니 아무래도
고운 말이 나오지는 않는다. 문제는 이런 현찰 박치기 거래로는 수
익이라고 해 봤자 '쇳가루 만지는' 수준에 불과하다는 데에 있다. 고
율의 이자를 매기지만 회수율이 낮고, 아예 채무자가 도망가는 일도

116

수두룩하다. 너무 강하게 압박하다 보면 종종 뒤탈을 남기는 터라 평생 직업으로 삼기에는 한계가 있다. 임인건은 이미 40대 중반을 넘어섰고, '사무실 동생들'도 서른은 넘었다. 이들은 갈수록 마음에 들지 않는다. 어차피 이들을 데리고 스케일 큰 사업은 힘들다. 어음 할인 따위의 지식이라고는 머릿속을 박박 긁어도 부스러기조차 나오지 않는다.

이날은 초조감을 넘어 짜증이 솟구치는 참이었다. 이자가 눈덩이처럼 불어나 있는 '악성 채무자' 남기만한테서 지폐 다발은커녕 겨우 광목 끈 하나를 들고 온 데는 눈에서 불이 나고 모래가 튈 지경이었다. 비실비실 놈, 목이라도 쥐어짰다면 과연 몇 푼이라도 건지지 못했을까. 주먹만 센 투미한 녀석들이 입담 센 남기만의 사탕발림에 당한 게 틀림없었다. 임인건은 광목 끈을 집어 들고 동생들에게 눈을 부라렸다.

"남기만이가 이런 걸 소중하게 여겼다고? 등신같이 당한 거 아냐?"

"아닙니다."

김종낙이 억울하다는 듯 목소리를 높였다. 우대원, 강태수도 제각기 고개를 쳐들었지만 김종낙이 대표해서 말하겠다는 듯 손을 내저었다. 마른 체구에, 짙은 눈썹과 툭 튀어나온 턱이 제법 강인한 인상을 준다.

"아니긴 뭐가 아냐!"

"애들 데리고 어제 저녁 아현동에 수금 나간 김에 혹시나 싶어 남기만이 집에 들러 봤거든요. 남기만이가 마침 집에 혼자 있는 겁니

117

다. 남기만이도 우리 보고는 깜짝 놀라데요. 형님도 알다시피 이 인간이 그동안 연락도 잘 안 되고 집에도 거의 붙어 있지 않았잖아요? 만난 참에 바짝 쥐어짰죠. 토끼려는 거냐, 못 믿겠다, 당장 돈 갚아라. 뭐 남기만이 대답은 마찬가지긴 했어요. 곧 큰돈이 생긴다. 그때 한꺼번에 갚겠다. 조금만 기다려 달라, 그런 식으로."

"임마, 그런 뻔한 레퍼토리에 넘어가면 어떡해? 한두 번 해 봐?"

"넘어갈 리가 있습니까? 오늘은 그냥 안 넘어간다, 신체 포기 각서라도 써라, 겁 좀 줬죠. 그러는데 현관 벨이 울리더라고요. 열어 보니깐 택배예요. 국제 택배. DH……인가 뭔가 하는 거 있잖습니까. 뭐더라, 조미료 이름 같은 그거. 하여간 그거 일본에서 온 거였는데, 택배기사가 소포를 주고 가니깐, 남기만이 얼굴이 새파랗게 질리는 겁니다. 내가 눈치가 100단 아닙니까. 국제 우편물인 데다가 그걸 본 남기만이 낌새가 보통이 아니고, 그러니까 꼭 우리한테 뺏길까 봐 벌벌 떠는 것 같더라고요. 이거 뭔가 있다 싶어서 소포를 잡아챘죠. 그랬더니만 역시, 남기만이가 악다구니를 막 쓰면서 안 내놓으려는 겁니다. 소포를 빼앗아 뜯었죠. 그랬더니만 그 광목 끈이 나왔고, 이게 뭐야, 하는데 남기만이가 또 기를 쓰고 뺏으려 들어요. 확실히 뭔가 있다 싶어서 끈을 챙겼죠. 뭔지 몰라도 너한테 중요한 건가 본데, 이걸 담보로 잡겠다, 돌려받고 싶으면 돈 갖고 사무실로 오라고. 그래 놓으니까 이번엔 얼굴이 새하얗게 질렸어요. 그 능글맞던 놈이 그러는 건 첨 봤어요. 어쨌든 돈이 당장 없다는데 쥐어짤 수도 없는 일이고, 일단은 이 끈만 갖고 나온 겁니다. 분명히 소식이 있을 겁니다. 조만간 돈 들고 올지도 몰라요."

"그래……?"

임인건은 믿기지 않는다는 듯 띠를 들고 이리저리 들여다보았다.

"오래된 것 같긴 한데, 그렇다고 무슨 골동품일 것 같지도 않고. 여기에 그렇게 목을 맸단 말이지? 흠."

임인건은 끈을 테이블 위에 내려놓고 팔짱을 꼈다. 김종낙의 말이 당장 와 닿지는 않았다. 금송아지도 아니고, 허름한 천 조각 하나에 그렇게 필사적이었다……? 하여간 이 물건을 딴 데 팔아서 값을 쳐 받을 수는 없겠지만 남기만에게 어떤 이유로 중요하다면 돈을 내놓도록 압박할 거리는 될 수 있다. 이야기를 듣고 보니 딱히 동생들을 탓할 거리는 없었다. 오히려 윽박지르는 일 말고도 효과적으로 채무자를 다루는 요령을 부린 것 같아 대견스럽다고 해야 할까. 하지만 그래도 겨우 노끈이라니. 담보물치고는 너무 형편없다.

"하여튼 남기만이 이거 애 더럽게 먹이네. 애당초 이 정도 거지인 줄 알았으면 돈을 안 빌려주는 건데. 원리금만 늘어나면 뭐해. 수금이 안 되는데, 수금이."

말이 좋아 채권 추심이지, 세상의 시선으로는 조폭 사채업자라고 몰아붙여도 딱히 할 말이 없다. 그러면 길게 갈 수 없다. 요즘 '채권의 공정한 추심에 관한 법률'인가 하는 성가신 법이 생겨서 채무자들한테 돈 달라고 찾아가거나 문자를 여러 번 보냈다가 엉뚱하게 거꾸로 고소를 당해 결국 고소 취하를 조건으로 빚을 깎아 준 일도 있었다. 임인건도 젊었을 때는 주먹을 앞세워 쉽고 빠른 길만을 달렸지만 혈기의 대가를 톡톡히 치르는 과정을 거치면서 이제는 타협과 물러섬도 아는 노련미를 갖추었다. 그래도 자신이 컨트롤할 수 있는 건 자기 자신뿐이다. 부하들이 주머니 속의 송곳처럼 툭툭 불거져 나오는 데야 일일이 틀어막을 수도 없고 고역이었다. 이미 물바다가 된 뒤에 수도꼭지를 잠그는 일이 번번이 있었다. 임인건은 창가에 걸터앉아 다리를 탈탈 떨고 있는 강태수를 향해 말했다.

"그건 그렇고, 태수 넌 어제도 시장에서 칼 꺼냈다며?"

강태수는 예전 싸움하다가 맞아서 찌그러진 한쪽 눈을 올려 떴다.

"겁만 좀 준 거죠. 돈 빌려간 놈이 하도 뺀질거리길래."

강태수는 별일 아니라는 투로 말했다.

"조심해, 임마. 요새 함부로 휘두르고 다니면 좋지 않아. 그런 건 마지막 순간에 꺼내는 거야."

"예, 예."

강태수는 시선도 맞추지 않고 건성으로 대답했다. 임인건의 말이 그의 귀를 통과해 뇌리까지는 도달하지 않은 게 분명하다.

'제길, 못 해 먹겠군.'

사무실 식구 중 강태수는 맨 나중에 합류했다. 김종낙과 우대원은 나이도 벌써 서른 중반을 넘어 체력이 달리고, 외모와 달리 성격도 모질지 못했다. 특히 뚱뚱한 우대원은 허드렛일 말고는 현장에서 써 먹을 수 없는 녀석이었다. 김종낙도 맏형이라지만 나서야 할 때 슬금슬금 눈치만 본다. 이래서야 사무실 유지가 힘들다. 혈기 있는 녀석이 필요하다 싶어 김종낙의 소개로 강태수를 영입했다. 하지만 또 다른 위험한 선택이었다. 강태수는 감정 통제가 안 되고 돌발 행동이 잦았다. 아직 어린 탓일 수도 있겠지만, 결정적으로는 아직 험한 꼴을 당해 보지 못한 것이다. 몇 번의 폭력 전과는 대부분 벌금형이었고, 집행유예가 딱 한 번 있었다. 교도소 맛을 제대로 보지 못했거나, 오지게 성질 더러운 놈을 만나 보지 못했다는 이야기다. 아직 끝내지 못한 반항기의 10대 같은 부분이 있다. 누군가가 사고를 쳐 이 사무실이 박살 난다면 그건 강태수부터일 거라는 불안감이 늘 한구석에 있다.

"하여간에 남기만이 이거, 악질이야."

임인건은 양팔을 소파 등받이 뒤로 넘기고 몸을 기댔다. 검은 라운드 티셔츠 아래 홍두깨만 한 팔뚝이 불거져 있었다. 무성한 눈썹 아래 양미간이 잔뜩 일그러져 있고, 툭 튀어나온 광대뼈 위 움푹 꺼진 눈두덩은 구덩이만 했다. 그에게 과연 '악질'을 부릴 간담을 가진 사람이 몇이나 있을지는 의문스럽다.

똑똑, 노크 소리가 들렸다.

사무실 안의 네 사람 중 아무도 네, 하고 대답하지 않았다. 손님을 맞는 예법 따위는 관심이 없다. 오는 손님은 대부분 제 목이 말라 우물을 파러 온 자들이다. 이쪽이 저자세를 취할 이유가 없다. 손님 쪽도 굳이 대답을 기다리지는 않았다. 문이 곧 안으로 열렸다. 열린 문 바깥 면에는 '명성실업'이라고 새겨진 녹색 아크릴 판이 붙어 있다.

들어온 사람은 남자 셋이었다.

키 큰 남자, 눈가에 동전만 한 점이 있는 다부진 몸집의 남자. 그리고 '악성 채무자'인 남기만이었다. 점박이가 문을 닫았고, 키 큰 남자가 입구에 섰다. 왜소한 체구의 남기만은 두 사람과 조금 떨어져 시선을 아래로 떨구었다. 사무실 안에 있던 네 명의 시선이 일제히 모였다.

“뭐요?”

셋 중 그나마 문 가까이 있던 김종낙이 입을 열다가 남기만을 보고는 멈칫했다.

“남기만?”

김종낙은 일어서서 사내들에게 다가갔다.

“왜? 돈 갚으러 왔나?”

김종낙은 남기만을 향하다 말고 몸을 돌려 심상치 않은 두 남자에게 도전적으로 물었다.

“누구요? 댁들은.”

눈가에 점이 있는 남자가 말했다.

“남기만의 친구입니다. 돈은 안 가져왔어요. 하지만 제가 보증을 서겠습니다.”

“보증?”

김종낙이 되뇌었다. 소파에 앉은 임인건을 비롯, 우대원, 강태수의 시선이 일제히 점박이 남자에게로 향했다. 보증이라니. 보증인이나 담보물 없이 돈을 빌려주고, 떼이고, 그래서 고율의 이자를 후려치고 으름장을 놓지 않는가. 그런데, 사무실로 찾아와서 이미 성립한 채무의 보증을 서겠다는 사람이 지금까지 한 명이라도 있었던가?

김종낙은 점박이 남자를 뚫어져라 보았다.

“누구십니까?”

“김각수라고 합니다.”

점박이 남자가 말했다.

“이름은 됐수다. 초면인 사람 이름 보고 보증인 세우는 건 아니니

122

까. 담보물 있습니까?"

"담보물로 내세울 만한 건 없습니다."

단호한 말에서 내비치는 터무니없는 자신감에 김종낙의 비위가 상했다.

"그럼 안 되지. 담보도 없고, 돈도 가져온 것도 아니면서 왜 와? 그냥 친구랍시고 오면 아이구 예, 할 줄 압니까?"

두 사람이 말을 나누는 가운데 남기만은 흙빛이 되어 바닥을 보고 있었다. 일행에게 볼 낯이 없어서 그러는 것 같았다.

"돈은 곧 드릴 수 있어요. 원리금을 한꺼번에요. 대신에 남기만 씨한테서 가져간 물건만 돌려주십쇼."

"남기만한테서 가져간 물건? 아하, 그 끈을 말하는 겁니까?"

김각수가 말하고는 고개를 돌려 소파에 앉은 임인건을 보았다. 그것봐라, 하는 표정으로. 임인건도 사태를 이해한 듯 앉은 채로 말했다.

"끈? 그게 정말 뭐 금테라도 되는 건가?"

임인건은 혼잣말처럼 되뇌었지만 방문자들을 자극하려는 의도된 대사였다. 결국 그 끈을 되찾으려 온 거였군. '보증인' 나부랭이는 헛소리로 판명나긴 했지만. 어쨌든 끈이 그만큼 방문자들에게 아쉬운 물건임은 충분히 간파했다.

"선생님들께는 아무런 가치가 없는 겁니다. 하지만 저한테는 조상님의 유품이라 소중한 물건입니다. 돌려받고 싶습니다."

하하하, 임인건이 크게 웃으며 일어났다. 품새가 느렸는데, 의도된 것이었다.

"쉽게 보면 안 되지. 조상님의 유품이라니. 이쪽 키 큰 양반 이름이야 모르겠지만, 남기만이하고 지금 말씀한 김각수 씨하곤 성도 다른데, 대체 무슨 조상이 있단 거요? 외가 쪽 친척들하고 뭉쳐서 제사를 같이 지내기로 회의라도 한 건 아닐 테고. 가만 있자……. 그러고 보면 아하, 그 띠가, 혹시 보물지도라도 되는 모양이지?"

"그런 게 아니란 건 보면 알지 않겠습니까?"

김각수가 화난 음성으로 말했다. 임인건이 눈을 팩 일그러뜨렸다.

"이봐요. 우린 담보도 없이 남기만 씨 신용만 보고 큰돈을 빌려준 거요. 명동 다른 사무실 다 뒤져 보시오, 그런 데가 있나. 그런데 원금은커녕 이자도 안 갚았어. 이 끈이 보물지도든 조상의 기념품이든 간에, 돈을 가져오면 될 거 아닙니까, 돈을."

"끈이 원래 그쪽 게 아니지 않습니까?"

김각수의 억양이 기묘하게 비틀렸다. 증오가 깊게 배어 나왔다. 사무실의 공기가 팽팽해졌다. 동작이 굼뜬 우대원도 굵은 목을 쑥 뺐고, 창가에 늘어져 있던 강태수는 앞으로 걸어 나왔다.

"당신들 태도가 그게 뭐야?"

강태수가 성마른 음성으로 말했다. 임인건은 팔을 펴 강태수의 앞을 막았다. 분별 있는 보스를 연기한 임인건은 굵은 목소리로 말했다.

"긴 말을 할 사람들이 못 되는구만. 우리 사무실이 만만하게 보입디까? 하여간 됐고, 돈만 가져오시오. 그럼 끈이건 금송아지건 다 내줄 테니까."

김각수의 얼굴이 찌그러진 맥주 캔처럼 구깃구깃 일그러졌다. 사람의 표정 변화에도 사회적으로 훈련된 방식이 있다. 김각수의 지금 얼굴은 그런 종류가 아니었다. 마치 불구대천의 원수를 앞에 두고 제멋대로 폭주하는 안면 근육을 죽을힘을 다해 누르는 것 같은 모양새였다. 수적으로 보나 상황으로 보나 우위에 있는 임인건 쪽이지만 예사롭지 않은 낌새를 의식하지 않을 수 없었다. 메마른 목소리가 긴장을 깼다.

"얼마입니까?"

톤이 높으면서도 단조로운 목소리가 단박에 주목을 끌었다. 카랑카랑한 목소리의 주인공은 김각수 옆에 서 있던 키 큰 남자였다.

"얼마를 주면 됩니까?"

그가 재차 물었다. '드리면'이 아니라 '주면'이라는 표현을 쓴 것에 살짝 불쾌감을 느끼면서 임인건이 뒤쪽의 부하들을 돌아보고 말했다.

"얼마야?"

알고 있다고 해도, 당장 말할 수야 없다. 보스가 일일이 원리금을 체크하고 있다면 잘아 보인다. 눈치 빠른 김종낙이 냉큼 말을 받았다.

"1억 2000만입니다."

"내가 빌린 건 3800만 원입니다만……. 그것도 선이자 200만 원을 떼고 실제로는 3600만 원을 빌렸어요……."

남기만이 키 큰 남자의 눈치를 보며 기어들어 가는 목소리로 말했다. 애당초 고리를 감수하고 빌렸으니 불법이라 해도 계산상의 원리금을 모를 리는 없다. 임인건에 대한 항의라기보다는 키 큰 남자에게 변명하는 투로 들렸다.

"사흘 안에 3800만 원을 주지요. 오늘 그 끈만 준다면."

키 큰 남자가 말했다.

"혹시 못 들었소? 지금 1억 2000만이라고 했잖소."

임인건이 코웃음쳤다. 키 큰 남자는 귀찮다는 듯 말했다.

"남기만한테는 돈 나올 데가 없어요. 그러니 1억을 불러 봤자 장부상 희망 금액에 불과한 거 아니겠습니까? 난 보증인도 아니고 아무 관계도 없지만, 대신 원금 정도는 지불해 줄 용의가 있다는 겁니다."

"아, 글쎄. 1억 2000만 원이라니까."

"1억 2000만 원과 3800만 원을 비교하지 말고, 못 받는 쪽과 3800만 원을 비교해야겠지요."

임인건의 눈썹이 꿈틀했다.

"이 양반이…… 누굴 가르치려 들어? 그런 건 우리가 판단해! 키는 큰데 귓구멍이 좁구만."

임인건이 뒤의 부하들을 돌아보며 한 마지막 말에 키 큰 남자의 낯빛이 싸늘하게 변했다. 김각수의 눈알이 희번덕였다. 그는 발뒤꿈치를 바닥에 불안정하게 비벼 댔다. 키 큰 남자는 더 이상 말을 잇지 않았다. 그는 바지 주머니에 손을 찔러 넣고서 사무실 안을 왔다 갔다 하기 시작했다. 유유히 거니는 모습만으로 보면, 마치 이 사무실이 그의 것이고 임인건이 손님에 불과한 것 같았다. 임인건은 어이없다는 듯 그를 바라보았다.

아무튼 이 상황에서 임인건 패거리에게 확실한 사실 하나는, 남기만에게 배달된 끈이 중요한 담보물이라는 점이었다. 쉽게 내줄 수야 없다. 임인건은 우대원에게 눈짓을 했고, 창가 쪽에서 걸어 나온 우대원은 슬그머니 테이블 위에 놓인 광목천 끈을 상자에 담아 손에 집어 들었다. 키 큰 남자가 다시 입을 열었다.

"그렇습니까? 그동안 고생한 것도 있으니, 이자를 조금은 더 지급할 수도 있습니다만."

"아니. 우린 그런 거 협상 안 해. 협상하려거든 양아치들하고나 해요. 우린 일수 찍는 사람도 아니고, 보다시피 서민을 위한 금융업을 하는 사람들이오. 이번도 그렇잖아요. 돈이 급하다는 남기만한테 담보도 없이 돈 빌려줬어. 그런데 근 1년을 연체하고서 원금만 갚겠다니."

"끈은 남기만이 것이 아니거든요."

키 큰 남자가 또박또박 말했다.

"내 물건이죠. 오늘 내가 여기 온 건 내 물건을 되찾기 위해서입니다. 다시 말해 내가 돈을 갚겠다는 건 빚을 져서가 아니라, 호의를 베풀겠다는 걸 의미합니다."

"원 별소릴 다 듣겠네. 호의? 끈이 남기만이한테 날라 왔으면 남기만이 물건인 거지. 아무나 덜컹 와서 그 물건 내 거요, 하면 통할 거 같소? 우린 이게 누구 건지 그런 건 관심 없어요. 담보물로서 가치가 있냐 없냐만 중요하지. 포장 노끈도 못 되는 허름한 광목 끈 하나 들고 왔다고 이 난린데, 이렇게 된 바에야 이게 뭐진 모르지만 이자까지 다 받아야겠수다."

임인건의 거북한 심사가 노골적으로 드러났다.

"돈은!"

키 큰 남자가 돌연 목소리를 높였다. 한 마디에 불과했지만 독특한 어조가 단숨에 모두의 주의를 확 끌었다. 마치 의장이 어지러운 토론의 결론을 선언하는 듯한, 혹은 판사가 난잡한 공방 끝에 판결을 언도하는 것 같은 말투였다. 그렇지 않아도 칼칼한 목소리인데,

피치를 높이니 녹슨 쇠가 부딪치는 소리처럼 불쾌한 파장이 있었다. 키 큰 남자는 창밖으로 시선을 던지고 말을 잠깐 멈추었다. 그는 다시 목소리를 낮추었다.

"받을 수도 있고 못 받을 수도 있겠지만……."

남자는 사무실 안으로 시선을 돌려 임인건과 세 부하들을 죽 둘러보았다. 화를 넘어 숫제 말문이 막힌 표정들이 거기에 있었다.

"지금 거절하면 후회하게 된다는 것만은 분명히 이야기할 수 있습니다."

가구라고는 책상 말고는 가운데에 놓인 갈색 나무 탁자와 소파 정도가 전부인 사무실이었다. 구석에는 카나리아 새장이 덩그러니 있다. 페인트칠이 벗겨진 벽면에는 그림 한 장 없다. 어딘가 시대착오적인 낡음이다. 묘지처럼 삭막한 이 사무실에 휭 하니 메마르고 살벌한 바람이 불어오는 듯 했다. 성마른 강태수는 이미 반걸음 앞으로 나섰고, 김종낙, 우대원은 황당한 얼굴로 눈알을 굴렸다. 임인건의 미간이 일그러졌다.

20대의 임인건이라면 벌써 주먹부터 튀어 나갔을 터였다. 30대의 임인건은 당장 욕설을 퍼부었을 것이다. 하지만 40대 중반이 된 임인건은 눈썹을 찌푸린 채 가만히 서서 판단하기 시작했다.

뭔가 이상하다. 이자들은 남의 사무실에 와서도 주눅 든 구석이 전혀 없다. 적어도 남기만을 제외하고 키 큰 남자와 김각수는 그렇다. 흥분해서 날뛰는 치들은 오히려 다루기 쉽다. 그런데 키 큰 남자 쪽은 흥분한 기색도 없다. 지금 막 목소리를 높였지만 그것도 철저하게 계산된 리듬이 엿보인다. 급기야 자신 앞에서 '후회' 운운하고 있다. 말도 안 되는 소리인데, 미친놈일까. 지금까지 밑바닥 인간들이라면 수없이 만났다. 그런 자들은 센 척을 해 봤자 기선을 제압하려 잔머리 굴리는 소리까지 들을 수 있었다. 얼굴을 보면 바로 기질이 파악되었고, 말 몇 마디를 섞어 보면 살아온 인생이 파노라마처럼 들여다보였다. 그다음 그들은 임인건의 유형별 인간 수납장에 차곡차곡 정리되어 들어갔고, 그 대응도 자동으로 튀어 나오게끔 프로그램되어 있다. 그건 임인건의 인생 자산이기도 한 '대인 자동 조건 반사 알고리즘'이었다.

하지만 이자들은 분류가 안 되고 있다. 지금까지 만나 온 인간들의 카테고리 어디에도 들어가지 않는다. 싸움이 벌어진다면 이쪽이 이길 건 분명하다. 조직 폭력배 류로는 보이지 않으니 자신들보다 싸움에 강하리라고는 생각할 수 없다. 상대방이 흉기를 숨겨 왔다고 해도 마찬가지다. 그런 종류라면 이쪽도 얼마든지 있다. 서랍 안이라든가, 탁자 아래라든가, 아니면 하다못해 강태수의 주머니 안이라든가. 그래도 이건 좀 좋지 않다. 주먹이나 협박 같은, 지금까지 해 오던 뻔한 방법으로 당장의 승리를 거둔다 해도 왠지 아주 나쁜 결과를 가져올 것 같았다. 지금까지 살아 본 바로는 그랬다. 임인건은 주춤했다.

* * *

"이 반장, 이렇게 얼굴 보기 힘들어서야."

익숙한 목소리였다. 사무실의 소음을 뚫고 선명히 들리는 이 음성은. 이유현은 고개를 들어 고진의 얼굴을 확인했다. 웃는 얼굴이지만 여전히 삐딱하다.

"여기는 웬일입니까."

이유현은 책상 위에서 시선을 떼고 덧붙였다.

"한창 바쁜 시간에."

"광역수사대 구내식당이 좋다는 소문을 듣고 말이야. 지나가다 점심 먹으러 들렀지. 역시 가격 경쟁력은 있더구만."

고진은 대뜸 의자 등받이에 감색 슈트 상의를 걸쳐 놓고 이유현의 책상 앞 의자에 털썩 걸터앉았다. 책상 위에 캔 콜라 두 개를 던지듯 놓았다.

땀이 적은 체질인 고진의 이마가 축축한 걸 보니 마포 전철역에서부터 꽤나 열심히 걸어온 듯했다. 경찰서 구내식당에서 밥 먹으러 들렀다는 말은 거짓말이 당연하고, 이유현에게 볼일이 있는 게 틀림없다. 셔츠의 윗 단추를 풀고 등받이에 상체를 떡하니 기대는 품이 금방 일어날 것 같지 않다. 목에 매달린 방문증이 달랑거렸다.

"광역수사대 사무실이 한산하네. 어쩐 일이지. 형사들 모두 출동한 건가?"

사무실에는 이유현과 책상 몇 개를 건너 모니터 앞에 붙은 형사 두 명밖에 없다.

"그러게요. 광역수사대 사무실이 무시무시한 수사기관이 아니라 실은 온갖 민원인과 잡상인들이 들락거리는 시장통이란 걸 사람들이 잠시 잊어 준 덕분이겠죠."

이유현은 캔을 땄다. 칙 소리와 함께 거품이 올랐다.

"사무실까지 어쩐 일이세요?"

"이런, 이렇게나 반기지 않다니. 마치 베짱이를 보는 개미 같잖아."

고진은 주변을 두리번거리며 말했다.

"오늘은 시민으로서 제보하러 이유현 반장을 찾아온 거야."

"제보라…… 이 더운 날 공익을 위해 아까운 땀 뻘뻘 흘려 가며 경찰서를 찾아올 형님이 아닌데."

이유현은 시큰둥했다.

고진이 돌연 두 팔로 책상을 짚고 상체를 앞으로 휙 내밀었다.

"이 사건은 말이야, 발로 뛸 사건이 아니야. 나 같은 베짱이의 무차별한 상상력이 도움이 될 수도 있어."

"또 그 가설 이야기군요. 그것 참……."

이유현은 몸을 뒤로 물렸다.

"수사가 잘 진행되고 있나?"

"제보하러 왔다면서요. 그런 건 왜 묻습니까."

"혹시 나와 같은 결론을 경찰이 이미 갖고 있나 해서지."

"글쎄요. 아닐 겁니다. 검은 걸 검다고 하는 게 경찰이지, 빨강, 파랑, 노랑이 여기에 섞여 있군, 하고 공상하는 게 우리 업무가 아니니까요."

고진은 몸을 뒤로 물리고 갑자기 키득키득 웃었다. 이유현이 질색하는 웃음이었다.

"그 웃음의 의미는 뭡니까."

"피해자들의 아버지는."

"피해자들의 아버지?"

이유현은 자기도 모르게 고진의 말을 따라했다.

"그래. 내가 피해자들의 공통점을 찾아냈다고 그러지 않았나."

"그게 피해자들의 아버지 쪽이란 말입니까."

"피해자들의 아버지는……."

고진은 반복했다. 이유현은 귀를 쫑긋 세웠다.

"아무 관련이 없더군."

"또 장난입니까? 역시 심심하신가 보네요."

이유현이 울컥했다.

"하지만."

고진은 악동처럼 웃으며 양손을 모았다.

"피해자들의 증조나 고조할아버지들은 눈물겨운 인연이 있었어."

"할아버지? 증조?"

"응. 모두 어떤 종교 결사의 일원이었어."

이유현은 뜻밖의 단어가 나오자 입을 꽉 다물고 고진을 응시했다. 종교 단체라니. 경찰이 상상한 범위 밖의 이야기였다. 고진의 입이 웃을 듯 말 듯 기묘하게 씰룩거렸다. 지금부터 할 이야기가 재미있어 죽겠다는 것 같았다.

"백백교도였다고."

"백백교라고요!"

이유현이 화들짝 소리를 높였기 때문에 책상 두 자리 건너 타이핑을 하고 있던 형사가 힐긋 돌아보았다. 이유현이 숨을 꿀꺽 삼키고 말했다.

"백백교라니, 그 백백교를 말하는 겁니까? 일제 때의 사이비 종교?"

"그래. 자네가 아는 바로 그거야. 종말론으로 사람들을 불러 모아 돈과 여자를 깨끗하게 털어 냈고, 그것도 모자라 교도 300여 명을 죽여서 파묻었어. 전무후무한 사이비 종교였지."

"확실합니까? 피해자들이 백백교도의 후손이라는 게?"

이유현에게는 고진의 이어지는 말이 귀에 들어오지 않았다.

"국가기록원에서 백백교 사건 고등법원 판결문을 구했어. 일본어로 된 긴 판결문인데, 젠장, 눈 아파 죽는 줄 알았어. 그 시절엔 가타카나로 판결문을 적었거든. 고문서를 복사해 놓으니 활자가 선명하지도 않아. 어쨌든 거기에 피고인들과 관계자들 목록이 적나라하게 실려 있더군. 한자에 생년월일, 본적까지. 그때 자네 집에서 적어 갔던 강도사건 피해자들의 주소와 이름을 갖고서 조상을 좀 거슬러 올라가 확인해 봤어. 강도들은 오래된 물건을 찾고 있는데, 피해자들끼리는 모른다고 한다, 그렇다면 혹시 피해자들 선조대의 일과 관련이 있는 게 아닐까, 하는 가설 아래서 말이야. 제적등본을 떼어 보면 금방 알 수 있었겠지만 난 제삼자니까 발급이 안 돼. 할 수 없이 다른 사설 조사기관의 힘을 좀 빌어서 확인했지. 아니나 다를까 피해자들의 증조할아버지, 혹은 고조할아버지들이 고스란히 전면에 나오더군. 판결문과 대조해 봤지. 그들 모두는 백백교에서도 간부급이었어."

"으음."

이유현은 신음 소리를 냈다.

"정말 황당한데…… 그거 확실합니까?"

"피해자들 제적등본을 떼 봐. 국가기록원에서 백백교 판결문 구해서 양쪽 명단을 비교해 보면 될 거 아닌가."

고진이 나무라듯 말했다. 고진이 장난을 치거나 농담을 하고 있지 않은 건 분명했다. 이유현은 깍지 낀 양손을 턱 밑에 대고 생각에 잠겼다.

"그게 사실이라면⋯⋯. 선대는 부끄러운 과거니까 자손들에게는 한때 백백교를 믿었다는 사실을 숨겼던 거군요. 자손들은 할아버지나 증조대가 백백교도란 건 꿈에도 몰랐고."

"그랬겠지. 자손 대에 이르러서는 서로 아무런 인연이 없었으니 공통되는 연결점을 알 도리가 없었어. 그들이 모르는 인연이니 경찰들도 알아낼 수 없었고."

"그런 선조들끼리의 일이란 게 후손인 피해자들에서부터 출발해 조사를 하면 결코 알 수 없었던 사실인데⋯⋯. 형님은 어떻게 그 연결점을 알아냈습니까?"

이유현이 의심스럽다는 듯이 물었다.

"아까 얘기했잖아. 백백교 판결문을 입수해서 간부들과 피해자들의 선조들을 비교해 봤다고. 거기서 관계가 맺어지더란 말이지."

"그러니까요, 도대체 왜 백백교 판결문을 뒤져 볼 생각을 했습니까? 뜬금이 없어도 너무 없잖아요."

"전국을 무대로 펼쳐진 이 황당무계한 강도사건을 봐. 범인들이 피해자들 세대는 영문도 모르는 오래된 띠를 찾아다녔고, 실제로 그 띠는 장문오 부친이 아버지로부터 물려받아 갖고 있었지. 그렇다면 사건의 발단은 그 전전세대의 일이 아닐까 추측할 수밖에 없어."

"그러니까 왜 하필 백백교 사건을⋯⋯."

이유현은 뺨이 실룩거리는 걸 꾹 참고 물었다. 집요하게 이어지는 이유현의 질문을 고진이 잘랐다.

"마침 신문 기사에 장문오 일가 살인사건이 자세히 실린 덕분이야."

"장문오 사건에서요?"

"기사 내용 중에 어떤 사실이 번쩍, 하면서 근 1세기 전의 대범죄를 연상시켜 주더군."

"어떤 사실이 말입니까? 도대체 어디서 백백교를 연상할 수 있었단 거죠?"

고진은 뜸을 들이다가 말했다.

"일당 중 한 명이 주범 격인 인물을 '대원'이라고 불렀다는 사실이지."

"대원⋯⋯."

이유현이 미심쩍은 눈빛으로 되뇌었다.

"분명히 그랬죠. ⋯⋯그럼 그 '대원'이 백백교도와 관련 있는 이름입니까?"

"있고말고. 백백교 그 자체라고 할 수 있어."

몸이 달은 이유현과 달리 고진의 음성은 갈수록 녹은 밀랍처럼 끈적해졌다.

"무슨 말입니까?"

"백백교주 말이야."

"백백교주는, 가만 있자, 예전에 범죄사 공부할 때 기억으로는⋯⋯ 이름이 '전용해' 아니던가요? 그리고 전용해는 수사가 개시되자마자 일찌감치 자살했고."

"교주는 죽었어도 교주를 상징하는 이름은 전해 내려올 수 있지."

"전해 오는 이름?"

이유현은 숨을 들이켰다. 고진은 입가를 끌어올리며 일그러지게 웃었다.

"백백교도들은 말이야, 두려움과 경이로움을 담아 우리의 교주님을 '대원님'이라고 불렀어."

* * *

"좋은 말은 여기까지야. 돌아가."

강태수가 어느새 앞에 나와 있었다. 그의 오른손에는 마시다 만 냉수가 든 1회용 종이컵이 그대로 들려 있었다. 임인건이 강약 어느 쪽으로 나갈지 결정을 내리지 못하고 머뭇거리는 사이, 다혈질의 막내 강태수가 보다 못해 튀어 나간 것이다. 임인건은 가벼운 손짓으로 가로막는 시늉을 할 뿐이었다. 강태수는 의지가 실리지 않은 임인건의 손짓을 무시하고 몇 발자국 더 앞으로 나섰다. 그들 사이의 공기는 터지기 직전의 고무공처럼 부풀어 올랐다. 김종낙, 우대원은 강태수를 힐긋 쳐다보았을 뿐 굳이 나서서 말리지 않았다. 그들에게 방문자들의 태도는 어이가 없는 정도를 넘어 배알이 뒤틀리는 것이었다. 이 사무실은 그들만의 영역이었다. 이곳을 이처럼 겁 없이 휘저은 자들이 경찰 이외에 있었던가. 보스인 임인건이 웬일인지 머뭇거리고만 있어 나서기가 뭣해 눈치만 보고 있었다. 그런데 성마른 강태수가 툭 튀어 나갔다. 말릴 이유가 없다. 어디 성질 더러운 우리 막내의 맛 좀 보시지.

키 큰 남자 옆에 김각수가 도사리고 있었다. 마치 남자를 호위하려는 것 같은 자세였다. 강태수는 물컵을 들지 않은 손으로 김각수의 어깨를 거칠게 획 밀었다. 김각수는 뒤로 반걸음 밀렸고, 그 자세로 눈을 까뒤집고 강태수를 노려보았다. 키 큰 남자가 시선을 조금 움직여 강태수를 보았다. 큰 키 때문에 그 눈빛은 강태수에게 내리꽂혔다. 강태수는 도전적으로 마주 올려다보았다. 키 큰 남자의 눈이 뱀이라면 강태수는 살쾡이의 눈이었다. 잠깐의 정적이 흘렀다.

때로는 눈빛이 욕설보다 더 모욕적일 수 있다. 지금이 그런지 모른다. 좋지 않다, 라고 임인건은 한 번 더 생각했다. 이윽고 키 큰 남자가 조용히, 하지만 차갑게 입을 열었다.

"협상은, 말이야……."

남자의 말은 느렸다.

"……시간이 걸리거나 귀찮아도 약간은 참아 줄 수 있어."

강태수는 입을 다문 채 남자를 잡아먹을 듯 노려보았다.

"하지만. 내 앞에서 예의 없는 인간은 즉시……."

"즉시, 뭘?"

강태수가 일부러 피식 웃으며 이죽거렸다.

"처단한다."

강태수는 짝눈을 크게 떴다. 어깨를 위협적으로 으쓱거리며 남자에게 말했다.

"이 새끼가 어디서……."

강태수의 입에서 '새끼'란 말이 나오는 순간 남자의 눈이 빛났다. 찌르는 듯한 남자의 시선을 받은 강태수가 자신도 모르게 움찔했다. 겁먹은 자신을 자각하고 스스로에게 반발하듯 팔을 쭉 뒤로 빼더니 손에 든 종이컵을 남자의 얼굴에 던졌다. 철썩 하는 소리가 났다. 종이컵은 남자의 이마에 정통으로 맞았고, 곧 물이 흥건하게 얼굴을 덮었다. 남자는 비 맞은 석상처럼 가만히 서서 강태수를 바라볼 뿐 미동도 하지 않았다. 대신 남자의 옆에 있던 김각수가 눈을 치켜떴다.

"대원님께 불충하면 죽는다!"

김각수는 입안에서 씹어뱉듯 말하면서 무서운 기세로 강태수를 향해 달려들었다. 강태수는 일순 몸을 움츠렸다. 하지만 역시 싸움깨나 해 본 그였다. 강태수는 뒤로 반걸음 물러서며 거의 본능적으로 바지 호주머니에 손을 찔러 넣었다. 꺼낸 손에는 어느새 잭나이프가 들려 있었다.

"이 새끼가!"

강태수는 다가오는 김각수를 향해 칼을 겨누며 부르짖었다. 하지만 김각수는 조금도 주춤거리지 않고 강태수를 향해 곧장 달려들었다. 강태수는 겨누던 팔을 내린 다음 그대로 쭉 뻗었다. 칼날이 김각수의 배를 찔렀다. 하지만 다음 순간 얼굴에 절망감이 비친 쪽은 강태수였다. 김각수는 배에 칼이 꽂힌 채 그대로 돌진해 왔던 것이다. 권투선수는 자기의 주먹이 통하지 않을 때 가장 힘이 빠진다. 칼이 통하지 않으면 칼잡이도 절망을 맛본다. 강태수의 입술이 벌어졌다. 얼굴에는 이해할 수 없다는 빛이 떠올랐다. 김각수는 무지막지한 힘으로 강태수를 밀어붙였다. 포격을 맞아 부서졌지만 엔진만은 살아

폭주하는 탱크 같았다. 얼이 빠진 강태수는 칼 손잡이를 쥔 채로 김각수에게 떠밀려 뒷걸음질 쳤다. 김각수가 거세게 몰아붙이는 바람에 급기야 강태수는 헝겊 인형처럼 뒤쪽 벽으로 튕겨져 나갔다. 튕긴 강태수의 등이 벽에 닿는 순간, 김각수의 허리가 팽팽한 활처럼 뒤로 휘청 휘는가 했더니, 그 탄력으로 몸을 앞으로 숙이며 이마로 강태수의 얼굴을 해머질하듯 들이받아 버렸다. 빡 하는 소리가 크게 울렸다. 분명 무언가 박살이 나는 소리였다. 벽에 비친 정지 화면처럼 두 사람은 미동도 없이 서 있었다. 잠시 후, 강태수는 바람 빠진 튜브처럼 스르르 벽에서 미끄러져 바닥으로 쓰러졌다.

짧은 순간이었다. 다른 사람이 끼어들 새도 없었다. 임인건, 김종낙, 우대원은 강태수가 칼을 꺼내들고 찌를 때 강태수가 드디어 사고를 치는구나, 하는 생각에 일제히 가슴이 덜컹했다. 이거 뒷수습은 어떻게…… 하지만 그 뒤에 벌어진 장면은 전혀 상상치도 못했다. 싸움이라면 많이 봐왔다. 오늘 피를 볼지 모른다고도 생각했다. 이보다 더 많은 피도 보았다. 그런데.

세 사람은 뻣뻣하게 굳어 버렸다. 김종낙의 입이 썰룩거렸고, 상자를 든 우대원의 손이 덜덜 떨렸다. 악귀라도 본 듯, 아니 실제로 악귀가 아닐까. 칼에 찔려도 아랑곳 않고 돌진해 오는 인간이란. 강태수의 마빡을 부숴 기절시킨 김각수는 그제야 배를 움켜잡으며 그 옆 의자에 걸치듯 비스듬히 걸터앉았다. 배에서는 출혈이 일었고 피는 금세 허리춤을 넘어 바지를 적셨다. 김각수는 도마 위에 오른 활어처럼 헐떡였지만 그건 두 사람이 안심해도 될 이유는 아니었다. 돋아난 온몸의 소름이 그들을 압도했다.

폭력이 휩쓸고 지나간 자리를 정적이 메꾸었다. 키 큰 남자는 아무 표정이 없었다. 눈길이 쓰러진 강태수를 스쳤지만 거기에는 길가에 던져진 종량제 쓰레기봉투에 보내는 시선 이상의 관심은 없었다. 덜 말린 빨래처럼 의자에 널브러진 자신의 부하 김각수에게는 눈길조차 주지 않았다.

"협상을 계속해 볼까요?"

키 큰 남자가 무심한 눈을 쳐들었다. 임인건이 입을 열려 했지만 입가가 살짝 떨렸을 뿐, 말은 나오지 않았다. 김종낙, 우대원은 얼빠진 표정에서 헤어 나오지 못하고 있었다.

그때 문 쪽에서 소리가 들렸다.

똑똑.

사무실 문을 노크하는 소리였다.

똑똑.

노크 소리는 정적을 자그맣게 찢었고, 뒤이어 문이 열렸다. 바깥의 손님이 기다리던 끝에 스스로 사무실 문을 연 것이다. 두 차례 노크하던 조심스러움에 비하면 우악스러울 정도로 거칠게 사무실 문을 열어젖혔다. 문이 열리자마자 몸을 쑥 들이민 사람은 라운드 티셔츠 차림의 남자 둘이었다.

"당신들은 또 뭐야!"

어느 정도 정신을 회복한 임인건이 소리를 버럭 질렀다.

들어선 남자들은 멈칫했다. 예상 밖의 사무실 풍경에 놀랐던 모양이다. 구석에 피를 흘리고 있는 김각수에게 그들의 시선이 마지막으로 멎었다.

남자 중 한 명이 임인건을 향해 싸늘하게 물었다.

"당신이 저랬습니까?"

임인건이 멈칫했다.

남자는 품 안에 손을 넣었다. 그의 손에는 지갑이 들려 있었다. 남자는 은빛 독수리 문양이 빛나는 검은 지갑을 사무실에 모인 사람들 머리 위로 비추듯 쳐들었다.

"서울 광역수사대 윤영탁 형사입니다."

6

심각한 이유현의 표정을 즐기듯 고진이 말을 이었다.

"문제는 말이야, 백백교의 후손들을 찾아다니면서 오래된 끈을 찾고 있다는 이자들은 도대체 뭔가, 어떤 목적을 갖고 있는가 하는 거야."

"백백교에서 일종의 종교적 성물로 취급되는 물건일 수도 있지 않을까요?"

이유현도 어느새 고진의 가설 안에 들어가 있었다.

"그건 아닐 거야. 겨우 30대인 범인들이 그런 중세적인 신념으로 범행을 저지르고 돌아다닌다고 생각하는 건 너무 비현실적이지. 오컬트에 빠진 인물들이라면 그렇다고 이해는 할 수 있겠지만 왜 하필 1세기 전의 낡아 빠진 마교냐고. 세련되고 좋은 것도 많은데. 요즘 트렌드는 뭔가, 부두교? 아니, 사이언톨로지일까? 아무래도 톰 크루

즈라는 대배우가…….”

“옆길로 새지 마시고.”

이유현이 화제를 되돌렸다.

“그렇다면 아무래도 범인들은 백백교 관련자의 후손일 가능성이 높은데요.”

“그렇지. 그들이 백백교에 대해 갖고 있는 정보가 일반적인 수준이 아니니까. 인터넷을 뒤진다고 찾을 수 있는 지식이 아니거든.”

“혹시 백백교주의 직계 후손 쪽은 아닐까요?”

“나도 그런 생각으로 잠깐 조사해 봤는데 그쪽은 가능성이 없어 보이더군. 백백교 기록을 뒤져 보면 전용해에게 자녀가 있었던 걸로 나와 있기는 해. 전중기라는 아들과 전평자라는 딸. 이들은 교주의 자녀였지만 백백교 자체와는 거리가 있었던 것 같아. 아버지의 엽기적인 살인 행각도 잘 모르고 있었어. 전중기는 효도와 윤리 사이에서 갈등했던 마음 약한 학생이었던 것 같고. 용문산 꼭대기에서 늑대에게 물어 뜯긴 아버지의 시신을 보고는 대성통곡을 했지.”

“그거야 고슴도치도 자기 부모는 멋져 보이는 법이겠죠.”

이유현이 심통 맞게 말했다.

“뭐 자네 말대로 통곡이야 아들된 도리로서 했겠지만 실제 백백교의 범행과는 관련이 없었던 모양이야. 전중기는 일단 체포되었지만 백백교와 관련 있다는 혐의점을 전혀 찾지 못하던 중 감옥에서 사망했어. 자녀도 없었고. 나이도 어렸거든. 딸인 전평자 같은 경우는 겨우 징역 1년에 그쳤어. 철저하게 조사하고 심문을 했지만 백백교와 관련된 범죄 혐의는 찾아내지 못했다는군. 다만 곧 일본의 통치가 끝난다는 이야기를 퍼뜨린 죄, 이를테면 보안법 위반죄만 적용됐어. 물론 전평자도 자녀가 없었지. 이들은 백백교 내부 사정을 다른 일반 교도들보다 더 몰랐던 것 같아. 백백교 내부 정보는 다른 간부급들이 훨씬 가까이 있었어. 간부들이 줄줄이 사형이나 무기징역을 받은데 비해 딸은 그 점이 인정이 돼서 이례적으로 약한 형을 받은 거거든. 아, 참. 당시 판결문에 보면 전평자의 경우는 아이를 낳지 못하는 몸인 점을 정상참작한다는 문구도 있어. 백백교주로서의 전용해의 대는 그걸로 끊겼다고 봐야지. 만에 하나 전평자가 혹시 나중에 출소해서 기적적으로 아이를 가질 수 있었다 하더라도, 뭘 아는 게 있어야 후손에게 남겨 줄 것 아닌가. 뭔가를 알고 있었다면 이 두 사람보단 백백교 간부 쪽이겠지. 그들이 훨씬 더 정보에 가까이 있었으니까."

"그렇다면 역시 체포되지 않은 백백교 잔당들이 있었던 걸까요? 그자들이 집안의 비밀로 간직하던 끈에 얽힌 비밀을 후손에게 남겼다, 이런 이야기…… 그런데 그것도 이상한 게, 왜 근 80년간 가만히 있다가 이제 와서 끈을 찾겠다고 난리를 떠는 겁니까?"

"그거야 아직은 알 수 없지만……."

고진은 말을 잇지 않고 머뭇거렸다.

"왜 말을 하다 맙니까. 이야기해 보시죠."

"추리도 아니고 논리도 아닌, 그냥 상상 수준이라서 그래."

"적어도 재미는 있잖습니까. 하세요."

이유현이 눈으로 재촉했지만 고진은 입을 달싹거리다 그만두었다.

"아니야. 그 부분은 몇 가지 더 확인해 보고……."

광역수사대 사무실에 소리라고는 두 형사가 내는 단조로운 키보드음과 삐걱거리는 의자 소리, 고진과 이유현이 나누는 대화 정도가 전부였다. 그 소리조차 더위를 먹어 축축 늘어지고 있었다. 관공서의 엄격한 냉방 정책에 따라 냉방기는 멎어 있었고 열어젖힌 창문으로는 바람 한 점 불어오지 않았다. 대개는 시끌벅적한 광역수사대 사무실이었지만 오늘은 자청 제보하러 왔다는 고진을 제외하고는 방문자도 없어 한여름날 오후의 나른한 기운에 젖어 있었다. 형사들은 대부분 외근을 나가 있었고 몇몇은 점심을 먹고 건물 밖 어딘가에서 담배라도 피우는지 아직 들어오지 않았다.

　그런 사무실이 갑자기 소란스러워졌다. 고진과 이유현은 대화를 멈추고 고개를 들어 소음의 진원지를 바라보았다. 입구 쪽이었다. 한 무리의 사람들이 앞서거니 뒤서거니 하며 들어왔고, 크고 낮은 말소리가 뒤숭숭하게 들려왔다. 무리의 맨 앞에서 윤영탁 형사를 발견한 이유현이 놀라서 큰 소리로 말했다.

　"윤 형사? 남기만 찾아간다더니 이 사람들은 뭐야?"

　윤영탁은 사람들 무리에서 떨어져 손바닥으로 이마의 비지땀을 훔치며 이유현에게 다가왔다. 사람들의 맨 뒤쪽에는 유오경 형사가 소몰이를 끝내듯 막 들어선 참이었다.

　"일이 조금 꼬였습니다만……."

　하지만 윤영탁은 득의만만한 웃음을 지었다.

　윤영탁은 오늘 아침 한국에 도착했다. 안병조의 목숨을 결국 지키지 못했지만, 그가 살해된 때가 윤영탁이 그 집에 도착하기 전이라고 하니 그를 탓할 수는 없었다. 범인의 출국이 훨씬 빨랐던 것이다.

경찰 쪽에서는 일본 파견에 필요한 절차를 밟는데 불가피하게 시간이 소요된 탓이었으니 조직의 효율 문제도 있었다. 그나마 윤영탁이었으니까 일본 경찰의 도움을 기대할 수 없는 형편임에도 독자적으로 실마리를 찾아냈다고 칭찬해야 할 판이었다.

윤영탁은 안병조의 사망 직후 한국인 남자가 현장 부근에서 국제우편 서비스를 통해 한국으로 소포를 보낸 사실을 확인했다고 알려왔다. 이 남자는 분명 의심스러웠다. 안병조의 사망 시각, 장소와 밀접한 상황에서 우편을 보냈다는 점뿐 아니라, 우편 서비스 업체에 직접 들르지 않고 굳이 어떤 소년에게 심부름을 시켰다는 사실을 보면 더욱 그러했다. 소년은 이 남자가 마스크를 하고 있어 얼굴을 제대로 보지 못했고, 그저 외국인한테 친절을 베풀자 싶어 종이에 적어 주는 주소로 소포를 부쳐 주었다고 했다. 범인 일당의 최종 목적이 안병조의 목숨이 아니라 광목 끈이었다는 점을 고려하면 의심의 수준을 넘어 그를 용의자로 단정해도 무리가 없다는 것이 윤영탁의 판단이었고, 이유현도 같은 의견이었다. 안병조를 살해하고 탈취한 문제의 그 끈을 한국의 동료에게 우편으로 보낸 것이리라. 직접 몸에 지니고 들어오다가는 공항에서 체포되거나 세관 검색에서 걸릴 위험이 있으니 물건만 먼저 따로 보낸 것이다. 보낸 사람의 이름은 물론 가명이겠지만, 받는 사람의 이름과 주소를 거짓으로 쓸 수는 없다. 받을 사람이 받아야 하니까. 주소는 아현동이었고 수신인은 '남기만'이란 자였다.

지난 밤에 이 사실을 알아낸 윤영탁은 이유현에게 급히 전화로 알렸다. 수사대는 배송이 시작될 아침까지 일단 기다렸다. 윤영탁은 새벽 항공편으로 귀국했고, 공항에서 사무실로 곧장 출근해서는 "남기만의 집에 제가 직접 가 보겠습니다." 하며 의욕을 보였다. 이유현은 윤영탁과 유오경을 한 조로 보냈다. 영장을 발부받을 시간은 없었지만 임의동행 형식으로 남기만을 데리고 오는 데에 문제가 없을 것이었다. 만약 그가 끈을 수령했다면 문제의 그 끈을 범인 일당보다 앞서 경찰이 확보할 수도 있다.

그런데 남기만을 데리러 간 윤영탁은 남기만 한 명이 아니라 지금 막 한 무리의 사내들을 우르르 데리고 들어온 것이다.

"남기만이가 사채를 쓰고 있었어요. 오늘 사채업자들이 남기만이 집에 가서 쪼아 대고 있었는데, 마침 국제우편으로 뭐가 날라 왔답니다. 업자들이 그걸 자기들 사무실에 들고 가 버린 겁니다. 그다음 남기만 일행이 사무실로 찾아가 거기서 싸움이 벌어졌고요."

"윤형사는 어떻게 거기를 찾아갔어?"

"처음엔 허탕이었죠. 남기만 집에 아무도 없더라고요. 돌아 나오다가 옆집을 한번 두드려 봤습니다. 마침 옆집 남자가 남기만하고 가끔씩 소주도 한잔하면서 잘 알고 지내는 사이랍니다. 남기만이가 뭐 말도 싹싹하게 하고 성격도 좋다나요? 아무튼 조금 전에 남기만이 사색이 된 채 사채업자 사무실로 간 것 같다고 그러더라고요. '명성실업'인가 하는 데서 돈을 빌린 걸로 안다고. 그래서 급히 사무실 주소를 확인하고 뒤따라갔죠. 그랬더니만 저런 상태였습니다."

"그럼 거기서 싸운 사람들을 다 연행해 온 거야?"

"칼에 찔린 김각수하고 머리가 깨진 강태수는 병원에 실려 갔고요, 나머지는 모두 데리고 왔습니다."

이유현은 윤영탁 뒤편에서 제각기 불만스러운 표정으로 서성이는 사내들을 건너다보았다. 윤영탁은 호송 과정에서 파악한 폭행 사건의 전말을 그대로 보고했다.

"끈을 내놓으라며 싸웠다 이거지……."

이유현은 윤영탁의 보고를 재차 확인하며 시선을 남기만 일행 쪽으로 돌렸다. 그는 주먹을 불끈 쥐고 내심 환호성을 질렀다. 이건 커다란 행운이다!

"끈은?"

윤영탁은 둘둘 말아 놓은 광목천 끈을 주머니에서 꺼내 이유현에게 건넸다. 이유현은 끈을 건네받아 일자로 펴서 이리저리 살펴보았다. 한글 자음과 모음, 그리고 숫자가 일렬로 길게 적혀 있었다.

ㄴ,ㅎ,ㅇ,ㅍ,ㅈ,ㄱ,ㅊ,ㅏ,ㅜ,ㅛ,ㅓ,ㅡ,ㅗ,ㅑ,ㄴ,ㅌ,ㄱ,ㅁ,ㅈ,ㄹ,ㅅ,ㅗ,ㅇ,ㅂ,ㅏ,ㄱ,
ㅛ,ㄹ,ㅛ,ㄴ,ㅓ,ㅁ,ㅗ,ㅝ,ㅏ,ㅈ,ㅓ,ㅎ,ㅂ,ㅕ,ㄷ,ㄴ,ㅏ,ㅂ,ㅜ,ㄴ,ㅇ,ㅕ,ㄹ,ㅡ,ㅗ,ㅓ,ㅘ,
ㅜ,ㄴ,ㅅ,ㅌ,4,8,7,3,1,6,7,4,8,2,3,1,6,2,0,1,3,9,6,5,4

그런 특이점 말고는 낡은 광목천을 찢어 만든, 지금은 누렇게 변해 버린 볼품없는 끈이었다.

"이 글자에 어떤 의미가 있는 건가……."

이유현은 눈을 들어 다시 사내들을 보았다. 키 큰 남자와 남기만은 명상이라도 하듯 미동도 없이 서 있었다. 반면에 맞은편 의자에 적당히 걸터앉은 사채업자 임인건, 김종낙, 우대원 세 사람은 눈알을 이리저리 굴리며 손발을 불안정하게 떨고 있었다.

이유현은 흥분으로 실룩이는 뺨을 진정시키느라 애를 먹어야 했다. 사채업자들이 담보를 잡는다며 괜한 짓을 한 덕분에 낡아 빠진 끈에 목숨 건 일당이 개미핥기 혀에 개미가 달려 나오듯 줄줄이 모습을 드러냈다. 그토록 찾던 용의자들이 제 발로 광역수사대 사무실에 걸어 들어온 셈이다. 세상에 이런 행운도 있군. 이 불나방들은 욕심에 눈이 멀어 스스로 불에 뛰어들었다. 지나치게 침착한 그들의 면모가 마음에 걸렸지만 어차피 금방 무너질 허세에 불과하다고 생각했다.

"전 광역수사대 이유현 경감입니다. 성함이 어떻게 됩니까?"

이유현은 움푹 꺼진 눈 때문에 광대가 더 두드러져 보이는 키 큰 남자에게 물었다.

"용해운입니다."

그는 이유현의 요구에 주민등록증을 꺼내 보여 주었다.

"이 띠는 뭡니까?"

이유현은 다짜고짜 물었다. 용해운은 끈에는 눈길을 주지 않고 이유현을 똑바로 쳐다보았다.

"모르는 물건인데요. 내가 아는 건 내 일행인 김각수가 저 사람들 칼에 찔렸다는 사실뿐입니다."

용해운은 더 긴 답변을 기다리는 이유현 앞에서 입을 굳게 다물어 버렸다.

"그게 답니까? 좀 구체적으로 진술해 주시죠."

"그것 말고는 더 진술할 내용이 없네요."

용해운의 목소리는 선명하고 톤이 높아서 사무실 안 모두에게 똑똑히 들렸다. 이유현이 윤영탁에게 눈짓을 했다.

"이야기가 길어질 것 같군. 용해운 씨를 조사실로 모시고 가서 몇 가지 물어보도록 하지."

이유현은 한껏 경어를 썼지만 마음속으로는 이미 용해운이라는 이 남다른 인상의 소유자가 진범이라고 확신하고 있었다.

"이거 갑자기 바빠지셨군. 그럼 난 가 보겠네."

고진은 엉거주춤 일어섰다. 이유현은 고진에게 눈짓으로 가볍게 인사를 보냈다. 의자 등받이에 걸쳐 놓았던 양복 상의를 걷어들고 걸음을 떼던 고진은 용해운의 옆을 지나며 흘리듯 말했다.

"국과수는 왜 그만두셨습니까?"

고진이 사무실 벽에 걸린 시계에 시선을 두고 말했기 때문에 이유현은 처음에는 그게 누구에게 한 말인지 알아차리지 못했다. 하지만 멈칫하는 용해운의 반응을 보고는 이내 그것이 그에게 건넨 말이란 걸 깨달았다. 용해운은 난데없이 끼어든 고진을 빤히 쳐다보았다. 이유현도 뜬금없이 무슨 소리냐는 듯한 눈으로 고진을 보았다. 용해운은 양복을 걸친 그의 옷차림이 경찰 같아 보이지 않았던지 대답 대신 질문을 했다.

"누구시죠?"

"전 고진이라고 하는 변호삽니다. 광역수사대에서 법률 관련 일을 자문하고 있죠."

자신의 발언에 권위를 부여하려 적당히 둘러대는 고진의 뻔한 거짓말을 이유현은 굳이 제지하지 않았다.

"내가 국과수를 다녔건 아니건 그런 게 의미가 있습니까? 말하고 싶지 않네요."

이유현은 놀랐다. 국과수에 다녔었다는 사실을 용의자는 부정하지 않은 것이다. 어차피 금세 드러날 경력이니 사실이라면 숨길 수 없는 일이다. 고진이 싱긋 웃으며 말했다.

"놀라움을 감추는 데에 탁월한 능력이 있으신 것 같습니다. 물론 다른 감정도 마찬가지겠지만요. 그건 그렇고, 내가 처음 본 용해운 씨가 전에 국과수에서 일했다는 걸 안다는 게 신기하지 않습니까?"

"'그 따위'를 내가 알 필요는 없겠지요."

용해운은 '그 따위'에 힘을 주었다.

"사람의 말에는 별로 흥미를 가지지 않으시는 모양입니다."

"누가 하는 말이냐에 따라서."

"백백교주쯤 되지 않으면 통하지 않는단 거군요."

이 말은 어떤 쪽으로든 효과가 있었다. 미세하게나마 용해운의 입가를 실룩거리게 하고 잠깐이나마 용해운의 반응을 주춤거리게 했으니. 하지만 초침의 흔들림 같은 짧은 순간의 이탈을 뒤로 하고 용해운은 곧 평온을 회복했다. 그는 더 이상 대꾸를 하지 않고 고진을 지그시 쳐다보았다. 미간을 찌푸리거나 눈초리를 치켜 올리거나 하지 않았지만 움푹 꺼진 검은 눈에는 깊은 증오가 담겨 있었다. 그 앞에 초점을 잃은 듯한 고진의 작은 눈은 당장이라도 집어삼켜질 것 같았다.

"그럼 실례."

고진은 불에 덴 것처럼 찔끔하더니 횡하니 사무실을 나가 버렸다.

"이야기를 더 하고 싶지 않군요."

용해운이 맞은편에 앉은 이유현을 향해 선언하듯 말했다. 유오경은 취조실 문 옆 벽에 등을 대고 섰다. 이유현이 차갑게 말했다.

"상대방도 이마가 깨지고 병원에 입원을 했습니다. 남의 사무실을 습격한 쪽은 용해운 씨 쪽이고요. 일단은 공동폭행으로 조사를 받아야 합니다. 왜 끈을 그토록 찾으려 했는지도 말씀해 주셔야겠지요."

용해운은 읽을 수 없는 표정을 한 채 말했다.

"끈 같은 건 모른다고 분명히 말했지요? 그쪽 사무실에 찾아간 건 남기만이 돈을 빌려 썼다가 하도 시달린다길래 내가 대신 이야기라도 해 보려고 갔던 겁니다."

"남기만과는 무슨 관계시죠?"

"내가 돌보는 후배라고 해 두죠."

"이 끈은 뭡니까?"

이유현은 끈을 탁자 위에 올려놓았다. 하지만 용해운은 시선을 주지 않았다.

"조금 전에 두 번 답했습니다. 모른다고."

"암호문입니까? 아니면 주문 같은 겁니까?"

"내 의견을 말해야 합니까?"

"어떤 가치가 있길래 그렇게 찾아다녀야 했을까요?"

"찾는 사람에게 물어보시죠."

용해운은 허리를 쭉 펴 등받이에 기대며 느긋하게 말했다. 얼굴에는 미묘한 비웃음마저 띠고 있었다.

"왜 그랬습니까? 사람을 죽이면서까지."

용해운은 몸을 천천히 의자등받이에서 떼고 이유현에게 눈길을 보냈다.

"그건 또 무슨 소립니까?"

"낡아 빠진 띠 하나를 찾기 위해 전남 담양, 경북 울주군, 강원도 봉평, 서울 마포까지 전국에 걸쳐 강도 사건이 일어났습니다. 한 명이 칼에 찔려 죽었고, 최근에는 화성에서 장문오 일가 살해사건까지 있었죠. 이 띠를 가지고 있던 안병조 씨는 일본 교토에서 살해당했습니다. 다시 묻겠습니다. 이유가 뭡니까?"

"갈수록 황당한 소리만 하시는군. 난 그런 끈도 모르고 살인은 더더욱 관계가 없습니다."

용해운의 대답은 매끄럽고 거침이 없었다. 이유현은 을러 보았다.

"경찰이 모르고 있을 줄 알았습니까? 상황 판단이 잘 안 되는 모양인데, 우린 이미 모든 조사를 끝냈습니다. 증거도 확보되어 있고요."

"그럼 체포하시지요."

용해운은 두 팔을 쑥 내밀었다. 이유현은 말문이 덜컥 막혔다. 용해운에게서는 범죄가 드러난 자의 즉물적 반발은커녕 일말의 생체반응조차 적어도 표면적으로는 보이지 않았다. 이 정도로 일관되게 모른다는 답변이 나오는 걸 보면 경찰에 체포당했을 때를 대비해 놓은 것이 틀림없다. 아마 남기만에게 물어도 비슷한 대답이 나올 게 뻔하다.

"강도단 중 한 명인 여순철은 컨테이너 안에서 목을 매단 시체로 발견되었죠. 그건 자살이 아닙니다. 당신이 살해한 거죠."

"여순철이 누굽니까?"

"감쪽같이 자살로 처리했다고 자신만만해하시는 모양인데……."

"여순철이란 사람은 알지도 못합니다."

용해운은 이유현을 정면으로 보며 답했다.

"통화 내역이나 이메일 내역을 뽑아 보면 남기만, 여순철과의 관계는 금세 확인됩니다. 부인해도 소용없어요."

"마음대로 하십시오."

"백백교와는 무슨 관계가 있습니까?"

고진이 했던 질문과 같은 질문을 던졌다. 잠시나마 용해운을 주춤거리게 했던 질문.

"형사님은 영문 모를 말만 하시네요."

하지만 용해운은 이미 면역 주사를 맞은 상태다. 이유현이 빤히 들여다보았지만 용해운에게서는 한 점의 흔들림도 찾아볼 수 없었다.

탈바가지처럼 속을 알 수 없는 용해운의 얼굴을 앞에 두고도 이유현은 내심 자신에 차 있었다. 일당 중 한 명이 일본에서 안병조를 해치우고 띠를 손에 넣은 다음 한패인 남기만에게 우편으로 부쳤다. 그 띠를 사채업자들에게 강탈당하자 보스인 용해운이 부하 김각수와 남기만을 이끌고 급히 나섰다. 그 부하는 사채업자의 칼에 찔려 지금 병원에 실려가 있고. 이제 다 잡은 거나 다름없다.

상황은 분명하다. 물론 이런 상황증거만으로는 구속영장을 받을 수 없지만, 곧 무엇보다 확실한 증거를 손에 넣게 된다.

장문오가 이자의 얼굴만 확인해 준다면.

이유현은 신문하는 내내 짐짓 딱딱한 표정을 지으면서도 곧 이자들을 옭아맬 투망을 던진다는 생각에 마음속으로는 빙그레 웃음이

154

지어졌다.

취조실 문이 열리며 박인식 형사가 들어왔다.

"누가 사채업자들을 찾아왔는데요."

"누가?"

"변호사라는데요."

"고진 변호사 말이야?"

"아뇨, 그분은 아까 돌아가셨지 않습니까."

"그렇지. 그런데 변호사가 왜?"

"당장 사채업자애들 풀어 주랍니다."

이유현은 혀를 차며 취조실을 나왔다. 용해운을 다그쳐서 진술을 얻어내야 할 중대한 판국에 또 누가 끼어드는지.

"이건 또 뭔 일이야. 변호사가 왜 갑자기 찾아왔지?"

복도를 걸으며 이유현이 물었다.

"호송하는 차 안에서 임인건이가 전화 한 통 하게 해 달라고 그러더라고요. 휴대폰을 줬더니만 그때 연락한 거예요."

"요샌 사채업자가 고문 변호사도 두고 있나? 그렇게 거물이야?"

"사채업자 애들은 아니고 그 뒤에 빽이 있는가 봐요. 전화도 그 영감한테 했어요. '어르신, 어르신' 하면서. 그러고는 그 영감이 변호사를 데리고 사무실 까지 찾아온 거죠."

이유현이 찡그린 표정으로 광역수사대 사무실로 들어서니 오른편 구석에 서 있는 왜소한 노인과 젊은 여성의 모습이 눈에 들어왔다. 검버섯이 가득 핀 노인의 쭈글쭈글한 얼굴은 고목 껍질 같았지만 허리는 놀라울 정도로 꼿꼿했다. 그래도 어쩔 수 없는 나이의 무게 탓에 한쪽 손으로는 떡갈나무로 된 지팡이를 짚고 있었다. 노인의 한쪽 팔을 젊은 여성이 가볍게 부축하고 있었다. 쌍꺼풀 없는 눈에 긴 코, 꽉 다문 입술의 여자는 미인이라는 얘기를 쉽게 들을 수는 없을 듯했다. 시니컬하게 처진 입매가 묘했고, 늘씬한 몸매 덕분에 회색 바지 정장이 잘 어울렸다. 노인은 눈꺼풀이 거의 덮힌 눈으로 멀뚱멀뚱 서 있었고, 여자는 눈을 가늘게 뜨고 사무실 안을 주시하고 있었다. 이유현은 그들 앞에 다가가 엉거주춤 서서 말했다.

"이유현 경감입니다. 두 분은 누구십니까?"

여자가 이유현 쪽을 돌아보며 말했다.

"저는 화미령 변호사라고 해요."

여자의 이마가 차갑게 빛났다. 변호사라는 직업을 먼저 밝힌 것은 마치 앞으로 발생할지 모를 어떤 부당한 사태에 대해 단호한 법적 대처를 하겠다고 예고하는 것 같았다.

"무슨 일이십니까?"

화미령은 지팡이를 짚고 선 노인을 가리켰다.

"이분은, 명성실업의 실질적인 주인이신 김성노 어르신이고요, 임인건 씨를 비롯한 저 사람들의 고용주라고 보시면 돼요."

명성실업이라면 그럴듯해 보이지만 실은 임인건이 운영하는 사채업 사무실 이름이 아닌가. 결국 사채업자에게 돈을 대는 전주라는 이야기였다. 이유현은 노인을 힐긋 본 다음 화미령에게 말했다.

"그래서요?"

과히 반가운 방문이 아님을 예감한 이유현의 어조가 퉁명스럽게 변했다.

"우리 사람들이 피해를 입었다고 들었어요. 그런데 경찰에서는 오히려 피의자로 조사하고 계신 것 같아서요."

"명성실업의 강태수라는 친구가 칼로 사람을 찔렀습니다. 임인건 씨를 비롯한 두 사람은 공동폭행 혐의로 조사 중인 거고요."

"사무실에 침입해 소란을 피운 건 상대방 쪽 사람들인 걸로 들었는데요."

화미령은 쌀쌀맞게 말했다. 김성노는 탁한 눈동자를 희번덕이며 광역수사대 사무실을 훑듯이 둘러보더니 탄식하듯 말했다.

"……이게 다 무슨 일이야."

쇳가루가 목구멍에 찬듯 탁한 목소리였다. 말을 뱉은 김성노는 힘이 드는지 의자에 털썩 주저앉았다. 그러면서도 눈알을 굴리는 일을 멈추지 않았다. 겁먹은 듯 불안정한 눈빛이었지만 옛날이야기 속 수전노가 저랬을까 싶은 표독한 인상도 얼굴 어딘가에 숨어 있었다. 노인은 더 말을 잇지는 않았다. 몸소 찾아오기는 했지만 화미령 변호사에게 모든 일처리를 맡겨 놓은 모양이었다. 이유현이 말했다.

"싸움의 경위는 동기로 참작될 뿐이죠. 문제는 강태수 씨가 칼로 사람을 찔러서 지금 병원에 실려 갔단 겁니다."

"그건 들었어요. 강태수 씨가 갑자기 찔렀다면서요."

"그렇습니다."

옆에 있던 윤영탁이 대답했다.

"그러면 폭력행위 등 처벌에 관한 법률상의 공동폭행은 성립하지 않죠. 현장에 같이 있었다는 이유만으로 공범이 되는 건 아니잖아요? 서로 모의를 했거나 아니면 적어도 강태수 씨가 칼로 찌를지도 모른다는 것을 인식해야 공동폭행이 성립해요. 그런데 형사님도 지금 인정했듯이 강태수 씨가 갑자기 찔렀다면서요. 이분들이 강태수가 그런 돌발적인 행동을 할 줄 어떻게 알았겠어요? 그러니 이분들은 책임이 없어요."

마치 책을 읽는 듯 빠르고 메마른 말투였다. 말꼬리를 잡힌 이유현과 윤영탁은 일순 할 말을 잃었고, 화미령은 한층 톤을 높였다.

"강태수 씨에 대한 수사는 병원에 가서 직접 대면해서 진행하시든지 마음대로 하세요. 하지만 나머지 분들은 피의자가 아니에요. 돌려보내 주세요."

"물론 피의자로 입건한 건 아닙니다. 하지만 사람이 칼에 찔린 중대 사건이니만큼 참고인으로서 충분한 진술을 받겠다는 겁니다. 곧 끝날 겁니다."

이유현은 할 수 없이 한 발 물러섰다. 중요한 건 용해운이지, 어차피 임인건 쪽에는 큰 볼일이 없다.

"범인이 아니라면 됐어."

김성노가 눈을 번득이며 말했다. 그는 손을 휘휘 저으면서 지팡이를 짚고 자리에서 일어섰다. 김성노가 그렇게 말하니 화미령도 한발 물러섰다.

"알았어요. 피의자가 아니라니 됐고요. 지금 명성실업 사무실이 빈 상태니까 최대한 빨리 조사를 마쳐 주셨으면 해요."

이유현이 고개를 끄덕이며 가볍게 한숨을 쉬는데, 건너편에 앉아 있던 임인건이 대뜸 말했다.

"어르신, 잠시만요."

"왜?"

노인이 쉰 목소리를 내며 고개를 돌렸다.

"경찰이 우리 끈을 가져가 버렸거든요. 돌려받아야 합니다."

"끈이라고?"

이때는 '무슨 소리야?' 하는 듯한 말투였다. 하지만 그다음 곧이어 임인건이 "예. 그 광목천 끈 말입니다." 하면서 노인에게 눈빛을 보내자 노인의 눈빛도 따라 바뀌었다. 두 사람 사이에는 대놓고 말하지 않아도 눈치로 의사 일치를 이루어 내던 오랜 세월이 있었음이 틀림없다. 노인의 눈에 담겼던 의아한 빛은 찰나에 사라졌다. 김성노는 이내 임인건이 던진 말의 의미를 이해한 듯 이유현을 쳐다보았다. 이어 옆에 선 화미령 변호사에게 능청스럽게 말했다.

"화 변호사. 우리 물건을 경찰이 갖고 있나 봐."

그 말에 화미령이 성큼 앞으로 나서며 말했다.

"끈을 가져가셨나요? 우리 물건인 모양인데 돌려주세요."

"안 됩니다. 그건 경찰이 압수한 물건입니다."

이유현은 황당하다는 표정으로 대꾸했다.

"임인건 씨가 자기 물건이라고 주장하는데도요?"

"……정당한 절차로 압수했다는 것만 말씀드리면 될 것 같군요."

"임인건 씨가 강도를 저질렀나요?"

"그건 아닙니다."

"임인건 씨가 자청해서 물건을 제출했나요?"

"아닙니다."

"그런데 무슨 근거로 임인건 씨 물건을 압수하죠? 몰수할 수 있는 물건을 압수할 수 있는 거고, 몰수할 수 있는 물건은 범인 소유의 물건이거나, 주인 없는 물건이라야 하잖아요."

이유현은 화미령의 말에 불끈해 자신도 모르게 입을 실룩거렸다. 경찰의 증거물을 내놓으라니, 이 여자 변호사는 제정신인가.

"몰수 대상이라서 압수한 게 아니라, 강도살인사건의 증거물로 압수한 겁니다."

"임인건 씨가 강도를 저지른 건 아니라면서요. 그런데 어째서 강도살인의 증거물이 되나요?"

"그건…… 말씀드릴 수 없습니다."

"이유를 말할 수 없다고요? 경찰이 이런 식으로 처리하셔도 될까요?"

집요한 화미령의 공세에 이유현은 어쩔 수 없이 사실의 일부를 말해야 했다.

"……사실은 상대방 측을 살인 혐의로 긴급체포했습니다. 긴급체포 현장에서는 증거물을 영장 없이 압수할 수 있죠. 충분히 적법합니다. 이제 됐습니까?"

이유현은 참지 못하고 끝에 가서는 목소리를 높였다. 물론 아직 긴급체포를 하지는 않은 상태이니 거짓말이기도 하다. 하지만 화미령은 눈썹 하나 까딱하지 않았다.

"적어도 범인이 소지하고 있던 물건이라야 증거물 압수가 가능하죠. 하지만 그 물건은 엄연히 임인건 씨 소유예요. 아무리 증거물이라도 소유자의 동의 없이 압수는 안 되죠."

이유현은 말이 막히고 말았다. 이 여자 변호사는 옳고 그름 따위는 묻지 않고 철저히 의뢰인의 요구에만 따르고 있었다. 보다 못한 윤영탁이 손을 휘저으며 나섰다.

"변호사님. 잘못 알고 계신데, 그건 임인건 씨 물건이 아닙니다. 지금 다른 데서 조사받고 있습니다만, 남기만이란 사람 물건입니다."

화미령이 임인건 쪽으로 고개를 돌리고 물었다.

"임인건 씨, 맞나요?"

"천만에요. 제 물건이 맞습니다."

대답하는 임인건의 얼굴에 조롱하는 기색이 떠올라 있었는데, 그게 더 이유현의 비위를 상하게 했다.

"남기만 씨 물건이 맞습니다. 임인건 씨가 그걸 뺏어 온 거죠."

이유현이 재차 강하게 말했지만 화미령은 아랑곳 않았다.

"저분이 아니라고 말씀하고 계시잖아요."

이유현은 고개를 절레절레 흔들고는 결국 윤영탁 형사를 시켜 조사받고 있던 남기만을 불러오게 했다.

임인건이 왜 저렇게 나오는지는 모르겠지만, 아마 용해운 일당이 끈을 애지중지하는 걸 알고는 쉽게 내놓기 싫어진 탓인지 모른다. 게다가 이 여자 변호사와 전주 영감의 등장으로 자신이 피의자가 아니란 게 분명한 상황이 되고 보니, 경찰을 상대로 뻗댈 수 있을 만큼 뻗대고 싶어졌는지도 모른다. 이 깐깐한 여자 변호사는 임인건의 엉터리 진술만을 믿고는 고집을 부리고 있다. 이대로 납득시키지 않고 무리하게 내보냈다가는 나중에 자기편의 말만으로 구축된 허위 사실로 잔뜩 법률 문제를 들고 나와 경찰을 괴롭힐지 모른다. 이 여자 변호사의 눈앞에서 남기만이 확실하게 잘라 말하는 걸 보여 주는 게 낫다.

잠시 후 윤영탁에 이끌려 남기만이 사무실로 어기적어기적 걸어 들어왔다. 남기만은 조사 받는 동안 풀이 죽어 버린 듯 고개를 숙이고 있었다. 이유현이 가볍게 상황 설명을 한 후 물었다.

"……그러니까 이렇게 돼서 원래 당신 끈인데 사채업자들이 가져간 거죠?"

고개를 푹 숙이고 있던 남기만이 뻣뻣하게 목을 세웠다. 그의 입에서는 의외의 대답이 흘러나왔다.

"아뇨. 그 끈은 제 게 아닌데요."

"뭐라고?"

이유현이 눈썹을 치켜떴다. 하지만 고분고분해 보였던 남기만은 갑자기 사람이 변한 듯 물러섬이 없었다.

"난 모르는 물건이라고요."

"말도 안 되는 소리! 사채업자들이 낚아채 갔고, 그래서 용해운하고 같이 그걸 찾으러 명성실업에 간 거 아닙니까!"

이유현이 소리를 질렀지만 남기만은 고개를 더 뻣뻣이 쳐들었다.

"끈 같은 건 모릅니다. 제가 사채업자한테 돈을 빌렸다가 너무 시달리고 있다고 털어놓으니까 용해운 님이 저 대신 그 사람들과 이야기해보겠다면서 사무실로 같이 간 거고요."

"무슨 헛소리야!"

윤영탁이 남기만을 향해 언성을 높여 보았지만, 그는 요지부동이었다. 어이가 없어진 이유현이 잠시 주춤한 사이, 화미령은 그럴 줄 알았다는 듯 고개를 끄덕이며 차분하게 말했다.

"직접 들으셨죠? 형사님이 소유자라고 지목한 남기만 씨가 직접 자기 입으로 그 물건이 자기 게 아니라고 얘기하고 있잖아요. 그리고 임인건 씨는 자기 물건이라고 주장하고 있고요. 그렇다면 임인건 사무실에서 압수한 그 물건이 임인건 씨 외에 누구 것일 수 있겠어요? 끈인지 뭔지 사소한 물건인지 모르겠지만 경찰이 압수할 아무런 법적 근거가 없는 물건임은 분명하게 밝혀졌네요."

이유현은 조금 전에 돌아간 고진을 떠올렸다. 이 말도 안 되는 상황에서 그가 있었다면 어떤 도움을 주지 않았을까.

"잠깐요. 분명히 그 끈은 임인건 쪽이 남기만한테서 빼앗아 간 겁니다. 말하자면 강탈이죠. 그 강도사건에서의 증거물이 될 수는 있습니다."

이유현은 급하게 둘러댔다. '끈의 강탈'이라는 새로운 사건을 설정하고는 끈은 그 사건에서의 직접 증거물이라고 우겨 보는 것이다.

"임인건 씨가 빼앗아 간 거예요?"

화미령이 남기만을 향해 다시 한 번 확인하듯 물었다.

"아뇨…… 그런 일 없습니다."

남기만은 고개를 설레설레 흔들었다.

"무슨 작당들 하는 거야! 그럼 일본에서 당신한테 소포로 보내온 건 뭐야? 그게 이 끈이잖아!"

윤영탁이 흥분해서 소리를 버럭 질렀다. 남기만은 작은 목소리지만 단호하게 말했다.

"그 소포요? 빈 상자였는데요."

"이 사람이 정말…… 장난해!"

윤영탁이 책상을 쾅 내려치며 붉으락푸르락했지만 남기만의 말을 바꿀 도리는 없었다. 소포 안에 그 끈이 들어 있었다는 사실도 입증할 수 없다.

"제 물건을 돌려주시죠."

임인건이 옆에서 한 번 더 비웃듯 말했다. 이유현은 얼굴이 확 달아올랐다.

"그럼 경찰이 임의로 제출해 주시는 걸로 해 주시죠. 사건 조사가 끝나면 반드시 돌려 드리겠습니다."

이유현이 거의 사정조로 말했지만 임인건은 끝까지 고개를 흔들 뿐이었다. 으름장을 놓아도 마찬가지였다. 어차피 어느 쪽도 40대 중반의 노련한 사채업자에게 통하는 수는 아니었다. 이유현은 낭패스러운 기분에 빠져들었다. 이 노끈은 두말할 필요 없이 연속 강도살인사건의 중요한 증거이다. 그런데 증거물로 확보할 수 없다는 딜레마에 빠졌다. 화미령이 상기시켜 주지 않아도, 범죄 사건의 증거물로 강제 압수할 수 있는 대상은 범죄자의 소유에 속하거나 주인이 없는 물건뿐임은 경찰로서 누구보다 잘 알고 있다. 문제의 끈이 남기만의 물건이라면 압수할 수 있다. 남기만은 용해운과 더불어 강도살인사건의 공동피의자니까. 그런데 끈이 자기 물건이 아니라며 발뺌해 버렸다. 반면에 연행 당시 끈을 소지하고 있었던 임인건은 뻔뻔하게 자기 물건이라고 우기고 있다. 이런 경우 대부분 물건의 소유자가 임의로 제출하는 것을 압수하는 형식을 취하는데, 너구리 같은 임인건은 절대 그럴 생각이 없다고 한다. 어떤 연유인지는 모르지만 서로 대화는 나누지 않았어도 강도살인범과 사채업자들 사이에 끈을 적어도 경찰에는 넘겨 주지 않겠다는 공통의 이해 관계가 암묵적으로 일치해 버린 것이다. 내막을 모르는 이 까탈스러운 여자 변호사는 의뢰인의 요구에만 충실해 법률의 방어막을 쳐 주었고, 임인건은 증거물의 임의제출조차 거부해 버렸다.

"이렇게 하시죠. 일단 48시간만 기다려 주십시오."

이유현이 체념한 듯 말했다.

"48시간요?"

"예. 긴급체포시의 압수물은 48시간 이내에 사후영장을 청구하도록 되어 있죠. 일단 법원의 판단을 한번 받아 보고요, 만약 영장이 기각되면 그땐 임인건 씨를 소유자로 인정해서 돌려 드리겠습니다."

옆에서 윤영탁이 "팀장님!" 하며 나섰지만 이유현이 눈을 끔뻑해서 제지시켰다. 자칫 무리하게 압수했다가는 위법 수사가 되어 증거물로서의 효력을 잃을 수 있다. 법원에서 압수영장이 발부돼서 정식으로 압수되면 당분간은 임인건 쪽도 할 말이 없어진다. 이유현의 이 중재안은 화미령도 받아들일 수밖에 없었던 모양이다.

"알았어요. 지금 당장 돌려 달라고 해야 맞겠지만 그래도 경찰 수사에 협력하는 차원에서 잠시 양보하죠."

화미령은 이유현의 복장을 긁는 말을 덧붙였다. 그녀는 고개를 가볍게 끄덕이고는 태연한 얼굴로 김성노를 부축해 사무실을 나갔다.

7

임인건, 김종낙, 우대원은 곧 방면되었다. 광역수사대가 쫓고 있는 살인사건과 관련이 있다고 생각할 아무런 근거가 없었다. 그 끈은 자기 게 아니라고 남기만이 진술했으니 남기만의 끈을 강취했다는 혐의도 적용할 수 없다. 폭력사건은 화미령 말대로 강태수만이 피의자였다. 나머지 인물들을 더 붙잡아 둘 명분과 필요가 없었다.

문제는 용해운과 남기만, 그리고 김각수의 신병 처리였다.

"어떻게 할까요?"

형사들은 이유현을 쳐다보았다. 특급 용의자 용해운은 아무런 표정의 변화 없이 버티면서 믿기 힘든 변명으로 일관하고 있다. 문제는, 이것을 배척할 반증이 없었다. 수사를 진행하며 직관과 심증으로 확신을 쌓은 경찰이 아닌, 서류상의 사건을 논리와 확률의 현미경만으로 들여다보는 검찰이나 법원의 심사 문턱을 넘기는 힘들어

166

보였다. 그렇다고 이들을 석방한다는 건 생각할 수 없었다. 이유현은 결정했다.

"모두 긴급체포 절차를 밟아. 살인사건 피의자로."

이 결정에 이유현은 크게 고민하지 않았다. 김각수는 광역수사대 최상민 형사를 병원으로 보내 감시하도록 했다. 일단 긴급체포를 한 후 48시간 이내에 구속영장을 받아 내면 된다. 그때까지 용해운이 입을 열리라는 보장은 물론 전혀 없다. 하지만 그 사이에 갖출 수 있는 다른 확실한 증거가 있다.

장문오.

그에게 용해운과 남기만, 김각수의 얼굴만 확인시킨다면.

복면 강도를 일삼던 용해운 일당은 장문오 일가를 참살하면서 복면을 벗었다. 곧 저승길로 보내리라 확신하면서. 하지만 장문오는 살아남았고, 그들의 맨얼굴을 본 유일한 증인이 되었다. 그가 회복 중이니 얼굴을 확인시키는 데는 전혀 문제가 없다.

그것이 아직은 심증과 정황의 뒷받침밖에 없는 용해운 일당에 대한 긴급체포서를 작성하면서 이유현이 갖는 자신감의 이유였다.

용해운은 그렇다치고, 별도의 취조실에서 진행된 남기만에 대한 신문도 순탄치 못했다. 그는 말을 최대한 아꼈다. 기본적인 신상에 관한 답변 외에는 대부분 입을 닫아 버렸다. 불시에 경찰에 체포되었을 경우를 대비해 훈련되어 있는 듯한 의심이 들었다.

"왜 사람을 죽였습니까?"

"안 죽였습니다."

"끈은 찾으러 다니며 사람을 죽였잖아요?"

"모릅니다."

"공범이 국제 소포로 끈을 보내온 사실 다 확인했어요."

"아닙니다. 누가 실수로 보냈는지 모르지만 소포는 비어 있었어
요."

"수신인에 당신 이름과 주소가 적혀 있는데도 발뺌할 거요?"

"누가 제 이름하고 주소, 그런 걸 이용했겠죠. 저야 뭐 어차피 그
렇고 그런 따라지 인생이니까……."

남기만은 졸듯이 머리를 꾸벅거리면서도 답변은 흔들리지 않았다.

"요한이란 남자 알지요?"

"모릅니다."

"당신에게 일본에서 소포로 끈을 보내온 일당이잖아."

"모릅니다."

남기만은 용해운과 마찬가지로 요한이란 남자를 모른다고 했다.
이미 확인된 통신 내역 조회에서는 용해운과 김각수, 남기만 서로간
의 휴대전화나 이메일 연락 흔적은 발견되지 않았다. 아마도 인적
연관을 끊어 놓기 위해 직접 대면해서 연락하거나 대포폰을 구해서
썼을 것이다.

이유현은 질문을 거슬러 남기만이 사채를 쓴 일부터 시작했다.

"명성실업에서 사채를 썼더군요."

그 말에 남기만은 고개를 떨구었다. 잠시 후 고개를 들고 말했다.

"……딸아이를 전처가 키우고 있는데 수술비가 급해서 빌렸습니
다. 어디서도 돈을 빌려주는 데가 없던 차에 어쩌다 명성실업을 찾

아가게 되었어요. 여기선 돈을 빌려주긴 했는데 제가 신용도 없고 담보도 없다면서 엄청난 고리를 붙였습니다. 그래도 어쩔 수 없었어요. 울며 겨자 먹기로 빌렸죠. 3800만 원을 빌렸는데 1년도 안 돼 1억이 넘어 있었어요…….”

하소연하는 듯한 어투였다. 생각만으로도 분통이 터지는지 남기만의 표정 변화는 심각했다.

“명성실업이 돈을 받아 내려고 끈을 빼앗았고, 남기만 씨는 용해운하고 같이 명성실업 사무실에 끈을 찾으러 갔죠?”

남기만은 표정을 되돌리고 침을 꿀꺽 삼키더니 천천히 답했다.

“……제가 사채업자한테 시달리는 걸 알고 그분께서 한번 이야기해 보시겠다며 같이 가게 된 겁니다.”

용해운의 말과 일치한다. 미리 말을 맞춰 놓은 게 틀림없다. 하긴 공항에서도 걸릴 경우를 대비해 도주용 차량을 대놓고 있었을 만큼 치밀한 자들이니 이 정도 준비는 했으리라.

“말이 안 맞잖아요! 용해운이는 끈을 찾으러 갔다고 실토했어!”

“모르겠습니다. 제가 말한 게 사실입니다.”

이유현이 짐짓 화를 내며 던져 본 말에도 남기만은 걸려들지 않았다. 용해운이 그런 식으로 말할 리 없다는 믿음이 확고한 듯했다. 이런 자에게는 ‘죄수의 딜레마’ 같은 전략도 통할 리 없다.

“용해운이하고는 무슨 관계입니까?”

“그분은…… 그분은…….”

남기만은 말을 차마 잇지 못하고 이유현을 바라보았다. 그러더니 입술에 무거운 추를 단 듯 힘들게 입을 뗐다.

"형사님께 부탁이 있습니다."

"부탁? 뭡니까?"

"그분의 이름을 함부로 부르지 말아 주세요."

"뭐?"

"……듣기 힘듭니다. 님이라든가 아니면 씨라도 붙여 주세요. 함부로 그분 이름이 불리는 건…….."

이유현은 잠시 말문이 막혀 옆에 서 있는 윤영탁을 돌아보았다. 눈이 마주친 윤영탁도 기가 막히는지 입이 반쯤 벌어져 있었다.

"……알겠습니다. 그럼 '용해운 씨'로 하죠. 용해운 씨하고는 어떤 관계입니까?"

"제 스승 같은 분입니다."

남기만은 한 손을 가슴에 댔다. 그의 작은 체구 때문에 마치 초등학생이 국기에 대한 경례를 하는 것처럼 보였다. 취조실에 갑작스레 등장한 엉뚱한 장면에 이유현은 하마터면 웃음을 터뜨릴 뻔했다.

"과외 선생이라도 했습니까?"

"그런 게 아니라요. 제 인생의 스승 같은 분이라고요."

"인생의 스승이라…… 그런데 용해운 씨는 남기만 씨보다 한 살 아래예요. 그런데 무슨 스승입니까?"

"나이 따위가 다 무어랍니까? 제가 마음으로부터 존경하면 됐지요."

남기만의 얼굴에 외경의 빛이 스쳤다. 이유현이 싸늘하게 말했다.

"존경하고 있다는 건 알겠더군요. 당신은 용해운 씨를 대원님이라고 부르지요?"

남기만은 눈을 감고 천천히 고개를 가로저었다. 혐의에 조금이라도 관계될 만한 부분은 부인하도록 사전에 훈련을 받은 게 분명하다. 그럼에도 남기만의 얼굴에는 십자가를 밟아야 하는 천주교도처럼 비장한 기운이 흘렀다. 이유현은 예수를 부인하는 이 베드로에게 물었다.

"무슨 사이비 교주 같은 겁니까?"

"……말도 안 됩니다. 인간적으로 존경한다는 겁니다. 화려한 말로 치장해서 사람을 현혹시키는 그런 분이 아닙니다. 뭐라고 말하면 좋을까요…… 그렇지, 그분은 별 같은 분입니다. 캄캄한 밤에 조용히 갈 길을 알려 주는 별 말이지요……."

'그분', 용해운의 이야기를 하는 남기만의 얼굴에 묘한 황홀경이 내려앉아 있는 듯 보였다. 처음에는 웃음이 터질 뻔했지만 남기만이 1인 콩트를 하고 있는 게 아니라 나름대로 최대한의 경의를 표하고 있다는 걸 깨달은 이유현은 문득 아득해졌다. 용해운이 무서워서 따른다면 이해는 간다. 돈 때문에 쫓아 다닌다면 차라리 자연스럽다. 그런데 존경심에서 따른다면? 이자는 눈앞에서 용해운이 사람을 죽이거나 혹은 죽이도록 시키는 걸 보지 못했단 말인가. 범죄자임이 분명한 남기만의 눈동자에서는 열반을 갈무리하는 종교인처럼 차분하게 가라앉은 열락이 엿보였다.

비현실적인 감회에 잠시 빠져들었던 이유현이 정신을 차리고 더 캐물었으나 용해운의 신상에 대해서는 그 이상의 진술이 나오지 않았다.

거짓말일 수도 있겠지만, 실제로 남기만은 아무것도 모르고 있는 게 아닐까?

　그날 밤, 이유현은 고진에게 전화를 걸었다. 고진은 잠에 취한 목소리면서도 반가운 눈치였다.

　"아니, 이 선생께서 한창 바빠야 할 이 밤 시간에 전화를 다 했어?"

　"잠자는 일보다야 바쁘겠습니까."

　"수사가 뜻대로 안 되는 모양이지?"

　어쩐지 수화기 너머로 놀리는 듯한 느낌이 전해졌다. 고진의 전화를 매정하게 잘라 왔던 이유현이 마침내 아쉬운 소리를 하러 스스로 전화를 걸어 왔다는 통쾌함이 묻어 나왔다. 이유현은 다짜고짜 물었다.

　"용해운이 국과수에서 일했다는 건 무슨 이야깁니까?"

　"이런, 정보만 쏙 빼먹으려고?"

　"그러면요."

　"값을 치러야지. 그날 광수대 사무실에 용해운이 떡하니 등장했을 때 일이 어떻게 전개될지 궁금해 죽겠더구만. 그래도 공적인 수사를 방해하지 않으려는 시민 의식으로 억지로 참고 나왔어. 다 털어 놔 봐."

　수사 상황을 사실대로 알려 주기 전까지는 자신의 말을 하지 않거나 하더라도 그 전까지 애를 잔뜩 먹일 태세다. 이유현은 도리 없이 조급한 마음을 억누르고 그간 있었던 일을 알려 주었다. 고진은 흥미롭게 듣다가 김성노와 화미령이 등장한 대목에서는 급기야 키득

키득 웃었다.

"정말 유쾌하군. 그럼 눈앞에 증거물을 빤히 두고도 빼앗길 판이란 말이야?"

"어쩌겠습니까? 화미령인가 하는 여자 변호사는 조목조목 법을 따지고 들고, 남기만과 임인건 두 놈은 입을 맞춰 갖고는 끈이 남기만 게 아니라고 딱 잡아떼는데요. 법원에서 압수영장이 발부되면 조용해지겠죠."

"뭐 법률상으로야 화미령 변호사의 말이 맞지."

고진은 이유현의 기대와 달리 빈말로라도 편들어 주지는 않았다.

"아무튼 임인건은 그 끈이 뭔가 굉장한 값어치가 있다고 판단하고서 그런 걸 거야. 사채업자라면 돈 냄새 맡는 데야 귀신 아니겠어?"

"……그런 것 같습니다. 끈이 무슨 돈벌이가 될 수 있을 거라고 생각한 모양이에요. 어리석게도."

"글쎄, 과연 틀린 판단일까?"

"아니, 그럼 그 광목천 쪼가리가 무슨 돈으로 바꿀 만한 값어치가 있을 수 있겠습니까?"

이유현이 반발하듯 말했다.

"아직은 모르지. 다만 임인건은 돈의 세계에서 살아온 남자야. 돈 냄새에 관한 직관이라면 누구보다 발달해 있지 싶은데."

"좋습니다. 그럼 돈 전문가 임인건은 그렇다 치고, 남기만은 왜 그랬다고 생각하세요?"

"글쎄……."

히이, 하고 고진이 기분 나쁘게 웃는 소리가 수화기를 넘어 전해졌다.

"남기만한테 답변을 듣기 전에 자네가 상황 설명을 한 게 패착이었던 것 같아."

"무슨 소립니까?"

이유현이 발끈해 물었지만 고진은 아함 하며 가벼운 하품까지 내뱉었다.

"경찰은 끈을 증거물로 원하고, 임인건이는 끈을 가져가려고 하고. 그렇게 서로 대립하는 상황인 걸 알고는 바로 임인건 측에 붙은 거야. 어리숙해 보이지만 남기만도 머리 회전이 꽤 빠른 인물이란 거지."

이유현은 무언가 반박하는 말을 하려 했지만 목구멍에 걸려 버렸다. 자신의 '패착'이 분명히 있었다.

"불과 몇 시간 전까지만 해도 끈을 두고 피까지 흘려 가며 싸운 상대지만 일단 자기가 살아야 하니까 말을 바꾸었다, 이거거든. 끈은 강도살인사건의 유력한 증거물이야. 그런데 그게 자기 거라고 해 버리면 변명할 수가 없어져. 다행히 '국제소포 안에 들어 있던 상태의 끈'을 본 사람은 사채업자들뿐인데, 그자들이 괜한 욕심에 끈이 자기 거라고 우겨 주니 옳다구나 싶었던 거야. 소포는 비었다, 끈은 모르는 물건이다, 그렇게 우기면 된다는 판단이 들었을 거고."

"그럴 수도 있겠군요. 임인건 놈이 괜히 끼어드는 바람에……."

이유현은 휴대전화를 들지 않은 손으로 답답해진 목을 쓰다듬어 내렸다.

"남기만한테는 아마 또 다른 생각도 있었을 거야."

174

"뭐가 말입니까?"

"아마…… 임인건으로부터는 언제라도 끈을 다시 회수해 갈 수 있다는 생각을 한 게 아닐까?"

"앗."

이유현은 자기도 모르게 낮은 비명 소리를 냈다.

"경찰이 끈을 압수해 버리면 다시 손에 넣기란 거의 불가능해진다고 봐야지. 하지만 임인건이라면 얘기가 달라. 아무리 지독한 사채업자라지만……."

"쉽게 말하면, 해치워 버리면 된다, 이거죠?"

휴대전화를 든 이유현의 손에 힘이 꾹 들어갔다.

"뭐 마음속 계산을 추측한 거니까 장담이야 못하지만 그런 비슷한 심산도 있지 않았을까? 그렇게 중요한 끈인데 쉽게 포기하진 않을 거고. 일단 경찰의 관리하에서만 벗어난다면 까짓것 사채업자 상대로야 훔쳐 내든 강탈을 하든 아니면 자네 말대로 해치우든 간에 가능성은 얼마든지 있으니까."

"음, 그럴듯한 이야깁니다……."

생각에 빠졌던 이유현은 비로소 전화를 건 애초의 용건을 떠올렸다.

"그건 그렇고, 국과수 얘길 해 보세요. 용해운이 거기서 일했다는 건 어떻게 아셨습니까?"

"그거?"

고진은 별것 아니란 듯 대답했다.

"백백교 유골에 관해 물어볼 것이 있어서 말이야, 박양서 박사라고 국과수에 근무하는 친구를 만나 이야기를 들어 봤거든."

"그래서요?"

"기술직으로 들어왔는데 최근에 그만둔 친구가 있다는 거야. 이야기를 듣다가 어떤 의문이 떠올랐어. 아니, 공상이라고 해도 좋아. 지금 그 내용을 밝히긴 좀 그렇지만, 아무튼 그 때문에 그 친구의 생김새하고 이름을 물어봤었거든. 외모의 특징이 뚜렷하고 존재감이 강한 인물이었어. 용해운이 광역수사대 사무실에 연행돼 왔을 때, 끈을 회수하러 사채업자 사무실을 습격한 인물이라고 하니 이름을 듣기도 전에 바로 알겠더군. 마르고 큰 키. 움푹 꺼진 눈. 커다랗고 검은 눈자위. 카랑카랑한 목소리. 국과수의 바로 그자다, 하고 말이야."

"으음…… 도무지 상상이 안 가네요. 국과수 직원이 연속 살인을 저질렀다니."

"국과수 직원이 미쳐서 살인을 저질렀다고 볼 게 아니라, 살인마가 국과수에 일부러 취업을 했다고 보는 게 맞을 거야. 실제로 용해운은 힘들게 잡은 안정된 직장을 얼마 전에 별다른 이유 없이 그만두었어."

"살인자가 하필 왜 국과수에 취업을 합니까? 수사 기법을 연구하러?"

후후후, 고진의 음침한 웃음소리가 수화기를 타고 흘러들었다.

"거 기분 나쁘게 웃지 마시고요."

"연결점이 하나 있지 않아?"

"연결점?"

"그럼. 아주 재밌는 점이지. 용해운 일당은 백백교주 간부의 후손들 집을 방문해 살인을 저질렀어. 그리고 국과수에는……."

"국과수에는?"

"백백교주의 머리가 있잖아."

"백백교주의 머리?"

이유현은 멍해진 머릿속을 가다듬었다.

"아…… 물론 있지요…… 그런데 설마? 포르말린에 담긴 백백교주 머리에 대체 무슨 미련이 있다고? 도무지 상상이 안 되는데요."

"상상이 안 된다고 해서 인과관계가 없는 건 아니지."

"글쎄요…… 재밌을지는 모르지만, 그건 그냥 우연한 요소 아닐까요? 오래된 해골이 무슨 상관있다고."

키득키득, 고진이 이번에는 익살스럽게 웃었다.

"목적은 알 수 없지만, 용해운이 이끄는 그 대단한 비밀결사가 말이야, 다른 사람도 아니고 백백교 간부의 후손들을 찾아다녔다는 사실과, 국과수에 보관되어 있는 교주의 유골에 볼일이 있어 용해운이 치열한 경쟁을 뚫고 직접 국과수에 입사했다는 행동은 어떻게 보아도 일맥상통하지 않아?"

"그래도 결국 공상, 직관, 가설 이런 류에 불과한 거 아닙니까. 용해운에게는 그냥 먹고살기 위한 직장이었을 수 있죠."

상식적인 인과 관계에서 벗어나 있는 일이기에 이유현의 반응은 차라리 정직한 것이었다. 고진은 정색을 했다.

"그것만은 아니야. 용해운이 국과수를 그만둔 시점이 묘하게 내 가설을 뒷받침해 주고 있거든."

"시기가?"

"2년 전쯤 국과수에 입사해서 몇 달 전에 그만두었어. 내가 박 박사한테 물어보았는데, 이건 어떤 사건의 특정 날짜와 완전히 일치했어."

"어떤 사건인데요?"

"백백교주 유골 폐기 소송 사건."

"유골 폐기 소송요?"

의외의 말에 이유현은 잠깐 멍한 상태에 빠졌다.

"우리도 몇 달 전에 신문에서 같이 기사를 봤잖아. 불교계 인사가 낸 유골 폐기 소송에서 법원이 유골을 폐기하도록 화해권고결정을 했고, 국과수에서도 수용하겠다는 의사를 표했다는 그 기사. 그런데 용해운이 국과수를 그만둔 건 법원의 그 결정이 내려진 바로 다음 날이었어."

이유현은 자신도 모르게 억눌린 신음 소리를 냈다. 이쯤 되면 우연이라고 하기에는 겹치는 요소가 너무 많다. 아직 모양도 갖추진 못한 고진의 괴상한 가설이 어느새 머리 위를 박쥐우산처럼 완전히 덮어씌우고 말았다.

"아무래도 우연이라고 하기엔 좀 절묘하군요……."

말을 줄이던 이유현이 돌연 목청을 높였다.

"도대체 이게 무슨 일입니까? 난데없이 일세기 전 범죄인의 유골이라뇨. 이거야 영화로 치면 수사물이 일순 오컬트로 빠지는 장르 파괴이지 않습니까. 차라리 그렇게는 믿고 싶지 않네요."

혼란에 빠진 이유현의 귓전으로 고진이 즐거워하는 웃음소리가 수화기를 통해 건너왔다.

전화를 끊기 전 고진이 가볍게 물었다.

"그건 그렇고, 남기만은 어떤 인물이던가?"

이유현은 취조실에서 용해운을 언급할 때 우스꽝스러울 정도로 기묘한 반응을 보였던 남기만의 모습을 떠올렸다.

"용해운을 무슨 교주처럼 믿고 따르더군요. 자기 말로는 교주 같은 게 아니라고 했지만."

"그렇군. 역시 예사로운 결사가 아니야."

"그거 말고는 별 특징이 없었어요. 초등학교 졸업 학력. 서른 중반에 결혼도 안 했고, 예전에 타일 일, 용접 일 좀 하다가 관두고 지금은 그냥 하루 벌어 하루 먹고 산답니다."

"컨테이너 안에서 죽은 여순철과 크게 다를 바 없는 처지군."

무심코 말하던 고진이 멈칫하더니 자신의 말을 반복했다.

"잠깐, 컨테이너 안에서 죽은 여순철……?"

"왜 그러세요?"

고진은 한동안 침묵하더니 전화를 끊어 버렸다.

용해운과 남기만은 형사들 틈에 끼어 승합차에 오르면서도 철저히 주종 관계를 유지했다. 남기만은 항상 용해운의 뒤편에 있었고, 걸음걸이도 조심스러웠다. 형사들이 팔을 붙들어 재촉해도 마찬가지였다. 용해운은 그런 남기만에게 눈길 한번 주지 않았다. 형사들의 머리 위로 얼굴이 절반쯤 솟아오를 만큼 큰 키인 용해운은 꼿꼿하던 허리를 크게 구부리며 승합차에 올랐다. 수갑을 차긴 했지만 용의자로서의 궁색함이 느껴지지 않았다.

용해운과 남기만을 각각 승합차 앞뒷줄에 태우고 퇴로를 막듯이 그 양옆자리를 이유현, 윤영탁과 다른 두 명의 형사가 채웠다. 용해운과 남기만은 도주할 꿈을 꿀 기미조차 보이지 않았다. 긴장감은 이제 막 자신의 범죄를 증언할 유일한 증인을 대면하러 가는 용해운과 남기만이 아니라 그 옆을 채운 형사들 사이에 흐르고 있었다. 운전대를 잡은 형사는 에어컨을 튼 다음 내비게이션을 화성 들안병원으로 찍어 놓고 차를 출발시키려 했다.

"잠깐, 장문오가 병원을 옮겼다던데?"

뒷좌석의 다른 형사가 말했고, 또 다른 형사가 맞다, 하며 동조했다. 하지만 이유현이 물어봐도 어느 병원인지 정확히 아는 이는 아무도 없었다.

"장문오는 최상민이가 알 겁니다."

윤영탁이 말했다. 최상민 형사는 김각수와 강태수가 실려 간 병원에 나가 있었다. 이유현은 곧바로 그에게 전화를 걸었다.

"최 형사, 그쪽은 어때?"

"일단 급한 치료가 끝났고요, 김각수, 강태수 둘 다 병실에 누워 있는 상태입니다. 심각한 상처는 아니랍니다."

"김각수는 잘 감시하고 있겠지?"

"염려 마십쇼. 지금도 바로 옆에서 지키고 있습니다."

"장문오가 병원 옮겼어?"

"예, 왜 그러십니까?"

"지금 용해운, 남기만이를 데리고 가는 중이야."

"아, 얼굴 확인하러 가시는 거군요. 장문오는 화성 미카엘병원 802호 독실입니다."

운전석의 형사는 내비의 목적지를 고쳐 입력하고서 곧 승합차를 화성으로 출발시켰다.

"수갑은 좀 풀어 주시면······."

남기만이 주눅 든 목소리로 말했다. 형사들이 콧방귀를 뀌자, 남기만이 다시 말했다.

"용해운 님 거라도 좀 풀어 주세요."

"뭐, 인권이라 이거야?"

한 형사가 이죽댔지만 남기만은 진지했다.

"저분은 이런 대접을 받으실 분이 아닙니다."

이유현은 딱 잘라 말했다.

"풀어 줄 순 없습니다. 다만, 바깥에 나갈 땐 수갑을 가려 주죠."

그 말에 남기만은 더 이상 조르지 않고 입을 닫았다. 이유현은 실소를 감추었다. 그날 밤 일가족을 참살한 강도가 이들이 맞다고 장문오가 확인만 해 주면 모든 것이 끝날 판국이다. 교주님의 수갑을 풀어 달라는 한가한 소리를 하고 앉아 있을 때인가.

퇴근 시간이 되기 한참 전이건만 벌써 도로가 밀리고 있었다. 마포대교 쪽은 많이 개선되었다고는 하나 역시 유서 깊은 악성 정체 구간이다. 그곳을 빠져나가는 데만 30분 가까이 걸렸다. 인원이 많은 탓에 승합차의 냉방도 시원찮았다. 그 안에서 살인 용의자들과 함께 꽉 막힌 도로를 내다보는 일은 과히 쾌적하지 못했다. 가다 서다를 반복하며 꿈틀대듯 도로를 기어간 차량은 거의 1시간 만에야 서울을 빠져나왔다. 서해안 고속도로에 오르고서부터는 숨통이 트였다. 미카엘병원이 있는 화성 시청 부근에 도착한 것은 출발한 지 거의 2시간 가까이 지난 무렵이었다.

차창 밖으로 얼핏 커다란 녹십자가 보였다. 높은 건물 꼭대기에 솟아 있어서 굳이 목을 빼 두리번거릴 것까지도 없었다. 그 아래로 미카엘병원이라는 대형 간판이 보였다.

승합차 안의 긴장을 깨뜨리며 이유현의 휴대전화가 울렸다. 최상민 형사였다. 이유현은 통화 버튼을 누르며 어쩐지 좋지 않은 예감에 사로잡혔다.

최 형사는 "저, 그게요…… 죄송합니다."라는 말부터 시작했다. 느낌이 더 안 좋다.

"무슨 일이야? 어서 말해 봐."

"그게…… 김각수가 사라졌습니다."

"뭐야! 그게 무슨 소리야? 도망쳤단 말이야?"

이유현은 소리를 버럭 질렀다.

"예. 그런 것 같습니다."

"병상 옆에서 지키고 있었다며?"

"죄송합니다. 잠깐 화장실 갔다 온 사이에 귀신같이 사라졌습니다. 처음엔 어디 화장실에 갔거나 뭐 사러 간 줄 알았는데, 아무래도 그대로 도망친 것 같습니다."

"제정신이야?"

이유현은 얼굴이 벌게져서 언성을 높였다. 최상민은 쩔쩔맸다.

"……칼에 찔렸는데 ……그 몸으로 도주할 거라곤 생각 못 했습니다. 방심했습니다……."

"언제 없어졌는데?"

이유현은 목소리를 다소 낮추었다.

"2시간쯤 되었습니다."

"왜 진작 보고 안 했어?"

"죄송합니다. 먼저 이곳저곳 찾아보느라고요. 결국 완전히 도망한 걸로 판단해서 지금 전화 드리는 겁니다."

젠장. 이유현은 전화를 끊으며 중얼거렸다. 김각수가 사라지고 보니 최 형사는 일단 자기 선에서 수습하려고 이리저리 찾으며 뛰어다녔던 모양이다. 그 입장을 이해하려면 할 수야 있겠지만, 그건 나중이고 지금은 당장 치미는 부아를 어쩔 수가 없었다. 손안에 날아들어 온 새 아닌가. 바보 같은. 김각수는 일당 중에서도 살해를 직접 실행한 것으로 추정되는 악성 높은 인물이다. 용해운 다음가는 2인자인지도 모른다.

제기랄. 다시 한 번 욕설을 내뱉던 이유현은 퍼뜩 어떤 부분에 생각이 미쳤다. 승합차는 미카엘병원 주차장 안으로 막 미끄러져 들어가고 있었다. 이유현은 최 형사에게 다시 전화를 했다.

"혹시 아까 나하고 전화할 때 바로 옆에 김각수가 있었어?"

"예. 그때만 해도 바로 옆에서 감시하고 있었거든요."

이유현은 전화를 끊으며 뭉글 떠오른 불안감에 휩싸였다. 보통사람이라면 상상할 필요 없는 불안이지만 이자들은 상궤를 벗어나 있다. 지금까지 보여 준 괴이한 행태, 남기만의 약에 취한 듯한 종교적 흥분…… 김각수도 다르지 않다면? 아니, 다를 이유가 전혀 없다.

"윤 형사, 나하고 먼저 빨리 내리지. 나머지는 용해운, 남기만을 철저히 감시하면서 뒤따라와."

"예? 갑자기 왜 그러십니까?"

이유현이 서두르자 윤영탁이 눈을 크게 떴다.

"김각수가 이리로 올지도 몰라. 아니, 벌써 와 있을지도."

"김각수가요? 기껏 도망쳐 놓고 왜 여길 온답니까?"

"아까 내가 최 형사하고 통화하고 그 직후에 김각수가 도망쳤어. 우리가 용해운이 얼굴 확인하러 화성 미카엘병원에 온다는 걸 녀석도 들었단 말이야."

"설마요. 칼에 찔린 몸으로 뭘 할 수 있다고."

"물론 설마지. 그래도 혹시 모르니까 일이 벌어지기 전에 서두르자고. 총도 챙기고."

윤영탁은 반신반의하는 얼굴이었지만, 일단 이유현의 지시대로 서둘러 승합차를 나왔다.

이유현과 윤영탁은 주차장에서부터 병원 로비 입구까지 바삐 걸었다. 주차장은 병원 건물에서 다소 동떨어진 곳에 마련되어 있었고, 꽤 먼 거리였다. 나머지 형사들은 뒤에 떨어져 용해운과 남기만을 가운데에 끼워 넣고 주위를 경계하면서 조심스럽게 따라왔다. 용해운과 남기만의 수갑 찬 팔뚝은 옷가지로 휘감아 놓았다.

병원 현관 앞의 택시 하차장에 택시 한 대가 눈에 띄었다. 운전석 문이 열려 있고, 깡마른 중년의 택시 기사가 차에서 내린 채 병원 안을 향해 얼굴을 붉으락푸르락 하며 욕설을 퍼부어 대고 있었다. 이유현에게 퍼뜩 떠오르는 무언가가 있었다. 저건, 혹시 김각수가 타고 온 택시가 아닐까? 돈 따위는 없었을 김각수다. 택시비를 내지 않고 뛰어내렸다면?

이유현은 택시 기사에게 다가갔다.

"왜 그러십니까? 전 경찰입니다만."

이유현이 신분증을 내밀자 남자는 반색을 하며 말했다.

"아이구, 잘됐습니다. 별 또라이 놈을 다 만나 갖고. 환자복 입은 놈인데요, 서울에서 여기까지 택시 타고 와 놓고는 택시비 내라니까 갑자기 뒤에서 목을 확 조르잖아요. 죽고 싶지 않으면 그냥 가, 이러면서. 놀라서 백미러로 힐끔 보니까 눈깔이 정상이 아닌 겁니다. 그래서 고개를 끄덕끄덕하니까 목을 풀어 주고는 택시에서 내려 저 병원 안에 들어갔어요. 어디 정신병원에서 탈출한 놈인가……."

이유현은 택시 기사의 말이 채 끝나기도 전에 병원을 향해 뛰었다. 윤영탁도 그 뒤를 따랐다. 커다란 로비는 환자들로 가득했다. 접수부는 숫자판의 빨간 불이 연신 깜박거리고 환자들은 곳곳에 설치된 LCD 화면 앞에 뭉쳐서 멍하니 서 있거나 우왕좌왕하고 있었다. 본관과 별관 두 동을 붙여 놓은 건물인 탓에 내부는 미로 같았다. 자기공명촬영, 초음파실 따위의 표시판이 우후죽순처럼 솟아 시야를 가렸고, 사방팔방으로 복도가 뻗어 있었다. 어수선한 인파를 뚫고 당장 위층으로 올라가는 계단이나 엘리베이터를 찾기 힘들었다. 눈알을 이리저리 굴리던 윤영탁이 말했다.

"저쪽입니다."

오른쪽 안으로 뻗어 있는 복도에는 엘리베이터 표시가 붙어 있었다.

"가 보지, 장문오는 802호실이랬지, 분명히."

이유현과 윤영탁은 환자들 무리를 헤치며 빠른 걸음으로 복도 끝 엘리베이터를 향해 갔다. 마침 엘리베이터 문이 열렸고, 그 안으로 환자복을 입은 남자의 모습이 빨려 들어가고 있었다. 미카엘병원의 환자복과는 달랐다. 윤영탁이 소리쳤다.

"거기 서!"

김각수였다. 이유현이 앞서 뛰어 나갔다. 윤영탁도 뒤따라 달렸다. 순간 두 사람의 다리가 얽히면서 복도 초입에서 나뒹굴고 말았다.

"젠장!"

이유현과 윤영탁이 다급히 일어섰을 때 엘리베이터 문은 이미 닫혀 있었다. 엘리베이터는 나란히 두 대. 옆 엘리베이터도 이제 겨우 4층을 올라가는 중이었다. 이대로는 따라잡을 수 없다.

"비상구로!"

이유현이 소리쳤고, 윤영탁도 뛰었다. 다행히 복도 끝에 바로 비상구 문이 있었다. 문을 열자 갇혔던 열기가 이들을 확 덮쳤다. 다급한 상황에 더위가 문제는 아니었지만 불행히도 장문오의 병실은 8층이었다. 이유현과 윤영탁은 이를 악물고 뛰었다. 꺾이고 꺾임을 반복하는 계단을 돌고 또 돌았다. 조급함에 내몰린 이유현에게는 마치 무한한 나선 계단을 달리는 것처럼 느껴졌다. 이마에서 흘러내린 땀이 눈을 덮쳤다.

그래도 희망은 있다. 병원 엘리베이터의 특성상 층마다 타고 내리는 사람이 많다. 계단이 더 빠를 가능성이 있다. 이유현은 헐떡이는 한편으로 그런 생각을 했다.

8층에 도달한 이유현과 윤영탁은 비상구를 열고 복도로 뛰쳐나갔다. 802호가 어디지, 하며 잠시 두리번거리는데, 복도 끝 쪽에 익숙한 그림자가 어른거렸다. 김각수였다. 칼에 찔렸던 배 부위를 움켜잡고 어기적어기적 걷고 있었다.

"거기 서!"

"꼼짝 마!"

두 사람이 동시에 소리쳤다. 감각수는 이유현 쪽을 힐긋 보더니 아랑곳 않고 갑자기 힘을 내 병실로 쑥 들어가 버렸다. 이유현과 윤영탁은 달랐다. 정작 김각수의 모습을 눈앞에서 보자, 달리면서도 이유현의 마음 한구석에는 적잖은 여유가 자리 잡았다. 김각수가 힘들게 이곳까지 온 집념은 인정해 줄 만하지만, 칼에 찔려 비칠거리는 저 몸으로 무얼 어쩌겠는가. 환자복만 입고 급히 도망치면서 그 짧은 시간에 칼이나 흉기를 구해서 여기까지 왔을 리는 만무하다. 칼을 갖고 있었다면 택시 기사의 목을 조르는 대신 칼을 들이댔겠지. 그 몸으로는 장문오를 당장 해치기 어렵다. 격투가 벌어진다 한들 칼에 찔린 상처가 생생한 김각수보다 완연한 회복 단계에 들어선 장문오가 힘으로는 앞설지도 모른다. 장문오의 병실에 들어간 건 오히려 쥐가 제 발로 독 안에 뛰어든 거나 마찬가지이다. 힘을 다해 헐떡거리는 김각수의 손에 수갑만 채우면 된다.

복도 끝에 다다른 두 사람은 802호 문을 세차게 열어젖혔다.

"김각……."

수, 까지도 마치지 못하고 이유현의 입이 얼어붙었다. 눈앞에 펼쳐진 장면에 경악을 금치 못했던 것이다.

실은 그가 본 장면은 잠깐이었다. 나중에 머릿속에서 장면의 디테일이 구현되면서 길게 재구성되었을 뿐이다.

김각수는 장문오를 마주 끌어안고 있었다. 장문오의 허리를 붙들어 거의 들어 올린 채였다. 칼에 찔렸던 배 부위의 꿰맨 자리가 터져 환자복 아래쪽이 온통 피로 얼룩져 있었다. 그 붉은색은 유달리 선명하게 뇌리에 박혔다. 그 모습은 마치 파사(破邪)를 행하는 금강역사인 양 성스럽기까지 했다. 허리를 붙들린 채 경악에 빠진 장문오는 눈을 껌뻑거리면서 팔로 김각수의 얼굴을 밀어내려 했고 발을 연신 버둥거렸다. 그 외에는 으으, 하는 신음 소리가 그가 반항을 표시한 전부였다. 장문오는 허리를 잡히고 발이 떠 버린 탓에 영 힘을 쓰지 못했다. 김각수는 장문오를 들어 올린 채 창문으로 내달렸다. 마지막으로 슬쩍 얼굴을 틀었을 때 김각수의 왼쪽 얼굴이 보였다. 이유현의 착각이었을까. 엷은 미소가 떠올라 있었다. 비 오듯 땀을 흘리고 있던 이유현은 머리끝이 쭈뼛했다. 등골에 찬 기운이 쭉 뻗치는 걸 느꼈다. 김각수는 장문오를 안은 채 창가에 놓인 의자에 성큼 디디고 올라섰다. 그 기세로, 김각수는 알 듯 모를 듯한 미소만을 남기고 장문오를 안은 채 창밖으로 몸을 던져 버렸다.

쨍그랑.

격한 소리와 함께 창유리의 파편이 바깥으로 튀어 나갔다. 그와 동시에 두 사람의 몸은 한 덩어리가 되어 8층 아래 바닥으로 떨어졌다.

이유현과 윤영탁은 그 자리에 얼어붙어 한동안 아무것도 할 수 없었다.

8

두 사람 다 즉사였다. 김각수는 자신의 입을 다물면서 장문오의
입도 같이 다물게 했다.

광역수사대장 민호원은 그답지 않게 호되게 이유현을 질책했다.
이유현은 고개를 숙일 뿐이었다.

언론은 일가족 강도살인사건의 피해자가 병원에서 회복 중 의문
의 방문자와 함께 추락사했다고 대대적으로 보도했다. 그 '방문자'
와 장문오와의 관계에 관해서는 경찰이 공표하지 않는 한 외부에서
알 수 없으니 의혹의 꼬리표를 단 채 사실 보도만 잇따를 뿐이었다.
음모론 정도가 제기되는 수준인 게 경찰로서는 천만다행이었다. 경
찰이 일가족 강도살인의 용의자인 김각수를 놓치는 바람에 그나마
목숨을 건졌었던 장문오마저 살해당했다는 사실이 알려진다면 어마
어마한 비난에 직면하게 될 터였다.

장문오의 증언이라는, 강력하면서도 유일한 증거를 잃어버린 수사는 폭탄을 맞은 듯 공중분해돼 버렸다. 용해운, 남기만의 영장은 법원에 도달하기는커녕 검찰 문턱에서부터 기각되었다. '빈약한 정황증거 말고는 직접적인 물증이나 증언이 전혀 없다. 처음부터 다시 수사하라'는 민망한 수사 지휘와 함께.

이유현은 누더기가 된 심정으로 이들을 석방했다. 두 사람의 주거지와 휴대전화 번호는 확보해두었다. 남기만의 집은 이미 윤영탁이 방문한 적 있으니 알고 있다. 곱창처럼 배배 꼬인 아현동 언덕배기 골목 안 열한 평짜리 연립주택이었는데 궁색한 분위기를 풍기는 남기만이라는 인물의 주거지로 잘 어울렸다. 하지만 용해운의 주거지마저 재개발이 예정되어 폐광처럼 황량해진 철산의 외딴 동네에 자리한 주택이라는 보고를 듣고서 이유현은 고개를 갸웃했다.

"의외로 검소하던데요? 거의 달동네예요. 거기서도 허름한 단칸방이고."

용해운의 집 앞에서 잠복 근무를 하다 온 유오경의 촌평이었다. 교주의 이미지에 걸맞지 않는 용해운의 초라한 생활이 그 역시 의외인 모양이었다.

손실은 더 있었다. 용해운, 남기만의 구속영장이 기각되니 자연히 증거물에 대한 사후압수영장도 기각되었다. 그들의 체포와 함께 압수했던 광목 끈을 경찰이 가지고 있을 근거가 사라진 것이다. 약속했던 대로 끈의 명목상의 '소유자' 임인건은 광역수사대 사무실로 찾아와 당당하게 끈을 요구했고, 이유현은 유일한 증거물인 끈마저 떠나보내야 했다. 명성실업 명함을 건네며 한껏 거들먹대는 임인건의 태도는 이유현의 속을 부글부글 끓어오르게 했다.

살인 용의자를 거의 손아귀에 넣고 반짝 승승장구하던 이유현의 광역수사대 팀은 장문오라는 유일한 증인을 잃고 일순간에 나락으로 떨어지고 말았다.

"결국 한 남자의 집념 때문에 모든 게 박살이 났군."

고진이 옆에 나란히 앉은 이유현의 잔에 호박색 리큐어를 따르며 말했다.

"남자의 집념이라…… 그렇게 표현하니 그럴듯하네요. 하지만."

이유현은 술잔을 한 번에 쭉 들이켜 비웠다.

"실은 미치광이 놀음이잖아요. 지금도 살 떨립니다. 용해운 같은 인간을 위해 어떻게 그렇게 쉽게 자기 목숨을 내던질 수 있는지."

"하긴 글자 그대로 '내던졌군'. 창밖으로 말이야."

"형님은 이런 일이 전부 재밌을 뿐입니까?"

이유현은 고개를 옆으로 돌려 어처구니없다는 듯 고진을 보았다.

"재미의 차원은 아니지. 실은 이해의 범위를 아득히 넘어서는 인간의 행동 앞에 가슴이 먹먹할 정도로 감격했는걸."

두 남자 앞에서 어머, 이 경감님, 하는 하이 톤의 목소리가 들렸다.

"왜 이렇게 오랜만에 오셨어요? 석 달은 넘은 거 같아."

압상트의 주인, 류경아가 슬쩍 카운터 건너편에 와 섰다. 어깨 위로 풍성하게 늘어뜨린 머리카락이 하얗고 매끄러운 피부와 어우러져 화사한 분위기를 연출했다. 어두운 조명 아래에 있던 이유현은 손바닥을 펴 눈을 가렸다.

"왜 그러세요?"

"눈이 부셔서요."

류경아가 푸훗 하고 웃었다.

"이 경감님도 변하셨어. 어쨌든 고마워요. 요샌 나이 먹다 보니 누가 그런 말도 잘 안 해 주더라."

"너무 진부하잖아."

고진이 끼어들었다.

"뭐가요."

이유현이 항의했다.

"눈이 부시다니. 100년 전 수법이야."

"질투심에 일일이 끼어드는 건 200년쯤 전의 행태 같네요."

"이 경감님 승."

류경아가 생긋 웃으며 말했고, 고진은 입에 지퍼를 다는 시늉을 해 보였다.

"자주 좀 오세요."

류경아가 이유현의 빈 잔을 채웠다.

"광수대로 옮긴 뒤로는 영 거리도 멀고 해서요."

뻔한 변명이다. 마포의 광역수사대와는 구역이 다르다고 해야겠지만 양재동 이유현의 집에서는 청담동 강남구청 뒤편에 있는 압상트까지 그리 멀지 않다.

"그런데 오늘 이 경감님 분위기가 심각하네요. 안 좋은 일이라도 있으신가 봐."

"뭐 늘 그렇죠."

"이 친구는 말이야······."

고진이 막 말을 꺼내는데, 바의 문을 열고 들어오는 손님을 본 류경아가 그쪽을 향해 환하게 웃으며 자리를 떠나가 버렸다. 대화의 상대를 잃어버려 머쓱해진 고진은 시선을 이유현으로 돌렸다.

"······결정했어."

"뭘요."

"오늘은 외상이야."

"섭섭해하지 마세요. 그래도 류 마담은 형님을 남다르게 생각하고 있는 게 분명해요."

"단골을 이렇게 박대하는 게?"

"단골 이상이니까 박대하죠. 오로지 돈 빼먹는 게 목적인 단골손님이라면 박대할 리가 없죠."

"새로운 해석이군. 단골 이상의 남자다, 이건가."

고진은 술잔을 기울였다.

"무엇보다 저 그림이 말해 주고 있잖습니까?"

이유현이 가리킨 바의 정면 벽에는 고진이 개업 무렵 선물해 준 사전트의 「마담X」 복제화가 걸려 있었다. 한쪽 어깨끈을 고혹적으로 내린 19세기 파리 사교계의 총아 고트로 부인은 한 여자의 마음을 두고 벌이는 두 남자의 어리석은 설전을 고고히 내려다보고 있었다.

"제 심미안으로는 모던함을 추구하는 이 바에는 가히 어울린다고 할 수 없는 그림입니다. 류 마담이 저 그림을 벽 한가운데에 떡 하니 걸어놓은 건 형님의 성의에 대한 성의라고 생각하는데요."

"음. 내 심미안을 바닥에 처박는 해석인데, 기분이 나쁘지 않은 건 무슨 일이지?"

류경아는 새로 온 손님 앞에 완전히 자리해 있었다. 멀찍이서 눈으로 확인한 이유현은 바지주머니에 손을 찔러 넣어 꼼지락대더니 꾸깃꾸깃 접힌 종이 한 장을 끄집어냈다.

"……이거나 한번 보시죠."

이유현은 비밀 이야기라도 시작하듯 나지막이 말하며 대리석 카운터 위의 온더록스 잔을 한쪽으로 치우고는 종이를 턱하니 펼쳤다. 그것을 본 고진의 작은 눈이 쭉 찢어졌다.

"이건…… 그날 광수대 사무실에서 얼핏 보긴 했지만…… 광목천에 쓰여 있던 그 문자 아니야?"

마치 게임기를 선물 받은 아이처럼 들뜬 목소리였다.

"맞습니다. 오리지널은 그놈의 임인건이한테 넘어가 버렸고요. 이건 그 위의 문자만 옮겨 놓은 일종의 사본입니다. 광목천이라는 소재가 중요한 건 아닌 것 같고 해서 건네주기 전에 문자 부분만 따로 적어 놓은 겁니다."

대학 노트를 찢은 종이 위에는 이유현이 끈을 보고 일일이 손으로 옮겨 적은 한글 자모와 숫자가 촘촘히 적혀 있었다. 고진은 문자가 어지럽게 적힌 종이의 구겨진 부분을 카운터 위에 꾹꾹 눌러 가며 들여다보았다. 이유현은 더 이상 말을 시키지 않고 유유히 술잔을 기울이며 종이의 문자를 관찰하는 고진을 관찰했다. 잠시 후 고진이 잔뜩 뒤틀린 웃음을 띠며 고개를 들었다. 눈이 마주친 이유현이 기다렸다는 듯 물었다.

"묘한 웃음을 지으시는데, 뭐 좀 아시겠습니까?"

"표정을 보면 모르겠나. '글쎄' 정도의 수준이야."

그러면서도 고진은 일그러진 웃음을 거두지 않았다.

"이게 대체 뭘 거 같습니까?"

"이런 말 하면 웃을지 모르지만……."

고진은 종이에서 완전히 눈을 떼고 말했다.

"일종의 암호문이라고 생각해."

"근거는요?"

"일단 생김새가 그렇잖아."

"농담하실 거면 가져가겠습니다."

이유현이 종이를 집어넣으려 하자 고진이 허겁지겁 손을 들어 막았다.

"이 사람, 요새 일이 안 풀리더니만 여유가 없어졌구만. 알았어. 진지하게 이야기할게."

고진은 술을 단숨에 목구멍으로 털어 넣었다.

"백백교는 극단적인 비밀결사였어. 최측근 외에는 교주의 얼굴도 드러내지 않았고 교주에게 직접 전달해야 하는 중요한 '존안 사항'은 모두 암호문으로 했다더군. 비록 모형이지만 이 광목천 쪼가리 현물을 보니까, 백백교의 암호문이란 게 이런 식으로 광목 끈에 써서 전달된 게 아닐까 싶어. 백백교 잔당인지 뭔지 그쪽과 관계있는 무리들이 끈을 죽도록 찾아다녔잖아. 그 끈은 수십 년은 된 것처럼 낡아 빠진 상태였고. 그렇다면 여기서 이 끈에 쓰인 문자가 그 당시에 작성된 백백교의 '존안' 암호문이라고 생각하는 것보다 더 자연스러운 일이 어디 있겠나?"

이유현이 물끄러미 고진을 바라보다가 말했다.

"실은 우리도 그렇게 추측하고 있어요."

"뭐야, 그럼 나한테 왜 말을 시켰어? 그냥 던져 본 건가?"

고진은 김샌 표정을 지으며 말했다.

"만약 이게 어떤 암호문이라면 용해운 일당은 이 끈을 찾아내 암호가 가리키는 어떤 중요한 물건을 찾으려던 게 아닐까 하고 생각합니다. 수사 팀 내부에서도 대부분 동감하는 의견이고요."

"물론. 지금으로선 가장 그럴듯한 설명이지."

"가장 상식적이지 않은 일에 대한 가장 상식적인 해석이죠. 다만, 일개 사이비 종교단체가 왜 그렇게까지 철저하게 비밀로 의사소통을 했을까 하는 의문은 있어요."

고진은 느긋한 웃음을 지었다.

"백백교 사건이 본격적으로 터지기 전에 김화 사건이란 게 발각돼서 경찰의 수배를 받고 있었거든. 그렇게 지하로 숨어든 종교니까 몸조심을 한 걸 거야."

"김화 사건? 그건 또 뭡니까."

"백백교 사건의 전조를 알리는 사건이랄까. 백백교주 전용해의 부친도 왕년에 사이비 교주였어. 전정운이라는 사람인데 '백도교'란 걸 만들어서 교주 노릇을 했지. 이 양반도 잔혹하기 이를 데 없었던 인물인데, 자기 첩 네 명을 갖다가 생매장하고 사설 교수대에 목매달아 죽였다는군. 이 사건은 그 지역 이름을 따 김화(金化) 사건이라고 불렸는데, 이게 1930년인가, 뒤늦게 발각되는 바람에 백도교 일제 검거령이 내려지게 돼. 백백교로 한창 주가를 올리고 있던 전용해도 그때부터 지하로 숨어들어서 몰래 포교하기 시작했고.”

“한심한 집안이군요. 대를 이어 사이비 종교라니…….”

“한심하다기보단 무서운 집안이지. 전용해는 보안을 생명처럼 여겨서 사진을 단 한 장도 찍지 않았고, 자기 첩하고 잠자리를 할 때조차 얼굴을 안 보여 주었대. 그가 죽었던 나이인 43세가 되도록 얼굴을 아는 사람은 핵심 간부인 이경득하고 아들인 전중기 정도뿐이었다는군. 가명도 10여 개를 썼고, 거처를 옮겨다니면서 자신에게 전달되는 중요한 사항은 반드시 백백교 고유의 암호를 통해서 하도록 했어. 광목천 위에 쓰인 알 수 없는 문자도 그렇게 만들어 진 것 중 하나일 테고. 그런데 근 80년이 지난 이제 와서 정체 모를 백백교의 잔당이 어떤 암호문을 찾아다니고 있다. 이런 이야기가 되겠지.“

“그런데 그 암호문은 이제 엉뚱하게도 임인건 일당에게 넘어가 버린 거고요.”

“용해운 쪽도 닭 쫓던 개가 된 거라고 봐야지.”

고진은 눈자위에 힘을 주며 다시 한 번 희미한 조명에 비친 종이 위의 글자를 유심히 들여다보았다.

“용해운 일당은 백백교도 간부가 이 암호문이 적힌 끈을 가지고 있다는 사실을 확신하고 사람을 죽이면서까지 찾아다녔어. 그 사실로 미루어 보면, 그 정보의 출처가 충분히 믿을 만했다는 것, 그리고 백백교도 간부들이 이 끈을 후손들에게 보관시킬 거라고 용해운이 믿었을 만큼 암호문이 중요하다는 것, 그리고 이 암호문은 사람을 죽일 위험을 감수할 만큼 가치가 대단하다는 것 정도를 알 수 있겠군.”

“누구나 할 수 있는 그런 추리 말고 딴 거 없습니까?”

"이런 식으로 사람을 뭉개는 이유현 반장에게 당분간 여자는 없을 거라고 추리할 수 있겠군."

"싫으면 관두세요."

이유현은 다시 종이를 집어넣으려는 몸짓을 했고, 고진이 그 손을 막으며 말했다.

"필시 보물이나 돈 같은 것과 관련 있겠지. 아니, 금전적 값어치가 있는 무언가라고 하는 게 정확하겠군. 옛날 돈이 그대로 남아 있는 건 아닐 테니까."

"이 암호문은 그 소재를 가리키고 있다, 그런 생각을 하시는군요."

"그 밖에는 생각할 수 없지 않겠어? 설마 그런 사이비 작자들이 성배를 숨겨 두고 있는 것도 아닐 테고."

이유현은 고개를 끄덕끄덕하다가 문득 반박하듯 했다.

"비록 사이비지만 믿음만은 열렬하지 않습니까. 제가 본 바로도 남기만은 좋은 의미든 나쁜 의미든 꽤나 종교적이었습니다. 김각수 는 그런 종류의 열정으로 목숨까지 던졌죠. 혹시 이 암호문은 어떤 종교적인 상징과 관계있진 않을까요?"

고진은 단호하게 고개를 가로저었다.

"여기선 남기만이나 김각수가 문제가 아니지. 일련의 강도와 살인 은 보스인 용해운의 의지야. 용해운 스스로가 종교적 열정에 빠져서 그 짓을 하고 있다고? 말도 안 되는 소리. 사이비 교주가 교도들과 같은 종류의 열정을 가진 경우가 있었던가? 교주의 눈은 항상 세속 을 향해 있었어. 돈, 여자. 사이비 종교에 숭고한 열정이 작용하는 부 분이 있다면 교도들을 착취하기 위해 구축한 거짓 구원에 목매단 신자들의 광신뿐이지."

"사이비 종교 비판은 됐구요. 이게 금전적인 것과 연관되어 있다는 결론에 공상 수준 이상의 근거가 있습니까?"

고진은 느긋하게 잔을 비우고 담배를 한 번 깊게 빨아들였다. 이야기가 길어질 때의 버릇이다.

"백백교와 관련 있다는 걸 알고 자네도 알다시피 내가 좀 리서치를 했잖나. 백백교 사건 당시의 보도, 재판 기록 같은 거 입수해서 말이야. 그런데 하나 이상한 점이 있더군."

"뭐가요?"

"백백교주 전용해는 교도들한테서 막대한 돈을 모았어. 곧 심판의 날이 오는데, 전용해가 새로운 세상의 주인이 된다, 그렇게 되면 교도들이 낸 헌금의 다과에 따라 관직과 부귀를 나누어 줄 거다, 이렇게 꼬셨어. 교도들은 집과 땅, 가산을 모두 정리해서 교주한테 바쳤고. 교도들 중에는 큰 부자도 많았던가 봐. 재산을 모은 백백교단은 금광을 등록하기도 했대. 재산을 다 뽑아내 쓸모가 없어진 신도들은 죽여 없애거나 아니면 산간 벽지로 보내 외부와 차단시켜 놓고 개돼지처럼 살게 했다는군."

"사이비 종교의 전형적인 모습 같은데, 뭐가 이상하다는 겁니까?"

"글쎄…… 그런 기록을 보면 분명 한 나라는 몰라도 도시 하나 정도는 세울 만한 돈이 모였을 성싶잖아. 그런데 교주 전용해가 살던 곳은 궁궐도 아니고 용궁도 아닌, 앵정정 골목 안에 있는 평범한 주택이었어. 그리고 대대적인 수사가 개시되어 전용해가 죽고 백백교도가 소탕되어 모조리 재판에 회부되었는데도, 백백교의 재산이 어떻게 되었는지, 어디로 갔는지는 어디에도 기록이 없어. 묘한 일이지."

"음. 그건 좀 이상하군요. 분명 돈은 모였는데, 행방을 모른다?"

"모였으면 분명 어딘가에 어떤 형태로든 남아 있어야 할 거 아닌가. 돈이 공기나 물도 아니고 말이지. 그 돈으로 99칸 집에서 비단금침 사 덮고 때때옷 입으면서 매일 영덕대게 뒷다리를 뜯는다 하더라도 자자손손 몇십 대는 놀고먹을 돈이야."

"그 돈이 어떤 형태로 남아…… 그러니까 숨겨져 있고, 이 암호문은 그 소재를 알리는 거다, 이런 얘깁니까."

"그렇지 않다면 용해운 일당의 강도와 살인이 달리 어떻게 설명될 수 있겠나."

이유현은 압상트의 홀을 빙 둘러보고 손님들의 시선이 떠나 있음을 확인했다.

"음…… 실은 그런 가설은 우리 수사팀에서도 유력하게 나왔던 부분이에요."

"뭐? 그럼 왜 또 나한테 의견을 물었어?"

고진은 김이 샌다는 듯 허리를 쭉 펴고는 재떨이에 담뱃재를 톡톡 털었다.

"형님이 내 결론에 동의하는지를 일단 확인한 거죠."

"젠장."

"이 암호문을 풀 수 있겠습니까?"

이유현이 검지로 카운터 위에 놓은 종이를 가리켰다.

"암호문 풀이라……."

고진은 대결을 앞둔 사람처럼 천천히 팔짱을 꼈다. 곤혹스러워하는 듯한 포즈와 달리 희미한 조명을 받은 그의 검은 얼굴에 어렴풋한 웃음이 아로새겨져 있는 것에 이유현의 의심을 품으며 말을 이었다.

"아무리 맞추어 봐도 이 한글 자모의 나열에는 아무런 법칙도 찾아볼 수 없더군요. 우리가 아는 어떤 식의 암호에도 들어맞지 않았어요. 혹시 형님은 뭐 떠오르는 거 없습니까?"

고진은 팔짱을 풀지 않고 종이를 노려보았다. 앙상한 손가락 끝에서는 꽁초가 되어 버린 담배가 파르르 떨렸다. 한참 후 고진은 고개를 번쩍 들더니 이를 드러내며 하얗게 웃었다.

"모르겠는데."

모르겠다는 말과 달리 어딘가 미심쩍은 고진의 태도였다. 이유현이 시큰둥해져 말했다.

"그래요? 알겠습니다. 형님도 별 아이디어가 없다니 이건 도로 가져가겠습니다."

이유현이 짐짓 김이 샌 표정으로 종이를 넣으려 하자, 고진은 팔을 잡았다.

"그래도 연구해 볼 테니까 줘 봐. 사본은 물론 더 있겠지?"

이유현은 두말 않고 종이를 집어 들어 고진에게 건네주었다.

"그럼 한번 해 보세요. 대신 성과를 내주셔야 합니다."

"애당초 이게 시나리오였지? 날 부려먹으려고. 아무래도 낚인 것 같아. 이런 걸 던져 놓으면 내가 덥석 물 수밖에 없잖아."

종잇조각을 품에 챙겨 넣고 툴툴거리면서도 고진의 입가가 실룩거리는 모습을 이유현은 보았다. 고진이 이 정도로 표정 관리가 서툴러진다는 건 무언가 흥분에 차 있다는 징표다. 암호문을 보고 무언가 떠오른 게 아닐까 하는 의혹이 부풀었지만 설마 하는 훨씬 더 강력한 생각에 곧 흔적도 없이 사라졌고, 이유현은 화제를 돌렸다.

"이 사건에서는 종잡을 수 없는 점이 몇 가지 더 있어요."

"이를테면?"

"용해운 일당은 모두 네 명. 용해운 말고도 김각수, 남기만, 그리고 요한이라는 이름의 남자. 물론 여순철도 있었지만 애시당초 컨테이너에서 죽었으니 결국 이 네 명이 남았죠. 그런데 김각수가 이번에 병원에서 장문오를 안고 같이 떨어져 죽었으니 이제는 용해운과 남기만, 요한 이렇게 셋이 남았어요. 용해운과 남기만은 파악이 됐는데, 요한은 아직 얼굴도 소재도 모릅니다. 우리는 요한이 일본 교토로 가서 안병조를 죽이고 끈을 찾아서 남기만에게 소포로 보내온 자라고 보고 있어요. 그런데, 문제는 요한이 어떻게 한국을 빠져나갔냐는 겁니다. 공항, 항만 모두 봉쇄했거든요. 도무지 어떤 흔적이 보이지가 않아요. 지금 요한이란 자가 한국에 들어왔는지, 아직 일본에 있는지조차 알 수 없습니다."

"어쩌면 용해운이 도술로 증발시켜 버렸는지도 모르지."

이유현은 피식 웃었다.

"증발하려고 해도 여권은 있어야 할 거 아닙니까. 일본으로 날아갔으니."

"그건 요한이 지금 소재가 파악이 안 되고 있다는 데서 비롯한 선입견 같은데."

"선입견이라고요?"

"요한이 눈앞에 보이지 않으니 일본에 갔을 것이다. 이렇게 편하게 생각해 버린 게 아닌가 말이야."

"선입견은 아닙니다. 그 결론이 그나마 가장 이치에 닿아서죠."

"요한이 처음부터 일본에 가지 않았다면?"

고진이 불쑥 던진 물음에 이유현의 얼굴이 굳었다.

"말이 안 돼요. 요한이 아니라면 누가 일본에서 안병조를 죽인단 말입니까."

"그럼 요한은 일본에 갈 수 있었어?"

"……사실 쉽지는 않지만 가능하긴 하다고 판단합니다."

"가능성이 낮지 않아?"

"낮지만 없지는 않으니까요."

"차라리 제3의 인물이 있다고 생각하면 어때?"

이유현은 못마땅한 표정을 지었다.

"뭡니까, 이제 와서 우리가 모르는 용해운 일당이 더 있다고 말하는 겁니까?"

"네 명이서 강도짓 했다고 다른 공범자가 없다는 보장은 없잖아."

"글쎄요…… 보스인 용해운이 직접 나서서 강도짓까지 하면서 일선에서 뛰는데 부하가 뒤에서 느긋하게 쉬고 있었단 겁니까? M이 현장에서 뛰는데 007이 본부에서 서류 작업하고 있겠습니까?"

"007? 이 사람이…… 막 던지면 비유가 된다고 생각하나?"

"하여간에요, 그 네 명 말고 다른 공범자가 더 있다고는 생각하기 어려워요. 설명은 편해지겠지만 요한이 경찰의 경계망을 뚫고 일본에 건너간 일만큼 비현실적인 가정입니다."

고진은 이유현을 외면하고 온더록스 잔을 슬쩍 기울였다.

"……다음 수수께끼로 넘어가지."

"다음 문제는 역시 그거죠. 아직까지 풀리지 않는 여순철의 죽음. 송유관 절도니 뭐니 하면서 같이 개고생한 그 일 말입니다."

이유현은 '개고생'에 힘을 주며 말끝을 비틀었다.

"특히 용해운 일당이 수면 위로 떠오른 지금, 그건 절대로 자살이 아닌 것 같거든요. 경찰에 꼬리를 잡힐 것 같으니까 형사를 죽이고 여순철도 누명을 씌워 없애버린 겁니다. 그러고도 남을 놈들이죠. 그런데 여순철은 분명히 밀실에서 죽었습니다. 이게 환장할 노릇이죠."

고진은 이유현 쪽으로 고개를 획 돌렸는데 야릇한 미소를 머금고 있었다.

"밀실이 아니었어."

"예? 밀실이 아니라고요?"

이유현이 떨떠름한 얼굴로 고진을 마주보았다.

"최근에 자네가 알려 준 어떤 사실이 계시를 쳤어."

"내가 알려 줬다고요? ……대체 어떻게 되었다는 겁니까. 여순철이 목을 매고 죽었을 때는 분명 아무도 컨테이너에 출입하지 않았는데."

고진은 대답을 않고 담배를 길게 빨아들였는데, 굳이 뜸을 들이려는 듯했다.

"참으로 용해운스러운 짓이라고나 할까. 겉으론 무식해 보이지만 실은 고도의 지능과 계산을 물밑에 감춘 범죄였지."

"품평은 나중에 하시고 밀실 이야기부터 먼저 해 보시죠."

"그건 말이야……."

고진이 으스대며 입을 막 여는 순간, 누군가 이유현의 이름을 불렀다.

"이유현 경감님."

바 안을 가득 메운 음악 소리를 깨끗하게 뚫고 나오는 낭랑한 목소리가 뒤편에서 들려왔다.

"아, 오셨네요. 여기 앉으세요."

이유현은 여성이 고진과 자신 사이에 앉을 수 있도록 옆 스툴로 옮겨 앉았다. 여성은 이유현에게 가볍게 눈짓을 보내고는 그가 양보한 스툴에 걸터앉았다. 고진이 고개를 가볍게 숙여서, 목례하듯이 이유현에게 눈짓을 보냈다.

"소개를 하지요. 화미령 변호사님입니다."

화미령은 고진을 향해 가볍게 고개를 숙였다. 이유현이 고진 쪽을 소개하기도 전에 고진이 먼저 화미령에게 고개를 가볍게 끄덕이며 인사했다.

"처음 뵙겠습니다. 고진 변호사라고 합니다."

"네……."

화미령은 다소 경계하는 모습을 보이다가 말했다.

"소문은 들은 적이 있어요. '뒷골목 변호사'라는 별명이 붙어 있으시다고."

화미령의 말에 고진이 양팔을 번쩍 쳐들며 기겁을 했다.

"예? 뒷골목 변호사라고요? 그런 별명은 아닌 것으로 압니다만……."

"그럼 제가 잘못 들은 모양이죠."

화미령은 고진의 변명을 가로막아 버렸다. 이유현은 왠지 화미령이 고진을 '뒷골목 변호사'라고 부른 게 실수가 아닐 것 같다는 생각을 했다. 고진을 힐끗 보았는데, 웬일로 싱글벙글이다.

이유현이 이날 고진을 만난 건 원래 화미령과 만나게 하기 위해서였다. 두 사람을 소개시켜 준다는 따위의 용건은 물론 아니다. 임인건에게 넘어가 버린 살인사건의 유일한 증거물, 끈 때문이었다. 알수 없는 문자는 옮겨 적어 놓았지만 원본과 같을 수는 없다. 미지의가치가 숨어 있을 가능성을 부인할 수 없기에 원본을 확보하는 일이 필요했다. 더 큰 이유는, 용해운은 끈을 되찾기 위해 무슨 짓이든할 거라는 점이었다. 기껏해야 압수 절차의 합법성을 논하는 경찰이할 수 있는 일과, 임인건의 목숨을 두고는 계란을 반숙으로 할까 완숙으로 할까 정도의 고민도 안 할 용해운이 할 수 있는 일은 차원이다르다. 그날 이유현이 본 장면을 떠올려 보면, 김성노 노인과 화미령은 임인건에게 상당한 영향력을 가지고 있는 것 같았다. 화미령을설득해서 임인건을 움직여 끈을 돌려받을 수 없을까, 하는 게 이유현의 희망이었다. 변호사인 고진이 같이 화미령을 만나 이야기한다면 큰 도움이 되지 않을까. 고진은 감성적 접근이야 빵점이지만 논리가 힘을 발휘하는 영역에서는 은근히 설득력 있는 말발을 지니고있다.

화미령의 옷차림은 이유현이 광역수사대 사무실에서 처음 봤을때와 조금은 달라져 있었다. 살짝 웨이브가 진 긴 머리, 엷은 화장은그대로였지만, 바지 정장 대신 에스닉 스타일의 긴 치마를 입고 큰가방을 어깨에 메고 있다. 퇴근을 하고 옷을 갈아입고 나온 모양이었다. 한여름에 어울리나 하는 의문도 들었지만 어쨌든 그녀와는 잘 어울렸다.

고진은 이미 알아서 화미령과 대화를 나누고 있었다. 어느 틈에 화미령이 서른 초반을 넘긴 미혼이며, 화교 출신 같은 성씨지만 한국 성이라는 이야기까지 오가고 있었다.

류경아가 주문을 받으러 다가왔다. 처음 온 손님인 화미령을 향해 방긋 웃으며 말했다.

"고 변호사님하고 아시는 사이세요?"

웃는 얼굴의 류경아였지만 그 시선의 끝자락에는 어쩐지 화미령을 훑어보고 평가하려는 속내가 엿보였다. 화미령이 류경아를 힐긋 쳐다보고 입을 열려고 하는데 고진이 냉큼 말했다.

"화미령 변호사님이시라고, 나하곤 오늘부터 아는 사이가 됐지."

"성이 참 특이하시네요."

류경아는 화미령을 비스듬하게 쳐다보며 말했다.

"화교예요."

화미령이 거침없이 대답했다. 고진이 의외라는 듯한 낯으로 화미령을 쳐다보았다. 화교가 아니라고 했는데? 하는 눈빛이었다.

류경아는 가볍게 놀라는 척 했다.

"어머, 어쩐지 늘씬하시더라. 중국 쪽 분들이 원래 다리가 길죠."

그러면서도 류경아는 화미령의 비교적 수수한 화장과 옷차림에 안심한 눈치였다. "앞으로는 두 분이서 자주 들러 주세요." 하는데, 그 의례적인 말에 묘한 자신감이 묻어 있었다. 그런 부분은 여성들 끼리만 인지할 수 있는 느낌인지도 모른다. 화미령이 말했다.

"사장님이 미인이어서 덜 오게 될 것 같아요."

류경아는 입을 가리고 웃었지만 눈으로 화미령을 살폈다. 미인이라는 칭찬이 이만큼 안 기쁘기도 쉽지 않다.

화미령은 알코올이 들어 있지 않은 피나콜라다를 주문했다. 류경아는 화미령 몰래 고진에게 엄지와 검지를 모아 작은 동그라미를 만들어 보이고는 가볍게 미소를 머금은 채 사라졌다. 고진은 가볍게 윙크로 맞받았다. 이유현이 화미령을 향해 물었다.

"화교가 아니시라면서요?"

"네. 그런데 사람들이 성씨 갖고 자꾸 캐묻는 게 귀찮아서요."

하지만 이유현은 그 대답의 이면에 처음부터 예사롭지 않은 눈빛을 보내던 류경아를 의식한 신경전 같은 게 숨어 있다고 여겼다.

"김성노라는 영감님하고는 어떤 관계신 건지……?"

고진이 물었다.

"그보다 고 변호사님은 광역수사대와 무슨 관계세요?"

고진의 질문할 자격에 대한 질문이었다.

"비공식적으로 일을 돕는다고나 할까요. 이유현 경감과는 개인적으로도 친분도 있고."

고진은 애매하게 둘러댔다. 단지 개인적으로 참여하는 것만은 아니라는 뉘앙스가 묻어나는 말이었다.

"예. 맞습니다. 일종의 자문위원 같은 거죠."

이유현이 거들었다. 그리고는 곧바로 용건을 꺼냈다.

"오늘 만나자고 한 용건을 솔직하게 말씀드릴게요. 임인건이 가져간 끈을 돌려주셨으면 합니다. 잘 아시겠지만 경찰이 쫓고 있는 중요한 사건의 증거물이거든요."

"게다가……."

고진이 슬쩍 끼어들었다.

"게다가요?"

"그 물건을 갖고 있다면 임인건의 안전도 보장할 수 없습니다. 임인건 씨도 한번 맞닥뜨려 보았으니 알겠지만 용해운이라는 자가 그걸 노리고 있거든요."

"글쎄요……."

화미령은 시선을 천천히 정면의 그림으로 보내며 말했다.

"임인건 씨를 잘 모르고 하시는 말씀 같네요. 용해운이 어떤 인물인지 몰라도 임인건이란 사람을 그리 쉽게 어쩌지는 못할걸요. 숲이 어디고 늪이 어딘지 정도는 너무나 잘 알고 있는 사람이에요."

"하긴, 저도 잠깐 얼굴만 봤지만 거친 사회를 요리조리 잘 살아나갈 것 같은 사람이더군요. 때로는 미꾸라지처럼, 때로는 메기처럼. 하지만 상식을 뛰어넘는 의지와 맞닥뜨린다면 어떨까요? 이를테면 상어 같은 압도적인 생물 말이죠."

"그게 용해운인가요?"

"최근에 보도된 사건 아실 겁니다. 화성의 미카엘병원에서 일어났던 사건. 그게 증거를 지우기 위해 용해운의 추종자가 벌인 일이거든요."

고진이 말하자, 이유현은 지나치게 많이 이야기하지 말라는 눈짓을 보냈다.

"그런가요? 신문에서는 강도사건의 피해자가 괴한의 습격을 받고 같이 추락사했다고만 나와 있어서 그런 내용은 몰랐어요……."

고진은 화미령의 말이 채 끝나기도 전에 말을 이었다.

"우리 이 반장은 경찰로서 보안을 앞세우느라 사건의 실체를 될 수 있으면 숨기려 하지만, 화 변호사님이 올바른 판단을 하시도록 말씀을 드려야 한다고 생각합니다. 용해운은 일종의 광신적 종교단체를 이끄는 인물이에요. 그 끈을 찾기 위해서라면 사람을 죽이는 일 정도는 아무렇지도 않게 실행할 겁니다. 그의 부하는, 살해 명령을 받으면 곧장 '예, 언제 할까요?'라고 말할 준비가 된 자들이고요."

화미령의 얼굴에 얼핏 갈등하는 빛이 떠올랐다가 사라졌다. 그녀는 착잡한 표정으로 말이 없었다.

"증거물로서의 보전 문제도 그렇지만, 화 변호사님의 의뢰인이 다치지 말아야 하지 않겠습니까?"

"제 의뢰인요?"

화미령은 얇은 입술로 보일 듯 말 듯 웃었다. 원래 차가운 인상인 화미령이다 보니 조금 웃음기를 보였을 뿐인데 묘한 매력이 발산되었다. 웃을 때 시니컬해지는 건 고진과 어쩐지 닮아 있다는 생각을 이유현은 했다.

"임인건 씨는 제 의뢰인이 아니에요. 제 의뢰인은 김성노 씨뿐이죠."

"아, 그렇습니까. 직접 의뢰한 사람은 아니더라도, 임인건은 김성노 영감님 밑에서 일하는 사람이니까 자연스레 이익을 대변하는 입장이시지 않을까 생각했습니다만."

"김성노 씨와 임인건 씨는 좀 특수한 관계예요. 김성노 씨가 명성실업에 돈을 대고는 있지만 명성실업은 어디까지나 임인건 씨가 보스죠. 전주니까 입김이 없다고는 못하지만 지시나 명령을 내리는 관계는 아니에요. 임인건 씨가 호락호락한 사람도 아니고, 그 때문에 김성노 씨가 골머리를 앓는걸요. 끈도 임인건 씨가 받아 갔지만 김성노 씨한테는 이제 와서 안면몰수하고 모른 척 말도 꺼내지 않고 제대로 보여 주지도 않고 있어요. 그러니 김성노 씨의 대리인에 불과한 제가 임인건 씨를 움직일 수 있는 입장이 못 되죠. 물론 임인건 씨를 보호할 힘도 당연히 없는 거고요."

"신상이 위험해질 수 있다고 알려 준다면?"

"위험이 높다면 그만큼 이익이 크겠구나 하는 계산을 먼저 할 사람이에요."

고진의 눈매가 살짝 올라갔다. 상대방에게 흥미를 느낄 때의 반응이었다.

"좀 놀랐는데요. 실례지만 젊은 나이에 그 정도로 사람을 꿰뚫어 보신다는 게."

"더 중요한 건 꿰뚫어 보이지 말아야 하는 거겠죠."

고진은 하하하 크게 웃었다. 화미령이 담배 연기에 가볍게 기침을 하자 고진은 실례, 하더니 담배를 재떨이에 비벼 껐다. 이유현은 자신이 연기에 질식해 가는 너구리 같은 지경이 되어도 아랑곳하지 않고 30년 된 고물차의 배기구처럼 담배 연기를 뿜어 대던 고진이 화미령 앞에서 갑자기 젠틀맨 행세를 하자 가벼운 배신감을 느꼈다. 고진이 화미령에게 물었다.

"김성노 씨는 어떻게 화 변호사님을 선임하게 되었을까요? 노인들은 대개 노인 변호사를 선호하는데."

"독특한 분이세요. 관상을 아주 중요시하고 일가견도 있는 분인데, 제가 소속된 로펌에 의뢰를 하러 오셨어요. 그리고는 담당 변호사를 자신이 직접 고르겠다는 거예요."

"호오, 그것 참 재밌네요."

"그날 사무실 안에 있던 변호사들을 불러서 일일이 얼굴을 보았어요. 재판이 있어 자리를 비운 변호사들은 사진을 달라고 해서 보았구요. 마침 저는 자리에 없었는데, 제 사진을 보고 김성노 씨가 찍은 거죠."

"화 변호사님 얼굴이 관상학적으로 제일 나았던 거군요. 물론 제 눈에는 미학적으로도 그렇지만."

고진의 이야기가 어쩐지 옆길로 새고 있다.

"고마워요. 가출 직전의 눈코입이 적어도 두 분한테는 제 역할을 했네요."

화미령은 스스럼없이 고진의 이야기를 받아 주었고, 고진은 또다시 하하하 크게 웃었다. 이유현이 물었다.

"아무리 그래도 변호사들을 세워 놓고 면접을 보다니, 좀 굴욕적이었을 거 같네요."

"우리도 첨엔 어이가 없었지만, 요즘같이 로펌 간에 사건 수임 경쟁이 치열한 판에 대표님이 그냥 응하자고 설득했던 거죠. 의뢰란 것도 단순했어요. 송무도 아니고, 그냥 늙어서 재산을 직접 관리하기 힘들어서 포괄적인 업무를 봐 줄 변호사를 구하는 거였거든요. 변호사들 얼굴 한번 보자는 거야 재산 관리를 믿고 맡기기 불안해진 노인들 특유의 옹고집 정도로 봐주면 되는 거고."

"영감님이 꽤 부자였던가 보군요."

"사채업 계통에서는 신화적인 인물이신가 봐요. 주로 현찰이 많다고 하던데요. 얼핏 듣기로는 300~400억대라고."

고진은 질린 듯 고개를 절레절레 흔들었다. 이유현도 입을 떡 벌렸다. 사채업자한테 푼돈을 밀어 주고 이자나 조금 받아먹는 정도로 생각했던 후줄근한 노인이 수백억대의 자산가라니.

"역시 부자들은 오히려 티를 안 내는군요."

"가까이서 보니 부자가 된 데는 이유가 있다 싶더라고요. 일단은 남들이 넘겨 버리는 사소한 데서 돈이 되는 일을 찾아내는 능력이 탁월하시구요, 한번 타깃을 정하면 끝장을 볼 때까지 집요하게 물고 늘어지시더군요. 지금도 나이는 드셨지만 돈에 대한 그분의 집념은 상상을 초월해요."

이유현은 좀 답답했다. 결국 임인건에게 별 영향력이 없다는 이야기인데, 정말 그런 건지 아니면 화미령이 발뺌을 하려는 건지 판단이 서지 않았다. 고진은 이유현의 속도 모르고 화제를 빙빙 돌리면서 변죽만 울리고 있다.

"저도 언젠가는 그런 부자 의뢰인을 만나야 할 텐데."

"고 변호사님이 활동하는 뒷골목에는 부자가 없겠죠."

"그래도 미녀는 앞 세계에만 있지 않다는 게 세상의 재밌는 이치 아니겠습니까? 하하하."

고진은 화미령의 비아냥도 깨닫지 못하고 농담을 건네고 있었다. 이유현은 의아했다. 오늘따라 유달리 고진이 헛웃음이 많다 싶었다. 툭툭 던지는 화미령의 말투를 받다 보니 상대적으로 그런가 싶었지만, 가만히 보니 진정으로 유쾌해 보였다. 푼수 같은 모습마저 보인다. 이야기 도중 그의 깡마른 몸이 화미령을 향해 기울어져 있었는데, 본인은 의식하지 못하는 것 같았다.

이유현의 휴대전화가 울렸다. 액정 화면을 본 이유현의 표정이 굳었다.

"시체?"

그 한 마디만을 남기고 내내 듣고만 있던 이유현은 통화를 마치고 심각해진 얼굴로 일어섰다. 그러고는 "급한 연락이 왔네요. 먼저 가 볼게요." 하면서 급히 떠나갔다. 평소 같으면 무슨 일이냐고 캐물었을 고진이지만 오늘은 이유현의 얼굴이 파리해진 것조차 눈치 채지 못하고 술잔을 연신 들이키며 화미령의 반응을 살피는 데만 골몰해 있었다.

이유현은 떠나갔고 공식적인 용건도 이미 잃었지만 고진은 오랜 시간 화미령을 붙들고 있었다. 화미령도 굳이 자리를 뜨려는 기색은 없었다.

류경아가 카운터 안쪽 손님들 접대를 마치고 고진 앞으로 왔지만 고진은 그 사실을 깨닫지 못했다. 화미령과의 대화에 빠져 류경아에게 눈길조차 보내지 않았다. 그는 자신이 평소에 찬탄해 마지않던 미녀를 머쓱하게 만든 채 다른 여성과 치열한 대화를 나누는 우행(愚行)을 저지르고 있었는데, 류경아가 가만히 들어 보니 대화는 살인사건이나 증거물 따위가 아니라 어이없게도 스페인에 관한 것이었다. 이야기가 흘러흘러 해외 여행에까지 이른 모양이었다.

"스페인 하면 도시마다 지방색이 강해 다 매력적이지만 역시 바르셀로나 쪽이 좋더군요. 프랑스 영향을 받아 독자적인 세련됨을

만들어 낸 도시죠. 신선한 해산물을 주 재료로 한 지중해풍 요리도
맛있고."

고진이 입맛을 다시듯 말했다.

"바르셀로나에서는 특히 가우디 건축물들이 좋았어요."

"아, 가우디. 저도 아주 좋아합니다."

고진은 과장되게 맞장구치면서 이어 류경아가 차마 듣지 않았으
면 좋을 말을 했다.

"가우디 하면 역시 '싸그리다 파묻어라' 성당이 제일 인상적이죠.
으하하하하하."

이건…… 설마 '사그라다 파밀리아' 성당을 두고 말장난을 시도한
거? 냅킨을 쥔 류경아의 손가락이 오그라들었다.

"스크루 드라이버 한 잔 주세요."

화미령이 고개를 들어 류경아에게 주문했다. 고진이 뒤따라 주문
했다.

"그럼 난 망치."

쐐기를 박는 고진의 말이었다. 류경아는 손에 쥔 냅킨을 꼬깃꼬깃
구겼고, 화미령은 고진을 빤히 한 번 쳐다보았을 뿐 웃지도 않았다.

9

다음 날 오전 10시가 조금 넘은 시각 이유현은 부산 을숙도 병원 영안실 입구에 도착해 있었다. 을숙도는 낙동강의 넓은 하구에서 바다로 향하는 마지막 물살을 온몸으로 막아 내듯 떠 있는 조그만 섬으로, 생태 습지와 갈대밭으로 유명하다. 을숙도 병원은 을숙도 안에 있는 건 아니지만 그 이름에서도 보듯이 을숙도 근처, 행정구역상으로는 부산 사상구 학장동에 있는 종합병원이다. 이유현은 이른 아침 윤영탁 형사와 함께 KTX를 타고 부산역에 도착, 택시로 을숙도 병원까지 이동했다. 전날 밤 이유현이 받은 전화는 을숙도 언저리에서 시체가 발견되었다는 보고였다. 아니, 정확히는 토막 난 시체의 일부였다. 보통은 저 멀리 부산 지역에서 시체가 발견되었다고 해서 서울 광역수사대로 연락이 올 일은 없다. 하지만, 장소와 시기, 그리고 사체의 상태가 문제였다. 시체가 발견된 곳은 수개월 전 끈을 찾는 강도사건을 서울 광역수사대로부터 촉탁 받아 수사하던 울주경찰서 박진우 형사가 토막 난 채 발견된 곳과 그리 멀리 떨어지지 않은 지점이었다. 박 형사의 사체가 걸려 있던 곳은 낙동강 하구둑을 지나 지형이 안쪽으로 급히 휘어져 갈대밭이 무성한 지점이었고, 이번에 시체가 발견된 지점은 그보다 조금 아래쪽으로, 을숙도 대교를 지나 모래밭과 갈대가 반쯤 뒤엉킨 부근이었다.

수장 풍습이 없는 우리나라에서는 강변에서 시체가 발견된다는 일이 극히 드물다. 한 번으로도 세간의 큰 화제가 될 만하다. 그런데 강으로 흘러내려 온 형사의 시체를 발견한 지 수개월 만에 비슷한 장소에서 또 한 구의 시체가 발견되었다. 게다가, 두 시체는 모두 토막 난 채였다. 별개의 우연한 사건이 연속 발생했다고 치부하기에는 유사성이 너무 높았다. 두 사건에 연관성이 있지 않을까 하고 떠올릴 수밖에 없는 상황이었다. 부산 사상경찰서는 시체의 부검을 진행함과 동시에 서울 광역수사대에 연락을 취했다. 전날 밤 압상트에 있다가 연락을 받은 이유현은 역시 용해운 일당에 의한 또 다른 살인일 가능성을 떠올렸고, 날이 밝는 대로 부리나케 달려온 것이다.

병원 영안실 입구에서 쥐색 티셔츠를 입고 불그죽죽한 얼굴에 머리를 짧게 깎은 형사가 성큼 다가와 이유현과 윤영탁을 맞이했다. 사상경찰서에서 나온 신선호 형사라고 자신을 소개한 그는 부산 억양이 강한 사투리로 안내를 하며 이유현 일행을 영안실로 이끌었다. 전체적으로 냉방이 잘된 병원이지만 영안실 안은 더욱 서늘했다. 한여름에 시체의 부패로 인한 냄새 등 골치 아픈 부산물을 미연에 막으려는 조치였다.

차가운 부검대 위에 흰 천이 덮여 있었다. 보통의 시체보다 작은 모양을 이루며 불룩하게 솟아 있었다. 몸통의 일부만이 발견되었다니 그럴 수밖에 없다.

"좀 안 좋으실 겁니더."

신선호 형사가 아무렇지 않게 천을 훌쩍 벗겼다. 부검대 위에는 목과 두 발, 한 팔과 나머지 한 팔의 팔꿈치 아래를 잃은 근육질 몸통이 놓여 있었다. 마치 그냥 토르소가 아닐까 싶을 만큼 비현실적으로 보이기도 했다. 부검을 마치고 Y자로 꿰맨 자국 아래 배꼽 부위에 검은 털이 무성하게 나 있었다. 목과 팔다리가 잘려 나간 부분은 절단면이 대단히 거칠었고 생생하게 검붉었다. 단면에는 허연 뼈가 툭 튀어나와 있었다.

"사람이라꼬 보기도 그렇지예."

신선호 형사가 뒤에서 말했다. 오른팔은 팔뚝까지 조금 남겨져 있는 반면 왼팔은 어깻죽지까지 잘려 있는 등 절단된 부위는 제각각이었다. 소 잡는 칼을 썼을까. 철천지 원수를 만나 마구잡이 칼질로 손발을 잘라 낸 듯한 느낌마저 들었다. 아니면, 어떤 인간 백정이 있어 사람 잡는 거나 돼지 잡는 거나 다를 게 무어냐고 콧노래를 부르며 도마 위에서 생선 내려치듯 마구잡이로 칼질을 했거나. 동체 앞뒤로도 칼자국 비슷한 상처가 많이 나 있었다. 많은 시체를 본 이유현이지만 이 토막 시체는 손꼽을 만큼 참혹했다.

배 오른쪽 부위에 세로로 길쭉한 칼자국이 눈에 띄었다. 비교적 생생한 다른 상처들과 달리 불그스름하게 착색된 살이 자벌레처럼 불거져 있었는데, 오래된 흉터처럼 보였다.

"을숙도를 청소하러 나온 직장인 봉사 단체가 발견했답니다. 당시에도 이 상태 그대로였고예."

신선호 형사가 걸쭉한 어조로 말했다.

"신체의 다른 부위는요?"

"없었심더."

신선호는 고개를 흔들고는 말을 이었다.

"서울은 어땠는지 몰라도 사흘 전에 부산에 비가 억수로 왔거든요. 그래 갖고 낙동강 하구둑을 열고 방류했는데, 그때 흘러내린 모양입니다. 이거 발견된 것도 우야마 운이 디기 좋은 기라요. 잘못해서 바다로 떠내려갔으면 영영 찾지도 몬할 뻔했심더. 쬐맨한 팔다리는 다 둥둥 떠내려가 버렸고, 덩어리가 큰 몸통만 바로 밑 을숙도 대교 못 가서 탁 걸려 버린 겁니더. 갈대밭에 진흙이 뒤엉킨 습지대가 있거든요."

이유현이 몸통을 유심히 들여다보며 말했다.

"시체에 칼자국 말고 멍도 많이 들었네요."

"원래 강물에 떠내려오다 보면 이리저리 멍이 마이 듭니더."

"강에 떠내려온 시체를 좀 보신 적 있는 모양입니다."

"사실은 지난번에 울주경찰서 박진우 씨 시체도 내가 직접 봤심더. 그때도 을숙도 갈대밭 비슷한 위치에서 토막 시체로 발견됐고. 멍도 이렇게 여기저기 들어 있었고요. 이번에도 여러 가지가 비슷하잖습니꺼? 서울 광역수사대에 연락하자고 한 것도 접니더."

"아, 그러시군요. 잘하셨습니다."

신선호는 신이 난 듯 말했다.

"한강에도 시체 많이 흘러 내려온다면서예? 여기 낙동강도 마찬가집니다. 몇 년 전에는 대학 교수 한 사람이 내연녀하고 공모해서 마누라를 죽여 갖고는 쇠사슬을 칭칭 감고 을숙도 대교 위에서 강물로 던져 버린 일이 있었거든요. 을숙도 대교는 낙동강 하구 맨 아래쪽에 있어서 바로 바다로 연결되니까, 시체가 바다로 흘러들어 가 못 찾을 거라고 생각한 거지요. 그런데 시체가 밀물, 썰물에 뱅뱅 제자리를 돌다가 강변에서 발견된 거 아이겠십니꺼. 낙동강 하구둑 쌓기 전에는 바닷물이 하구로 올라와서 피해가 컸을 정돈데, 교수는 그런 걸 모르고 지 꾀에 지가 빠진 거지요."

신선호는 사체를 물끄러미 내려다보았다.

"요번 시체는 부검해 보니까 죽은 지 얼마 안 됐답니더. 그래서 보통 익사체보다는 덜 부풀어 오른 거라요. 시체가 물에 떠오르는 데는 수온 영향이 제일 큰데요, 요즘같은 여름이 훨씬 빠릅니더. 겨울에는 몇 달 걸리기도 하는데 여름에는 2~3일이믄 물 위로 뜨거든요. 여러모로 이래 건진 거는 운이 좋았심더."

신선호 형사는 싹싹한 성격이면서도 처참한 시체를 앞에 두고 운이 좋았다고 말할 만큼 무신경이기도 했다.

"시체의 신원은 밝혀졌습니까?"

"예. 오늘 아침에 알아냈심더. 경감님 오시기 바로 전에요."

이유현은 기대를 않고 있다가 신원을 알아냈다는 말에 반색을 했다. 비참한 토르소를 보고 굳은 얼굴이 확 펴졌다.

"아, 그래요? 얼굴도 없는데 용케 벌써 알아내셨네요."

"여기 보시다시피 배 오른쪽에 커다란 칼자국 흉터가 있어서요,

좀 험하게 살아온 친구다 싶어서 전과자 DNA하고 대조해 봤더니 바로 나오데요. 마약류 범죄로 복역하다가 몇 달 전에 출소했고, 주민 등록도 말소되어 있고 연락되는 가족도 없어 그 뒤로 행적이 불분명한데……."

조급한 마음에 이유현은 신선호 형사의 말을 가로막고 물었다.

"이름은요?"

신선호가 대답했다.

"반요한이라 카던데예."

고진은 삼성동 무역센터 건너편 빌딩 7층 '법무법인 한여울'의 복도 끝 사무실 출입문을 밀며 안으로 들어섰다. 들어서자마자 정면 유리창 너머로 무역센터 건물이 내다보이는 전망이 시야를 틔웠다. 방안은 깔끔하면서도 오피스 빌딩에 걸맞은 삭막함이 뚝뚝 떨어지는 공간이었다. 벽 한 면이 온통 책장인데, 책이 듬성듬성 비어 있어 답답한 느낌은 없다. 반대편 벽에는 이름 모를 식물 그림 두 장이 심심한 벽면을 메우고 있다. 아깝게도 훌륭한 전망을 등지고 책상 앞에 앉아 있던 여성이 모니터 옆 공간으로 고진을 흘깃 보더니 일어섰다. 베이지색 정장을 입은 여성의 상반신이 고진의 시야에 들어왔다.

"사무실에서 뵙자고 해서 죄송해요."

별로 미안해하는 것 같지 않은 화미령의 말투였다.

"아닙니다. 덕분에 구경을 해보네요. 변호사 사무실이란 게 이렇게 생겼군요."

고진이 땀이 번진 목을 쭉 빼서 두리번거렸다.

"변호사 입에서 나올 대사는 아닌데요."

화미령이 가볍게 미소지었다.

"변호사 입에서는 거짓말만 나와야 합니까?"

"역시 시니컬하시네요. 퍼스널한 공격이라기보단 의뢰인의 인기를 끌기 위한 자폭적인 언어 습관 탓이라고 받아들이겠어요."

화미령의 태연한 대답에 고진은 항복의 표시로 두 손을 어깨 높이로 들었다.

두 사람은 책상 앞 테이블을 사이에 두고 마주 앉았다. 전철역에서부터 걸어와 땀을 흘린 고진은 감색 상의를 벗으려다 그만 두었다. 사무실에서 흰색 와이셔츠만 입고 이야기할 만큼 화미령과 허물없는 사이가 아니기도 하지만, 화미령 같은 논리형 여성은 남자의 스스럼없는 행동에 가차 없는 평가를 내릴 가능성이 높기도 하다. 여비서가 들어와 어떤 차를 드시겠냐고 물었다. 고진은 과장되게 손바닥을 흔들며 차를 사양했다.

"제게 의뢰할 일이 있대서 좀 놀랐습니다."

비서가 나간 다음 고진이 화미령에게 말했다.

"실은…… 제가 의뢰를 하는 건 아니고요."

"그럼, 설마 맡은 사건을 넘겨주시겠다는 건가요?"

"그것도 아니에요."

"그럼 설마……."

그런데 화미령이 "스무고개로 맞히는 것보단 제가 말하는 편이 빠르겠죠?"하며 고진의 말을 끊었다.

고진은 흠흠 헛기침을 하고는 화미령의 말을 기다렸다. 정작 이번에는 화미령 쪽에서 머뭇거리는 기색이 역력하다. 고진을 사무실까지 불렀으면서도 이 말을 해야 하나 말아야 하나 최후의 갈등을 넘어서는 중인 모양이었다. 고진은 의자 등받이에 몸을 기대고 조금 더 기다렸다. 잠시 후 화미령이 말문을 열었다.

"김성노 씨가 일을 맡기고 싶어 하세요."

"그 영감님이?"

고진은 잠시 눈가를 실룩했고, 이내 "와" 하며 감탄사를 냈다.

"김성노 씨의 의뢰가 그렇게 놀라우세요?"

"아뇨. 그보다는요, 김성노 영감님이 본 적도 이야기한 적도 없는 저한테 의뢰를 하겠다는 건, 필시 화 변호사님이 제 이야기를 김성노 씨한테 했단 얘기지 않겠습니까? 그건 화 변호사님이 제가 없을 때도 제 생각을 했다는 이야기인 거고. 그게 놀라워서요."

고진이 장난스럽게 빙긋 웃었지만 화미령은 고개를 천천히 가로저었다.

"결론은 비슷하지만 일이 진행된 건 좀 달라요. 김성노 씨가 저한테 어떤 의뢰를 해 왔는데 전 못 한다고 했거든요. 그랬더니 그럼 다른 사람을 물색해 줄 수 없냐길래 고 변호사님 생각이 났던 거예요."

"무슨 일인데 제 생각이 먼저 났을까요?"

고진은 일의 경위가 어찌됐건 싱글벙글이었다. 화미령이 개인적인 관심을 보여 준 것으로 여기는 것 같았다. 화미령이 말했다.

"좀 다크한 일이라서요. 제 주변엔 없거든요."

"엣? 이런……."

고진의 입이 닫혔다.

"제가 지난번에 그런 말 했었죠. 김성노 씨는 돈이 될 만한 일을 찾아내는 능력이 탁월하시다구요. 또, 한번 타깃을 정하면 끝장을 본다고. 이번에도 그런 돈 냄새를 맡은 모양이에요. 솔직히 전 어이없다고 생각하지만."

"어떤 건입니까?"

이 사무실에 들어온 후 처음으로 고진의 말투가 진지해졌다.

"아무래도 그 부분은 직접 김성노 씨를 만나서 두 분이 이야기를 나누시는 게 좋을 것 같아요."

화미령은 이 의뢰의 중개 역할이 마땅찮은 듯 입을 다물어 버렸다.

다음 날 오후, 고진과 화미령은 서대문역에서 홍제동 방면으로 지하철 3호선이 난 길을 따라 뻗은 통일로를 달리고 있었다. 오른쪽으로는 아파트와 건물들 사이로 멀리 인왕산 자락이 감질나게 보였다가 사라졌다. 독립문역만 지나면 곧 김성노가 사는 아파트였다. 모든 세대에서 인왕산이 정면으로 내다보이는 압도적인 전망을 갖춘 덕에 한때 강북의 타워팰리스라 불리며 인기를 끌었던 최고급 주상복합 건물이었다.

"전원에라도 은둔해 계신 줄 알았더니 꽤 개방적인 데서 사시네요."

고진이 음악 소리에 맞춰 핸들을 두드리며 말했다.

"별장은 북한강변하고 포천에 두 개를 따로 가지고 계세요. 그래도 사는 데는 방범이나 의료 때문에 도시를 고집하시죠. 아무래도 돈 있는 분은 외딴 데서 혼자 사시면 더 위험하니까요. 조심성이 굉장히 많은 분이세요."

"하긴 변호사를 선임하는데도 일일이 관상 면접을 보았다니 익히 짐작이 갑니다."

"매사에 조심했기에 저만큼 돈을 버시고 또 관리해 오신 거겠죠."

고진은 고개를 끄덕였다.

"김성노 할아버지 나이가 어떻게 되나요? 그 연령대 노인들은 얼굴만 봐서는 나이 가늠이 잘 안되던데."

"정확히는 몰라요. 여든은 훨씬 넘으셨을 거예요. 그래도 워낙 정정하세요."

"놀랍네요. 그럼 지금 '뱀파이어와의 인터뷰'를 하러 가는 셈인가요?"

화미령은 피식 웃었다. 고진은 말했다.

"이야, 발전했네요. 제 농담에 웃어 주기까지 하시고."

"실은 그 뱀파이어란 말이 딱 어울려서 그래요."

"왜죠?"

"이유는 가 보시면 알게 될 거예요."

화미령은 미소를 머금은 채 더 이야기를 하지 않았다. 아파트 주차장은 차단시설이 되어 있었다. 화미령이 인터폰을 통해 경비실에 이야기를 하자 차단막이 쑥 올라갔다. 고진이 액셀을 다시 밟으며 말했다.

"생각보다 가깝네요. 마포 광역수사대에서는 한 15분 정도 거리일까…… 이래서 그날 임인건이 체포되었을 때 그렇게 빨리 오셨군요."

"몇 가지 상담하러 김성노 씨 댁에 갔다가 임인건 씨 전화를 받고 급히 간 거예요."

고속 엘리베이터는 순식간에 그들을 김성노가 살고 있는 32층까지 데려다 주었다. 벨을 누르자 잠시 후 발걸음 소리가 들리더니 현관문이 열렸다. 거실에 에어컨을 얼마나 세게 틀어 놓았는지 문이 열리자마자 냉기가 그들의 얼굴을 확 덮쳐 왔다. 얼굴을 드러낸 사람은 노인이 아니라 50대 중반쯤 된 여성이었다. 앞치마를 두른 품으로 보아 가사도우미로 일하는 모양인데 넓적한 얼굴과 우락부락한 생김새, 석상 같은 큰 몸집과 굵은 팔뚝은 옆길로 샐 일 없이 오직 집안일에 최적화된 것처럼 보였다. 안에서 이미 인터폰 모니터로 얼굴을 확인한 듯 여자는 화미령을 보더니 들어오라는 몸짓을 했다. 이방인인 고진에게는 힐끔거리며 따가운 눈빛을 쏘아 보냈다.

"입주 도우미 아줌마예요."

여자의 등 뒤를 따라가며 화미령이 속삭였다.

긴 복도를 지나자 거실이 나왔다. 김성노는 소파에 등을 돌리고 앉아 무언가를 마시고 있었다.

"왔어?" 하며 고개를 돌리는 김성노의 얼굴을 본 고진은 주춤하고 말았다.

김성노의 입가에 한 줄기 시뻘건 피가 흘러 있었다. 뱀파이어? 조금 전 화미령의 말이 떠오르는 장면이었다.

"또 사슴피를 마시고 계셨네요."

화미령이 가볍게 웃으며 말하자, 김성노는 "몸보신엔 이만한 게 없지." 하며 입가를 티슈로 쓱 닦았다. 나뭇결무늬가 얼룩처럼 드리운 원목 테이블 위에 어울리지 않게 시뻘건 피가 가득 든 비닐 팩이 두 개 놓여 있었다.

고진은 그 장면에 웃음을 터뜨릴 뻔했지만 간신히 참는 데에 성공했다. 고진이 이름을 말하며 허리를 구부려 인사를 하는 사이 김성노는 눈알을 굴리며 고진의 관상을 유심히 살피는 듯 보였다. 세 사람은 거실 테이블 주위의 고풍스러운 팔걸이의자에 ㄱ자로 앉았다.

"이거 하나 드실라우?" 하며 김성노는 테이블 위에 놓은 사슴피가 든 비닐 팩을 고진 쪽으로 쓱 밀었다.

"이거 O형입니까?"

"엉? 뭔 소리야?"

고진 식의 농담은 김성노에게 통하지 않는 것으로 판명되었다. 고진은 자세를 고치고 말했다.

"감사합니다만 다음 기회에 맛보도록 하겠습니다. 사슴을 마시면 가슴이 아플 것 같아서요."

통하지 않는 농담을 끝까지 포기하지 않는 고진을 향해 화미령이 눈을 흘겼다. 김성노는 무슨 소리냐는 표정으로 사슴피 팩을 자기 쪽으로 슬쩍 당겨갔다.

"아까운 기회를 놓친 거요. 아무한테나 주는 거 아니거든. 임인건이는 이거 한번 맛보여 주었더니만 그 뒤로 얼마나 보채는데. 없어서 못 마셔."

"그 사람은 남의 피를 원래 좋아하니까요."

"무슨 소리야?"

김성노가 또다시 묻자 고진은 "아닙니다." 하고는 고개를 빙 돌리며 화제를 같이 돌렸다.

"실내가 전부 나무라서 참 좋은데요."

바닥은 물론, 벽, 창틀, 가구 모두 고급 원목 재질로 마감되어 있었다. 넓직한 창가에는 난 화분과 나무 분재가 20여 개, 인삼 팬더와 사람 키만 한 산세베리아 화분이 두 개씩 놓여 있다. 모두 제철을 만난 것처럼 잎이 무성하고 생생한 녹색이어서 거실은 마치 조그만 식물원을 만들려다 만 공간 같았다. 인왕산을 굽어보는 32층의 전망을 고려한다면 과장을 더해 '공중정원'이라는 별칭을 붙일 수도 있을 것 같다. 별 생각 없이 꺼낸 인사말에 노인은 용건을 잊어먹고 곧장 열을 올리기 시작했다.

"사람은 자연하고 살아야 해. 요샌 뭐 좋다고 집 안에다가 온통 철로 된 가구를 들여 놓는데, 쇳독이 나온다구. 제 살 깎아 먹는 바보짓이야."

김성노의 목소리는 갈라져 있지만 꽤 컸다. 청력이 약해지다 보니 생기는 노인의 특성이다. 역시 자기 집이 좋은 건지, 지난 번 광역수사대 사무실에서 보았던 때의 무기력한 노인의 모습은 사라지고 눈꺼풀로 반쯤 덮인 안구에는 생기가 돌고 있었다.

김성노는 "내 어릴 적만 해도 말이야, 전부 산이고 들이었어. 지금 내가 꼿꼿하게 다니는 것도 다 소싯적에 두 다리로 열심히 걸어 다닌 덕이거든." 하고 말머리를 떼더니 어린 시절 이야기를 늘어놓기 시작했다. 강원도 철원 산골자락에서 소 여물 주고 나물 캐며 살았던 이야기를 막 꺼낼 무렵 부엌으로 사라졌던 도우미 여자가 쟁반을 들고 와서 탁자 위에 잔 세 개를 놓았다. 모깃불 같은 김과 함께 한약 비슷한 달달한 향이 거실에 피어올랐다. 십전대보탕이었다. 고진이 "고맙……." 하는데 여자는 파마머리가 날릴 만큼 몸을 휙 돌리더니 부엌으로 걸어가 버렸다.

"귀가 잘 안 들리세요."

민망해하는 고진에게 화미령이 변명하듯 말했다.

"남들이 보면 말도 못하는 줄 알겠습니다. 한 마디도 없네요."

고진이 말하자 김성노가 덧붙였다.

"그래. 말수도 적고 귀도 어두워. 그래서 내가 5년째 쓰고 있지. 부엌으로 갔으니까 이젠 무슨 말을 해도 괜찮아."

회고적이 된 노인은 십전대보탕으로 목을 축여 가며 다시 옛날이야기를 늘어놓기 시작했다. 평온했던 그의 산골 생활은 읍내에 나갔다가 우연히 경성에서 온 '모던 보이'를 보고 각성해 상경하기로 결심한 이야기로 이어졌다. 처음에는 비참했다. 청계천 수표교 아래 '하꼬방'에 기거하면서 넝마주이, 구두닦이, 극장판매원 등을 전전했다. 그러다 우연히 돈놀이하는 사람 밑에 들어가 온갖 잡일을 도맡아 하면서 어깨 너머로 일을 배웠다. 돈이 돈을 번다는 것을 노인은 이때 뼈저리게 배웠다 한다. 기회는 시대의 격변과 같이 왔다. 그리고 그의 자화자찬적인 표현에 따르면, '타고난 감각'으로 그걸 거머쥐었다. 그는 해방 후 미군 부대에서 흘러나오는 군복을 모아 청계천 밑에서 탈색하거나 염색해서 파는 장사를 시작했다. 처음에는 개인 상대로 하다가 나중에는 남대문시장에 물건을 댔는데, 한 달이면 1개 사단을 무장시킬 만큼 팔아 댔으니 흘려보낸 염색 물감으로 청계천이 시뻘겋게 물들 정도였다 한다. 목돈을 거머쥔 노인은 업종을 바꾸어 예전부터 마음에 두었던 일을 시작했다. 군복 장사로 번 돈을 종자돈으로 '금융업'에 진출한 것이다. 청계천에서 남대문 일대로 사업 영역을 넓혀 가면서 굴리는 돈의 규모도 눈덩이처럼 불어 났고, 결국 금융업 몇 년 만에 지금 그가 가진 부의 초석이 될 큰 재산을 일구어 냈다는 이야기였다. 금융업이라고 거창하게 표현했지만 실은 사채업이다. 분명, 지독하게 했을 것이다.

"이 바닥에서 이름 알 만한 사람들이 예전엔 나한테 돈 빌리려고 줄을 서던 때가 있었지."

과거를 그리워하는 노인은 사람들에게 자수성가한 스토리를 한바탕 푸는 버릇이 있는 모양이었다. 고진은 그렇다치고 눈치를 보아 하니 화미령은 아마도 몇 번이나 들은 듯한데 짜증난 기색 없이 고즈넉이 듣고만 있었다. 김성노 영감이 고생 끝에 큰돈을 틀어쥔 인생역전 신화가 전혀 궁금하지 않은 건 아니었지만, 고진의 더 큰 흥미는 다른 쪽에 있었다.

"정말 대단한 인생을 살아오셨네요. 나약해진 젊은 사람들에게 한번 강연회라도 하셔야겠습니다."

"그럼, 그럼." 하면서 김성노가 잠시 말을 끊은 틈을 타 고진은 "제대로 된 강연 기회를 제가 나중에 한번 마련해 보도록 하죠." 하며 노인의 말을 겨우 틀어막았다.

"오늘 저를 보자고 하신 용건이 있다고 들었습니다만."

"오늘? 아, 아. 오늘 그렇지."

노인이 화제를 전환해 용건을 떠올리는 데에는 약간의 시간이 필요했다.

"화 변호사한테 얘길 들어 보니 고 변호사가 좀 색다른 사람이라고."

"어떻게 색다르다고 하던가요?"

고진은 귀를 쫑긋 세웠다. 화미령이 말한 '색다르다'는 건 뭔가 '뒷골목스러운', '은밀한', '불법적인 수단을 마다하지 않는' 같은 말의 다른 표현이었을 것임에도 은근히 다른 기대를 가져 보는 중이었다.

"어떤 의뢰든지 수단 방법을 가리지 않고 해치운다고."

"예? 화 변호사가 저를 그렇게 소개하던가요?"

고진은 실망스러운 듯 말했다.

"왜? 아닌가?"

"아뇨, 맞습니다. 아니, 맞는 걸로 하죠."

고진은 그런 화미령을 바라보며 체념한 듯 말했고, 화미령은 눈을 내리깔고 모른 척 외면했다.

"사실 화 변호사한텐 미안한 말이지만, 법률가란 자들은 도무지 사방팔방이 꽉 막혀서 같이 일을 도모할 부류가 못 돼. 하지만 당신에 관한 얘길 들으니까 왠지 말이 통할 것 같더군."

노인은 고진이 그 말에 동의하는지 어떤지 살피지는 않았다.

"까놓고 말하지."

노인은 상체를 앞으로 숙였다.

"고 변호사 당신도 이미 알고 있는 거 같으니."

"뭘 말입니까?"

"백백교 재산을 찾아낼 수 있단 거 말이야."

찻잔에 손을 뻗던 고진의 손이 움찔했다. 그는 대꾸하지 않고 노인의 기색을 살폈다. 고진이 즉각 반응을 보이지 않자 김성노는 고진이 알아들었다고 생각하는지 말을 이었다.

"임인건이가 이번에 일이 있었잖아. 사무실로 쳐들어 온 애들이 끈을 찾고 있었다고. 그리고 그놈들은 뭘로든 백백교하고 관련이 있는 놈들이고."

"잠깐만요, 어르신. 어떻게 그런 생각을 하시게 됐습니까?"

고진은 겉으로 담담함을 가장했지만 단추 구멍 같던 눈이 어느새 보통 사람 눈만 하게 커져 있었다. 상당히 놀랐다는 증거다. 말하자면 자신이 계곡과 산을 오르락내리락 하며 도달한 지점에 이 노인은 과감한 점프로 단번에 도달해 버린 셈이다.

"그놈들이 대체 뭐하는 놈들인가 싶어 신문기사를 모조리 훑었지. 오랜만에 이 돋보기를 대고 말이야."

노인은 탁자 위에 놓인 커다란 돋보기를 손가락으로 툭 건드렸다.

"신문기사만으로 아셨다고요? 기사에는 백백교라는 말은 한 줄도 나와 있지 않습니다만."

김성노는 엉뚱한 말을 꺼냈다.

"요즘 젊은 애들이 인터넷인가 뭔가 하면서 그게 세상의 지식 다인 줄 알지만 어림없는 소리야. 지들끼리의 얕은 지식을 뱅글뱅글 돌리고 있는 거밖에 안 돼. 이를테면 말이야, 한 세대 정도만 건너가도 지식이란 건 딱 끊겨 버려. 지들이 살고 있는 요즘에 통하는 소식 말고는 통 모른단 말이지. 인터넷이니 책이니 해 봤자 지식을 물려주는 데는 한참 모자라. 내가 어렸을 땐 모두들 알던 걸 요즘 사람들은 새카맣게 모르거든."

고진은 엉뚱한 말을 꺼낸 노인이 주제로 돌아올 때까지 가만히 기다렸다. 하지만 김성노는 돌연 백백교를 화제로 던져 놓고는 침을 한 번 꿀꺽 삼켰을 뿐 궁금해 죽어 가는 고진을 돌볼 생각은 않았다.

　"요즘 애들, 일제 시대니 뭐니 책에서 쓰고 어쩌고 하지만 그게 뭔지나 알아? 일정 때, 특히 일미전쟁 무렵에 쌀을 얼마나 거둬 가는지. 당장 먹을 것도 모자란데 죽겠더란 말이야. 도무지 피할 수가 없더라고. 집집마다 할당량이란 게 있었어. 무게로 달았거든. 그래서 내가 생각해 낸 게 쌀가마니에다가 물을 조금씩 붓는 거였어. 그러면 겉보기엔 멀쩡한데 무게가 늘어나. 그것도 너무 많이 부으면 표가 나니 안 들키게 적당히 양을 재 가면서 부었어. 그렇게 살았던 걸 요즘 사람들이 알기나 하겠어?"

　김성노의 목에서 켁켁 메마른 소리가 났다. 그는 목을 부여잡고 가사도우미를 불러 물주전자를 가져오도록 시켰다. 가사도우미는 이번에는 동작이 매우 느렸다. 그녀가 부엌에서 물주전자와 컵을 미적미적 준비해 거실로 엉금엉금 날라 오는 사이 초조해진 고진이 화미령을 힐긋 보았는데 밋밋한 벽처럼 무표정할 뿐이었다. 고진은 짐짓 한숨 쉬는 표정을 지어 보였고, 화미령은 눈을 찡긋하는 것으로 대답을 대신했다. 참으라는 신호 같았다. 얼음물을 쭉 들이켠 김성노가 말을 이었다.

　"시골에서 나무 캐고 무지렁이로 지내다가 서울에 와 보니깐 보는 것마다 눈이 팽팽 돌아가는 거야. 무슨 심부름 때문에 화신 백화점하고 조지아 백화점이란 데를 한 번씩 들어가 봤는데, 세상에 이런 별천지가 없더구만. 저절로 올라가는 계단이 얼마나 신기했는지. 그 중에서도 내가 꼭 한번 가 보고 싶었던 데는 영화관이었어. 텔레비전은 그보다도 한참 나중에 생겼지. 파고다공원 지나면 단성사하고 우미관이 있었어. 조선극장도 유명했다는데 내가 서울에 올라왔을 무렵엔 이미 화재로 불타 없어져 버렸고. 그땐 돈이 없으니 차마 들어가 보진 못하고 극장 주변만 뱅뱅 돌았는데. 사람이 참 이상한 게, 하루하루 먹고사는 일이 어렵고 6 · 25 때는 이북 놈들 피해서 LST에 개돼지처럼 실려 피난도 갔었는데, 나중에 정작 돌이켜 보면 극장 한 번 못 갔던 그런 일이 더 마음에 맺혀. 돈 버는 일에 미쳐 있었지만, 돈을 쬐금 번 다음부터는 그때 생각이 나더라고. 그래서 가끔 혼자 남들 몰래 영화관에 가는 게 유일한 낙이 됐어. 나잇살이나 들어 뭐하는 짓이냐고 욕먹을까 봐 50줄 나이에 아무도 모르게 혼자 다녔지. 그 무렵에 그 영화를 정말 좋아했어. 외팔이 시리즈라고 알아? 왕우 나오는 거. 사부의 딸이었던가, 여자가 독기를 품고 왕우의 팔을 잘라 버렸지. 왕우는 외팔이가 되어서도 결국 악당한테 복수를 해. 한쪽 팔로 칼 한 자루를 들고는 수십, 수백 명을 모조리 해치워 버리는 거야. 왕우가 내 처지하고 똑같다는 생각이 들더구만. 거 뭐야 아우우, 하고 개소리 내면서 몽둥이 두 짝 돌리는 녀석, 그놈이 나중에 나왔지만 왕우한텐 안 되지. 아시아에서 왕우 모르는 사람이 없었지. 그런데 지금은 어때? 젊은 애들 중에 왕우 아는 녀석이 있나? 없지? 그만큼 지식이란 건 한 세대만 건너뛰면 다 사라져 버린단 말이야. 늙은이가 나서서 생생한 이야기를 해주면, 책 몇 줄 읽은 녀석들이 나서서 그건 아닙니다, 이러면서 구닥다리 취급을 해. 노인이 쌓아 놓은 지식을 이어받을 생각은 않고 말이야……."

맥락 없이 횡설수설하는 노인의 이야기에 마침내 고진의 인내심이 한계에 이르렀다. 왕우라는 배우를 아는 지식이 얼마나 물려받을 가치가 있는지에 대한 의문은 접어 두고, 본론을 환기시켰다.

"저기, 어르신. 다 옳은 말씀입니다. 그런데 지금 백백교 이야기를 하시던 중이었습니다만."

"그 백백교 이야기를 하려는 거야."

김성노는 돌연 힘주어 말했다.

"백백교 사건도 우리 때는 조선팔도가 다 아는 유명한 사건이었고, 지금도 기억에 생생해. 그런데 지금 백백교 사건을 아는 놈이 제대로 있나?"

"전 조금 알고 있습니다만."

"그거야 기특하지만 어차피 책에서 몇 자 본 거겠지? 우리 때 그게 얼마나 엄청났는지는 모를 거야. 장안을 들썩였던 큰 사건이고 연일 신문에서 대문짝만 하게 써 댔어. 난 그 무렵 스무 살 좀 안 되었을 거야. 그래도 서울 와서 벌써 돈을 조금 모았던 무렵이었어. 근처 청진동에서도 백백교한테 당한 사람이 있었거든. 종로에서 포목점을 했으니 좀 부자였겠어? 그런데 백백교에서 아주 홀라당 벗겨먹었더만. 가산을 다 털어넣고 나중엔 지 마누라하고 딸내미까지 밀어넣었어. 안면이 있던 양반이라 난 나중에 그걸 알고는 깜짝 놀랐지. 백백교주를 대원님, 대원님 하면서 따라 댕기고 얼굴 한 번 보는 게 평생 소원이라 그랬지만 결국 얼굴은 못 봤대. 그런데 임인건이 얘기를 들어 보니까, 사무실에 찾아온 놈들이 마치 용해운이를 하느님 보듯이 하고, 대원님이라고 불렀다고 했어. 바로 백백교가 떠올랐지. 요즘 애들은 그게 뭔 소리야, 하겠지만. 푸하하하하핫."

김성노는 이 대목에서 통쾌하다는 듯 웃었다. 오래된 나무껍질처럼 주름진 목에서는 끓는 소리가 섞여 났다.

"용해운이가 낡은 끈 하나 찾느라 사람도 죽였다면서? 기사에는 범인이 용해운인지 누군지 이름이야 안 나와 있지만 그거야 앞뒤 사건 맞춰 보면 바로 답이 나오는 거지. 냄새가 나지 않아? 이 늙은이는 긴가민가했지만 임인건이가 갖고 있는 끈을 보고서는 곧장 확신했지. 백백교 사건이 일어났을 때, 신문에서는 그랬어. 일경이 백백교의 재산을 회수하려 하면서도 재산이 발견되지 않아 애를 먹고 있다, 아마 교주가 죽기 전에 빼돌린 것 같다고. 그런데 말이야, 내가 살던 동네에 어떤 소문이 돌았는지 아나?"

"어떤 소문입니까?"

고진은 침을 꿀꺽 삼켰다.

"아니, 소문이 아니라 사실이야. 내가 직접 본 거니까. 그 무렵에 일본이 만주국 건설에 돈이 모자라니까 반도에서 돈을 끌어모아 볼 요량으로 무기명 국채를 대거 발행했어. 아님 뭐 일미전쟁을 미리 준비하려 했든가, 하여간 그런 사정은 몰라도 어지간히 급했던지 본국에서 발행하고 남은 채권을 그대로 일부 조선에 내다 판 거야. 엔화로 대략 한 90만 엔어치 되었다더구만. 물론 살 때는 조선 돈으로 지불할 수 있고. 당시로서는 큰 금액이었지. 그런데 이게 화제가 됐던 게, 액면이 엔화란 것도 있었지만 조건이 좀 웃겼어. 이자를 연 2할 쳐 주되 월복리로 준다고 꾀었는데, 문제는 20년 거치 상환이었어. 20년 동안 이자 한 푼 없이 돈을 쓰고 그 뒤부터는 이자를 듬뿍 쳐 주겠다는 건데 속보이는 짓이지. 이런 조건을 내걸어 놓고는 금보다 안전한 자산이다, 무기명이니까 세금이나 기타 이점이 많다고 선동하면서 일본 국채를 사서 자손에게 물려 주자는 식으로 부추겼어. 일본에서는 기업들이 좀 사 주었던 모양이더구만. 하지만 어디 조선 사람이 바본가? 이식을 좀 많이 쳐 준다 해도, 20년 후라면 한바탕 전쟁이 지나가거나 일본이란 나라가 아예 사라질 수도 있고, 아니 무엇보다 당시 수명으로는 본인이 살아 있을지도 모르는 세월인데, 당장 어디다 써먹을 데가 없는 휴지 쪼가리를 사서 뭐하겠나. 그리고 일본 국채만큼 안전하지는 않더라도 이자 연 2할 정도라면 당시에 널렸었거든. 시장 같은 데야 월 2할도 있었는데 뭘. 욕만 바가지로 했을 뿐 채권을 사려는 사람이 없었지. 액면가에서 1~2할 정도 할인해서 팔려 했지만 그래도 안 됐어. 결국은 일본에서처럼 강제로 채권을 떠다 안겼어. 조선의 회사와 상인들한테 거의 반강제적으로 겨우겨우 다 팔아 치웠지. 울며 겨자 먹기로 국채를 산 회사나 상인들은 골칫덩어리인 이 국채를 헐값에 할인해서 다시 팔아 치웠어. 당장 돈이 급하니까. 서로 경쟁이 붙어서 아주 싼값에 팔렸어. 그런데 얼마 안 가 채권시장에서 씨가 말라 버렸어. 서로 버리기 바빴던 이 국채가 종적을 감춘 거야.”

“설마…… 백백교가?”

김성노가 풀어 놓은 흥미로운 이야기에 고진은 완전히 몰입해 있었다.

“그렇지. 백백교가 이 국채들 대부분을 헐값에 사들였단 소문이었어. 90만 엔어치 중에 적어도 한 80만 엔어치는 사 모으지 않았을까 싶어. 난 그 무렵 일찌감치 돈에 눈을 떴으니까 더 귀를 기울여 들었지. 기웃거리다가 실제로 그런 거래를 본 적도 있어. 아는 상점에서 채권을 팔아 치우고는 떠나가는 상대방 뒤통수에다 욕을 냅다 하길래 왜 그럽니까, 하고 물어봤어. 값을 하도 후려쳐서 열 받아서 그랬다더만. 3할도 못 받았다나 봐. 그렇다고 안 팔 수도 없고. 누가 20년 뒤에 받겠다고 그딴 채권을 간직하겠나. 요즘도 그렇잖나? 자동차 살 때 끼워 파는 채권, 그거 사서 만기까지 간직했다가 원리금 받는 사람 없잖아. 다들 절반도 못 되는 가격에 당장 할인해서 팔아 버리지. 마찬가지야. 아무튼 나중에 알고 보니 그 국채를 사 간 사람이 백백교 간부직이었다는구만. 그 사람도 결국 나중에 사형을 받았지."

"그런데 감이 잘 안 오네요. 일제 때 물가란 게."

"글쎄요…… 엔화는 모르겠지만 정장 한 벌이 50원 하던 시절이니까 그런 걸 생각하면 어림하더라도 큰 금액이었을 것 같긴 해요."

조용히 앉아 있던 화미령이 말했다.

"그럼, 그럼. 80만 엔은 엄청난 돈이었어."

김성노가 회상하듯 말했다.

"백백교 자금력도 대단했는데요. 아무리 반의반 값에 샀다고 해도 꽤 큰돈이 들어갔을 것 같은데요."

고진은 손에 땀이 나는지 주먹을 쥐었다 폈다 했다.

"무기명국채니까 발견만 하면 그 사람 게 되는 건데, 왜경은 물론 아무도 못 찾았어. 백백교는 무슨 심산인지 모은 돈을 만기 20년짜리 국채로 바꿔서는 어딘가에 숨겨 놓은 거야. 틀림없잖은가. 국채는 사 모았는데, 발견되지 않았다. 그렇다면 지금도 어딘가에서 잠자고 있는 거지. 안 그래도 그런 소문이 시중에 흉흉하게 돌았어. 하지만 왜경이 못 찾았다는 데야 조선인이 아무도 나설 엄두를 내지는 못했어. 그게 지금이라도 발견된다면 엄청난 값어치지. 만기 20년? 흥, 그때야 20년이 길었지만 지금은 20년이 다 뭐야, 그때부터 벌써 80년 가까이 지났는데. 일본 정부에서 발행한 채권이니까 돈 받아 내는 데는 전혀 문제가 없고."

고진은 턱을 삐딱하게 기울이며 회의적인 반응을 보였다.

"아뇨. 지금은 휴지 조각일 겁니다. 채권에는 시효란 게 있어서요. 일본법은 모르겠지만 우리 기준으로 보면 길어도 만기일 이후 5년 이나 10년이면 소멸됩니다."

김성노는 쭈글쭈글한 입을 끌어올리며 히죽 웃었다.

"왜 웃으십니까?"

"그 채권엔 시효가 없다는 게 발행에 붙은 조건이었어."

"호오, 그래요?"

"돈이 급하니까 채권을 팔아먹으려고 당장 부담만 안 된다면 무슨 조건이든 갖다 붙여 놓은 거지. 자손에게 대대손손 물려줄 수 있는 일본 국채, 뭐 이런 게 요란 법석한 선전 문구였으니까. 20년 후부 터는 기한에 구애받지 않고 다달이 이자를 받으며 살 수 있다, 그러 니 걱정 말고 사서 장롱에 묻어 두고 아들에게 물려주라고. 보기 드 문 장기 채권이었기 때문에 적당히 꿀을 발라 놓은 거야. 아무리 일 제가 채권을 떠안기다시피 했다지만 강산이 두 번 바뀔 상환 기간에 다가 당장 물가가 출렁이는 판에 그런 거라도 없으면 채권을 인수할 사람이 아예 없지 않겠나."

"백백교가 거기에 솔깃했을 수도 있겠군요. 금 이상으로 안심하고 묻어 둘 수 있는 자산이라고."

"내가 젊었을 때부터 돈 굴러가는 소리가 들리면 눈을 부릅뜨고 살았거든. 그래서 지금도 그 일본 국채 건은 생생하게 기억해."

고진은 잠시 무언가를 생각하듯 눈알을 굴렸는데 이내 눈에서 맥이 풀려 버렸다.

"이거 계산이 잘 안 되네요. 뭐 당시로야 큰 금액이었을지 몰라도 채권이란 게 지금 물가를 감안해서 값을 쳐 받는 것도 아니고, 백백교가 사들인 채권이 액면 다 합쳐서 80만 엔어치라고 쳐도 지금에야 그리 큰돈이겠습니까?"

김성노가 깡마른 팔을 들어 휘휘 저었다.

"무슨 소리야. 만기 이후 벌써 60년에 가까운 세월이 흘렀어. 그간의 이자가 있잖아."

"그 이자를…… 제가 계산해 보려 했는데 숫자에 약해서. 글쎄요, 지금은 한 몇 천만 엔 되려나?"

고진이 말하자 화미령이 스마트폰을 내밀었다. 화면에는 계산기 모양이 떠 있었다.

"이 복리계산기로 한번 해보세요."

고진은 고개를 푹 숙이고 화미령이 내민 스마트폰을 한참 동안 두드렸다. "숫자에 약해서……." 하면서 실실 웃던 고진은 잠시 후 얼빠진 표정으로 고개를 들었다. 입이 헤 벌어져 있었다.

"설마, 이 답이 맞는 겁니까?"

고진이 화미령을 돌아보자 화미령이 조용히 고개를 끄덕이며 말했다.

"네. 맞아요. 60년 기준으로는 대략 1180억 엔이 되죠."

"지금은 60년이 좀 덜 되었으니까 그보단 적겠지."

김성노가 히죽 웃었다. 고진은 고개를 숙이고 계산기를 다시 두드렸다.

"채권 발행이 백백교 사건이 터지기 전해인 1936년이라고 가정하고 20년 만기 후부터 해서 약 57년 정도를 입력하면…… 684개월이니까…… 약 650억 엔……."

고진은 벌어진 입을 다물지 못했다.

"우리 돈으로 7000억 원쯤 되겠네요."

화미령이 계산을 거들었다. 그녀는 휴대전화를 건네받아 화면을 몇 번 더 두드리더니 말했다.

"연 2할 단리로 해 보니깐, 57년이 지나도 겨우 990만 엔이에요. 우리 돈 1억 원 정도. 단리하고 복리 차이가 엄청나요."

고진은 정신을 차리고 겨우 말했다.

"연이율이 달랑 2할이래도 이걸 월 복리로 환산해서 받는 걸로 산정하면 정말 무시무시하게 변신하는군요."

"아마 그때는 이런 건 일본의 계산에 없었을 거야. 당장 월 복리란 말로 사람들 꾀어서 급한 돈 갖다 쓸 궁리만 했겠지. 20년 후에 이자 약간 붙여서 상환하면 되지 하는 정도로만 생각한 거야. 연 복리나 월 복리나 먼 훗날의 일, 그게 그거라고 신경도 안 쓴 거고. 그로부터 장장 80년이 지나 채권 원리금을 달라고 하는 상황 같은 걸 상상이나 해 봤겠나. 크하하하하하."

김성노는 통쾌한 듯 웃었다. 이번에도 죽 끓는 소리가 났다.

"죄송합니다만 그렇게 웃으시니 그게 마치 어르신 돈인 것 같습니다."

"안 될 이유 있나?"

고진은 물끄러미 김성노를 바라보다가 이내 시선을 되돌렸다.

"그렇군요…… 어쨌든 놀랐습니다. 한평생 돈의 흐름을 쫓아 살아온 분다운 통찰이십니다."

김성노는 클클 웃었다.

"얘기했잖아. 노인의 지식을 우습게 보면 안 된다고. 책에서 몇 줄 읽어서는 절대 알 수 없는 이야기지."

"아무튼 백백교란 게 보통 웃기는 데가 아니네요. 일본이 곧 패망하고 새로운 세상이 도래한다며 사람들을 꼬셨다는데, 정작 백백교주는 모은 돈으로 금도, 다이아도 아닌 일본 국채를 사들였다니. 일본이 영원할 거라고 믿은 걸까요."

"금 같은 걸 사 모으면 너무 티나지. 보관도 어렵고."

김성노는 사이비 교리의 모순에는 큰 관심이 없어 보였다. 고진은 화제를 되돌렸다.

"어르신은 그 낡은 끈에 그 채권의 행방에 관해 무언가 힌트가 있을 거라고 생각하시는군요."

"당연하지. 일본 국채를 열심히 사들였던 백백교의 재산이 온데간데없이 사라졌어. 그런데 80년이 지나서, 낡은 끈을 열심히 찾는 놈이 등장했어. 그놈은 백백교주 호칭인 대원님이라고 불렀고. 여기서 백백교 잔당이 숨겨 둔 재산을 찾고 있다는 이야기를 떠올리지 못한다면 바보천치 아니겠나. 아니, 실은 그 시대와 지금을 다 살아 본 바로 나, 이 김성노이기에 알 수 있는 진상이라고 해야겠지. 끈은 틀림없이 숨겨 둔 재산의 열쇠야. 무엇보다, 사람을 죽이면서까지 찾아야 할 게 돈 말고 뭐 있겠나?"

고진은 노인의 마지막 말을 곱씹으며 고개를 끄덕이다가 물었다.

"하긴요. 그런데 왜 저를 따로 보자고 하셨습니까?"

노인은 답답한 듯 물을 쭉 들이켰다.

"당연하잖아. 난 모든 걸 알고 있지만 통탄스럽게도 이미 늙었어. 직접 움직일 수는 없다고. 사람이 필요해. 일을 믿고 맡길 만한 사람이."

"주변에 사람이 없으시다고요?"

"평생을 혼자 살았어. 당연히 애도 없고."

그런 말을 하는 김성노에게서 외로움에 시달린 흔적 따위는 눈곱만큼도 찾아볼 수 없었다.

"가족은 없더라도, 돈이 그만큼 있으신데 주위에 사람을 거느리실 법도 한데요. 어르신이 소위 '키우는' 사람 없습니까?"

고진은 가볍게 웃으며 말했다. 김성노는 창가를 가득 채우고 있는 분재와 화분으로 눈길을 돌리며 단호하게 말했다.

"키우려면 나무를 키워야지. 사람이 아니라."

그 말 한마디에 김성노 일생의 고집과 치부의 원천이 있는 듯 보였다. 고진은 슬그머니 웃음기를 거두었다.

"……맞는 말씀입니다만, 실제로 어르신이 부리는 사람이 있지 않습니까?"

"누구? 저 일하는 아줌마?"

김성노는 고진의 의도와는 다른 생각을 한 모양이었다.

"나도 나이가 들었어. 이 큰 집에서 혼자는 못 살지. 저 입주 아줌마 없인 잠시도 곤란해. 운전도 거의 할 일 없으니까 기사는 파견 업체에서 가끔 부르고, 보통은 저 아줌마가 운전도 해. 그만큼 돈은 충분히 주고 있고."

고진은 초점이 어긋난 김성노의 말에 가볍게 고개를 저었다.

"도우미 아줌마가 하시기에 적당한 일이 아니란 생각은 저도 동감입니다. 그럼 여기 계신 화미령 변호사는 어떻습니까?"

화미령은 자신을 화제에 끌어들이는 게 마땅찮다는 표정으로 고진을 보며 살짝 고개를 저었다. 막 무슨 말을 하려는데, 김성노가 대신 대답하듯 먼저 입을 열었다.

"물론 제일 먼저 이야기했어. 화 변호사한테 법률 회사 입장을 떠나 개인적으로 일을 맡을 의향이 있나 물어봤더니 곤란하다고 고개를 젓더군."

"전 송무 외에 이런 일엔 경험도 없고, 크게 관심도 없어서요."

화미령이 차분하게 말을 덧붙였다.

"그럼…… 명성실업 임인건은요?"

김성노는 쳇 하며 고개를 도리도리 흔들었다.

"재주는 있는 녀석이야. 그런데 말을 안 들어. 지도 머리가 컸다, 이거지. 처음 만났을 땐 비실비실했어. 그래도 이놈 꽤나 영리한데 싶어서 돈 몇 푼 쥐여 주면서 일해 보라고 시켰거든. 그땐 정말 내 똘마니로 일을 열심히 했어. 명성실업도 내 돈 아니었으면 사무실도 못 냈지. 그런데 인제는 지가 컸다고 날 은근히 그냥 돈 대주는 늙은이 정도로만 취급해. 이자만 받으면 됐지, 사무실 일에는 간섭을 왜 하냐는 식으로. 겉으로야 어르신, 어르신 그러고 있지만. 영 믿음이 안 가. 지금도…….”

“지금도?”

“끈을 나한테 달라고 했더니, 녀석이 슬쩍 보여 주기만 하고는 도로 챙겨 넣고 절대 손도 못 대게 하는 거야. 뭔가 그게 큰 값어치가 있단 걸 눈치 챘어.”

김성노는 임인건의 변한 태도가 분한 듯 나무뿌리 같은 주먹을 말아 쥐었다.

“끈을 직접 보시니 어떻든가요? 생각대로였습니까?”

“딱 보면 모르나. 내 생각이 맞지. 끈에 뭔가 글자가 있다고 할 때부터 물론 추측은 했지만 직접 눈으로 보고는 확신했지. 이건 분명 백백교의 재산이 있는 데를 적어 놓은 글귀란 걸 말이야. 물론 다른 사람은 모르게 암호로 적은 거지.”

“임인건은 그런 사정까지는 모르지 않습니까?”

“당연하지. 그런 걸 내가 얘기해 줄 리도 없고. 알면 나한테 끈을 보여 주지도 않았을 거야.”

김성노는 열이 뻗치는지 쿨럭쿨럭 기침을 했다. 노인치고는 참 격정적인 인물이다. 고진은 팔짱을 낀 채 김성노를 가만히 내려다보며 낮은 목소리로 물었다.

“사정은 알겠습니다. 구체적으로 제게 맡기고 싶은 일이 뭡니까?”

“지금 맡기고 있지 않나.”

김성노는 짜증스러운 듯 말했다.

“내가 왜 이 피 같은 정보를 당신한테 이야기하고 있겠나. 이 일은 나만큼 옛날 일을 아는 노인네라야만 사정을 알 수 있어. 책이 아니라 경험으로. 알아? 그 시절과 지금을 다 살고 있는 사람. 물론 그 시절 살았다고 다 알 순 없지. 그때 내가 물정 모르는 얼라였다면 이런 이야길 할 수 없지. 그때 똘똘했다고 해도 지금 치매 들려서 줄똥 싸는 노인네라면 또 안 되는 거고. 하지만 그때나 지금이나 세상 돌아가는 이치는 모두 내 손바닥 안이야. 나 정도 아니면 이런 거 알아낼 사람은 대한민국엔 없단 거지. 그 비싼 이야기를 지금 당신한테 해준 거야. 설마 내 이야기만 쏙 빼먹고 손 털지는 않겠지? 물론 사정을 안다 해도 끈을 손에 넣지 못하면 다 소용없으니까 그래 봤자지만 말이야. 우리는 지금 백백교 놈들을 제외하면 내막을 아는 유일한 사람들이야. 그리고 백백교는 그 끈을 갖고 있지 못해. 오히려 끈은 내 쪽의 사람, 임인건이 손에 들어와 있어. 이 기회를 놓칠 건가? 7000억을? 지금이야 임인건이가 끈을 갖고 있다고 해도 어차피 뭔가 눈치 까고 움켜쥐고 있는 수준이지 그게 뭔지, 얼마짜리인지 알 리는 없거든. 임인건이는 어차피 젊었을 때부터 내 꼬붕이야. 지금도 내가 지 돈줄이고. 뻗대 봤자 결국은 내 말을 들을 수밖에 없어. 내가 그 끈을 받아올 거야. 그럼 고 변호사는 여기 화 변호사하고 힘을 합쳐서 그걸로 백백교가 숨긴 국채를 찾아내. 그리고 일본 정부에 돈을 받아 내는 거야. 쿨럭쿨럭."

기침으로 끝난 김성노의 말에 고진은 즉시 답변하지 않았다. 그는 노인에게서 시선을 떼고 천천히 창밖으로 눈을 돌렸다. 고진은 협상에서 큰 변수가 될 수 있는, 이유현에게서 끈에 쓰인 문자를 건네받아 이미 갖고 있다는 말은 꺼내지 않았다. 대화가 끊긴 거실의 침묵을 대형 에어컨이 연신 토해 내는 바람 소리가 대체했다. 고진은 무언가를 생각하는 시선으로 멀리 창밖에 어른거리는 인왕산 자락을 바라보았다. 대답을 재촉하듯 김성노가 다시 입을 열었다.

"당신하고 화 변호사는 그냥 내가 준 거 넙죽 받아서 그대로 일만 진행하면 된다니까."

"그자들, 그러니까 용해운이 굉장히 위험한 인물이란 건 아시죠?"

고진이 느릿느릿 입을 뗐다. 노인은 처진 입으로 퉁명스레 말했다.

"그렇지 않았으면 아무리 늙었어도 내가 직접 나섰겠지."

대수롭지 않다는 투였다.

"그럼 저더러 집사 겸 총알받이쯤 되라는 이야기군요."

"뭔 소리야, 그게. 부풀리지 마."

김성노는 어렵지 않은 일로 몰아가고 싶어 하는 듯했다. 고진은 고개를 옆으로 꼬았다.

"백백교 재산을 가로채는 위험을 감수하고서 제가 얻는 것은요?"

김성노는 손바닥을 펴더니 테이블을 세게 탁 쳤다.

"귀찮게 굴지 마. 밀고 당기고 그런 거 하지 말자구. 내가 무턱대고 짠돌이로 산 줄 아나? 계산엔 정확한 사람이야. 찾은 돈의 10프로를 주지."

고진은 선뜻 대답하지 않았다. 몇 초가 흐른 후 김성노는 고진을 힐끔 올려다보았다.

"20프로. 됐나?"

침묵이 이어졌다. 고진은 의견을 구하듯 화미령을 쳐다보았지만 그녀는 눈을 내리깔고 미동도 없다. 김성노가 선언하듯 말했다.

"더 이상은 곤란하지, 이 사람아. 내가 늙어서 못 나서니까 고 변호사한테 일을 맡기는 것뿐이야. 얼마든지 다른 사람을 구할 수도 있어. 여기선 내가 모든 걸 가진 셈이야. 임인건이는 끈은 있지만 그게 뭔질 몰라. 난 그게 뭔지 알지만 끈이 없어. 그런데 그 끈은 내가 곧 손에 넣을 거야. 안 그래? 내가 그 모든 기회를 준다지 않나?"

"지금 막 상황이 바뀌었거든요."

고진의 한쪽 입꼬리가 미묘하게 올라갔다.

"제가 그 끈이 백백교의 숨겨 둔 재산과 관련이 있을 가능성이 높다는 말을 어르신으로부터 지금 듣지 않았습니까? 그럼 이제 제가 독자적으로 끈의 비밀을 풀어서 숨겨 둔 일본 국채를 찾아내면 될 텐데 왜 군이 어르신의 의뢰를 받는 형식을 취해서 돈을 나누어야겠습니까? 그것도 80퍼센트나."

김성노는 목에 무언가 걸린 듯이 켈켈켈 웃었다.

"당연한 말이야, 암. 당연하지. 그런데."

김성노는 퍼뜩 웃음을 거두었다.

"그런데 말이야, 내가 임인건이를 누구보다 잘 알거든. 너구리보다 약은 놈이야. 세상살이 프로에다 눈치가 100단인 녀석이거든. 그 자가 생판 모르는 변호사한테 어떤 조건으로든 끈을 넘겨줄 것 같은가? 어림없는 소리. 고 변호사는 무슨 수를 써도 임인건이한테서 끈을 받아 낼 수 없어. 그걸 알기 때문에 나도 고 변호사한테 이런 제안을 하는 거고. 임인건이를 구슬려 끈을 받아 낼 수 있는 사람은 나뿐이야."

고진이 느긋하게 말했다.

"제가 임인건한테서 끈을 받아 낼 수 없다면…… 이렇게 하면 되겠군요. 임인건한테 이 모든 정보를 제공하고, 국채를 찾아 주는 조건으로 어르신이 제시한 몫보다 더 요구하는 거죠."

김성노는 지긋이 고진을 노려보았다. 조각상처럼 말없이 앉아만 있던 화미령도 눈빛에 놀라움을 담아 고진을 빤히 쳐다보았다. 고진은 경치라도 감상하듯 창 너머로 시선을 보내며 딴청을 피웠다. 노인은 갑자기 클클클 쇳소리를 내며 웃었다.

"좋아, 좋아. 여기서 바보같이 그냥 네, 하고 응했으면 실망했을 거야. 맞아. 당연히 그런 계산도 해 봐야지. 하지만 고 변호사가 모르고 있는 게 있어."

"뭡니까?"

고진이 다시 시선을 김성노에게 향했다.

"임인건하고는 그런 거래가 안 돼. 그 끈이 뭔가 대단히 중요한 물건이란 걸 산짐승이 똥 눌 곳 찾아내듯이 제깍 눈치 채고 꽉 붙들고 있거든. 백백교 재산이니 뭐니 이야기가 나오는 순간 고 변호사는 국물도 구경 못 할걸. 10프로? 20프로? 어림 반 푼어치도 없지."

"그런가요? 말씀을 듣고 보니 그럴 것 같기도 합니다."

고진은 의외로 순순히 김성노의 말에 동의했다. 그러더니 생각에 잠긴 표정으로 다시 창밖으로 시선을 돌렸다. 그 시선은 멀리 내다보이는 인왕산에 흡수되어 버린 듯 잠시 동안 꼼짝도 하지 않았다. 김성노는 고진을 내버려 두고 할 말은 다 끝났다는 표정으로 차를 들이켰다.

5초 정도 침묵이 흘렀다. 마침내 고진이 의자에서 슬쩍 엉덩이를 떼면서 말했다.

"그럼 좀 생각해 보고 제가 이리로 내일 다시 오면 어떻겠습니까?"

화미령은 실컷 줄다리기를 해 놓고는 이제 와서 결정을 미루는 고진의 태도가 의외라는 듯 그를 쳐다보았다.

고진은 말을 덧붙였다.

"화미령 변호사도 같이요."

화미령이 고진을 힐끔 보았다.

"좋아."

김성노는 고개를 끄덕였다.

팩스로 도착한 출입국자 명단을 받아든 이유현의 표정이 모래 씹은 얼굴로 변해 갔다. 억울한 일을 당하기라도 한 듯 입술을 잘근잘근 씹었다. 이유현의 표정을 살피며 서류를 넘겨받은 유오경도 내용을 들여다보더니 혀를 찼다.

"반요한은 아니네요. 일본에서 안병조가 피살당할 무렵 출입국한 흔적이 없습니다. 아니, 아예 이 친구, 처음부터 여권조차 없었어요."

유오경은 반요한의 주민등록상 최후 주소지인 부산 사상구청에서 발급한 서면을 손에 쥐고 흔들었다. 물론 그 서류에는 '반요한의 여권 발급 기록이 없음'이라고 기재되어 있다.

이유현이 낭패감에 휩싸이게 되는 것도 무리가 아니었다.

반요한의 시체가 낙동강 수면 위로 떠오름과 동시에 새로운 물음도 같이 떠올랐다. 반요한을 누가 죽였나, 왜 죽였나 하는 문제는 그렇다치고, 반요한이 과연 일본에 건너가 안병조를 살해하고 끈을 한국으로 보낸 장본인일까 하는 의문이 그것이었다.

용해운 일당 중 일본으로 건너갈 인물이 반요한 말고 없긴 했다. 용해운, 김각수, 남기만, 반요한 네 명 중에 용해운과 김각수, 남기만 세 사람은 일본에서 공범이 보내온 끈을 임인건 일당에게 뺏기고는 끈을 찾으러 명성실업 사무실을 찾아갔으니, 적어도 이 세 명이 일본에 가지 않은 건 분명하다. 그렇다면, 일본에서 살인을 저지르고 소포를 보내 올 사람은 나머지 한 사람, 반요한뿐이다. 엄청난 힘으로 안병조를 목 졸라 죽인 살해 방법을 보더라도 근골이 좋은 반요한이 가장 어울린다.

반요한의 시체가 발견된 곳은 수개월 전 용해운 일당을 쫓던 박진우 형사의 시신이 발견된 곳과 가까운 만큼 뜬금없는 장소는 아니다. 혹시 반요한이 임무를 완수하고 한국에 귀국했다가 어떤 이유로 용해운에게 즉시 살해당한 것일까. 신체가 갈기갈기 찢긴 걸로 보아 무슨 '처형' 같은 걸 연상시킨다. 이유를 상상하기란 어렵지만 용해운에게 물어보면 될 일이다. 물론 용해운을 체포할 만한 증거를 갖춘다는 전제 하에서지만. 반요한이 '성과급'을 달라고 보채면서 대들다가 냉혹무비한 용해운의 신경을 건드리고 만 것일까. 죽었다는 사실 말고는 도무지 영문도 이유도 설명해 주지 않는 반요한의 시체였다.

어떤 추리도 이 빠진 톱니바퀴처럼 증거의 뒷받침 없이 헛돌고만 있었다. 우려했던 대로, 반요한은 법무부 조회 결과 출입국 기록은 물론 여권도 없는 인물임이 확인되었다.

그나마 위안은 있다고 해야 할까. 경찰의 공항과 항만 봉쇄를 뚫고 일본으로 건너간 게 아니란 사실이 확인된 것. 경찰이 할 일은 제대로 한 것이다.

"밀항한 거 아닐까요?"

생각에 빠진 이유현을 깨우듯 유오경이 불쑥 말했다.

"밀항……?"

깊숙이 잠재된 불안이 건드려진 기분에 이유현은 자신도 모르게 으음 하고 신음 소리를 냈다. 물리적인 가능성은 있지만 정말 실낱같은 가능성이기에 무의식적으로 배제하고 있던 경우의 수였다. 이유현은 들고 있던 출입국자 명단 파일을 툭 던졌다.

"좋아, 이렇게 된 바에야 조사해 봐야지. 해경하고 협조해서 밀항 브로커들 명단 확보해."

김성노의 집에 들른 다음 날 비슷한 시간에 약속대로 고진은 화미령과 같이 방문했다. 이제 익숙해질 만도 하건만 가사도우미 여자는 보이차를 내오면서 고진에게 또다시 매서운 눈초리를 남겼다.

"알겠습니다. 그럼 어르신으로부터 사건을 맡는 것으로 하지요."

고진은 수락의 뜻을 전했다. 합죽이 같던 김성노의 입꼬리가 쭉 올라갔다. 고진이 옆에 앉은 화미령을 불쑥 가리키며 말했다.

"옆에 있는 이 화미령 변호사님도 절 도와주실 거라 믿습니다."

화미령은 "아뇨, 전 이 건에는 끼어들고 싶지 않아요." 하며 질색했지만 김성노는 어떻든지 간에 의뢰가 성사된 것이 만족스러운 듯 눈을 꿈벅꿈벅했다.

"뭐 화 변호사가 같이 일해 주면 더 좋고. 어쨌든 간에 결정은 좀 느렸지만 대답은 시원해서 좋군. 상황 판단도 빠르고. 좋아, 좋아."

"아무래도 사실 확인이 좀 필요해서 시간이 좀 걸렸습니다. 어제 조사해 보니 어르신이 말씀하신 그 무렵, 그러니까 백백교 사건이 일어나기 전년도인 1936년에 일본 국채가 조선과 일본 양국에서 발행된 사실이 있더군요. 그리고 일본 재무성 사이트까지 뒤져 봤지만 이후 그 국채에 관해 한국 측에서 대량으로 상환 요청을 했다는 기록도 없고요."

"철저하군. 좋아, 좋아."

김성노는 기분이 좋아 보였다.

"그런데……."

고진이 자르듯 말했다.

"전 내일의 닭보다 오늘의 달걀이 더 좋거든요."

"뭔 소리야?"

김성노가 턱을 들었다.

"전 확실히 사업가 체질은 아닌가 봅니다. 잡을지 어떨지 모르는 미래의 한몫보다는 자잘하더라도 눈앞의 확실한 수익 쪽이 더 좋습니다. 아마 백백교의 채권에 관해 직접 눈으로 보고 귀로 들으신 어르신하고 달리 어쨌든 말로만 들은 거라 긴가민가 하는 마음도 크거든요. 광목 끈에 백백교의 재산이 쓰여 있다는 이야기도 지금으로선 정황에 근거한 추리에 불과하고요. 말하자면 저한테는 꿈에 본 돈 같은 거죠. 그래서 말입니다만, 보수는 찾은 돈의 10퍼센트로 족합니다."

김성노가 거의 덮인 눈꺼풀을 떴다. 기분 좋은 듯한 놀라움이 엿보였다.

"10퍼센트? 욕심이 없군, 생각보단. 좋아, 어서 차 한잔 쭉 마시지. 진품 보이차야."

김성노의 유쾌한 기분을 고진의 다음 말이 망가뜨렸다.

"대신 조건이 있습니다."

"조건?"

"어르신한데서 생생한 옛날 얘기는 잘 들었습니다. 일본 국채 이야기, 그걸 백백교도들이 사 모았다는 이야기. 하지만 이번 의뢰에서 그런 옛날이야기가 핵심은 아니지요. 어차피 이미 들은 일. 이제 어르신이 필요한 이유는 그것보다는 임인건이 갖고 있는 끈 아닙니까. 그걸 어르신만이 가져다 줄 수 있으니까. 그러니, 그 끈을 어르신이 반드시 저한테 가져다 준다는 조건으로 제가 10퍼센트를 갖겠다는 겁니다."

"뭐 말은 그럴듯하군. 그런데 뭔 소린지 잘 모르겠어. 끈은 내가 받아다 준다잖아. 그러지 않으면 어떻단 거야?"

"만약 제가 어르신으로부터 끈을 건네받지 않고 어떤 방법으로든 저 혼자 끈의 비밀을 풀고 채권을 찾는다면, 그건 전부 제가 가진다는 거지요. 거기에 대해서는 절대로 이의하지 마시라는 게 조건입니다."

김성노의 입가가 일순 파르르 떨렸다. 화미령도 힐끔 고진을 쳐다보았다. 고진은 김성노를 똑바로 보며 말했다.

"사실 이건 조건도 아닙니다. 당연한 거죠. 어르신이 제 눈앞에 끈을 떡하니 보여 주지 않으면 어르신이 한 일은 없는 거 아닙니까. 제

254

가 끈을 찾았다면 제가 그 돈을 갖겠다는 건데 당연한 이치지요. 나중에 괜히 배 아파서 정보를 주었네 어쩌네 하면서 딴소리하시는 걸 막기 위해서 확인차 말씀드리는 겁니다."

김성노는 입술을 앙다문 채 고진을 노려보다가 갑자기 "아줌마! 빈 찻잔 가져가!" 하며 부엌을 향해 소리를 버럭 질렀다. 예의 그 튼실한 가사도우미가 나타나 곧 찻잔을 치웠고, 김성노는 잠시 후 끙 소리를 내더니 할 수 없다는 듯 말했다.

"그럼 뭐야, 고 변호사가 임인건이한테서 강도질이라도 하겠단 건가?"

"그럴 리가요. 그런 일이라면 아마 임인건이가 저보다 훨씬 프로일 테죠."

"그래, 그건 어리석은 일이야."

김성노는 늙은 거북 같은 목을 끄덕끄덕했다.

"어차피 이건 가능성이 거의 없는 일입니다. 만에 하나의 경우를 위해 말씀을 드린 거고요."

"좋아, 아무튼. 그렇게 하지. 고 변호사가 끈을 구한다는 일 같은 건 없을 테니까. 어쨌든 내가 끈을 구해다 주면 될 일이잖아."

"그렇습니다. 그리고 또 한 가지 조건이 있습니다."

"또 뭐야?"

김성노는 완전히 빈정이 상해 버린 듯 쇳소리를 냈다.

"착수금으로 먼저 1억을 현금으로 주십시오. 어떻습니까?"

김성노는 또다시 끙 하고 신음 소리를 내고는 말이 없었다. 그의 갈등이 이마에 깊게 팬 주름의 형태로 서서히 드러났다. 화미령은 고진의 돌발 발언에 이젠 익숙해진 듯 아예 시선을 창밖으로 보낸 채 말이 없었다. 고진은 여유를 주지 않고 이어 말했다.

"이 의뢰에서는 이리저리 움직여야 할 일이 많을 겁니다. 일본 국 채를 받아 내려면 바다 건너갈 일도 있겠죠. 어떤 경우엔 여기 화 변 호사님과 같이 일할 필요도 있을 거고요. 그 경우엔 물론 비용도 두 배로 들겠죠."

화미령은 은근히 자신을 자꾸만 끌어들이는 고진의 말에 고개를 돌려 나무라는 눈빛을 보냈다.

"아무래도…… 그건 오히려 고 변호사한테 손해 아닐까? 20퍼센 트면 금액이 대체 얼만가? 그런데 10퍼센트로 하고 대신 착수금을 1억?"

김성노가 쥐어짜듯 말했는데 목소리에 힘이 없었다.

"솔직히 말씀드리지요. 하루 동안 생각해 봤습니다. 백백교의 숨 겨 둔 재산이니 뭐니 하지만 어르신도 당사자가 아닌 판국에 확신할 수는 없는 거 아닙니까? 그런데 찾은 돈에서 얼마, 이런 식으로만 약 속하면 어르신 쪽은 일이 실패하더라도 전혀 손해 볼 게 없지요. 정 보만 제공해 놓고 가만히 앉아 기다리다가 제가 용케 돈을 찾아오면 대박이고, 못 찾으면 그걸로 그만. 최소한 자신의 주머니에서 나가 는 돈은 없지요. 위험이라곤 전혀 없는 도박입니다. 하지만 전 어떻 습니까? 찾으면 좋겠지만, 못 찾으면 그야말로 만신창이 아니겠습니 까? 그 내다 버린 돈과 시간이며. 게다가 용해운이라는 듣도 보도 못 한 집념의 남자한테서 신변의 위협을 받을 수 있는 상황입니다. 지 금 당장 손에 잡히는 대가가 없다면 이런 일에 뛰어들 얼간이는 없지 않을까요? 설사 그런 얼간이가 있다손 쳐도, 그런 자라면 일을 맡기기는 적당하지 못하겠죠."

고진은 말을 마치고는 협상의 여지가 없다는 듯 입을 꾹 닫았다. 거실에는 침묵이 찾아들었다. 에어컨만이 쉭쉭 소리를 토해 내는 가운데 화미령은 긴장된 눈빛으로 고진과 김성노를 번갈아 쳐다보다가 실례, 하더니 화장실로 향했다. 김성노의 주름지고 일그러진 얼굴이 점차 벌겋게 변해 갔다. 마침내 벌떡 일어서더니 주방과 거실 사이를 왔다 갔다 하기 시작했다. 인생을 관조하는 노인의 모습은커녕 나이도 삭이지 못한 다혈질을 여실히 드러냈다.

이윽고 고진의 머리 뒤쪽에서 김성노의 발걸음이 멈췄고, 그의 체념한 듯한 목소리가 들려왔다.

"그렇게 하지. 하지만 반드시 돈값은 해야 해."

이유현은 전국의 경찰을 상대로 최근 발생한 밀항 사건을 조회했다. 반요한의 밀항을 직접 알선한 업자를 찾아내지는 못한다 하더라도 검거된 업자를 상대로 다른 업자들의 소문이나 주변 정보를 수집할 수 있을지 모른다. 반요한이 상습적인 밀항자가 아닌 이상 알선 업자들 사이에서는 소문이 돌았을 수도 있으리라. 설령 그렇지 못하다 하더라도 밀항 루트나 수법 등을 알아내기만 해도 어느 정도 실마리는 된다.

정보는 곧장 날아들었다. 마침 여수 쪽에서 밀항자 10여 명과 밀항 브로커 두 명을 검거했다는 소식이었다. 전화로 얘기하거나 현지 경찰에 수사를 촉탁할 만한 사안이 아니라는 판단에 이유현은 윤영탁과 같이 부리나케 여수로 직접 달려갔다.

본명은 어느새 아득하게 잊히고 '기무타쿠'라는 별명으로 불리는 밀항 브로커를 취조실에서 마주했다. 해경 측에서는 수사 협조에 대한 대가로 선처를 넌지시 내비쳐 놓았다고 했다. 도전적인 눈빛, 날렵한 턱 선에 콧수염을 멋들어지게 기른 기무타쿠는 탁자를 사이에 두고 마주앉은 이유현과 윤영탁 앞에서 자신에게 해롭지 않은 부분을 골라 줄줄 말하기 시작했다. 그는 달변가이기까지 했다. 발목을 까딱까딱하는 경박한 태도만 아니라면 배우 같은 분위기마저 느껴졌다.

"말이 안 됩니다. 그렇게 곧장 배를 띄울 수는 없어요."

그는 이렇게 말을 시작했다.

"밀항이란 게 말이죠, 중국 쪽은 그나마 쉬워요. 예전에는 화물선에 몰래 숨는 식으로 많이 했는데 요즘에는 조그만 어선을 타고 나갔다가 공해에서 다른 큰 어선이나 화물선으로 갈아타거든요. 중국 측에서 공해상에 배가 나와 있는 경우가 많아요. 근거지는 주로 동북 3성하고 산둥성, 저장성, 후젠성 쪽인데, 조선족들이 늘어나면서 흑사회나 삼합회 조직도 한국에 다 들어와 있어요. 그러니 체계가 잡혀 있단 말이죠. 양국에서 조직적으로 연계돼 진행되니깐 중국 쪽 밀항은 어렵지 않아요. 건수가 많다 보니 돈도 약합니다. 한 천오백이면 되는데 선수금으로는 한 삼백 있으면 돼요. 서해안에서 소형 어선 타고 나갈 만한 항구야 얼마나 많겠어요? 얼마 전에도 무슨 저축은행 회장이 한탕 해먹고 화성에 있는 궁평항에서 중국으로 밀항하려다가 잡혔잖아요? 궁평항이라고, 형사님들은 이름이나 들어 보셨습니까? 서해 쪽엔 그런 데가 널렸어요. 반면에 일본으로 가려면 주로 부산 아니면 여수 쪽에서 타는데 훨씬 힘들걸랑요? 중국처럼 그쪽 배가 공해상에 나와 있는 것도 아니라서 옛날 방식을 이용할 수밖에 없거든요. 말하자면, 화물선하고 짝짜꿍해서 적당히 숨어 타는 거요. 우리나라 해경이나 일본 측 단속도 심하고요."

"그 무렵에 혹시 반요한이란 자가 일본으로 밀항하지 않았습니까? 아니면 밀항선을 찾는다는 말이 돌았다던가."

이유현의 말에 기무타쿠는 코웃음을 쳤다.

"모르시는 말씀. 밀항이 뭐 동네 앞바다 연락선처럼 당일치기로 되는 줄 압니까? 뜨는 배가 날이면 날마다 있는 게 아니거든요. 적어도 한, 두 달 전에 연락해서 세팅해 두어야 해요. 그것도 그나마 평소에 알던 사람들끼리 알음알음으로 소개했을 때 그러는 거고, 평소에 우리 쪽하고 아무 관련도 없던 사람이 갑자기 밀항선 구한다는 건 있을 수 없는 일이죠."

이 대목은 결정적이었다. 만에 하나 기무타쿠 자신의 죄상에 얽힌 일이라 문책을 덜어 보려고 달변으로 요리조리 발뺌하는 말이라고 쳐도, 이 점은 해경 수사관들도 인정한 사실이었다. 밀항 준비부터 배를 탈 때까지 적어도 한두 달은 걸린다는 것이었다.

그렇다면 반요한의 일본 밀항은 사실상 불가능하다. 교토에 끈이 있다는 걸 알고 나서 공항으로 출국을 시도한 뒤 바로 며칠 후 일본의 안병조가 살해당하고 끈이 사라졌다. 용해운의 이 공범은 공항이 막혀 버렸다는 걸 깨달은 지 바로 며칠 후에 일본에 모습을 나타낸 것이다. 적어도 한 달 전에 예약해야 한다는 밀항은 도저히 할 수 없다.

"설마…… 반요한이 범인이 아닌 걸까요?"

여수 해경을 떠나는 길에 윤영탁이 고개를 비스듬히 기울이며 마치 혼잣말처럼 물었다. 이유현은 대답 없이 고개를 저을 뿐이었다. 이유현의 머릿속은 찜통 속에서 익어 가는 만두처럼 흐물흐물 뭉개지고 있었다.

10

임인건은 아침나절부터 사무실로 예고도 없이 찾아온 감색 양복 차림의 깡마른 남자를 눈앞에 두고 경계심을 거두지 못했다. 급전을 빌리러 온 고객도 아니고, 용해운처럼 시비를 걸러 온 것도 아니다. 자신을 변호사라고 밝혔지만 그 흔한 명함 한 장 건네지 않았다. 변호사가 사무실로 찾아온 일은 화미령이 김성노와 같이 두어 번 찾아온 적 말고는 없었다. 혹시 채무자가 변호사를 고용한 것일까. 하지만 은행 문턱을 못 넘어 사채업자 쪽을 기웃거리던 자들이 변호사를 고용할 돈이 있을 리 없는데.

"변호사시라고요. 우리 사무실엔 무슨 볼일입니까?"

그러면서 임인건의 시선은 고진 뒤쪽으로 나누어 앉은 김종낙, 우대원, 강태수에게로 가 있었다. 사무실의 세 똘마니들도 임인건과 서로 의심스러운 시선을 교환했다. 과히 달갑지 않은 방문객이라고 느끼고 있는 듯했다. 그럴 법도 한 것이 얼마 전에 용해운 일당이 들이닥쳐 사무실이 한 번 풍비박산 나지 않았던가. 김각수가 들이받았던 강태수의 이마에는 아직 덜 아문 상처 자국이 선명하게 나 있다.

고진은 곧장 대답하지 않고 양복 상의를 천천히 벗어 옆 소파에 턱 걸쳐 놓았다. 굳이 느긋하게 행동해서 존재감을 각인시키려는 의도된 행동 같았다.

"무슨 일이냐고요."

임인건이 짜증이 섞인 말투로 재차 물었다. 고진은 걸쳐놓은 재킷 안주머니를 뒤적였다. 뭔가 중요한 서류가 나올까, 긴장하며 바라보던 임인건은 다시 한 번 짜증이 쭉 뻗치는 걸 느꼈다. 고진이 꺼낸 건 담뱃갑이었다. 담배를 한 개비 꺼내 입에 가져가던 고진의 손이 어정쩡하게 멈췄다.

"아, 금연, 입니까?"

임인건은 귀찮다는 듯 바지주머니를 긁적대더니 1회용 라이터를 꺼내 고진의 담배에 불을 붙여 주었다. 고진은 얼굴을 쭉 내밀어 담배 끝에 불을 붙이고는 깊게 빨아 당겼다.

"어서 용건을 말하시죠."

임인건이 언성을 조금 높였다. 좋든 나쁘든 고진은 사무실에 있는 인물들의 주목을 끄는 데는 성공한 듯 했다. 임인건은 물론 김종낙, 우대원, 강태수 모두 잔뜩 찌푸린 얼굴로 고진을 노려보았다.

"실은……."

고진은 잠시 뜸을 들이다가 말을 이었다.

"김성노 씨의 의뢰를 받았습니다."

"김성노 씨의 의뢰?"

임인건의 눈썹이 치켜 올라갔다.

"무슨 소리요? 김성노 씨는 따로 자문 변호사가 있어요. 무슨 수작인지 몰라도 그런 거짓말을 하려면……."

고진은 차츰 화난 어조로 바뀌어 가는 임인건의 말을 가로막았다.

"아, 화미령 변호사는 저도 잘 압니다. 제가 맡은 의뢰는 그것과 별개입니다."

"……뭡니까. 아니, 뭔지 몰라도 김성노 씨한테서 사건을 수임했다면서 우리 사무실엔 왜 찾아왔습니까."

고진은 임인건을 똑바로 쳐다보았다.

"끈 때문입니다."

"끈?"

임인건은 말을 되받더니 이내 사태를 이해했다는 듯 얼굴을 풀었고, 소파 등받이에 몸을 기대고 기울어진 자세로 다리를 꼬았다. 이어 혼잣말처럼 뇌까렸다.

"끈을 찾으러 영감님이 보내셨구만."

"김성노 씨가 끈을 달라고 하셨던 모양인데, 왜 응하지 않으셨습니까? 이 사무실이 김성노 씨의 돈으로 움직이고 있다고 알고 있습니다만."

"그런 말씀은 하시면 안 되지."

임인건이 한쪽 팔을 들어 마치 고진의 말을 지우듯 천천히 휘저었다.

"우리가 김성노 씨한테 고용된 입장은 아니잖아요? 이 사무실, 명성실업은 내 거요. 정 필요하면 전주를 딴 데서 구하면 되지. 끈도 엄연히 내 거요. 우리 애가 머리까지 깨져 가면서 채무자한테서 받아온 거란 말입니다."

임인건은 턱으로 강태수를 가리켰다. 강태수는 말없이 손가락을 들어 이마의 꿰맨 자국 위로 뱅글뱅글 돌렸다. 전주를 딴 데서 구할 수도 있다는 말은 허세가 분명했지만 고진은 굳이 딴지를 걸지 않았다. 그는 강태수를 한번 힐긋 보고는 임인건에게 고개를 돌렸다.

"김성노 씨가 적당히 가격을 쳐 준다면요?"

"그러면야 당연히 넘겨 드리죠. 어디 보자, 한 10억 내시려나?"

고진은 휘이 하며 휘파람을 가볍게 불었다.

"베팅을 엄청 세게 하시는군요."

임인건은 양팔을 벌려 소파의 팔걸이에 떡 하니 올려놓고 의기양양하게 말했다. 소파만 고급이었다면 여느 회장님 못지않은 풍채였다.

"그 정도 눈치 없이 내가 이 자리에 있을 것 같습니까? 이게 뭔지 모르지만 용해운인지 뭔지 이상한 놈이 죽을 작정으로 뺏아가려 하고 있고, 이번엔 김성노 영감님도 몸이 달아 있더만. 분명 뭔가가 있는 거거든."

고진은 담배를 재떨이에 대고 톡톡 두드리며 씩 웃었다.

"임 사장님이 아주 대하기 까다로운 분인 건 인정해야겠습니다. 아마 김성노 씨가 10억을 낸다고 하면 다시 가격을 올리시겠죠."

"어차피 가격표가 붙어 있는 것도 아닌 물건, 값은 상황에 따라 만들어지는 거 아니겠습니까."

"알겠습니다."

고진은 고개를 끄덕이며 말했다.

"정확히 말하면, 끈을 찾는 건 내가 맡은 일이 아닙니다."

"그러면 여긴 왜 왔습니까?"

"임 사장님에게 그 끈이 어떤 건지 말씀을 좀 해 드릴까 싶어서 요."

"끈에 대해서? 뭡니까?"

임인건이 턱을 쳐들었고, 뒤쪽에 병풍처럼 앉아 있던 김종낙, 우대원, 강태수는 일제히 고진에게 시선을 모았다. 고진은 즉답하지 않고 담배를 두어 번 깊게 빨아들였다.

"일단 먼저 약속해 주실 게 있습니다."

"어떤 걸요?"

"내가 여기 왔고, 그 끈에 대해 이야기해 주었다는 사실을 김성노 씨한테는 말하지 말기를 바랍니다."

"그거야 쉽습니다만, 한 가지 이해 안 되는 건 있네요."

"이해 안 되는 것? 그게 뭘까요?"

고진은 능청스럽게 반문하며 담배 연기를 흘뿌렸다.

"왜 아무 대가 없이 그런 걸 이야기해 주겠단 겁니까."

고진은 흐물흐물 웃음을 흘렸다.

"대가가 없지는 않습니다. 아니 대가의 가능성이라고 할까요? 끈에 관해서 영감님으로부터 어떤 의뢰를 받았죠. 그런데 조건이 썩 좋지 못하더란 말입니다. 결정적으로 이 일에 핵심이 되는 끈을 아직 손에 넣지도 못하고 있고. 그래서 끈을 이미 갖고 계신 임 사장님을 이렇게 찾아와 보기로 했지요. 두 가지 생각이 있었습니다. 일단은 먼저, 혹시 그 끈을 김성노 씨한테 쉽게 넘겨줄 생각을 갖고 계신지 어떤지를 먼저 알아보려고요. 그렇다면 김성노 씨의 의뢰는 별문제가 없겠지요. 그런데 오늘 보니 전혀 생각이 없으시네요. 그렇다고 김성노 씨가 10억을 주고 그 끈을 살 것 같지는 않고. 두 번째, 만약 임 사장님이 끈을 김성노 씨한테 쉽게 넘겨줄 생각이 없다는 걸 확인한다면, 차라리 내가 직접 임 사장님하고 거래를 하는 게 목적을 달성하기에 더 쉬울 것 같다는 생각입니다. 적어도 임 사장님은 끈을 현물로 갖고 계시니까요."

"거래라⋯⋯."

목소리가 갈라져 나온 임인건은 헛기침을 했다.

"거래⋯⋯ 언제나 좋은 이야기지요. 일단 그 끈이 뭔지 이야기나 들어 보고서 하죠."

"그러시죠. 그런데 그냥 말씀드리기는 좀 그렇고요. 실물을 보고 이야기를 시작할까요?"

임인건은 잠시 생각했다. 이 변호사는 일방적으로 선물을 주러 온 산타클로스는 아니지만 잘하면 양측의 이해 관계가 맞아떨어질 수 있는 관계에 서 있다. 설혹 변호사가 제안한 거래가 이루어지지 않더라도 얻어 낼 수 있는 정보는 다 끌어낼 필요가 있다. 끈을 보여 주는 정도는 위험이 없다. 남자 네 명이 지키고 있는 이곳에서 이 깡마른 변호사가 물건을 무력으로 탈취해 갈 가능성은 없으니까.

임인건은 그럽시다, 하며 뒤에 앉아 있던 김종낙을 불렀다.

"끈 가져와⋯⋯."

그러다가 임인건은 말을 중단하고 고진을 쳐다보았다.

"잠깐, 우리가 끈을 어디다 두고 있는지 알면 안 되지. 끈을 꺼내 놓을 동안 잠시 나갔다 와 주시죠."

고진은 흔쾌히 고개를 끄덕이고는 사무실을 성큼성큼 걸어 나갔다. 고진이 완전히 문 밖을 나가는 것을 확인한 임인건은 손을 슬쩍 옆으로 빼더니 자신이 벗어 놓은 여름용 방풍점퍼의 안주머니 단추를 열어 둘둘 말린 끈을 끄집어냈다.

"이 정도 쇼했으면 끈을 사무실 안 어딘가에 두고 있다고 생각하겠지? 사실은 내가 항상 이렇게 몸에 갖고 다니는데 말이야."

임인건이 비웃듯 말했다.

"정말 용의주도하십니다!"

김종낙이 감탄한 듯 말했다.

"거래니 뭐니 하면서 실은 끈을 어디에 숨겼는지 은근슬쩍 알아보려는 게 저 변호사의 목적이었을 수도 있으니까. 매사에 조심해서 나쁠 건 없지."

"우쨌든 마, 형님 잔대가리는······." 하던 우대원은 임인건의 눈길을 맞받고 입을 다물었다.

잠시 후 고진이 돌아왔을 때, 탁자 위에는 낡은 광목천으로 만든 긴 끈이 놓여 있었다. 사무실의 포진도 약간 달라져 있었다. 뒤쪽에 흩어져 있던 김종낙, 우대원이 테이블 양옆으로 자리를 나눠 앉아 있었다. 고진이 끈을 살펴보는 척 하면서 훼손한다든지 하는 종류의 테러를 할까 봐 대비한 태세였다.

고진은 덩치 큰 우대원의 옆자리에 앉아 끈을 들어 찬찬히 살펴보기 시작했다.

"어디보자, ㄴ, ㅎ, ㅇ, ㅍ, ㅈ······."

고진은 끈에 적힌 한글 자모를 리듬을 얹어 읽기 시작했다. 임인건이 짜증스럽게 끈을 낚아챘다. 그럴 리야 없겠지만 고진이 혹시라도 자모를 외울까 봐서였다.

"됐습니까?"

임인건이 끈을 옆의 김종낙에게 내주면서 물었다.

"예. 원본이 맞는 것 같네요."

"그래서, 이게 뭡니까? 성불하는 주문이라도 되는 거요?"

김종낙이 성마른 목소리로 물었다.

"돈을 부르는 주문이라고나 할까요."

"돈 주문? 아니, 그라마 이걸 달달 외며는 돈이 굴러들어 오는교?"

이번에는 옆자리에 앉은 뚱뚱한 우대원이 몸을 들썩이며 억센 경상도 사투리로 물었다.

"아니, 그런 주문이 세상에 어딨겠습니까?"

고진이 어처구니없다는 듯 말하자, 임인건은 우대원을 향해 창피하다는 표정을 지으며 가만있으라는 손짓을 보냈다. 고진이 말했다.

"그건 하나의 표현이고요. 다시 말해 큰돈이 될 수 있는 물건이란 겁니다."

"설명을 해 보시죠."

임인건이 말했다.

"설명은 지금 다 했잖습니까?"

"뭐라고요?"

임인건의 코가 벌름거렸다.

"큰돈이 될 수 있는 물건이라고 얘기 했잖습니까."

고진이 왜 그러냐는 듯 양 손바닥을 위로 펴 들었다.

"내 제안은 그겁니다. 이걸로 큰돈을 벌게 해 드릴 수 있습니다. 수익은 50대 50. 어떻습니까?"

임인건은 미간을 일그러뜨리고 고진을 노려보다가 자리에서 벌떡 일어났다.

"당신, 처음부터 이야기해 줄 생각 없었지?"

"중요한 건 다 이야기했잖습니까? 막대한 돈과 관련된 물건이라는 거."

고진이 임인건의 화난 얼굴을 자못 흥미롭다는 듯 올려다보았다.

"하긴 통박 굴려보면 그게 당연해. 당신이 가진 건 결국 정보뿐인데, 그게 뭔지 모르지만 이야기를 털어놓고 나면 거래할 값어치가 없어져. 변호사쯤 되는 자가 영구도 아니고 그냥 말해 줄 리가 없지."

마치 혼잣말처럼 내뱉던 임인건은 뚜벅뚜벅 걸어가더니 사무실 문을 벌컥 열어젖혔다.

"이야기 끝냅시다."

"50대 50이 싫으신 거군요."

"말 몇 마디 던져 주고 앉아서 덥석 한몫 물어 가려고? 당신하고 나누느니 차라리 김성노 씨하고 직거래하겠소."

임인건이 이를 갈듯 말했다. 고진은 빙긋 웃었다.

"제가 들어도 맞는 판단 같네요."

고진은 두말 않고 옆에 걸쳐 놓은 양복 재킷을 들더니 성큼성큼 사무실을 걸어 나갔다.

고진의 방문이 있은 지 이틀 뒤, 태양이 시뻘건 민낯을 드러낸 오후 시간.

임인건은 보기만 해도 답답한 덩치의 우대원과 같이 명성실업 사무실에서 찜통 같은 더위와 싸우고 있었다. 김종낙과 강태수는 한 조가 되어 수금하러 나간 상태다. 10년이 넘은 고물 에어컨의 컴프레셔가 고장나 버렸다. 50만 원이 넘는 수리비 견적이 나왔고, 더 나쁜 건 폭염에 에어컨이 동시다발적으로 말썽을 부리는지 수리 기사가 방문하는 데 며칠 걸린다는 것이었다. 오른쪽으로 돌아갈 때마다 꺽꺽 목 부러지는 소리가 나는 선풍기 한 대로 두 사람이 더위를 맞상대하다 보니 목덜미를 타고 줄줄 흘러내리는 땀이 멈출 새가 없다. 차라리 별 할 일이 없더라도 우대원을 내보내면 선풍기를 독차지라도 하련만 사정이 그렇지 못하다. 당분간은 두 사람이 한 조로 움직이도록 방침을 정했기 때문이다.

임인건은 고진이 다녀간 후 더욱 확신했다. 이 끈이 뭔지는 모르지만, 노다지가 될지 모른다. 끈의 값어치를 알아본 김성노는 몸이 후끈 달아 있다. 이러쿵저러쿵 종잡을 수 없는 말을 늘어놓고 갔어도 결국 고진이라는 변호사는 김성노의 대리인으로서 이쪽을 두드려 보고 허점을 캐내 한 조각 정보라도 얻어 보려고 왔던 게 분명하다. 덕분에 상황은 더 확실해졌다. 이 낡은 끈이 공개시장에서 비싸게 거래될 물건은 당연히 아니지만 어떤 사람들에게만은 남모를 값어치가 있는 듯하다. 아무런 정보도 갖지 못한 임인건이 이 끈의 값어치를 매겨 수확을 거둔다는 건 현실적이지 못하다. 더구나 김종낙, 우대원, 강태수 같은 석두 녀석들을 생각하면 머리만 지끈지끈 아파 올 뿐, 같이 무슨 일을 도모한다는 건 꿈에 불과하다. 그렇다고 끈을 두고 다짜고짜 반타작으로 나누자는 변호사의 제안은 말도 안 되는 김성노 측의 미끼가 분명하다. 그렇다면 임인건의 입장에서 최대한 안전하게 이익을 짜낼 수 있는 방법은 하나, 물건을 알아보는 어떤 사람에게서 제값을 받아 내는 것뿐이다. 여기서는 김성노가 어느 정도의 값을 지불할 용의가 있느냐를 알아내는 일이 관건이다. 그 가격의 최대치만 밝혀지면 이 끈은 동액 상당의 환금성 유가증권이나 다름없다.

한 가지 켕기는 건 용해운이란 자 또한 이 끈에 대단한 집착을 보였다는 건데…… 그 부하 녀석들은 용해운을 무슨 신처럼 따랐다. 명성실업은 경찰의 눈치를 봐 가면서 음지에서 적당히 채무자들을 협박하고 으르면서 고리를 받아내 왔다. 그 배경에는 여차하면 동원될 수 있음을 암시하는 폭력이 있다. 다시 말해 임인건 측이 최후에 기대는 건 폭력이었다. 그 폭력의 정점에 칼이 있다고 할 수 있다. 그런데 칼이 녀석들에게는 통하지 않았다. 적어도 용해운에 관련되어 있는 한, 부하들에게 칼이나 피 따위는 두려움은커녕 고려의 대상도 아니었다. 칼 앞에 자기 몸을 던지는 사람에게 다른 사람의 목숨 따위는 칼에 깎여 나가는 감자 껍데기 정도밖에 안 될 것이다. 소름이 끼쳤다. 가장 무서운 인간은 계산하지 않는 인간이다. '찍기만 하십시오, 죽이겠습니다'라고 하는 인간을 거느린 자보다 무서운 인간이 있을까? 꽤나 험하게 살아온 임인건으로서도 생애 처음 겪는 놈들이었다.

그런데 이상하게도 그 뒤로는 용해운 일당의 그림자도 어른거리지 않았다. 김각수라고 했던가, 동공이 비어 버린 것 같은 그 녀석의 눈빛이 아직도 생생하다. 태수 녀석이 한 칼 먹인 게 그래도 먹혀들 었나? 그런 생각도 잠시, 임인건은 희망과 사실을 착각할 순진한 인 물은 아니었다. 임인건은 판단했다. 김각수가 어쨌든 칼에 찔렸으 니 그쪽도 당분간은 전력에 차질이 생겼다. 덥기도 덥겠다, 그런 김 에 잠시 시간 여유를 둔 건지 모른다. 하지만, 반드시 다시 온다. 그 자들의 집념을 생각해 보면 틀림없다. 당분간은 조심하지 않으면 안 된다. 개별 행동은 피해야 한다. 괜히 몇 푼 이자 일수 찍으러 나섰 다가 습격당하면 꼼짝없이 당한다. 그래서 임인건은 반드시 두 명이 한 조로 되어 움직이도록 정했다.

지금 김종낙과 강태수는 한 조가 되어 같이 수금을 나섰고, 임인 건과 우대원이 한 조로 사무실에 남았다. 에어컨이 고장 난 오늘 같 은 날은 사무실 쪽이 더 고역이긴 하다.

김종낙은 오전에 둘만 있을 때 스포츠 신문을 펼쳐든 임인건에게 다가와 얼굴을 쑥 내밀더니 이렇게 말했었다.

"형님, 에어컨도 고장 나고 사무실은 찜통인데, 여기서 꼭 이렇게 죽쳐야 되겠습니까? 전 괜찮지만 애들이 요새 좀 불만이 있는 것 같 습니다. 태수는 사무실 지키려다 다치기까지 했고. 한 번쯤 스트레 스 풀어 줘야 하지 않겠습니까?"

땀에 찌든 김종낙의 미끈거리는 표정이 영 불쾌했다. 임인건은 순 간 울컥했지만 지그시 화를 억눌렀다. 똘마니들은 가까이 하면 기어 오르고 멀리하면 불손해진다. 적당히 당겼다 풀었다 하는 거리 조절 이 보스에게는 필요하다. 임인건은 부하들에게 한번 인심을 써야 할 때임을 직감했다.

"조만간 신경 쓰지." 하며 적당히 달래 놓고는 꼴 보기 싫어진 김종낙을 강태수를 붙여 수금을 내보내 버렸다.

폭염에 지치고 있는 판에 부하들까지 불만을 품고 엉겨붙어 오니 임인건은 짜증이 울컥 솟구쳤다. 점심을 김치찌개 배달로 때울 때는 울적하기까지 했다. 이쪽 업황도 갈수록 힘들어져서 보스마저 이러고 있는 판에…….

더위에 진저리치며 TV 리모컨을 이리저리 돌리고 있는데, 사무실 문이 벌컥 열렸다. 돌아보니, 김성노가 두툼한 나무 지팡이를 짚고 서 있었다.

"어르신…… 웬일이십니까."

임인건이 리모컨을 탁자 위에 놓고 엉거주춤 일어섰다. 우대원은 앉은 채로 고개만 돌렸다. 이미 용건을 짐작한 임인건의 눈알이 분주히 구르기 시작했다. 김성노는 사무실 안의 후덥지근한 공기에 놀란 듯 잠시 주춤하다가 테이블 옆으로 걸어와 섰다.

"여긴 왜 이렇게 더워."

노인은 사무실을 휘 둘러보았다.

"에어컨이 고장 나서요."

임인건이 짧게 대답했다.

"간단하게 말하고 가겠네."

노인은 자리에 앉지도 않고, 에헴 하고 기침을 한 번 하더니 말을 이었다.

"전화로도 여러 번 얘기했지만……."

임인건이 굵은 목소리로 노인의 말을 중단시켰다.

"어르신, 또 그 끈에 관한 겁니까?"

"그러네."

"그거라면 전화로 저도 충분히 말씀드렸잖습니까. 더 이상 '이야기'는 할 필요 없을 것 같습니다."

임인건은 '이야기'에 군이 힘을 주어 말했다. 눈에 보이는 대가를 제시하라는 우회적인 표현이었다. 임인건은 건장한 몸을 꼿꼿하게 세워 김성노와 마주섰다. 노인의 머리 위로 얼굴 하나가 더 솟았다. 김성노는 늘 졸린 듯 반쯤 덮여 있던 눈꺼풀을 올려 뜨고 부리부리한 눈으로 임인건을 올려다보았다.

김성노는 옆에 선 우대원을 힐긋 보더니 잠시 사무실 밖으로 나가 있도록 했다. 사무실에 둘만 남자 김성노는 소파에 털썩 앉은 다음 임인건에게 말했다.

"이 늙은이가 이렇게 직접 왔는데도 말 한번 안 들어 볼 텐가?"

"이야기는 어르신이 보낸 그 변호사하고 이미 충분히 했고요."

"변호사?"

김성노의 목청이 살짝 뒤집어졌다.

"……혹시 고진이란 변호사가 여기 찾아왔었나?"

임인건은 속으로 코웃음 쳤다. 변호사를 보내 양면으로 작전을 펼치려고 한 주제에 시침 떼기는. 덕분에 끈의 값어치는 확실히 알았어. 절대 헐값에 넘겨주지 않아.

그는 '영감, 당신이 보낸 거잖아.'라고 말하는 대신 입을 꾹 다물고 그저 "예." 하며 고개를 끄덕였다. 김성노는 입을 벙긋 하다가 입을 다물고 으으음 하는 신음 소리를 냈다.

"하여간, 좋아."

김성노는 입맛을 한 번 쩍 다시고는 다시 말했다.

"그동안 내가 도와줬던 일을 잘 한번 떠올려 봐."

"예, 어르신도 잘 생각해 주십쇼."

임인건이 느물대며 말했다. 김성노는 한껏 참는 모양새였다. 이 장면에서 아쉬운 쪽은 김성노임이 분명했다. 어쩔 수 없이 힘의 균형은 임인건 쪽으로 기울어져 있었다. 임인건은 이 순간 새로 얻은 자신의 힘을 충분히 만끽했고, 또 그 힘을 발휘하고 싶었던 모양이다. 오랫동안 굽실거려 왔던 전주 김성노에게.

그는 말했다.

"이참에 차라리 애들 휴가라도 한번 보내 줬으면 싶긴 합니다만."

"휴가?"

그 뜻을 알아들은 김성노는 입을 실룩거렸다.

임인건은 나중에 이렇게 생각하게 된다.

하필 이때 에어컨이 고장 나지 않았더라면, 그리고 하필 이때 김성노가 사무실을 방문하지 않았더라면, 또 그렇더라도 자신이 하필 휴가 이야기를 꺼내지 않았더라면, 그리고 김성노가 그 제안을 받아주지 않았더라면 세 똘마니들은 살 수 있었을 거라고.

11

검은 그랜저는 아침나절의 맑은 공기를 가르며 경춘가도를 달렸다. 목적지는 북한강변 풍광 좋은 곳에 자리한 김성노의 별장. 뚱뚱한 우대원이 운전대를 잡으니 큰 그랜저도 꽉 차 버린 듯했다. 조수석에는 강태수가, 그 뒷자리에는 맏형인 김종낙이 앉아 있다. 우대원은 막내가 아닌 자신이 운전을 한다는 사실에 약간의 불만이 있었지만 강태수의 깨진 이마를 보면 입 밖에 꺼낼 수 없었다. 곧 다가올 뜨거운 밤에 대한 기대가 불평을 덮은 때문이기도 했다.

김성노는 임인건이 몇 번 뻗대 봤자 결국은 돈줄인 자신의 말을 들을 거라고 자신했던 모양이다. 그런데 임인건은 믿는 구석이 있는 듯이 돌연 안면을 바꾸어 버렸다. 김성노는 자신의 돈으로 간판을 달고 영업을 해 온 임인건이 그렇게 뻣뻣하게 나올 줄 미처 몰랐겠지만 끈을 받아 내려면 이미 통제 영역 바깥으로 가 버린 임인건을 살살 달랠 수밖에 없었다. 임인건은 반 농담 삼아 에어컨도 고장 난 김에 애들 데리고 시원한 북한강 별장에나 며칠 가 있고 싶다고 했다. 김성노는 마지못해 한 뭉치의 돈과 함께 별장 키를 건네주었다.

임인건은 수금을 마치고 들어온 김종낙과 강태수, 그리고 사무실에서 빈둥거리던 우대원을 모아 놓고 별장 열쇠와 함께 돈을 던져주었다.

"여자애들 불러서 며칠 놀다 와."

더운 선풍기 바람에 시달리던 우대원은 덩치에 어울리지 않게 함박웃음을 지었고, 아침나절에 짜증스러운 얼굴로 사무실을 나가 수금한 돈 몇 푼을 들고 땀을 뻘뻘 흘리며 돌아온 김종낙과 강태수도 그제야 인상을 풀고 히죽댔다.

세 사람은 바로 다음 날 사무실 문을 닫고 부리나케 떠났다. 원래는 임인건도 같이 갈 계획이었지만 막판에 일이 생겼다. 주먹계에서 은퇴한 선배의 부친이 불볕더위에 쓰러져 명을 달리한 통에 문상을 가야 했다. 휴가 가서도 보스 수발을 들 뻔했던 김종낙 등에게는 쾌재를 부를 일이었다.

북한강변 별장을 잡아 놓고 여자애들 부르면 뒤집어질걸. 노는 것도 수준이 있지, 이건 '가오'가 산다. 돈 많은 영감의 별장이니까 방이 적어도 세 개는 있을 거고…… 아니, 두 개만 있어도 한 팀은 거실을 이용하면 된다.

"그런데 애들은 어디서 조달하지?"

"현지에서 보도방 애들 부르면 어때?"

강태수, 우대원이 어수선해하는 사이 김종낙이 잘라 말했다.

"지랄, 약 먹었냐? 별장까지 가서 개들 부르게. 그런 애들 돈만 밝히고 서비스는 개떡이야. 요 밑에 룸빵에서 얼굴 아는 애들 불러. 나중에 택시비 준다 그러고 밤에 출근하면 그때 따로 오라고 그럼 돼."

세 사람은 끔찍하게 더운 사무실을 피해 일찌감치 오전에 출발했다. 김성노의 별장에 도착해서 술을 마시고 있다가 밤에 도착할 룸살롱 아가씨들을 기다리기로 했다.

적어도 둘 이상이 한 조가 되어서 움직이라는 임인건의 명령을 떠나서라도 요즘 세 사람은 이상한 낌새를 번갈아 느끼고 있었다. 누군가가 자신을 주시하고 있다는 기분, 혹은 뒤를 밟히고 있다는 기분. 하지만 "지난 번 그 미친놈들 땜에 그래. 기분 탓일 거야." 하고 가볍게 치부했다. 둘이서 다니라는 임인건의 말은 나이 든 탓에 갖는 괜한 걱정 정도로 여겼다. 일일이 신경 곤두서는 꼴을 동료에게 보여 봤자 낯만 깎인다. 아무래도 임인건보다는 세상을 덜 살았다. 이런 그들이었기에 곳곳에 사람의 눈과 CCTV 카메라가 있는 도심과 달리 북한강변의 한적한 별장은 수월하게 범죄의 무대가 될 수 있다는 점에는 생각이 미치지 못했다. 그리고, 술과 여자로 밤을 불태울 기대감에 경춘가도를 신나게 달리고 있는 그랜저 뒤를 두 명의 남자가 탄 스타렉스가 힘을 죽인 코뿔소처럼 줄곧 따라붙고 있다는 사실 또한 알아차리지 못했다.

마을과 동떨어져 강물이 내려다보이는 언덕 위에 자리한 김성노의 별장은 불볕더위가 판을 치는 서울과는 딴판인 별천지였다. 김종낙은 도착하자마자 '닭살이 돋을 만큼 에어컨을 세게 틀어 놓고 소파에 널브러졌다. 조수석에서 내내 졸았던 강태수는 잠이 덜 깼는지 안방에 들어가 버렸다. 침대에 드러누울 태세였다. 김종낙은 우대원에게 마을 슈퍼에 가서 술을 사 오라고 시켰다.

"태수는요?"

우대원은 부루퉁하게 되물었다. 막내인 태수를 놔두고 왜 자신을 부리느냐는 불만이었다. 안 그래도 성질 더러운 태수보다 자기를 좀 만만하게 대하는 것 같아 평소에 불만이 있던 터였다.

"새꺄. 너가 여기 있잖아. 살도 빼게 다녀와."

김종낙은 던지듯 말하고는 소파에 아예 드러누워 버렸다.

'운전도 내가 했는데.'

속으로만 대꾸한 우대원은 테이블에 팔을 짚고 거대한 몸을 일으켰다. 김종낙의 지갑에서 돈을 몇 장 꺼내들고 현관문을 나섰다.

김성노의 별장은 담벼락 대신 하얀 목조 울타리가 넓은 정원을 둘러싸고 있어 더 운치가 있다. 울타리라고 해 봤자 허리보다 약간 높은 정도여서 온전히 제 구실은 못하고, 그저 언덕 아래에서 올려다보는 외부의 시선을 차단하는 역할 정도다. 조금 전 별장에 들어올 때 대문은 잠가 두지 않았다. 여자들과의 뜨거운 밤을 저마다 그리며 셋이서 그랜저에 올라탄 순간 위험을 감지하는 센서는 이미 어디론가 훨훨 날아가 버린 상태였다. 터프하다고 자부하는 남자 셋이 움직이는 판에 문단속 따위에 신경 쓸 겨를이 없다.

우대원은 현관문 앞에 서서 언덕 아래를 내려다보며 심호흡을 했다. 울타리 너머로 멀리 도도하게 흐르는 강물이 비쳤다. 땀 뻘뻘 흘려가며 돈 몇 푼 받아 내겠다고 미로 같은 골목을 헤매던 어제 일은 아득히 기억 속에서 사라져 갔다. 같은 더위라도 서울의 그것과는 달랐다.

"역시 공기는 좋네."

우대원은 현관문 앞에서 팔을 벌려 크게 심호흡을 한 다음 발을 내딛었다. 그가 빠져나온 현관문은 저절로 닫혔다. 발걸음을 막 떼는 순간, 언뜻 닫힌 현관문 뒤편에 사람 그림자가 비친다고 느꼈다. 동시에 목이 따끔했다. 목에 손을 대며 따끔한 쪽으로 돌아봤다. 자그마한 몸집의 남자가 조그맣고 하얀 막대기 같은 것을 손에 쥐고서 우대원을 멀뚱멀뚱한 눈망울로 올려다보고 있었다.

동냥하러 들어온 건가? 그런데, 분명 안면이 있다. 금세 떠오르지는 않지만.

의식이 흐려지는 가운데에서도 참 맹한 눈이라고 생각했다. 태수를 불러야 한다는 생각이 그다음 들었다. 하지만 목소리가 나오지 않았다. 땅이 휘청 기울었다.

우대원은 다리를 허공에 쳐들고 바닥에 자빠졌다.

*　*　*

"화 변호사님이 술값 내시는 겁니까?"

옆자리에 앉은 화미령에게 고진이 장난스럽게 말했다. 압상트의 컴컴한 조명 아래 음영이 깊게 진 화미령의 얼굴은 어떤 생각에 빠져 있는 것 같았다.

"알았어요, 내가 낼게요. 내가 만나자고 했으니까."

화미령은 생각에서 깨어나 쓴 웃음을 지었다.

"술값은 원래 더 잘나가는 사람이 내는 거니까."

고진이 말했다. 화미령의 입가에 서려 있던 가벼운 쓴웃음조차 금세 사라졌다. 류경아는 고진과 화미령 두 사람 앞에 잠깐 앉았다가 대화에서 소외되자 아예 멀찍이 떨어져 코빼기도 내비치지 않고 있다.

"오늘 용건은 뭐, 김성노 할아버지 일이겠죠?"

고진이 물었다.

"눈치가 빠르시니까 길게 얘기할 필요가 없어 편하네요."

화미령은 고개를 돌려 고진을 정면으로 쳐다보았다.

"왜 김성노 씨의 의뢰를 받아들였죠?"

고진은 고개를 돌리고 잔을 천천히 기울였다.

"역시. 좀 해괴하긴 했죠? 노인의 망상일 수도 있는."

어쩐지 냉소적인 혼잣말처럼 들렸다.

"그런 사건이 고 변호사님한텐 흔한가요?"

"절대 흔하지 않죠. 그래서 받아들였습니다. 그리고 나도 한 가지 화 변호사님한테 궁금한 게 있어요."

고진이 화미령을 보며 말했다.

"저한테요?"

"화 변호사님은 왜 그 의뢰를 말리지 않았는지 하는 거죠."

"제가 왜 말려요?"

"황당한 의뢰라고 생각하셨잖아요?"

"남의 일에 감 놔라 배추 놔라 할 수 없는 거잖아요."

"좀 섭섭한데요."

"뭐가요."

"자기 일로는 거절했지만, 난 그걸 맡든 말든 상관없다?"

"김성노 씨가 고 변호사님하고 연결해 주길 원하는데 제가 중간에서 자를 순 없잖아요. 고 변호사님의 선택에 맡겨야죠. '뒷골목' 고 변호사님은 좀 다르게 받아들일 수도 있겠단 생각이 들었어요. 그래도 설마 받아들이실 줄은 몰랐지만요."

고진은 희미하게 웃었다.

"왜 안 하겠습니까? 이야기가 맞아 들어간다면 평생 꿈도 못 꿀 거액을 단번에 거머쥐게 되는데요. 로또보다 훨씬 높은 확률이고 훨씬 고액이에요. 해적선의 보물찾기보다는 해볼 만하지 않을까요."

화미령이 고진을 빤히 쳐다보았다. 하지만 조명 탓에 내면을 드러내는 미세한 표정까지 분간하기는 어려웠다. 화미령은 카운터 위로 손가락을 뻗어 술잔을 마실까 말까 망설이듯 톡톡 두드렸다.

"그게 다인가요? 하여간에 그런 말로 요리조리 피하기만 하고, 정말 속을 내보이기 싫어하는 분이시네요…… 김성노 씨는 사실 그래요. 과거의 기억에 젖어 계시고 솔직히 노인 특유의 옹고집도 강한 분이시죠. 그럴 만하다는 생각은 들어요. 하지만 고 변호사님이 거기에 호응해서 보물을 찾겠다고 소동을 벌이기엔 확률이라든가, 가능성이라든가 그런 문제로 보면 좀 그렇지 않나요? 설마 의뢰비 1억 원을 받고 먹튀할 속셈은 아닐 테고."

"글쎄요."

고진은 씩 웃으며 얼버무렸다. 화미령이 다시 물었다.

"그냥 재밌을 것 같아서, 되든 말든 해보자, 그런 마음이었을까요?"

"설마요. 그것만으로 노인의 장단에 춤추며 시간과 에너지를 낭비할 순 없죠."

"그럼 어떻게든 돈이 될 수 있는 사건이라고 믿으셨단 거네요."

고진은 뭔가 말하려는 듯 입을 움찔거리다가 그 안에 술잔을 털어넣는 것으로 대신했다.

"관두겠습니다. 있는 대로 이야기하면 화 변호사님이 날 심판하려들 것 같아서요."

"제가 심판한대도 신경이나 쓰실까…… 알았어요. 그건 그렇고."

화미령이 화제를 돌렸다.

"임인건 씨 사무실에도 찾아갔다면서요. 끈을 안 내줄 게 뻔한데 대체 왜 그랬어요?"

고진은 곤란하다는 듯 한쪽 팔을 카운터에 괴고 몸을 비스듬히 기울였다.

"윽, 그새 영감님이 화 변호사님한테 일러바쳤군요."

"영감님이 좀 헷갈려 하세요. 이게 자기 일을 도우려는 건지 뭔지 하면서."

"사실 임인건이 영감님한테 끈을 쉽게 넘겨줄까 봐 약간 자극하러 간 것도 있죠."

고진은 끈적하게 웃었다.

"네? 끈을 영감님한테 넘겨줄까 봐서라니, 왜요?"

"영감님이 임인건한테서 끈을 받아와서 그걸로 해결돼 버리면 내 몫이 왕창 줄잖아요."

"그런 이유라고요? ……그렇다고 고 변호사님이 그 끈을 받아 올 자신이 있는 것도 아닐 텐데."

"글쎄요. 어쨌든 영감님이 끈을 가져가버리는 건 재미없어요."

화미령은 끝까지 애매한 말로 일관하는 고진을 나무라듯 빤히 보았다.

"정말 한번 알아보고 싶네요. 고 변호사님의 관심은 검든 희든 색깔을 불문한 돈일까요? 아니면 도시의 뒷골목을 누비는 모험일까요?"

"돈이라고 대답한다면?"

"판타지가 깨지는 거죠. 이 사람은 어쩌면 '늙은' 어린 왕자가 아닐까 기대했는데."

화미령이 '늙은'을 힘주어 말했다. 고진은 손을 이마에 얹어 짐짓 고뇌하는 포즈를 취하더니 술잔을 획 비웠다.

"이런, 돈에 초연한 사람으로 비치고 싶진 않았는데……."

"그럼 아닌가 보죠."

"동화 속 인물은 이 도시에서는 유리천장 아래 인생에 불과하죠. 피터팬이 네버랜드를 나오면 별수 있겠습니까? 찜질방에서 잠이라도 얻어 자려면 돈 필요할걸요. 제비가 보석을 다 빼먹은 행복한 왕자는 정말 행복했을까요?"

화미령은 짐짓 고진을 노려보았다.

"나 참. 알고 봤더니 어린왕자는커녕 동심이라곤 눈곱만큼도 없는 분이네요. 스크루지는 그렇게 비겁한 변명만 일삼다가 인생 종쳤다죠."

"평생 악질로 살아도 말년에 회개한 척하면 구원된다는 게 그 동화의 교훈인 걸로 생각합니다만……."

화미령은 머리를 절레절레 젓더니 잠시 실례, 하고는 백을 들고 일어섰다. 고진은 화미령의 뒷모습을 시선으로 쫓다가 멀리서 이쪽을 보고 있는 류경아와 눈이 마주쳤다. 류경아가 먼저 시선을 돌려버렸다. 화미령이 화장실 문 뒤로 모습을 감춘 직후, 압상트 문이 벌컥 열리고 이유현이 허겁지겁 몸을 들이밀었다. 고진은 알아보고 손짓을 했다. 이유현도 손을 번쩍 들었다. 티셔츠 가슴팍 언저리에 땀이 흠뻑 번져 있는 걸 보니 바쁘게 걸어온 모양이다. 이유현은 고진 옆 스툴에 소리 나게 털썩 걸터앉으며 말했다.

"화미령 변호사도 나온다더니만 없네요?"

"자네가 지금 앉은 그 자리가 화 변호사 자리야. 화장실 갔어."

"웬일로 나까지 불렀습니까?"

"지난번에 미안했다고 술 한잔 산대."

쳇, 하고 이유현은 혀를 찼다.

"이제 와서요? 미안할 것 같으면 애당초 그런 식으로 일하지 말아야지. 아시다시피 임인건이가 지금 끈을 갖고 가 버린 바람에 얼마나 수사에 지장이 있습니까. 변호사들은 수사기관의 입장 따위는 눈곱만큼도 생각 안 하죠."

"수사기관도 변호사 입장 생각 안하는 건 마찬가지잖아. 서로 먹고 살기 힘든데 다 그런 거 아니겠어? 화 변호사도 그땐 그런 저런 사정을 몰랐던 거고. 오늘 미안하다고 자리를 만들었으니까 기분 풀어."

고진이 이유현에게 술을 시켜 주기 위해 멀리 있는 류경아에게 손을 번쩍 들었지만 맞은편 손님을 응대하고 있던 류경아는 여전히 눈인사만 보낼 뿐이었다. 토라진 인상이었다. 실컷 화미령하고 둘이서 이야기하다가 이제야 아는 척을 하냐는 듯이. 머쓱해진 고진은 입맛을 쯧 다셨다.

"젠장, 여기도 좀 덜 와야겠어. 단골 귀한 줄 모르고."

"서로 먹고살기 힘든데 이해하세요."

이유현이 이죽거렸다. 고진이 하, 하, 하며 메마르게 웃다가 이내 웃음을 거두고 말했다.

"그 끈 말이야."

고진은 몸을 바짝 기울였다.

"그게 우릴 굉장히 재밌는 곳으로 데려다 줄 것 같아."

"무슨 이야깁니까?"

"전화로도 잠깐 이야기했지만 그 끈은 백백교가 숨긴 재산, 그러니까 일본 국채로 추정되는 것과 관련이 있을 가능성이 아주 커. 내가 인터넷으로 오래된 신문을 찾아봤는데 확실히 그 무렵 조선총독부가 거액의 무기명 국채를 발행했다는 기록이 있었어."

"저도 그 개연성은 아주 높다고 생각합니다."

이유현 또한 이미 고진으로부터 백백교의 채권에 관한 이야기를 간략하게 전해 듣고 고개를 끄덕인 상태였다.

"김성노 영감한테서 사건 의뢰를 받았어. 끈에 적힌 글귀로 재산의 소재를 밝혀내고 채권을 받아 달라는 거야."

"뭐라고요?"

이유현이 질색하며 물었다.

"그럼 그 노친네 의뢰를 받아들였단 말입니까?"

"뭐 그런 셈이지."

"요즘 돈이 그렇게 궁했습니까?"

이유현의 말에는 어쨌든 용해운 사건과 관련이 있는 의뢰를 덜컥 받아들인 고진을 나무라는 원망이 담겨 있었다.

"궁해서 맡을 수준의 금액은 아냐. 지금 가치로 환산하면 7000억 정도 될 거라는데?"

"7000억요?"

이유현은 입으로 가져가던 술잔을 멈추었다.

"음. 찾은 돈의 20퍼센트를 준다는 걸 거절하고, 10퍼센트 하고 약간의 선불과 실비를 달라고 했지."

"으음…… 보수가 탐날 만은 합니다. 하지만 아무리 그래도 지금 한참 수사 중인 사건이잖아요. 형님한테 객관적인 입장을 기대할 수 있겠습니까?"

"꼭 그렇진 않아. 내가 맡은 건 오로지 채권을 찾아내는 일이야. 살인사건하고는 아무런 관계가 없다구."

"비겁한 변명은 하지 마시죠."

"음. 그 말은 조금 전에도 들었어."

"뭘요?"

"……아니. 아무튼 영감한테는 내가 끈에 적힌 암호문을 갖고 있다는 이야기를 안 했어."

"그래요?"

이유현이 목소리를 조금 누그러뜨렸다.

"그건 내가 자네한테서 받은 거잖아. 그걸 치사하게 김성노 할아버지의 의뢰에 이용하진 않았어. 자네가 준 암호문과 김 영감님 의뢰 건은 확실하게 분리해서 취급할 거니까 걱정 마. 김 할아버지는 자기가 임인건한테서 끈을 받아 올 테니까 그걸 이용해서 재산을 찾아 달라는 거거든. 영감님하고의 비즈니스는 어디까지나 영감님이 몸소 끈을 가져다준 다음에 시작될 거야. 만약 내가 그 전에 이 암호를 푼다 해도 그걸 들고 영감님한테 쪼르르 달려갈 일은 없어. 내가 의뢰를 받아들인 건 돈도 돈이지만 그 일 자체에 흥미를 느껴서야. 이거야 말로 현대의 보물찾기잖아. 내가 애국자는 아니지만 결과적으로 일본으로 유출된 국부도 되찾고. 얼마나 흥분돼?"

"음…… 음……."

고개를 끄덕끄덕하며 듣고 있던 이유현의 얼굴이 풀렸다.

"알겠습니다. 믿겠습니다. 형님이 제가 준 암호문을 김성노 영감한테 갖다 바칠 사람은 아니죠. 의뢰 자체에 흥미를 느끼신 거 같네요. 뭐 아닐 수도 있겠지만, 형님은 호기심이라면 몇백 억 정도는 눈 깜빡 안 하고 엿 바꿔 버릴 사람인 걸 아니까."

"자네가 아는 대로야."

화미령이 돌아오는 모습이 보였다. 이유현은 의자를 옮겨 앉아 고진과 자신 사이에 화미령이 앉도록 자리를 만들어 주었다. 화미령은 이유현에게 미소를 지어 보였고, 두 사람 사이에 의례적인 인사가 오가는 동안 고진은 지루한 표정을 지었다.

"본의 아니게 수사에 폐를 끼쳐 드린 것 같아 죄송해요. 그 끈이란 게 굉장히 중요한 증거물인가 보던데, 의뢰인이 원하는 대로 할 수밖에 없는 입장이라. 이해해 주시겠죠?"

이런 대화에 익숙한지 화미령의 말은 매끄럽게 흘러나왔다. 끈이 중요한 증거물이란 얘기는 현장에서도 분명히 했다. 그런지 몰랐다는 투의 말은 뒤늦은 변명에 불과했지만 이유현이 지금 와서 탓하기도 어렵다.

"아뇨, 괜찮습니다. 각자 입장이 있으니까요. 지금이라도 혹시 가능하다면 협조해 주시면 되죠."

"지금은 임인건 씨가 그 끈을 꽉 붙들고 있어서요. 김성노 씨도 될 수 있으면 끈을 돌려받아 경찰에 넘겨 드리려고……."

화미령의 말과 겹치며 휴대전화의 벨소리가 크게 울렸다. 이유현의 것이었다. 액정화면을 들여다보는 이유현의 표정이 굳었다. 광역수사대 누군가의 연락인 모양이었다. 이쪽에서의 급한 연락이란 퇴근 후든, 휴일이든 늘 사정을 가리지 않는다. 굳이 놀랄 것도 없다.

"퇴근 후에 맘 편히 한잔할 여유도 없군. 역시 경찰은 괴로워."

고진이 술잔을 기울이며 툴툴거리는데, 수화기 건너편의 이야기를 듣던 이유현이 버럭 소리를 높였다.

"뭐? 용해운이 보험사기로 조사받고 있다고?"

의외의 말에 고진도 힐끔 이유현 쪽을 쳐다보았다. 이유현은 어지간히 놀랐는지 주변의 시선을 의식 못 하고 휴대전화를 귀에 꽉 눌러댄 채 목소리를 높이고 있었다. 잠시 후 통화를 끊은 이유현은 멍한 얼굴이었다.

"보험사기라니 무슨 소리야?"

"용해운하고 남기만이 트럭에 받혔는데, 트럭 운전사가 고의로 받힌 보험사기라고 길길이 날뛰어서 같이 조사받고 있다는데요?"

고진의 입이 벌어졌다.

"정말 황당하군. 그 용해운이 보험사기 같은 조무래기 짓을 하다니. 이거 실망이 큰데."

이유현은 벌떡 일어섰다.

"아무래도 직접 이자들이 조사받는 경찰서로 가 봐야겠어요. 미안하지만 먼저……."

"것 참 땀도 덜 식었을 텐데 안 됐어."

고진이 건네는 위로의 말을 뒤로 하고 이유현은 허겁지겁 압상트 밖으로 사라져 버렸다. 고진이나 화미령이 뭐라고 더 말을 건넬 새도 없었다.

"어떻게 된 일일까요? 용해운이라면 명성실업에 와서 사무실을 뒤엎어놓은 사람이잖아요. 연속 살인 용의자로 알고 있는데 갑자기 보험사기를?"

화미령이 의아한 듯 말했다. 고진은 고개를 가로저었다.

"글쎄요, 나도 도무지 상상이 안 가네요. 정말 그자들의 정체가 그런 조무래기에 불과하다면 그것도 그것대로 설명이 안 되는 놀라운 일이고, 그게 아니라면 이게 어떤 의미가 있는지 도무지 이해가 안 가는 또 다른 수수께끼인 셈이죠. 아무래도 나중에 이 경감한테 어떻게 된 건지 물어봐야겠어요."

대화 중에 류경아가 카운터 앞으로 다가왔다. 조금 전까지도 고진을 외면하던 그녀였지만 앞에 와서는 늦게 와서 미안하다는 둥 애교를 떨며 화사한 웃음을 피웠다.

"경아 씨가 늦게 오는 통에 이유현 반장이 삐쳐서 가 버렸어."

"어머, 죄송해요. 이 경감님은 급한 연락 받으시면 삐치시나요?"

류경아가 나긋나긋하지만 뾰족한 어투로 말했다.

"젠장, 농담 안 받아 주면 안 올 거야."

류경아는 대꾸하지 않고 고진과 화미령의 잔을 차례로 채우며 말했다.

"두 분이 그새 많이 친해지신 것 같아요."

화미령은 가볍게 미소를 띠며 눈을 내리깔았고, 고진은 눈을 찡긋하며 장난스럽게 말했다.

"사랑과 우정 사이쯤?"

호호 하는 소리를 내며 류경아의 입꼬리가 올라갔지만 정말 웃고 있는지는 분명하지 않았다.

"고 변호사님의 이런 모습을 보니 참……."

"참, 뭐?"

"뭐랄까…… 안타깝네요."

"안타깝다고? 핫핫핫. 그러니까 술을 마시고 있지……."

헛웃음을 흘리던 고진은 웃음을 급히 멈추고 말했다.

"어? 그러고 보니…… 그림 어디 갔어?"

고진은 류경아가 서 있는 뒤편 벽을 건너다보고 입을 딱 벌렸다. 정체를 알 수 없는 추상화가 「마담X」가 놓여 있던 자리를 대신하고 있었다.

"웬 추상화야?"

"왜요? 멋지잖아요."

"뭐야, 저런 건 「마담X」에 비하면 얼룩에 불과해."

고진이 떼쓰듯 말했다.

"그냥 좀 분위기 바꿔 봤어요."

류경아는 가볍게 대꾸했다.

고진이 담배를 꺼내며 "섭섭하네. 중국·심천에 있는 유화촌까지 가서 사다 준 건데……." 하는데, 류경아는 고진 앞자리의 위스키 병을 긴 손가락으로 스치듯 건드리고는 휙 자리를 떠나 버렸다. 하늘거리는 등 뒤로 약간의 찬바람이 일었다.

"여자의 미소는 두 종류가 있죠."

옆자리의 화미령이 카운터 위에 가지런히 손을 모으며 말했다.

"눈이 같이 웃는 것과 입만 웃는 것. 금방 류경아 씨는 어느 쪽이었던 것 같으세요?"

"모르겠는데요. 경아 씨가 웃을 때 예쁘단 거 말고 다른 건 생각해 본 적이 없어서."

화미령은 조용히 고개를 저으며 말했다.

"대체 저 류경아란 여자분하고 그냥 단골 관계인 거 맞아요?"

"당연하죠. 남녀 사이로 보여요? 이런 내 얼굴로? 물론 그렇다면 영광이겠지만."

"영광?"

화미령은 푸훗 하고 웃었는데 재밌어서라기보다는 기가 막힌다는 듯한 느낌이었다.

"그럼 고 변호사님하고 나하고 이렇게 앉아 있는 건 자연스러운 그림인가요? 내 얼굴로?"

"아, 아닙니다. 말이 헛나왔군요. 그런 뜻이 아니고요……."

"됐고요."

화미령은 차갑게 말을 막았다.

"걱정 마세요. 그 나이 먹도록 여자 심리에 어두울 만큼 순진하게 살아왔다고 해석해 드리죠."

"어느 정도는 맞다고 해 두죠. 그런 뜻에서 역시, 지금쯤이면 화 변호사님이라고 부르는 것도 실례겠죠? 미령 씨."

고진이 반쯤 정색을 하고 말했다. 갑자기 변한 호칭에 화미령은 고진을 바라보다가 그만 웃음을 터뜨렸다.

"이런, 이 시점에서 웃음을…… 오늘 날 부른 건 친해지자는 뜻도 있는 거 아니었어요?"

"아니, 뭐 일단은 그렇다고 해 두죠. 그것도 그렇지만……."

그때 피리리 하며 문자수신음이 들렸다. 화미령이 백 안에서 휴대 전화를 꺼냈다. 손가락으로 화면을 터치해 문자를 확인하던 화미령의 눈이 휘둥그레졌다. 그녀는 뜨거운 것에 덴 듯 입술을 움찔거리며 말없이 고진에게 화면을 들이밀었다.

화 변호사님 제발 도와줘요 별장

"이게 뭡니까?"

고진은 발신 이름을 보고는 흥 하고 코웃음을 쳤다. 강태수였다.

"밤중에 채권추심이라도 하러 나갔나."

하지만 화미령은 곤혹스러워보였다.

"이런 일은 없었는데…… 이상해요."

화미령이 진지하게 말하자 고진이 물었다.

"별장이라는 말이 좀 이상하긴 하네요. 짚이는 거라도?"

"별장이라면…… 이분과 제가 같이 아는 별장은 김성노 씨의 북한강 별장 밖에 없어요. 포천에도 별장이 있지만 그건 이분이 모르고…… 어쩐지 다급하게 쓴 것 같은 메시지예요. 아마 이 북한강 별장으로 와 달라는 것 같은데……."

"별장에요? 이 야심한 밤에? 장난이겠죠."

고진은 어처구니없다는 듯 말했다.

고진은 화미령에게서 전화기를 건네받아 강태수가 보낸 메시지 화면에서 그대로 발신 버튼을 눌렀다. 벨소리가 한참 울리더니 음성 메시지를 남기라는 전자음으로 넘어갔다.

"전화기가 꺼져 있는데요?"

고진은 화미령에게 휴대전화를 넘겨주었다.

"뭔가 느낌이 이상하긴 하네요. 만우절 장난도 아니고. 수작을 거는 문자도 아니고."

"무슨 일이 생긴 거 같은데……."

화미령은 어딘가로 전화를 했다.

"어르신, 저 화미령인데요……."

김성노에게 건 전화였다. 화미령은 강태수의 메시지와 별장에 관해 물었다.

—어, 내가 북한강 별장을 며칠 빌려줬어. 다들 지금 거기 가 있을 거야.

김성노의 커다란 쇳소리는 수화기를 빠져나와 고진에게도 들렸다.

─혹시 별장에 무슨 일 생긴 거 아냐?

강태수 일행의 안전보다는 별장에 흠이라도 날까 봐 걱정하는 기색이었다.

화미령은 김종낙, 우대원에게 차례로 전화를 걸었다. 모두 전원이 꺼져 있거나 전화를 받을 수 없다는 메시지만 흘러나왔다.

마지막으로 걸어 본 임인건과 통화가 이루어졌다. 초상집에 가 있다고 밝힌 그는 이미 취해 있었고, 동생들을 별장에 보냈다, 잘 놀고 있을 것이다, 라는 말만 되풀이했다. 강태수로부터의 메시지는 받지 못한 듯했다.

"별장에 간 세 사람에게만 통화가 안 되고 있네요. 그중 한 사람인 강태수 씨는 저한테 메시지를 보냈고."

"지들 보스인 임인건도 있는데 왜 미령 씨한테 메시지를 보낸 답니까. 그것도 하필 오늘."

고진이 푸념하듯 말했다.

"그래서 더 이상하죠……."

화미령은 검지손가락으로 휴대전화기를 톡톡 두드렸다.

"자, 자. 내일 할 수 있는 일은 내일로 미루고 오늘은 술이나……."

고진의 말이 채 끝나기 전에 화미령은 백을 감아쥐고는 벌떡 일어섰다.

"가 봐야겠어요."

"지금 별장에 가신다고요?"

고진이 흠칫 놀라 물었다.

"김성노 영감님 눈치 때문에 그래요?"

"그것도 그렇지만……."

"의뢰인한테 제대로 충실하시네요. 야간에는 수임료 할증됩니까?"

고진의 말투에서 자리를 뜨려는 화미령에 대한 못마땅한 심정이 고스란히 드러났다. 화미령은 발끈한 듯 쏘아붙였다.

"그 때문만은 아니에요. 임인건 씨는 몰라도 이 사람들은 볼 때마다 늘 반가워하면서 제 편에 서서 잘해 주었던 분이에요. 이런저런 상담도 하면서 저한테 의지도 많이 했고. 메시지도 그렇고 연락도 갑자기 다들 안 되는 걸 보면 분명히 무슨 일이 생긴 모양인데, 만약 외면했다가 나쁜 일이 생기면 나중에라도 얼굴을 어떻게 보겠어요?"

"112에 신고해서 경찰더러 가 보라고 하면 어떨까요."

"그럴 상황이면 그 사람이 먼저 경찰에 신고했을 거예요. 경찰이 오면 께름칙한 일이라서 변호사인 저한테 연락한 건지도 모르죠. 그런데 제가 덜컥 경찰에 신고해 버리면 그 사람들 입장이 곤란하지 않겠어요? 일단 가 보고 만약 필요하다고 생각되면 경찰은 그때 불러도 늦지 않을 거구요."

고진은 도리 없다는 듯 고개를 절레절레 흔들었다. 더 이상 화미령을 말릴 명분은 없어 보였다. 위스키 잔을 기울여 한 모금에 비우고는 중얼거리듯 말했다.

"시니컬한 미소 뒤에 감추어진 따스한 인간미. 얼음처럼 차갑지만 목구멍으로 넘어가면 가슴을 데우는 이 술처럼 못 참도록 매력적이네요."

쯧 하고 입맛을 다시며 고진이 일어섰다.

"제가 같이 가죠."

"정말요?"

화미령은 말과는 달리 놀랍지 않다는 듯한 얼굴이었다.

"미령 씨를 어떻게 혼자 별장에 보내겠습니까."

굳었던 화미령의 표정이 풀렸다.

"턱걸이 합격이에요. 안 그러셨으면 실망했을 거예요."

12

술을 거의 마시지 않은 화미령이 자신의 승용차를 운전했다. 고진은 푸조407의 조수석에 앉아서도 좌석이 좁다는 둥, 가속력이 떨어진다는 둥 툴툴댔다. 김성노의 별장에 도착한 때는 서울에서 출발한지 50분가량 지난 후였다. 서울 시내의 교통 혼잡을 겪지 않았다면 30분이면 도달할 수 있을 거리였다. 화미령은 한 번 와 본 적이 있다고 했다. 펜션이 많은 양평군 서종면의 후미진 곳에 지어진 이 전원주택이 유유자적하는 평범한 노인네가 아닌 김성노의 구미에 과연 맞는 것인지 고진은 고개를 갸웃했지만 "사슴농장이 가까워서 이곳을 택하셨대요. 가끔 생피를 드시러 가거든요." 하는 화미령의 말에 과연, 하며 쓴웃음을 지었다. 별장은 언덕 위쪽이었다. 사람 허리 높이의 원목 울타리가 쳐져 있을 뿐이어서 건물 윗부분이 엷은 달빛을 받아 거뭇하게 드러났다.

도로에서 갈라져 들어간 별장 진입로에는 작은 자갈이 깔려 있었다. 속도를 줄였지만 타이어 아래에서는 기름 볶는 듯한 소리가 연신 울려 댔다.

"이 자갈 때문에 누가 올라오면 별장에서는 금방 알겠군요."

"이 길을 지나는 방문객은 100퍼센트 별장의 손님인 거죠. 이 길 위쪽으로는 저 별장 하나뿐이니까요."

둔덕을 지나자 별장 건물 옆에 검은 그랜저가 헤드라이트 불빛에 비쳤다. 강태수 일행이 타고 온 차량인 모양이다. 안에 사람은 없었다. 화미령은 그랜저 옆에 차를 대고 내려 대문을 밀었다. 나무 대문은 윤활유라도 바른 듯 소리 한 점 없이 열렸다. 잔디 사이로 건물까지 돌길이 나 있었고, 화미령은 조심스럽게 발걸음을 내디뎠다. 운전할 때까지만 해도 비교적 편안한 기색이었던 화미령은 정원에 들어와서부터는 긴장한 낯빛을 띠었다. 그도 그럴 것이 가로등 모양으로 세워진 외등 두 개 덕분에 마당은 비교적 환했지만 정작 별장 건물에는 단 한 점의 불빛도 보이지 않았다. 화미령에게 도움을 요청한 강태수 일행이 활동하고 있다면 이렇게 모조리 불이 꺼져 있을 리는 없다. 별장은 귀신의 집처럼 으스스한 기운이 감돌았다. 주변에 인가가 없는 곳이라 더했다. 거실과 안방 창문 바깥에 매달린 에어컨 실외기도 기능이 멈춰 있었다. 공기의 흐름은 고요했다. 어디선가 찌르르 하는 풀벌레 소리가 울리기 시작하자 화미령은 화들짝 놀라 고진을 돌아보았다. 어지간히 긴장했는지 눈동자 아래 흰자위가 번득였다.

"그렇게 놀라실 필요 없어요. 여기서는 미령 씨 눈이 제일 무서우니까."

고진은 겁먹은 표정을 지으며 양팔을 벌렸다. 화미령의 굳었던 표정이 피식 풀렸다. 만약 고진이 따라오지 않았더라면 여자 혼자 몸으로 집 안까지 들어가 보지는 못했으리라. 현관 앞에 도착한 화미령은 조심스레 손을 뻗어 현관 벨을 눌렀다. 응답이 없었다. 고진이 나서서 현관문 손잡이를 잡고 돌렸다. 손잡이는 기름칠을 한 듯 빙그르르 돌아갔다.

현관 안으로 몸을 들이밀었지만 센서 등이 작동하지 않아 여전히 어두웠다. 닫혀 있던 집 안의 후덥지근한 공기가 이들을 휙 덮쳐 왔다. 다행히 거실창문 바깥의 외등 불빛이 흘러 들어와 내부의 식별이 가능했다. 하지만 어스름 속에 보이는 거실 안쪽으로 사람의 형체는 없었다.

"강태수 씨!"

화미령이 현관 입구에 서서 높은 소리로 불렀지만 쥐 죽은 듯 조용했다. 이어 김종낙, 우대원의 이름도 외치다시피 해 보았지만 응답하는 목소리는 없었다.

"일단 불을 켜 봅시다."

고진은 신발을 벗고 거실로 올라선 다음 입구에서 스위치를 찾아 모두 눌렀다. 반응이 없었다. 스위치를 몇 번 더 눌러 보던 고진은 고개를 휘휘 저으며 안으로 성큼 들어섰다. 거실에 사람은 없었지만 사람이 있은 흔적이 있었다. 외등 불빛이 정면으로 비쳐 들어온 거실 테이블 위에 빈 물 잔이 넘어져 있었다. 그 옆에는 육포의 잔해와 수북한 담배꽁초가 나뒹굴어 있다. 그것 외에는 어질러진 흔적이 없다. 육포의 친구인 맥주병도 보이지 않고, 격투의 흔적도 없다. 부엌 쪽에 몇 개의 비닐봉지가 풀어져 있었다. 기분 탓일까. 시큼하고 불쾌한 냄새가 거실 안을 떠도는 것처럼 느껴졌다.

"저쪽이 안방입니까?"

고진이 거실 안쪽의 문을 가리켰고, 화미령은 파리해진 얼굴로 고개만 끄덕였다. 분위기에 질린 나머지 움직일 엄두가 나지 않는 모양이었다. 거실에서 복도 안으로 꺾여 들어간 쪽에 빠끔히 보이는 안방 문은 어둠에 잠겨 있었다. 고진은 저벅저벅 걸어가 안방 문을 밀었다. 문은 열리지 않았다.

"잠긴 모양인데요."

"문을 잠가 놓고 다들 어디 간 걸까요?"

화미령이 거실 한가운데 서서 조심스레 말했다.

"글쎄요, 현관문도 잠그지 않고…… 다른 방을 한번 둘러보죠."

다른 방은 두 개 더 있었다. 고진은 차례차례 방을 열어 보았다. 안방과 달리 문이 잠겨 있지 않았다. 한 개의 방은 옷장이 들어차 있고, 다른 방은 텅 비어 있다. 역시나 전등 스위치는 작동하지 않았다.

"잠겨 있는 안방 쪽을 열어 볼 수밖에 없겠는데요."

고진이 고개를 갸웃거리며 재차 안방 문 앞으로 다가갔다. 방문 앞에 서서 손잡이를 쥐고 덜컥덜컥 돌려보던 고진이 화미령을 돌아보며 말했다.

"잠긴 건 아닌 것 같아요. 입구를 뭔가가 막고 있어요."

문짝이 안 맞는지 방 문턱 아래로 틈이 벌어져 있었다. 고진이 무릎을 바닥에 대고 허리를 구부려 틈 사이로 엿보려 했지만 어림없었다. 고진은 인상을 구기며 일어섰다.

"뭔가 이상한데……."

고진은 허리를 뒤로 빼고 미는 자세로 바꾸어 어깨로 문을 밀어 보았다. 문은 조금씩 열리는 듯 했지만 덜컥덜컥 소리만 낼 뿐 좀처럼 벌어지지 않았다.

"제길, 이거 무슨 어드벤처 게임도 아니고……."

이번에는 고진의 농담에도 화미령의 굳은 얼굴이 풀리지 않았다.

"같이 밀어 봐요."

화미령이 팔을 뻗어 문을 같이 밀려 했지만 고진이 만류했다. 고진은 윗옷을 벗어 거실에 던져 놓고 팔을 걷어붙인 다음 다시 문에 들러붙었다. 관자놀이에 핏줄이 부풀어 오를 만큼 힘을 쓰자 문이 조금씩 열려 나갔다.

그 틈을 타 고진이 힘을 모았다가 한 번에 확 밀었다. 그 힘에 지이익 하며 무언가 무거운 물체가 바닥에 끌리는 소리와 함께 문이 밀어젖혔다.

고진은 문 언저리에 멈춰 섰다. 방 안은 완전히 캄캄했다. 창문은 있지만 커튼이 쳐져 있어 외등 불빛이 조금도 비쳐 들어오지 않았다. 거실도 닫혀 있었던 탓에 공기가 후덥지근했지만 방 안에는 한 층 더운 열기가 차 있어 숨이 턱 막힐 정도였다. 고진은 바지주머니를 뒤적여 라이터를 꺼냈다. 팅, 하는 지포라이터 특유의 청명한 음이 퍼지면서 동시에 희미한 불빛이 방안을 비쳤다.

고진은 자기도 모르게 신음 소리를 냈다. 고진의 뒤에 서서 어깨 너머로 방 안을 들여다보던 화미령도 앗, 하며 정제되지 않은 비명을 질렀다. 라이터 불빛에 의지해 겨우 물체의 형상 정도가 식별 가능했는데, 방 안이 매우 어질러져 있다는 어렴풋한 인식과 함께 이들의 시야에 우선 들어온 건 방바닥에 널브러져 있는 사람들이었다. 단순히 잠들어 있는 게 아닌 건 분명했다.

고진은 화미령의 앞을 막아섰고, 화미령은 입을 막으며 뒤로 물러섰다. 고진은 라이터를 끄고서 일단 방 밖으로 나왔다. 고진은 화미령의 가늘게 떨리는 어깨를 감싸고 그녀를 거실로 데리고 나왔다. 얼굴부터 목덜미까지 하얗게 질려 있었다. 화미령은 잠깐의 시간이 흐른 뒤에 겨우 두려움을 떨쳐 낸 듯 몸을 추스르며 말했다.

"일단 불을 켜도록 해 볼게요."

화미령은 현관으로 향했다. 현관 위 벽에 녹차밭 풍경이 프린트된 누전차단기 덮개가 붙어 있었다. 화미령은 덮개를 열고 차단 스위치를 올렸다. 손가락이 소리굽쇠처럼 떨리고 있었다. 전기는 반응이 없었다.

"두꺼비집 쪽도 아니네요……."

고진은 그 사이 거실 TV장 서랍과 부엌 싱크대 서랍을 모두 열어 보았지만 손전등 따위는 발견되지 않았다.

화미령은 현관두꺼비집 상자 앞에 우두커니 서 있었다. 갑자기 머릿속에 장막이 드리워져 무엇을 해야 할지 알지 못하게 되어 버린 사람 같았다. 고진은 일단 화미령을 거실로 데리고 와 소파에 앉혔다.

"잠깐 앉아서 마음을 진정하세요."

"네……."

화미령은 영혼이 새어 나간 사람처럼 공허하게 대답했다. 고진은 라이터를 켜고 다시 안방으로 다가갔다. 조그만 불빛에 의지해 바닥의 물건과 사람들을 건드리지 않도록 조심하면서 창가로 다가가 두꺼운 커튼이 드리워진 창문을 살펴보았다. 꽉 닫혀 있는 듯 보였던 창문의 틈이 살짝 떨어져 있었고 크레센트 자물쇠는 풀려 있었다.

"창문이 잠겨 있지 않은데."

고진은 고개를 갸웃거리면서 커튼을 열어젖혔다. 마당의 외등 불빛이 창을 통해 쏟아져 들어오면서 방 안을 분간할 수 있게 되었다. 고진은 라이터를 끄고 바지주머니에 집어넣었다.

방 안이 밝아지자, 문이 잠겨 있지 않았으면서도 잘 열리지 않았던 이유를 금세 알 수 있었다. 방문 뒤편에 커다란 일인용 소파가 떠밀려 있는 게 보였다. 떡갈나무로 만든 큰 소파였다.

"이런 게 문을 막아 놓고 있었군."

고진은 주먹으로 소파를 툭 내리쳤다. 떡갈나무 원목을 통으로 잘라 만든 몸체에 가죽을 덧씌운 종류로, 무게가 엄청나 보였다.

소파에서 시선을 떼자 시야를 메운 건 바닥에 널브러져 있는 세 구의 시체였다. 들어가서 바로 앞쪽은 뚱뚱한 우대원이 세로로 쓰러져 있었고, 그 옆에는 마주 보듯 김종낙이, 그 오른편으로 강태수가 가로로 누워 있었다. 한눈에도 이미 모두들 숨은 끊어져 있었다. 피는 보이지 않았다. 고진은 허리를 구부려 입구 쪽의 우대원부터 차례대로 시체를 살폈다.

"……이건!"

고진은 낮게 외마디 소리를 질렀다. 세 사람의 목에는 제각기 주삿바늘이 꽂혀 달랑거리고 있었다. 주사기 안에는 투명한 액체가 조금씩 남아 있었는데, 몸에 좋은 물질일 리는 없었다. 이 주사약이 그들을 죽음으로 이끈 게 틀림없었다. 김종낙, 우대원의 몸은 이미 사후경직이 상당히 진행된 듯 딱딱하게 변해 있었는데, 방 안이 워낙 더워서인지 체온이 사라진 몸이지만 차다차게 느껴지지는 않았다. 강태수의 경우는 조금 달랐다. 이미 돌덩이로 변해 버린 두 사람과 달리 가장 나중에 죽은 듯 아직 사후경직이 시작되지 않은 상태였고 체온마저 남아 있는 듯 느껴졌다. 후두부에는 흉기로 얻어맞은 듯 피가 맺힌 상처가 생생했다. 그의 머리 옆에는 큰 돌덩이만 한 백과사전이 귀퉁이에 피를 묻힌 채 놓여 있었고, 책장에서 빠져나온 책 몇 권이 같이 흩어져 있었다.

고진은 시체에서 고개를 들어 방 안을 살폈다. 안방은 그리 크지 않다. 입구 오른편에 침대가 놓여 있고, 맞은편 벽 오른쪽엔 원목 책장이 있다. 책장 안에는 김성노가 읽을 리 없는 장식용 책 몇 권이 듬성듬성 메우고 있다. 그나마 책 몇 권은 아래쪽에 떨어져 있다. 방

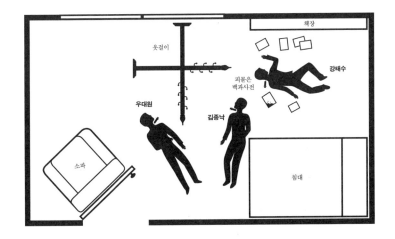

한가운데는 옷걸이가 두 개 엇갈려 쓰러져 있었다. 스치는 눈길에는 무언가 이것저것 넘어져 있다는 인식 정도만 있었을 뿐이다.

복도에서 조심스러운 발소리가 들렸다. 방문 입구에 화미령이 다가와 있었다. 화미령은 차마 방 안에 들어오지 못하고 문앞에 선 채 양손으로 입을 틀어막고 멍하니 서 있었다. 고진이 혀를 찼다.

"이런, 안 보는 게 좋았을 텐데."

"어떻게 이런 일이……."

희미한 불빛에도 파리한 뺨이 미세하게 떨리고 있는 것이 확연히 보였다.

"시체를 처음 봐서 쇼크를 먹으셨군요."

"시체도 시체지만…… 저건 뭐예요?"

화미령이 오른팔을 들어 가리킨 것은 방바닥에 쓰러져 있는 긴 원목 옷걸이였다. 고진도 그제야 멀찍이 떨어져서 옷걸이의 쓰러진 모양을 조감할 수 있었다. 옷걸이는 정확하게 십자가 모양을 그리며 바닥에 누워 있었다. 분명 옷걸이가 중구난방으로 쓰러지면서 우연히 만들어진 무늬는 아니었다. 우대원과 김종낙은 옷걸이로 만들어진 십자가를 양옆에서 우러러보는 위치에서 죽어 있었다.

"십자가 모양이잖아. 이게 도대체……."

시체를 여럿 본 적 있는 고진도 십자가 기호가 방 한가운데를 점령한 가운데 시체가 이를 숭배하듯 대칭으로 둘러싼 장면은 처음 보는 해괴한 것이었다. 그리고 그것은 이루 말할 수 없이 괴이하고 뒤틀린 느낌을 주었다.

오한이 일었다. 한여름의 한가운데인데도.

"아무래도 안 보시는 게 좋겠네요."

고진은 방문 앞에 서서 하얀 석고처럼 굳어 버린 화미령을 데리고 나가 재차 거실 소파에 앉혔다.

"좀 마음이 가라앉거든 112에 연락해 주세요."

그렇게 말해 놓고 고진은 안방으로 되돌아가 찬찬히 내부를 살피기 시작했다.

"분명히 남기만이라는 이 자식이 멀쩡히 트럭 출발하려는데 일부러 그 앞에다가 팔을 내밀었다고!"

이유현이 강서경찰서 당직실에 도착했을 때 트럭 기사 최두식은 커다란 덩치를 들썩이며 화를 내고 있었다. 반바지 차림의 그는 검은 양말에 샌들을 신은 발로 바닥을 차면서 소리를 높였다. 반면에 그 옆에 웅크리고 앉은 남기만은 마치 번호표를 뽑고 순서를 기다리는 은행 이용객처럼 무표정한 얼굴이었다. 용해운은 아예 뒤쪽에 구경꾼처럼 물러나 있었는데, 벽에 붙은 해진 소파에 몸을 묻고 반팔 티셔츠 사이로 깡마르지만 단단한 팔뚝을 내놓고서 팔짱을 끼고 있었다. 용해운의 눈은 분명 허겁지겁 뛰어 들어온 이유현을 발견했지만 기계에 부착된 검은 센서처럼 잠시 반짝했을 뿐 미동도 없었다.

담당 경찰은 최두식 쪽을 달래느라 애를 먹는 모양이었다.

"글쎄요. 조회해 봐도 이분들은 보험사기 전력이 없어요. 설마 첫 개시하는데 댁이 걸린 거겠습니까?"

"내가 바보요? 일부러 팔을 내민 게 빤히 보였는데, 내가 교통사고를 낸 게 아니라고!"

최두식은 답답하다는 듯 주먹을 쥐고 가슴을 탕탕 쳤다.

"얼마든지 조사해 보시죠."

남기만은 고개를 들어 경찰관에게 말해 놓고는 이어 최두식을 향해 이죽대듯 말했다.

"보험 처리만 해 주면 돼요. 없던 일로 해 준다지 않아요."

"뭐야! 이 새끼가!"

씩씩거리며 남기만에게 덤비려는 최두식을 경찰관이 손을 저어 말렸다.

이유현이 조사하는 경찰관에게 다가가 신분을 밝혔다.

"아, 예. 오신다는 연락은 받았습니다만."

경찰은 일어서서 가볍게 경례를 붙이고는 앉았다.

"어떻게 된 사건입니까?"

이유현이 경찰에게 물었다. 용해운과 남기만은 이유현을 힐긋 한번 보고는 고개를 돌려 버렸다. 무관심한 표정이었고, 당연히 오리라고 예상했다는 듯 무덤덤한 반응이었다. 이유현은 왠지 기분이 상했다. 상대방의 예상대로 일이 되어 가고 있는 듯한 기분이 들었다.

"뻔한 교통사고입니다. 최두식 씨가 트럭으로 남기만 씨 팔을 쳤는데, 최두식 씨는 남기만 씨가 트럭 출발하는 거 빤히 보면서 일부러 팔을 들이밀었다는 겁니다. 남기만 씨 일행인 용해운 씨는 남기만 씨 말이 맞다고 그러고. 다른 증인은 또 없어요. 그래서 여기서 아직까지 이러고 있습니다."

"사고가 언제 났는데 이 밤 시간까지 조사하십니까?"

"사고는 한 오후 8시쯤 넘어서 난 모양입니다. 강서구청 뒷길에서

옥신각신 하다가 결국 경찰을 불러서 이리로 오게 됐는데 그때부터 내리 지금까지 조사하고 있습니다. 뭘 이런 사건 갖고 야간조사까지 하겠습니까마는 양쪽이 하도 싸워 대서요. 최두식 씨는 보험 사기꾼들이라고 주장하고 남기만 씨는 빨리 인정하고 보험 처리 해 달라고 하고. 제가 말했죠. 남기만 씨 팔도 치료해야 되니까 다음 날 조사하자고. 그런데 그냥 여기서 끝장내겠다고 해서 조사가 길어졌어요.”

“무슨 수작입니까?”

이유현이 남기만과 용해운을 향해 물었다. 남기만은 움찔하며 다친 팔을 들어보였다.

“수작이라뇨? 보시다시피 교통사고를 당한 건데요.”

“난 이 트럭 기사분 말이 더 믿음이 가는데.”

이때 용해운이 소파 등받이에서 몸을 떼어 내 앞으로 천천히 내밀며 말했다.

“그러면 그렇게 믿으시든가.”

신경을 거스르는 말투에 이유현은 눈을 치떴다.

“예! 우린 보상만 받으면 됩니다.”

남기만이 갑자기 힘을 얻어 큰 소리로 말했다.

당직 경찰이 물끄러미 이유현과 용해운 일행의 설전을 지켜보고 있었다. 그 시선을 의식한 이유현은 일단 물러섰다. 일단은 담당 경찰이 교통사고 조사를 마칠 때까지 두고 보아야 했다. 이유현은 더 이상 말을 건네지 않고 당직실 안쪽의 비어 있는 의자를 당겨 앉았다. 의아해하는 경찰에게 말했다.

“이쪽 분들에 볼일이 있어서요. 조사가 끝날 때까지 여기서 기다리겠습니다."

중단되었던 최두식의 진술이 재개되었지만 남기만이 팔을 내밀었다는 똑같은 말의 반복이었다. 흥분했다 식었다 하는 차이가 있을 뿐 그 이상이 나오지 않았고, 그럴 수도 없는 진술 내용이었다. 남기만은 서툴게 흥분하지는 않았지만 트럭이 자신을 치었다며 한 치의 양보도 없었다. 용해운은 말하는 것도 귀찮다는 듯 경찰이 묻지 않으면 구태여 입을 열지 않았다. 경찰의 조사는 결국 최두식이 교통사고를 냈다는 쪽으로 정리되어 가고 있었다. 유사한 전력이 있거나 의심스러운 사고가 짧은 기간에 여러 차례 있었다든지 하는 경우가 아니라면 고의적으로 사고를 내 보험사기를 했다는 결론을 내리는 건 어차피 거의 불가능하다. 용해운과 남기만의 범죄 전력 조회 화면에 남기만이 절도죄로 복역한 사실이 떠 있었지만 보험사기와는 거리가 먼 범죄였고, 용해운의 전력은 깨끗했다.

"씨팔, 블랙박스 달아 놓는 건데."

트럭기사 최두식의 때늦은 한탄을 뒤로 하고 그의 패색이 짙어 갈 무렵 이유현의 휴대전화가 울렸다. 유오경이었다.

긴박하게 늘어놓는 그의 이야기를 듣는 동안 휴대전화가 부서져라 거머쥔 이유현의 손에 힘이 들어갔다.

"셋이 다 죽었다고……?"

아연해졌다. 김성노의 별장에서 사채업자 셋이 몽땅 시체로 발견되었다는 보고였다. 머릿속이 흐릿해진 이유현은 통화를 채 마치기 전에 용해운과 남기만을 보았다. 남기만은 무표정하게 고개를 숙이고 있었다. 하지만 이유현은 용해운의 입가의 응달 위로 겹친 그림

자같이 음습한 미소가 스치는 것을 확실하게 보았다. 그 순간 이유현은 아무런 증거물 없이도 온몸으로, 분명하게 직감했다. 범인은 이자들이라고.

이유현은 휴대전화를 끊고서 잠시 마음을 추스렸다. 용해운을 노려보다가 살인사건을 알려 온 휴대전화가 마치 증거물이라도 되듯이 그에게 내밀며 말했다.

"명성실업 직원들이 모조리 살해당했다는군."

용해운은 이유현을 마주보고 양 손바닥을 위로 펴보였다.

"그래서요?"

이유현에게는 '어쩌라고?'로 들렸다. 터져 나오려는 목소리를 억누르며 말했다.

"당신, 일부러 교통사고를 냈지?"

"마음대로 믿으시라니까."

용해운의 대답에는 일말의 주저함도 없었다.

"그것보단 우리 이 경감님이 여기까지 와 주었다는 게 중요한 거 아니겠습니까?"

용해운의 억양 없는 말투가 오히려 빈정대는 것처럼 들렸다. 이유현은 피가 역류하는 느낌에 자신도 모르게 몸이 움찔했다. 하마터면 용해운에게 덤벼들 뻔했다.

이유현은 화를 털어 버리듯 머리를 흔들고는 몸을 돌렸다. 경찰관 앞으로 다가가 책상에 양팔을 짚고 한 번 더 물었다.

"이 사람들 교통사고가 언제라고요?"

"오늘 오후 8시 좀 넘어서요. 강서구청 뒷길에서……."

"그때부터 줄곧 경찰서에 있었습니까?"

"물론이죠."

이유현은 대상을 바꿔 최두식에게 물었다.

"교통사고가 난 후 경찰서로 올 때까지 계속 이 두 사람과 같이 있었습니까?"

"당연하죠. 이 인간들이 없으면 혼자 뭐 하러 경찰서에 왔겠습니까? 계속 오리발 내미니까 여기까지 온 거죠."

이유현은 한숨을 쉬면서 허리를 곧추세웠다. 몸을 돌려 용해운을 노려보았다. 용해운은 천연덕스럽게 턱을 쳐들고 이유현의 눈길을 맞받았다.

"당신이 죽였지?"

이유현의 노기 서린 말에 용해운은 양팔을 펴 자신이 앉은 소파를 가리키며 차갑게 대꾸했다.

"여기서?"

용해운은 이어 어스름하게 웃음기를 비쳤다. 이유현은 또 한 번 충동에 움찔했다.

"자신하지 마. 곧 체포할 거니까."

"뭐든지."

용해운은 양팔을 모아 수갑을 차듯 천천히 쳐들었다.

"증거만 있다면."

모든 걸 삼켜 버리는 늪처럼 깊고 검은 용해운의 눈동자는 이유현의 분노를 외려 차갑게 가라앉혔다. 이유현은 시선을 돌렸다.

이유현은 강서경찰서 당직실을 나서다 말고 발길을 되돌려 여전히 씩씩대고 있는 최두식에게 다가갔다.

"포기해요."

"예?"

최두식이 눈을 크게 떴다.

"저자들한테 이만큼 욕을 하고서 아직까지 살아 있다는 게 얼마나 큰 기적인지 압니까?"

멍하니 입을 벌린 최두식을 뒤로하고 이유현은 경찰서를 성큼성큼 걸어나갔다.

이유현은 별장 살인사건을 관할인 양평경찰서에서 광역수사대로 이첩받았다. 용의자가 광역수사대에서 쫓고 있던 인물이라는 이유인데 범인이 누군지도 모르는 상황에서 이송 사유가 되니 안 되니 말이 많았지만 관할경찰서로서는 쌍수 들어 반길 일이고, 광역수사대가 의지를 가지고 있으니 무리 없이 처리되었다.

시체 부검 결과, 김종낙, 우대원, 강태수 세 사람 모두 목에 꽂힌 주삿바늘이 사인으로 판명되었다. 정확히는 주삿바늘에 든 약물이 사인이었다. 더 정확히는 독물이 아니라 호르몬이었다. 막대한 양의 에피네프린이 주사된 탓에 심장 박동수가 급격히 상승해 사망했다는 소견이었다. 세 사람 모두에게서 수면 마취제인 프로포폴 또한 다량 검출되었다. 보통의 성인 남자를 3~4일은 너끈히 재울 수 있을 양이었다. 목에는 주삿바늘 자국이 하나씩 더 나 있었다.

"처음에 프로포폴 주사를 목에 찔러 넣어 기절시킨 다음 재차 독물주사를 해서 살해한 것 같습니다."

유오경이 감식 결과지를 건네며 말했다.

"놀랍군. 덱스터도 아니고, 뭐야, 이놈들은?"

"프로포폴은 일단 상대방을 제압하기 위해서 쓴 것 같습니다. 의사 말로는 제아무리 싸움을 잘하는 사람이라도 목에 그만큼 프로포폴을 맞고는 손쓸 도리가 없었을 거랍니다. 범행에 엉성한 구석이 없어요. 아마도 별장 어딘가에 프로포폴 주사를 들고 숨어 있다가 한 명씩 차례차례 제압하고서 최후에는 에피네프린으로 심장을 펑 터뜨려 해치운 것 같습니다."

"아무나 구할 수 있는 약품은 아니잖아?"

"조사해 보니 용해운이 좀 큰 개인 병원 원무과에서 일한 경력이 있었습니다. 그 무렵에 구해 놓았던 게 아닌가 싶은데요. 병원 쪽 이야기를 들어 보니 에피네프린 같은 건 서랍 안에서 그냥 집어다 쓰면 되니 빼돌리기가 쉬웠을 거라 하고요, 프로포폴은 향정신성 의약품이라서 관리 대상이지만 역시 장부를 조작하면 충분히 가능했을 거랍니다. 만약 그렇다면 언젠가 살인에 쓸 요량으로 준비했다는 얘기니 정말 무서운 놈입니다."

이유현은 혀를 찼다.

"약물이 사실은 어떤 독보다 무서운 무기가 될 수 있다는 역발상이군. 용해운이는 온갖 자격증을 갖고 있었다던데, 약학 지식도 있었나……."

이상한 점이 몇 가지 있었다.

별장 누전 차단기의 전선이 잘려 있었다. 범인들이 일부러 잘라 놓은 게 분명해 보였는데, 그 이유를 알 수 없었다.

안방 창문은 발견 당시 닫혀 있었지만 잠겨 있지 않았는데, 굳이 문을 소파로 막아 놓고 창문으로 도망친 이유 또한 알 길이 없었다.

한 가지 더 이유현의 고개를 갸웃거리게 한 의문점은, 세 사람 중 강태수만이 머리를 둔기로 얻어맞았다는 사실이었다. 시체 옆에 떨어져 있던 백과사전에 피가 묻어 있었고, 머리의 타격 흔적과 망가진 책의 모서리 부분이 일치했다. 백과사전 모서리로 강하게 얻어맞았다는 결론이었다.

"프로포폴로 기절시켜 놓고 또다시 왜 백과사전으로 가격했을까?"

"백과사전으로 때려 기절시킨 다음 프로포폴을 주사한 거 아닐까요?"

"기절했는데 프로포폴을 왜 주사해?"

제자리로 돌아오는 이야기였다.

범인의 지문이 나올 거라는 기대는 애당초 없었기에 발견자인 고진과 화미령의 것을 제외하면 외부인의 지문이 별장 어디에도 찍혀 있지 않았다는 사실은 그다지 이상하지도 않았다.

하지만 이런 의문들은 세 사람의 사망 시각에 비하면 사소한 문제에 불과했다. 검시 결과 김종낙과 우대원은 고진과 화미령이 시체를 발견하기 약 11시간 내지 13시간 전에 사망한 걸로 추정되었다. 판정은 쉬웠다. 사후경직이 최고조에 달하는 때가 죽은 뒤 12시간 정도인데, 이들의 사후경직 상태가 그랬던 것이다. 반면 강태수는 시간대가 달랐다. 고진이 시체를 발견하기 직전 무렵인 걸로 판명되었다. 고진도 양평경찰서에서의 진술 시에 강태수의 시체가 말랑말랑

했다고 했으니 부검 결과와 일치한다. 사후경직은 죽은 지 1시간 이후에 시작되니까 발견 무렵의 강태수는 살해당한 지 적어도 1시간은 넘지 않았다는 이야기다. 결국 범인은 고진이 도착하기 전, 아무리 멀리 봐야 1시간 이내에 범행을 저지르고 도주했다는 결론이었다.

고진이 시체를 발견한 시각이 오후 10시 40분이다. 그렇다면 김종낙과 우대원은 시체의 강직 상태로 보아 오전 9시 40분에서 11시 40분 사이에 살해당한 셈이다. 강태수의 사망 시각은 빨라도 시체 발견 1시간 전이니 오후 9시 40분부터 10시 40분 사이에 살해당했다는 이야기가 된다. 범인이 세 사람을 시간 차이를 두고 살해하는 일이야 당연히 있을 수 있다. 아침에 둘을 살해했고, 저녁에 한 명을 더 살해했다고 해도 범인이 용해운쯤 되면 그다지 충격적이지는 않다. 그런데, 범인이어야 할 용해운 일당은 김종낙, 우대원은 몰라도 강태수의 사망 시각에는 200킬로미터 떨어진 강서경찰서에 있었다. 그리고 그 증인은 이유현이었다.

고진은 소파에 몸을 묻고 담배에 불을 붙였다. 이유현은 인상을 찌푸리면서도 묵묵히 아파트 창문을 있는 대로 활짝 열어 놓고는 부엌 의자 하나를 거실에 가져다 놓고 물잔 두 개를 사이에 두고 고진과 마주 앉았다. 한풀 꺾인 더위는 대낮이어도 견딜 만 했지만 담배 연기와 같이라면 비흡연자로서는 고역이다. 일요일 낮, 이유현은 '참고인' 고진을 자신의 아파트에서 만났다. 이 사건은 그렇지 않아도 병적인 고진의 호기심을 한껏 건드린 모양이었다. 평소라면 잠에 취해 있을 휴일 아침나절임에도 한걸음에 이유현의 아파트로 달려

왔다.

"형님이 발견했을 때 강태수는 죽은 지 얼마 되지 않은 것 같았다면서요?"

"그랬지, 분명…… 이미 뻣뻣해진 다른 두 사람하고는 상태가 달랐어. 부검 결과로도 그렇지 않던가?"

"맞습니다. 강태수는 형님이 도착하기 얼마 전에 죽은 걸로 판명되었어요. 방 안에 있던 세 사람 다 사인은 에피네프린 주사였어요."

"에피네프린? 그건 심장병에 주사하는 약 아니야?"

고진은 오른손으로 자기 심장에 주사를 놓는 흉내를 냈다.

"예. 그런데 심장병 약이라고 심장에 주사합니까?"

고진은 심장에 갖다 댔던 손을 슬그머니 내렸다.

"심장박동수를 늘리고 혈관을 수축시키는 약물인데 한 번에 과도하게 주사하면 심장고동이 미친 듯이 올라가며 즉사한답니다. 앰플 하나가 1시시인데, 한 3~4시시씩을 주사기에 넣고 찌른 모양이더군요. 심장 박동이 순식간에 200~300이상으로 올라가며 돌연사했을 거랍니다."

"치료약이 무엇보다 강한 독이 된다 이거지. 아이러니컬하군."

"독이 약으로 쓰이는 경우도 있으니까요."

"그런 경우가 어딨어?"

"있죠. 보톡스 있잖아요."

"……자네 요즘 성형에 관심 있나?"

"성형을 시키고 싶은 사람은 있어요."

"……나 보면서 그런 말 하지 마."

잠시 길을 잃은 두 사람의 대화를 이유현이 되돌렸다.

"형님이 도착했을 때 옷걸이로 십자가가 만들어져 있었다고 했죠? 우대원과 김종낙은 마치 양쪽에서 십자가를 우러르는 자세로 죽어 있고."

고진은 뿜어낸 담배 연기에 그날의 일을 비추어 보기라도 하듯 허공에 대고 눈알을 굴렸다.

"어. 그게 시체보다 더 무서웠어. 마치 두 사람은 십자가를 숭배하면서 죽고, 강태수는 그 의식을 방해하러 뛰어들다 뒤통수를 맞아 죽는 벌을 받은 모양새였어."

"용해운 일당이 왜 그렇게 해 놓았을까요?"

"글쎄, 그들 고유의 의식, 제식 뭐 이런 거 아니었을까? 아니면 백백교에 도전하거나 방해되는 자들은 처단한다는 의미였을지도 모르지. 특히 강태수는 무엄하게도 칼로 덤비기까지 했으니까. 보다 직접적으로는 임인건에게 보내는 경고의 의미가 컸을 거야. 등골을 서늘하게 만들어서 빨리 끈을 내놓도록 말이야."

"오컬트와 알리바이의 결합이라…… 이거 정말 뭐라 해야 할지 답답합니다."

이유현은 피해자들 모두에게 프로포폴이 주사된 사실 또한 알려주었다. 고진은 담배를 쥔 손가락을 흔들었다.

"어쨌든 이 시점에서 용해운과 남기만 외에 달리 범인을 생각할 수는 없겠지?"

이유현이 피어오르는 담배 연기를 손으로 쳐내며 말했다.

"물론 같은 생각이에요. 그 시각 경찰서에서 그자들을 직접 보지 않았겠습니까. 마치 다 알고 있었던 것 같은 태도, 조롱하는 눈빛. 마치 저를 기다렸다는 듯한 표정이었어요. 직관적으로 그자들이 확실하다고 생각했죠. 그런데 문제는 어떤 증거도 없을 뿐만 아니라 오히려 이자들에게는 철벽의 알리바이가 있어요. 일단 김종낙과 우대원 살해라면 별문제가 없습니다. 형님이 발견한 시간이 오후 10시 40분쯤이죠? 김종낙과 우대원은 시체의 사후강직 상태로 보아 그 12시간 전인 대략 아침 10시 40분 전후로 죽었다고 판명되었고, 그 시각에는 용해운과 남기만의 알리바이가 없어요. 각자의 집에 있었다고만 하거든요. 문제는 강태수입니다. 강태수의 사망 시각은 빨라도 발견 1시간 전이니 오후 9시 40분부터 10시 40분 사이에 죽었단 얘기죠. 그런데 용해운 일당은 오후 8시경 북한강변 별장에서 200킬로 가까이 떨어진 서울 강서구청 뒷길에서 교통사고를 당했고, 운전자하고 다투면서 경찰서까지 가서 줄곧 조사를 받았어요. 강태수를 살해한다는 건 불가능합니다. 이래서야 체포는커녕 교통사고를 조사한 경찰이 용해운의 알리바이를 증언하는 꼴이 돼 버려요.”

고진은 이유현의 이야기를 듣는 동안 증기 기관차처럼 줄곧 담배 연기만 뿜어 대다가 마침내 필터만 남은 담배를 비벼 끄며 말했다.

“그런데, 용해운의 알리바이도 알리바이지만 더 앞서 풀어야 할 문제가 있어.”

“더 무슨 문제를 제기하시려고요. 이것만으로도 충분히 골이 지끈거려요.”

이유현은 팔짱을 낀 채로 고개를 도리도리 저었다.

“범인의 행동이 이상하단 말이야. 살인을 저지른 후에 말이야, 멀쩡한 방문을 놔두고 왜 굳이 창문을 통해서 나갔을까. 게다가 방문은 소파로 막아 놓고. 도무지 납득이 안 돼."

"범인이 강태수를 살해한 직후에 형님과 화미령이 별장을 들어서는 기척을 알아챈 것 같아요. 진입로가 자갈길이었으니 차 소리가 크게 들렸을 겁니다. 범인은 소파로 방문을 막아 시간을 번 다음 창문으로 유유히 도망친 거죠."

"음…… 그게 합리적인 해석이긴 해. 방문자는 당연히 건물 현관을 통해 들어올 테니 시간을 번 다음 그와 엇갈려 창문으로 도망친다…… 굉장히 용의주도한데."

"별장에 들어서는 사람이 형님처럼 안 위협적인 남자일 거라고는 생각 못 했겠죠."

고진은 이유현을 빤히 쳐다보았다.

"음, 기분이 왠지 안 좋아지려고 해."

"그리고 이건 좀 이상하긴 합니다만……."

이유현은 망설이다가 말을 이었다.

"또 하나의 설명도 가능은 합니다. 가장 늦게까지 살아 있던 강태수가 아무도 못 들어오게 소파를 방문 앞에 밀어 놓은 게 아닐까요. 그리고는 형님이 들어가기 조금 전에 강태수가 자기 목을 주삿바늘로 찔러 자살한 거죠. 그런 거라면 상황이 설명되지 않습니까?"

이 가설에는 고진이 어이없다는 표정을 지었다.

"죽을 놈이 방문 앞에 소파는 왜 갖다 놔?"

"방해받지 않고 조용히 죽으려고……."

"강태수도 프로포폴을 맞아 완전하게 마취된 상태였다며? 그런데 어떻게 그런 행동을 하겠어?"

"소파를 문 앞에 갖다 놓은 다음 프로포폴과 에피네프린을 연달아 자기 목에 놓은 건 아닐까요?"

"자네…… 이성을 잃어 가고 있군."

고진은 이유현을 빤히 들여다보며 담배를 하나 더 빼들었고, 이유현은 그 시선을 견디다 못해 자신을 부정하듯 몸을 뒤로 뺐다.

"압니다, 알아요. 상식적으로 말도 안 된다는 거. 이건 그냥 물리적인 가능성으로 이야기해 본 겁니다."

"그런데, 그 두 가지 가설 다 자네가 싫어할 결론인데? 범인이 우리가 들어가는 시간에 엇갈려서 도망쳤거나, 아니면 강태수가 갑자기 이해할 수 없는 이유로 미쳐 그런 짓을 했다고 쳐. 그 어느 쪽도 범인은 용해운이 아닌 게 돼. 강태수가 자살했다는 가설이라면 아예 살인사건도 아닌 거고."

이유현은 꿀 먹은 벙어리가 되었다. 고진이 말했다.

"강태수가 자살한 건 아닐 거잖아. 괴상한 현장 상황은 그렇다치고 강태수는 죽기 직전에 화미령 변호사한테 급하게 도와 달라는 메시지를 보냈어. 아, 참. 강태수의 휴대폰은 찾았어?"

"못 찾았어요. 김종낙, 우대원의 휴대폰도 찾아내지 못했어요. 범인이 몽땅 어딘가에 버린 모양입니다. 통화 추적도 해 봤는데, 그날 밤 강태수 휴대폰에서 화미령 변호사한테 보낸 문자메시지가 마지막이었어요."

"기지국 추적도 해 봐야 하지 않을까?"

"기지국 추적 말입니까?"

도주 중인 범인을 추적하는 경우 말고는 경찰이 통화의 기지국까지 일일이 확인하는 경우란 거의 없다. 이유현의 의문을 안다는 듯 고진이 앞질러 말했다.

"그 메시지가 범인이 보낸 걸지도 모른단 생각이 들어."

"범인이……?"

이유현은 팔짱을 꼈다.

"응. 그 시간에 목격자를 만들기 위해서지. 그래야 알리바이가 확보되니까. 물론 시체 부검을 하면 사망추정시각이 나오니 굳이 발견자가 필요하진 않겠지만 그래도 있는 쪽이 좀 더 확실하고 극적이잖아?"

"흠…… 하지만 왜 하필 화미령 변호사한테 보냅니까?"

"용해운 일당은 처음 광역수사대에 왔을 때 임인건의 전화 한 통에 화미령 변호사가 달려와 열렬히 변호해 주는 걸 목격했어. 그러니 화 변호사가 임인건의 변호사라도 되는 줄 믿었을 거야. 강태수의 휴대폰 연락처에서 '화미령 변호사' 이름을 찾아내 메시지를 보냈을 수 있지. 아마 화 변호사가 직접 가지 않더라도 경찰에 연락해 주리라 기대했을 수도 있어. 직접 가 주면 더 좋았던 거고.

어쨌든 이건 가설이니깐, 일단은 그 메시지 기지국 추적을 해 봐. 만약 별장이 아닌 다른 데서 발송한 걸로 확인된다면 그 메시지는 강태수가 아니라 범인이 보낸 거야. 그러면 자연스럽게 그 시각 범인이 어디 있었냐는 것도 알 수 있게 되겠지."

"음, 그렇기도 하겠네요. 손해 볼 건 없겠죠."

이유현은 고개를 끄덕였다. 고진은 느긋하게 소파에 몸을 묻었다.

"한 가지 더 이상한 게 있어."

"또 뭡니까?"

"범인은 왜 다른 피해자들과 달리 강태수를 백과사전으로 때려눕힌 다음에 에피네프린 주사를 했을까 하는 점이야."

고진에게는 몰라도 살인의 증거를 찾는 게 제1 목적인 경찰 입장에서는 큰 관심이 가지 않는 문제다. 이유현은 가볍게 답했다.

"그딴 걸 알 리가 없죠. 반항하다가 한 대 맞은 거 아닐까요? 그냥 밉상이어서 한 대 더 때렸거나. 아니면……."

"알았어. 알았어."

고진은 손을 들어 별 알맹이 없는 이유현의 말을 제지했다.

"아무튼 용해운이 갑자기 보험사기니 뭐니 해서 이상하다 싶었어. 그런 잔챙이 짓을 하다니 실망이었거든. 그런데 알리바이를 만들기 위해 교통사고를 일부러 냈던 거였어. 정말 용해운다워. 경찰을 농락하는 수준을 넘어서 아예 알리바이의 증언자로 만들어 버렸어. 정말 대담한 놈이야."

고진은 용해운을 거의 칭찬하고 있었다.

"그 증인이 바로 나 아닙니까."

이유현은 불만스럽게 내뱉고는 속이 탄 듯 컵을 들고 찬물을 벌컥벌컥 들이켰다. 본의 아니게 자신이 용해운의 알리바이 증언자가 되어 버렸다는 이야기이니 어이없는 정도를 넘어 약이 바짝 오르는 일이었다. 울화통이 치민 이유현은 주먹으로 자신의 무릎을 내리쳤다.

"젠장, 화가 나지만 인정할 수밖에 없어요. 어떻게 생각해 봐도 용해운과 남기만은 범인이 되기 힘듭니다. 강태수는 발견되기 얼마 전에 죽었는데. 그 시각 200킬로 떨어진 강서구청 뒷길에서 교통사고를 당하고 경찰서에서 조사를 받고 있던 용해운 일당은 도대체 뭐란 말입니까."

이유현의 목소리가 높아졌다.

"흥분하지 마. 용해운과 남기만은 이 자리에 없어."

고진이 핀잔을 주었다.

"알리바이 생각만 하면 머릿속이 하얗게 비어요. 범인은 범죄 현장을 통해서 자신의 결백을 주장한 것이다, 이런 모순된 짓거리가 어딨겠습니까. 그렇다고 용해운이 범인이 아니라는 것도 말이 안 되고."

"범인이 쳐 놓은 덫이라고 해도 좋겠지. 하지만 상상할 수 없는 이상 어떡하겠어. 지금으로서는."

고진이 유유히 새 담배를 꺼내 물었다.

"제기랄!"

이유현은 머리를 세차게 흔들었다.

"이 사람아, 머리 그만 흔들어. 그러다 전두엽이 뒤로 돌아가겠네. 아무튼 설명할 수 있는 방법은 두 가진데, 어떤 가설을 세우든 용해운이 범인인 경우의 수는 없어. 경찰은 원래 사건의 수수께끼엔 관심이 없지. 왜냐? 일단 범인을 잡은 다음 어떻게 했는지 물어보면 되니까. 그런데 이번엔 그게 안 되겠는걸. 범인이 누군지는 아는데 체포할 수가 없잖아. 알리바이와 사실상의 밀실로 철저히 보호되고 있는 이 범인이 범인이라니, 황당한 일이지. 범인을 범인이라 부르지 못해. 하하하하하."

아무래도 고진은 이유현을 약 올리려 작정을 한 듯하다. 이야기를 흐리며 이유현의 얼굴을 힐긋힐긋 보고 있다. 이유현은 벌레 씹은 얼굴로 변해 갔다.

"마음 같아서는 당장 용해운과 남기만을 체포하고 싶겠지. 하지만 증거는커녕 오히려 용의자한테 확고한 알리바이가 있는 판에 영장이 발부될 리가 만무해. 법원 문턱을 못 밟는 건 당연하고, 아마 검찰 단계에서부터 영장이 기각될 거야⋯⋯."

하지만 느긋한 말투로 용해운 일당의 체포가 불가능한 이유를 주절주절 늘어놓고 있던 고진은 담배 연기의 장막에 가려진 이유현의 단호한 표정을 놓치고 있었다.

* * *

임인건은 명성실업 사무실 문을 잠근 채 창가 의자에 몸을 기대고 핏발 선 눈으로 방 안을 둘러보았다. 길거리의 소음이 유리창을 건너 아련하게 전해질 뿐 사무실 안은 딴 세상처럼 조용했다. 시끌벅적하던 세 사람이 없어진 빈자리는 컸다.

김성노의 별장 안방에서 부하들 셋이 몰살당했다는 사실은 며칠간 임인건의 뇌리를 붙들고 한시도 놓아주지 않았다. 같이 일해 온 세월이 있다 보니 부하들에게 측은한 마음이 들기도 하지만 그것보다는 온몸의 털이 곤두서는 공포감이 모든 걸 압도했다. 마침 선배 문상 가느라 별장에 같이 가지 못했다는 우연만 아니었다면 자신도 목에 주사기가 꽂힌 채로 그 안에 있었을 것이 틀림없다.

이틀 전 참고인 진술을 하러 갔다가 형사에게서 들은 이야기가 머릿속을 빙빙 돌았다. 형사는 별장에 부하들을 보내게 된 경위와 함께 임인건의 알리바이를 물었고, 임인건은 경찰을 상대로 오랜만에 사실을 이야기했다. 그 시각 선배 부친의 장례식장에 문상 가 있었다는 움직일 수 없는 사실을 거의 자랑스럽게 밝혔다. 임인건의 답변 뒤에 형사가 물었다.

"세 사람은 방 안의 십자가를 숭배하는 모습으로 죽어 있었어요. 혹시 뭐 짚이시는 거 없습니까?"

짚이는 게 있을 리가 없었다. 뒷골에 냉수를 쳐 맞은 기분이 들었다. 김종낙, 우대원, 강태수 모두 절이든 교회든 종교하고는 담을 쌓고 살아온 녀석들이다. 죽어 가면서까지 십자가를 숭배할 이유란 모르는 사람에게 무이자로 돈을 빌려줄 이유만큼도 없는 녀석들이다. 범인은 역시 그놈들이 틀림없다. 눈알이 헤까닥 돌아 버린 미치광이들. 그리고 십자가는…… 분명 경고다. 나에 대한. 임인건은 확신했다. 심장이 터질 듯한 불안감에 굵은 팔뚝이 덜덜 떨려 올 지경이었다.

원래 별 가구가 없는 사무실이지만 사람마저 비어 버린 모습은 스산함을 넘어 무서움을 유발했다. 임인건은 본능으로 닥쳐오는 무서움에 자존심으로 싸울 나이가 아니었다. 인정해야 했다. 자신은 분명 겁먹고 있다. 어쨌든 지금은 직원 한 명 없고, 눈 뒤집힌 미치광이들이 언제 목을 따러 들이닥칠지 모르는 판에 대출이든 수금이든 영업을 할 수 있을 리도 없다. 임인건은 어젯밤부터 뒤척이며 생각해 오던 일을 거의 결심하기에 이르렀다.

도망치자. 아니, 도망이라는 말은 어폐가 있다. 살인광들을 피해 잠시 몸을 감추는 거다. 경찰이 그들을 언젠가 체포할 수 있을지 몰라도 당장 나를 지켜 줄 순 없다.

임인건은 품에서 끈을 꺼내 책상 위에 놓았다. 분명 그자들은 이 끈을 죽기 살기로 찾아다녔다. 사람 셋 정도는 우습게 죽여 가면서. 넷일 수도 있었지만 임인건 자신의 강운으로 살아남았을 뿐이다. 애당초 상대할 자들이 아니었다. 끈이고 담보물이고 그냥 던져줘 버렸어야 했다. 그자들이 이 끈만 가져가면 더 이상 임인건의 목숨 따위 노릴 이유란 없다. 아니면, 이 끈이 경찰에 압수된다 해도 마찬가지일 수 있다. 이렇게 눈에 띄게 책상 위에 끈을 던져 놓으면 그 미치광이가 됐든 경찰이 됐든 누군가가 가져가겠지. 그러면 적어도 임인건 쪽은 타격의 대상에서 벗어나지 않을까.

임인건은 책상 위에 놓인 끈을 물끄러미 보았다. 미련이 새록새록 솟았다. 뭔지는 알 수 없지만 어떤 의미로는 비싼 물건이다. 당장 김성노에게 가져가도 거액을 받고 팔 수 있다. 만약 그자들이 어떤 형태로든 정리된 후에는 몇 배 비싸게 흥정할 수 있다. 자신이 모습을 감추어서 거의 사라질 수 있는 위험 때문에 이 값어치를 버릴 이유가 있나. 이 끈 때문에 부하들 셋이나 죽었다. 이대로 쉽게 넘겨주는 건 그들의 희생을 헛되이 하는 일이다. 그들의 목숨을 너무나 헐값으로 치는 셈이다. 임인건은 괴상한 셈법으로 이욕과 계산에 따른 자신의 선택을 합리화하고 있었다.

임인건은 책상 위의 끈을 다시금 집어 들었다. 두렵긴 하지만, 숨는다면 정말 완벽하게 숨을 자신이 있다. 그렇다면 끈을 이대로 내주는 건 바보짓 아닌가. 그자들이 언젠가는 잡히지 않겠나. 아니, 적어도 잡힐 가능성이 있다면, 그 가능성에 비벼볼 언덕은 있다. 끈을 둘둘 말아 보스턴백에 집어넣었다. 뒷주머니의 지갑을 꺼내 열어 보았다. 현금 48만 원과 아내 명의의 카드가 한 장 들어 있었다. 이 정도면 충분하다. 책상 맨 밑 서랍을 열어 몇 개의 대포폰 중 한 개와 충전기를 끄집어내 보스턴백에 던져 넣었다. 사무실 전화기로 집에 전화를 했다. 아내가 받았다.

"당분간 경찰이 오거든 모른다고 해."

아내는 어디로 갈 거냐며 구시렁거렸지만 임인건은 짧게만 설명했다. 그 정도로만 해 두어도 지금껏 그래 왔듯이 아내는 충실히 임인건의 말을 지킬 것이다.

임인건은 마지막으로 사무실 구석으로 걸어갔다. 새장 문을 열었다. 카나리아 모이를 듬뿍 담아 주고 물통에도 물을 가득 채워 주었다. 새장 문을 닫고 잠깐 카나리아에 눈길을 준 다음 등을 돌려 사무실을 나섰다.

13

광역수사대장 민호원은 차마 고개를 끄덕이기 어려운 서류를 들고서 주저하는 빛을 감추지 못했다.

"이 팀장, 이게 되겠나?"

민호원의 손에는 용해운과 남기만에 대한 구속영장신청서가 들려 있다. 이들에 대한 영장 건은 이제 검찰로 넘어가기 직전이다. 검찰이 승인하고 법원에 영장을 청구하면 법원이 발부 여부를 결정한다. 하지만 민호원은 이유현이 작성해 온 영장신청서를 검찰에 보내기 전 마지막 단계에서 머뭇거리고 있었다. 이유현이 재촉했다.

"저도 벼랑에서 발을 내딛는 심정으로 직을 걸고 체포했습니다. 영장만 발부된다면 어떻게든 수사는 할 수 있을 겁니다."

이유현은 이어 구구절절이 말했다. 어떻게든 영장을 신청할 필요가 있다. 일단 구속만 되면 증거는 찾아낼 자신이 있다. 이자들을 풀어 주면 살인이 또다시 발생할 가능성이 농후하다. 이유현은 만약 문제가 생기면 사직서를 내겠다고까지 했다.

실은 영장을 발부받으리라는 전망은 전혀 없다. 행여 운이 좋다면 검찰이나 법원에서 사건의 행간을 읽고 이런 터무니없는 영장을 발부해 줄지도 모른다고 기대를 걸어 본 것뿐이다. 수사의 논리가 아니라 운에 맡기고 주사위를 던지는 상황임을 모를 리가 없는 민호원이기에 거의 다그치다시피 하는 이유현 앞에서도 여전히 주저하고 있었다.

"지난번에 이자들을 체포했다가 곤욕을 치렀지. 이번에는 훨씬 신중해야 해."

"맞는 말씀입니다만."

"영장발부 요건은 용의자가 도주할 우려가 있거나, 증거를 인멸할 염려가 있을 때라고 되어 있지. 분명 이자들은 둘 다에 해당이 돼. 하지만 그보다 더 기본적으로는 범죄 사실에 대한 소명이 있어야 해. 먼저 혐의가 있어야 그다음 도주니 증거 인멸이니 따져보는 거지, 그게 거꾸로 되어선 안 된단 말이야. 그걸 이 팀장이 모를 리 없지 않은가?"

민호원의 원칙론 앞에 이유현은 잠시 머뭇거렸다. 민호원이 다시 말했다.

"수사를 이렇게 해 놓고 영장을 신청하면 검찰에서 또다시 비웃을 거야. 그건 알고 있나?"

"압니다."

이유현은 결심한 듯 말했다.

"하지만 검찰이나 법원에서 우리와 인식을 같이 해서 영장을 발부해 줄지도 모르는 일이지 않겠습니까. 아니면 실수로라도요. 증거가 부족한 상태에서 영장을 신청했다가 기각당하는 쪽도 위험하지만, 그보다는 이 살인자들을 그냥 내버려 두는 게 훨씬 위험합니다."

원론상으로는 안 되는 이야기지만 이유현이 솔직한 속내를 털어 놓자 그것이 오히려 민호원의 마음을 움직인 듯했다. 민호원은 무언가를 깊이 생각하는 듯 손에 쥔 펜을 만지작거렸다.

"……알겠네."

한참 만에 민호원이 입을 뗐다.

"늘 신중한 이 팀장이 이렇게까지 고집을 피우니 이번까지만 내가 양보하지."

당연한 말이지만, 마지못해 통과시켜 주는 민호원의 얼굴은 밝지 못했다. 혹시 맘이 변할까, 부리나케 영장신청서를 집어 들고 방을 나서던 이유현이 민호원 쪽을 흘긋 보니 흙빛이 되어서 고개를 절레절레 흔드는 남자가 서 있었다.

이틀 전 이유현은 빈약한 수사 기록을 들고 고민에 잠겨 있었다. 김성노의 별장에서 벌어진 이번 살인사건에서는 증거라고 이름 붙일 만한 것이 전혀 없었다. 있다면 수사관만이 알고 있는 그들의 동기뿐이었다. 부검 자료와 현장 사진이 있고 현장을 목격한 고진과 화미령의 진술이 있지만 그건 살인이 벌어졌다는 사실만을 알려줄 뿐, 범인을 가리키는 단서가 될 순 없었다. 임인건과 김성노의 진술도 간단하게 받았지만 휴가차 똘마니들을 별장에 보내 주었다는 말

뿐 알맹이가 없었다. 살인사건에 기본적으로 따라붙는 유전자, DNA 분석, 통화 목록, 이메일, 계좌 추적, CCTV 자료 어느 것 하나도 갖추어지지 못했다. 용해운과 남기만의 집 주변 CCTV를 조사해 이들의 행동 경로를 파악하려 했으나 하필 집 주변에는 CCTV가 설치되어 있지 않았다. 만약 대포폰을 이용해 집 주변으로 택시를 불러 잡아탄다면 대로변 CCTV에도 찍히지 않은 채 주거지를 '탈출'해서 북한강이든 어디로든 범죄 여행을 떠나는 일은 얼마든지 가능했다. 용해운이 일부러 그런 달동네를 주거지로 택한 것 같았다. 이들 명의로 등록된 차도 없었다. 하긴 용해운쯤 되는 자라면 범행에 차를 이용했다 하더라도 어디선가 구한 대포차를 이용했으리라. 휴대전화의 통화 기록에서도 단서가 나오지 않았고, 이메일 계정이 몇 개 있었지만 스팸메일만이 가득 차 있을 뿐이었다. 은행 계좌에도 별 특이점이 없었다. 딱 한 가지 경찰에 유리한 정황은 있었다. 강태수의 휴대전화에서 화미령에게 보내진 메시지의 기지국 추적 결과, 강서구청 역 부근에서 보낸 걸로 확인된 것이다. 그렇다면 별장의 강태수가 보냈을 리 없다. 그 시각 강서구청 부근에 있었던 사람은 용해운과 남기만이다. 하지만 이 사실은 어차피 그들이 범인이라는 확신에 약간의 자신감을 추가했을 뿐이다. 다른 확실한 증거가 있을 때 도와줄 보조 역할은 할 수 있어도 결코 독자적으로 유죄판결이나 영장을 받아 낼 만한 증거는 못 되는 것이다.

그런 상황에서 이유현은 책임을 질 각오로 결단을 내렸다.

일단 영장 없이 긴급체포해 놓고 48시간 이내에 다그쳐서 '자백'을 받아내자. 그것이 그에게 남은 마지막 계산이자 도박이었다.

하지만 광역수사대의 형사들은 대부분 말렸다. 수사에 있어 늘 공격적이던 윤영탁마저 신중론을 폈다.

"지난번엔 범인의 얼굴을 본 장문오가 그때까지 살아 있기라도 했죠. 이번 건에는 정말 아무것도 없잖습니까?"

"그럼, 살인마들이 버젓이 활개치고 다니는 걸 보고만 있으란 말이야?"

이유현의 강한 의지 앞에 형사들도 결국 입을 다물었다.

바로 다음 날, 이유현은 영장을 발부받지 않은 상태에서 전격적으로 용해운과 남기만에 대한 긴급체포를 단행했다. 용해운과 남기만은 의외로 별다른 저항 없이 순순히 체포에 응했다. 마치 경찰을 기다리고 있었다는 듯이. 남기만은 그가 거주하는 아현동 연립주택에서, 용해운은 철산의 단칸방에서 얌전히 형사들을 맞이했다. 체포와 동시에 주거지를 수색했지만 증거물이 될 만한 것은 발견하지 못했다. 심지어 컴퓨터조차 없었다. 원래부터 벼랑에서 한 걸음 내딛는 심정으로 체포하기로 결단을 내렸지만 이때부터 느낌이 매우 좋지 않아졌다. 필시 경찰이 덮칠 것을 예상하고 증거물이 될 만한 것은 다 정리해 버렸단 이야기이다. 그리고 주거지에서 증거물이 전혀 나오지 않았다는 건 오히려 용의자들에게 엄청나게 유리한 상황이다.

광역수사대로 압송되어 온 용해운과 남기만의 입은 역시 예상대로 철벽이었다. 취조실이 이젠 익숙한 듯 물을 가져다 달라는 여유까지 부렸다.

"살인이 있던 날 오전엔 뭐했습니까?"

"집에서 잤습니다."

조사실은 달랐지만 두 사람의 공통된 답변이었다.

"그럼 결국 알리바이는 없네요."

"그런 모양이죠."

용해운은 남 이야기 하듯 대답했다. 이유현의 마음에 드는 답변은 딱 여기까지였다. 용해운이 말했다.

"그날 밤에 살인사건이 있었다면서요. 난 그날 저녁부터 교통사고로 조사를 받고 있었습니다. 못 믿으시겠다면 날 조사한 교통경찰관을 불러서 물어보시죠."

이유현을 빤히 들여다보며 말했다. '당신도 그 자리에 있지 않았느냐'는 말을 않는 게 더 얄미웠다. 용해운의 카랑카랑한 목소리에 얹힌 자신감은 이유현의 의욕을 꺾었다. 용해운의 말없는 비웃음이 말하는 대로, 경찰을 불러서 물어보나 마나 이유현이 그 조사 현장에 있지 않았던가. 강서구청 기지국에서 강태수의 메시지가 발신된 사실을 들이밀어 보았지만 "모르는 일"이란 한 마디에 힘을 잃고 말았다. 더 이상 추궁할 말이 없었다. 이유현은 알리바이를 접고, 다른 측면을 파고들었다.

"당신들은 끈 쪼가리 하나를 목숨 걸고 찾아다녔지. 그런데 이젠 소용없게 됐어. 다 알아냈거든. 그 끈이 백백교 재산과 관련 있는 물건이란 거 말이야."

돌발적인 질문을 던져 흥분시켜 보면 뭔가 흘러나오지 않을까. 용해운은 담담한 표정으로 듣고만 있었다. 경찰이 어느 정도 안다는 사실이 그리 놀랍지 않은 듯 했다. 아니면 약간의 놀람이 철저한 가면 속에 감추어져 있거나.

"끈 얘기는 이제 지겨운데. 백백교 이야기도."

용해운은 딴청을 부리며 의자 등받이에 몸을 기댔다.

"임인건한테서 그 끈을 뺏으려고 죽인 거지."

"그럼, 임인건이 죽었습니까?"

용해운은 몸을 뒤로 기댄 채로 턱을 쳐들고 물었다.

"임인건은 아니지만 그 부하들을 모두 죽였지. 임인건은 하필 현장에 없었으니 목숨을 건졌고."

"부하들이 모두 죽었다, 그리고 그 범인은 나다, 이런 얘깁니까?"

화를 내는 게 아니면서도 딱 상대방을 불쾌하게 만드는 지점에 정확히 도달한 피치의 음성이었다.

"당연하지. 당신이 모두 죽였어!"

이유현은 짐짓 언성을 높여 보았다. 용해운은 상체를 다시 탁자 위로 숙이고는 팔꿈치를 탁자에 대고 깍지를 끼더니 목소리를 낮추었다.

"그렇다고 칩시다."

이유현은 눈을 치켜떴다. 용해운은 곤란하다는 듯 쯧 하고 혀를 한 번 차고는 한 마디 한 마디를 끊어내듯 던졌다.

"어떻게요?"

또다시 이유현의 말이 막혀 버렸다.

"그 시간에 난 교통사고를 당했던 것 같은데."

용해운은 마치 남 일을 이야기하는 것처럼 말했다. 이어 빈정대는 말투로 쐐기를 박았다.

"이 반장님도 그날 경찰서에 와서 보시지 않았던? 혹시 자신이 언제 어디에 있었는지를 기억 못 하시는 건가?"

"당신이 일부러 낸 거잖아, 그 교통사고는!"

이유현은 미간을 찌푸리고 소리를 높였다.

"알리바이를 일부러 만들려고……."

"그러니까!"

용해운이 또다시 톤을 높였다. 흥분한 목소리는 아니었지만 귀에 거슬리는 불쾌한 어조였다. 이유현의 말을 묻어 버린 용해운은 다시 소리를 뚝 잘라 던지듯 말했다.

"어떻게요?"

이유현의 뒷덜미에서부터 무언가가 욱 하고 치밀었다. 하지만 용해운은 언제 목청을 높였나 싶게 천연덕스러운 얼굴로 이유현을 지그시 바라볼 뿐이었다. 용해운의 능숙한 완급 조절과 신속한 공수 전환에 이유현의 얼굴은 풀무질당한 풍로처럼 시뻘겋게 달아올랐다. 반면 용해운의 움푹 꺼진 검은 뺨 위에는 실핏줄 하나 불거져 있지 않다. 뭉글뭉글한 저 용해운의 가면을 벗기고 싶은 마음이 목구멍까지 치밀었지만 도리가 없었다. 물증도 이치도 없다. 있는 것은 알리바이 뿐이다. 이유현이 스스로 몸으로 증명해 준.

용해운을 궁지로 몰 방법은 끝내 떠오르지 않았다. 이유현은 일단 조사를 중단했다.

영장 없이 긴급체포를 하고서 용의자를 묶어 둘 수 있는 시간은 48시간이다. 그 안에 구속영장을 청구해 발부받지 못하면 석방해야 한다. 구속영장이 발부되려면 물론 일정한 수준 이상의 범죄 증거가 있어야 한다.

"이자들을 일단 석방하시죠. 지금으로선 증거를 전혀 찾을 수가 없습니다. 일단 범행 시각이 안 맞아요."

윤영탁을 비롯, 형사들이 이구동성으로 말했다. 증거 없이 심증만으로 체포해 왔으니 뒤탈이 날까 봐 슬그머니 켕기기도 했으리라. 이유현은 곰곰 생각하다가 결심한 듯 두 손으로 책상을 쾅 내리쳤다.

"김종낙, 우대원 살인 건으로만 영장 신청하지."

"옛?"

"강태수는 시간상 불가능하지만, 김종낙하고 우대원이 죽은 시간에는 이자들의 알리바이가 없잖아. 집에서 잤다고만 하고 있으니."

형사들은 입을 멍하니 벌리고 있다가 정신을 차리고는 앞 다투어 이유현을 뜯어말렸다.

"팀장님, 그건 우리가 들어도 말이 안 됩니다. 시체 셋 중에 둘만 이들이 죽였다고요?"

"왜 말이 안 돼?"

"그럼 그게 말이 됩니까?"

워낙 터무니없으니 말로 설득할 필요조차 없다고 생각한 모양이었다. 강서구청에서 송신된 메시지는 시간상 강태수 살인과 관련 있을 뿐이다. 하지만 형사들도 결국 "내가 다 책임진다니까!" 하는 이유현의 말에 입을 다물고 말았다.

이리하여 증거 한 톨 없이 기어이 용해운과 남기만을 긴급체포하고 구속영장신청서를 작성한 이유현은 우격다짐에 가까운 설득으로 결국 민호원의 결재까지 얻어 냈다. 민호원의 방을 나오는 이유현의 얼굴에는 굳은 의지가 서려 있었다. 이제 검찰과 법원에서 영장 발부 도장만 찍어 주면 된다. 이유현은 곧 영장신청서를 검찰에 접수시켰다.

접수는 오전에 했건만 오후 늦도록 검찰에서 아무런 소식이 없었다. 광역수사대 측은 초조하게 기다렸다. 아니, 실은 초조한 사람은 이유현 혼자였다. 이유현을 제외한 모두는 어차피 안 되는 사건이라고 체념한 상태였다. 물론 민호원도. 실낱같은 가능성에 기대를 걸고 있으며, 심지어 직책까지 걸겠다고 말을 던져 놓은, 최후에 책임질 한 사람은 이유현이었다. 안달이 난 이유현은 담당 검사에게 전화로나마 사건 설명을 덧붙이려다 오히려 부작용이 있을지 모른다는 생각에 몇 번이나 전화기로 뻗은 손을 거둬들였다.

오후 늦게 영장신청서가 반환되어 왔다. 역시나 검사의 기각 도장이 쾅 찍혀 있었다. 지난번 장문오 사건 때와 마찬가지로 법원에서 최종 발부되기는커녕 검찰이라는 중간 문조차 통과하지 못한 것이다.

[한 장소에서 발견된 세 사람의 피살자 중 김종낙, 우대원 두 사람만을 피의자들이 살해했다는 것은 경험칙에 비추어 극히 이례적이므로 고도의 구체적인 입증이 필요함. 그런데도 이들의 범행사실에 대하여 오히려 아무런 소명이 되어 있지 않음. 기초적인 물증부터 다시 수사하기 바람]

차마 읽기 힘든 민망한 기각 사유가 기재돼 있었다. 증거 없이 의심만으로 구속영장을 청구할 수는 없다는 당연한 말을 풀어 쓴 셈이지만, 좀 더 적나라하게는 '이 따위로 수사해 놓고 영장을 신청하다니 어처구니없다'는 말의 다른 표현이나 마찬가지다.

민호원은 이유현을 방으로 조용히 불렀다.

광역수사대가 당한 창피는 곧 그의 창피이기도 하련만 이 일에 대해 직접적인 언급은 없었다. 다만, 마치 인생 선배로서 들려주듯 금언 같은 말을 나지막이 건넸다.

"우리 일을 하면서 운에 기대선 안 돼. 일어나기 힘든 일은 일어나지 않아."

그 말은 소리를 높인 질책보다 이유현을 더 창피스럽게 했다. 민호원의 방문을 조심스레 닫고 빠져나온 이유현은 다음에는 얼굴이 벌겋게 달아오를 만큼 화가 치미는 상황에 처하게 되었다.

"그래도 열심히 하셨습니다."

광역수사대 유치장 문을 나서며 용해운이 느긋하게 말을 건넸다.

"범인이 아닌 사람을 잡았다는 점만 빼면."

남기만은 자그마한 덩치를 재빨리 창살 밖으로 빼내며 말없이 용해운의 눈치만 보았다.

"조용히 나가. 언젠간 다시 들어올 거니까."

이유현은 시선을 피하며 말했다. 용해운이 두려워서라기보다는 끓는 심정을 가라앉히기 위해서였다.

"글쎄요, 선량한 시민을 체포한 게 이번이 벌써 두 번째 아니오? 이 상황에서는 미안합니다. 뭐 이런 말이 더 맞을 것 같은데."

"미안? 살인자 주제에 사과는 받고 싶나?"

목구멍으로 뜨거운 기운이 불뚝 치솟는 바람에 이유현이 눈을 부릎떴다. 용해운은 그 자리에 우뚝 섰다.

"내가 반장님의 불법적인 수사를 문제 삼으면 어떨까요?"

이유현은 욱할 뻔했지만 이로울 게 없다고 판단한 이성이 언뜻 힘을 회복했다. 이유현은 차분하게 대꾸했다.

"글쎄, 아주 무섭군. 그런데 당신이 한가하게 그런 짓을 할 것 같진 않은데. 사람 죽이고 다니느라 바쁘지 않겠나?"

"끝까지 잘못을 인정 안 하는군."

용해운이 말투를 확 바꾸었다. 어찌 들으면 고압적이고 달리 들으면 훈계조였다. 그 말투는 개울가 돌 틈을 파고드는 미꾸라지처럼 이유현의 신경 어딘가를 확 헤집어 버렸다. 이유현은 결국 자신도 모르게 언성을 높이고 말았다.

"조용히 나가라니까! 이 백백교 미치광이야!"

용해운의 눈썹이 씰룩했다. 그는 우뚝 선 채로 이유현의 흥분한 낯을 빤히 들여다보았다. 머리 반 개 정도 더 솟아 있는 용해운이었기에 이유현을 비스듬히 내려다보는 모습이었다. 표정은 어느새 사라지고 없었지만 돌에 새겨진 괴물의 양각처럼 소름 끼치는 얼굴이었다. 서 있기만 해도 압도적으로 뿜어져 나오는 존재감의 원천이 무엇인지 궁금할 지경이었다. 용해운은 이윽고 낮게 천천히 입을 열었다.

"이유현 경감님이라고 하셨나?"

경찰이 용의자한테 듣기에는 대단히 거슬리는 말투였다. 이유현은 이마 끝까지 벌게져서 말했다.

"그래서 어쩔 거야!"

"내가 백백교니 뭐니 주문을 읊어 대는, 무속인도 못 되는 서푼짜리 사기꾼이라고 생각하시나?"

"뭐?"

이유현은 당황했다.

용해운은 햇빛이 비치지 않는 우물 바닥 같은 검은 눈을 번득이며 말했다.

"때때로 말이오, 확실한 심상이 안개 속 등불처럼 떠오를 때가 있어. 그리고 그건 모두 현실로 드러나지. 느리지만 확실한 천체의 움직임처럼. 계시인지 신탁인지 사기인지 믿고 싶은 대로 믿으시오. 지금 내게 확실히 보이는 한 가지만 이야기해 드릴까? 이유현 경감, 당신은 언젠가 머리가 온통 하얀, 미치광이 같은 인물에 의해 무참하게 죽임을 당할 거요."

백발? 광인 같은 인물……? 이유현은 움찔했지만 곧 공이 튀듯 목청을 울렸다.

"어이없군. 그 미치광이란 당신이겠지. 경찰을 죽이겠다는 협박인가?"

용해운은 오싹하게 웃었다.

"그런 건 좋아하지 않아. 만약 내가 미친 거라면, 그 인물은 어쩌면 나보다 더 미친 인간일지 모르지."

용해운은 검은 눈동자의 잔상만을 남기고 등을 휙 돌려 버렸다. 어깨를 꼿꼿이 세우고 성큼성큼 밖으로 걸어 나갔다.

"이, 이 자식이!"

이유현의 입에서 거친 말이 튀어 나가며 몸도 같이 튀어 나가려는 것을 양옆의 형사들이 팔을 부여잡고 말렸다.

금세 사라져 가는 용해운의 뒤를 남기만이 눈알을 희번득이며 잰 걸음으로 쫓아 나갔다.

어느덧 오후도 저물고 있었다. 손아귀에 넣었던 용해운과 남기만 이 미끄덩 빠져나가 버린 광역수사대 사무실은 백백교 말고도 다른 사건이 첩첩이 쌓여 있음에도 불구하고 어쩐지 갑자기 한산해지고 말았다. 용해운 때문에 달아오른 이유현 내면의 울화통도 시간이 흐 르면서 서서히 식어 갔다. 하지만 의자를 돌리고 말없이 창밖을 내 다보고 있는 이유현을 형사들은 굳이 건드리려 하지 않았다. 지금 막 사무실에 들어온 유오경을 제외하면.

유오경은 이유현에게 곧장 다가갔다.

"팀장님."

이유현이 돌아보자 이마에 땀이 흥건하게 번진 유오경의 심각한 얼굴이 있었다. 좋은 소식을 들고 온 표정은 아니었다. 그리 좋지 않 은 예감이 들었다. 유오경은 불길한 예감에 쐐기를 박았다.

"임인건이 사라졌습니다."

"임인건이 사라지다니, 무슨 소리야?"

이유현은 자기도 모르게 벌떡 일어났다.

"명성실업 사무실이 아예 텅 비어 있었습니다. 문도 잠겨 있지 않 았고요. 사무실도 버려 두고 급하게 종적을 감춘 것 같습니다. 집에 가 봤더니 처와 자녀들조차 소재를 모른다더군요. 벌써 이틀째라고 요. 집을 나가기 전에 잠도 못 자고 굉장히 불안해했다더군요. 휴대전화도 꺼져 있었습니다."

"그럼 끈은?"

이유현은 다급하게 물었다.

"가족들은 전혀 모르던데요. 끈을 집에다 둔 것 같지는 않습니다. 다시 명성실업 사무실에 가서 샅샅이 뒤져 봤는데 역시 안 나왔고요. 아무래도 임인건이가 갖고 사라진 모양입니다. 서랍에서 대포폰 몇 개를 찾아낸 게 전부입니다."

그러면서 유오경은 주머니에서 각기 모양이 다른 휴대전화 세 개를 꺼내 보여 주었다.

"가족들하고는 연락한대?"

"가족들 말로는 전혀 연락이 없다고 하는데 눈치가 그게 아닌 거 같습니다. 이 판국에 말도 없이 가출했다면 실종 신고를 하든지 경찰에 알리는 게 자연스러운데 우리가 찾아갈 때까지 아무런 행동이 없었거든요. 아마 임인건이가 어딨는지는 모른다 하더라도 연락은 닿고 있지 않나 싶습니다. 가족들 휴대폰도 체크해 봤는데 임인건 휴대폰 번호로 통화한 기록은 없었어요. 아마 임인건은 사무실에 있던 대포폰 하나를 집어 들고 가지 않았나 싶습니다. 추적 안 되게 그걸로 가족하고 통화를 하고 있을 수 있습니다."

"그런가……."

이유현은 머리가 복잡해졌다. 동시에 아뿔싸 하는 심정이 되었다.

별장 살인사건 직후 임인건한테서 급하게 진술을 한 차례 받기는 했다. 임인건은 김성노의 양해를 얻어 부하들에게 휴가차 별장에서 놀도록 해 주었다는 말 외에 딱히 알맹이 있는 진술은 하지 않았다.

알리바이 확인 결과 그 무렵 상을 당한 선배의 상갓집에 하루 종일 자리했던 사실도 밝혀졌다. 저녁 무렵에는 아예 술에 절어 거칠게 횡설수설하는 바람에 조문객들의 빈축을 샀다는 정황도 드러났다. 당장 급한 과제가 용해운과 남기만에 대한 조사와 직접 증거 확보였기에 임인건은 일단 관심 밖에 두었었다. 일이 풀려 나가 용해운을 구속할 수 있다면 임인건에 대해서도 차후에 좀 더 자세한 진술을 받아 보강 증거로 삼을 작정이었다. 그런데 그 사이 임인건은 몸을 감추어 버렸다. 사건의 핵심인 끈을 가지고서. 그렇지 않아도 자료 기근인 상황에서 수사팀으로서는 큰 손실이었다. 임인건은 십자가 아래에서 수하들이 모조리 참살당한 듣도 보도 못한 살인극에 간이 콩알만 해져 버린 모양이다. 이유현은 짜증이 극에 다다랐다.

임인건은 뒷골목에서 살아온 자 특유의 직관으로 용해운의 위험성을 한눈에 알아보았다. 부하 세 명이 죽어 나간 지금은 거의 혼이 나가 버렸을지 모른다. 더구나 살해 현장은 십자가를 만들어 놓은 방에서 성물을 숭배하는 듯한 괴상한 모습이었다. 임인건은 그것이 곧 자신에 대한 경고라고 여겨져 등골이 서늘했으리라. 당사자인 임인건이 느꼈을 두려움은 짐작이 갔다. 그러면서도 끈은 들고 사라졌으니 목숨이 위태로운 순간에도 놓지 못한 이욕에 대한 집착을 바닥까지 보여 주었다고 해야 할까. 몸을 피해 있다가 살인마 용해운이 경찰에 영구히 검거되기를 기다리려는 것이라면 영리한 처세일지도 모른다. 눈앞의 위험이 허깨비인지 실제인지 감지하는 본능만은 실로 탁월한 것이다. 아무튼 남다른 그 행동 양식에는 어떤 쪽으로든 감탄스러울 지경이었다.

그날 저녁, 이유현은 마포 뒷골목의 돼지갈비 집에서 고진과 마주했다. 의욕을 앞세웠다가 실패를 떠안고 보니 인정하긴 싫지만 술이 필요했다. 혼자 똥고집을 펴낸 일이라 부하들을 데리고 푸념할 수도 없다. 고진이란 인물은 이런 날 치유용으로 적합한 인간은 아니지만 '죽음에 이르는 병'쯤 아니면 나머지 인생살이는 대충 취급하는 듯한 그의 태도가 차라리 도움 될 때가 있다. 오늘 그럴지도 모른다. 뒷다리 붙들며 출타를 말리는 가족이 없으니 불러내기 편한 상대란 점도 늘 그렇듯이 크게 작용했다.

"안 됐지?"

미리 자리를 잡고 기다리고 있던 이유현 앞에 털썩 앉으며 내뱉은 고진의 첫마디였다. 힐링의 환상은 깨지고 바로 약이 올랐다. 쉬지도 않고 소주잔을 연거푸 기울이며 잘 익은 돼지 껍데기만을 골라 질근질근 씹어 대는 고진이 얄미울 정도였다. 이유현은 소주잔만 두어 번 부딪혔을 뿐 고기는 거의 집어먹지 못했다. 식욕이 별로 없었다. 넓은 가게 곳곳에서 돼지기름이 탄 연기가 자욱이 피어올랐고, 고진의 담배 연기가 거기에 섞여 들었다.

"광역수사대 차원에서 창피를 당한 셈이죠. 민 대장님 볼 낯이 없더군요. 그보다 용해운 놈이 실실 쪼개면서 광수대를 빠져 나가는데, 그놈 뒤통수를 그냥……."

이유현은 주먹을 불끈 쥐었다. 열이 또다시 뻗치는 모양이었다. 고진은 소주잔을 내려놓고 쯧 하며 혀를 찼다.

"이거야 정말, 넘치는 힘은 좋지만 어디 조마조마해서 보겠나. 이번이 두 번째 실패잖아. 잃은 게 너무 커. 한 번 실수는 병가지상사라지만 프로 수사관이 두 번이나 엎어졌으면 이제부터 주위의 협력은 기대하기 어려워. 앞으로 수사가 훨씬 힘들 거야. 다음번엔 100퍼센트의 증거 없인 체포의 '체'자도 못 꺼낼걸? 여론도 검찰도, 심지어 광수대 측도 마찬가지일 거야. 그것도 그렇지만 용해운이가 마구잡이 체포라며 문제 삼으면 어쩌려고 그래? 물론 갈 길 바쁜 용해운이가 그런 짓을 할 것 같지야 않지만."

"안 그래도 용해운이가 유치장 나갈 때 지금 형님이 말한 그대로 얘기가 오갔어요."

이유현은 시무룩해졌다. 고진은 이유현의 기분을 돌보기보다는 돼지껍데기 굽기에 심혈을 더 기울였다. 숯불이 약하다며 고진이 종업원에게 여러 번 불평하자 종업원은 이 귀찮은 손님에게 아예 휴대용 토치를 가져다주었다. 이유현이 의기소침한 틈을 타 고진은 돼지껍데기가 익는 대로 야금야금 집어먹었다. 그 모습을 물끄러미 바라보고 있던 이유현이 소심하게 말했다.

"제대로 교주 흉내를 내려는지 나한테도 예언을 한 마디 하고 갔습니다."

"예언? 뭐라고?"

고진은 머리를 거의 불판에 들이민 채 물었다.

"언젠가 백발의 미치광이 같은 자가 나를 죽일 거랍니다."

고진의 젓가락질이 뚝 끊겼다. 고진이 머리를 물린 테이블 위로 잠깐 침묵이 흘렀다. 갑자기 고진이 파안대소를 했다.

"역시 대단한 용해운이야! 묘한 말 한마디로 이 반장의 마음을 컨트롤 하고 있잖아. 말이 믿기지 않으면서도 마음에는 남고. 그런 건 말하자면, 뇌의 신경망에 바이러스를 심고 간 거야. 잊어 버려.”

고진은 이유현의 가라앉은 기분을 무마하려 일부러 대수롭지 않은 듯 이야기한 것 같기도 하다. 하지만, 훗날 머리가 하얀 인물에 의해 이유현은 큰 비극을 맞이하게 되는데, 고진은 평생의 친구에게 찾아온 참극에 비통함을 곱씹으면서도 과연 용해운에게 정말 예지 능력이 있었던 걸까 하고 되새겨 보게 된다.

“아, 아닙니다. 신경 쓰는 거 아녜요. 그냥 그랬단 거죠…… 하여튼.”

이유현은 헛기침을 하고 화제를 바꾸었다.

“이 시점에서 오히려 처음부터 차근차근 해 봐야 할 것 같아요. 원론적으로, 비약하지 말고, 의심스러운 것들을 벽돌 깨기 하듯이 하나하나 깨 나가면서. 그래서 말인데…….”

“말인데?”

이번에는 이유현이 거의 불판 위에 놓일 정도로 바짝 얼굴을 갖다 댔다.

“꼭 이번 살인 건으로 체포해야 할 필요는 없잖아요. 용해운이 저지른 살인이 몇 건인데. 아무거나 하나 걸리기만 하면 돼요.”

“그거야 그렇지.”

“지난번에 형님이 얼핏 그랬죠. 여순철이 죽은 컨테이너. 그게 실은 밀실이 아니었다고.”

“아, 아. 그랬지.”

“그건 대체 무슨 이야기입니까?”

고진은 흐뭇하게 웃으며 담배를 천천히 빨아당겼다. 이유현이 아쉬워하는 모습에 쾌감을 느낀 모양이다. 그는 입을 달싹거리다가 다시 소주잔을 집어 들었다. 이런 행동이 이유현을 애타게 하는 데에 효과적이란 걸 잘 알고 있다.

"지난번에 자네한테서 전화로 남기만의 경력에 관해서 몇 가지 들었잖아. 그때 떠올랐어. 여순철의 죽음은 타살이 가능하겠구나 하고."

"어떻게요?"

이유현이 얼굴을 앞으로 더 들이밀었다.

"어, 어. 좀 부담스러워. 얼굴을 뒤로 좀 물려 줘."

"어서 말해 보세요. 그자의 경력하고 여순철의 죽음하고 어떤 관련이 있단 거죠?"

"이건 아직 하나의 발상에 불과해. 하지만 실제 검증해 보면 금세 밝혀질 수도 있는 이야긴데…… 타살을 자살로 위장했다면 뭔가 고도의 트릭 같은 게 쓰였을 것 같지만 실은 아주 무식한 방법이었어."

"무식하다고요?"

'무식'이란 단어가 왠지 용해운과 어울리지 않는다는 생각에 이유현은 피식 웃음이 났다. 그 김에 자연스레 이유현의 얼굴이 불판 위에서 뒤로 물러났다.

"여순철은 당시 끈을 찾아다니던 용해운의 다섯 명 강도단 가운데 한 명이었지. 그런데 어떤 이유로 그를 제거해야 했어. 내부적인 갈등이 있은 게 아니라면, 아마 자네가 말한 대로 경찰이 그를 바짝 추격해 들어왔기 때문일 거야. 여순철을 검거하면 나머지 멤버들에게도 수사의 손길이 미칠 거고, 결국 용해운도 드러나게 될 테니까. 용해운은 여순철이라는 감염된 부위를 아예 도려내기로 결정했어. 용해운은 최대한 후유증이 없는 방식을 택했지. 자살로 보이도록 위장한 거야. 자신들을 쫓던 박진우 형사를 이미 토막 내 살해한 판이야. 여순철을 그 박진우 살해의 범인으로 만들어 놓고 죽여 버리면 조여 오던 수사의 굴레를 완전히 벗어 버릴 수 있으니까."

"거기까진 나도 추측하고 있는 거고요."

이유현은 조바심이 나 말했다.

"용해운 일당은 일단 여순철에게 수면제를 먹여 잠재운 다음, 컨테이너 안 벽걸이에 목매달아 살해했어. 그리고 살인을 실행한 인물은 컨테이너를 빠져나와 밀실을 만들어 냈지. 누가 봐도 자살로 보이도록."

고진은 잠시 말을 쉬고 손바닥을 흔들어 눈으로 달려드는 연기를 쫓아냈다. 표정은 마치 이유현의 조급증을 즐기는 듯 보였다.

"이 순간이 즐겁습니까? 빨리 말해 보시죠."

"음…… 나도 송유관 절도범처럼 바닥에 구멍을 내지 않았을까 하면서 한때 헛짚기도 했지. 그전 인정해. 하지만 나중에 남기만의 경력을 얼핏 듣고서 방법을 알아챘어. 밀실을 만드는 데는 남기만의 특기를 이용했어. 아니, 직업이라고 해야겠지. 백백교의 전통에 어울리는 방법이라고나 할까……."

이유현은 참지 못하고 옆에 놓인 토치를 손에 들었다.

"자꾸 질질 끌면 이 돼지껍데기 다 태워 버릴 겁니다."

"바로 그거야!"

고진이 검지로 토치를 가리키며 말했다. 토치와 고진을 번갈아 보며 어안이 벙벙한 이유현에게 고진이 이어 말했다.

"불꽃을 이용한 거야."

"불꽃?"

"그래, 아주 강렬한 인공의 불꽃이지. 남기만이가 한때 용접공으로 일했다고 했잖아. 그 말에 퍼뜩 생각이 떠올랐어. 바로 용접으로 밀실을 만든 거야."

"용접으로?"

이유현은 퍼뜩 정신을 차리고 토치를 내려놓았다.

"용해운 일당은 컨테이너를 구입한 다음 창문을 산소나 LPG 용접으로 절단해 냈어. 컨테이너 출입문에는 개폐 시간이 기록되는 최신형 디지털록을 달아 놓았고. 그리고 그 디지털록은 살해를 실행하기 12시간 전에 잠가 놓았어. 이걸로 밀실살인의 준비는 모두 끝나. 그 다음엔, 남들 눈에 띄지 않는 장소를 물색해서 이 컨테이너를 몰래 가져다 놓는 거지. 그러기 위해선 트럭이나 중기를 임대했을 거야. 우리도 가 봤지만 그곳이 절묘한 게 차가 들어갈 수 있으면서도 사람들 눈에 띄지 않을 장소였지.

범인은 술과 수면제를 먹여 재운 여순철을 들쳐 메고 컨테이너 안으로 들어갔어. 이땐 물론 창문을 잘라낸 그 빈 창틀을 통해서지. 출입문은 밀실로 위장하기 위해 12시간 전에 이미 디지털록으로 잠가 놓았으니까. 안으로 들어간 다음 컨테이너 안 벽 행거에 여순철의 목을 매달아 살해했어. 유서랍시고 경찰을 살해하고 죽는다는 내용의 쪽지를 던져 놓고. 또 마치 여순철이 원래 거기서 살고 있었던 양 이불 몇 점이나 생활 도구를 같이 펼쳐 놓았고. 범인은 다시 창틀을 통해 빠져나온 다음 밖에서 창문을 통째로 용접을 해서 붙였어."

이유현은 고진의 설명에 따라 머릿속으로 차례차례 범행을 재구성해 보았다. 분명 그 자체로는 모순이 없었다. 그리고 백백교 광인들에게 어울리는 방법이기도 했다.

"살인은 일당 중 누가 담당했는지 몰라도 용접은 물론 기술자인 남기만이 했을 거야. 용접의 흔적은 쉽게 알아보기 힘들지만 그래도 확실하게 숨기기 위해 일부러 컨테이너에 먼지를 흠뻑 뒤집어 씌워 놓았지 싶어. 이로써 간단하게 밀실살인은 완성됐어. 너무 '무식'해서 경찰은 차마 그런 방법일 거라곤 생각 못 했던 거겠지."

"그렇네요, 그런 방법이 있었네요……."

이유현은 고개를 끄덕이다가 문득 생각난 듯 말했다.

"하지만 한 가지 걸리는 게 있어요. 분명 여순철이 죽기 2주일 전부터 컨테이너가 그 자리에 있는 걸 보았다는 등산객이 있었어요."

"그랬나?"

고진은 눈알을 굴리다가 말했다.

"……그렇다 해도 설명할 가능성이 두 가지 더 있어."

"뭡니까?"

고진은 피어오르는 연기를 쫓으러 손을 휘휘 내저었다.

"첫째는, 물론 증인이 잘못 보았거나 기억이 틀렸을 가능성이지."

"그럴 순 있지만……."

이유현은 말을 흐렸다. 고진은 이유현의 미심쩍은 마음을 알아채기라도 한 듯 말을 이었다.

"물론 이건 좀 가능성이 낮아. 컨테이너를 못 봤다는 진술이라면 컨테이너가 거기 있는데도 지나치는 등산객이어서 관심이 없는 탓에 착각했을 수도 있다 하겠지. 하지만, 이건 컨테이너가 거기 있는 걸 봤다는 진술이잖아? 무슨 환상을 본 것도 아닐 테고 그것조차 착각이라고 하기는 힘들지. 그래서 결론은 이 첫 번째 설명은 버려야 한다는 거야."

"그럼 두 번째 설명은?"

"한 가지 결론밖에 더 있겠어? 용해운이 최소한 2주일 전에 거기다 컨테이너를 미리 가져다 놓은 거야. 물론 하필 범행하기 딱 좋은 컨테이너가 딱 좋은 위치에 버려져 있었던 걸 수도 있지만 확률이 좀 낮잖아? 아무리 낡았다고 해도 그 비싼 컨테이너를 두 대나 버릴 사람도 잘 없을 거고. 용해운은 컨테이너를 미리 그 장소에 가져다 놓고서 신빙성 있는 증인들을 자연스레 만들어 낸 거지. 마치 그동안 그 안에서 여순철이 살고 있었던 것처럼 말이야. 범행 전날 밤 용접 장비를 갖고 가서 거기 있던 컨테이너의 창문을 몰래 뗐다가 살인 후에 다시 접합한 거지. 물론 버려진 컨테이너 창문을 그 자리에서 용접으로 떼어 내야 하니, 컨테이너 창문을 미리 은밀한 장소에서 절단해서 가져다 놓고 살해 후에 용접으로 접합하는 방법에 비하면 사람들 눈에 띌 위험은 두 배쯤 높지만 대신 아까 그 등산객처럼 자연스러운 증인을 만들어 낼 수 있는 장점은 있지."

"그런데 왜 컨테이너를 두 대나 가져다 놓았을까요?"

"옆 빈 컨테이너에 용접 도구를 미리 숨겨 놓았을 거야. 범행 당일 일일이 새로 가져와 세팅하려면 시간도 많이 걸리고 시선을 끌 수도 있어. 옆 컨테이너에 미리 장비를 준비해 놓으면 범행 시에 신속하게 일을 끝낼 수 있겠지."

이유현은 고개를 끄덕끄덕했다. 고진이 덧붙였다.

"아무튼 컨테이너를 가져다 놓은 게 범행 2주일 전이든, 범행 전날이든 용해운은 포크레인 같은 중기를 렌트해야 했을 거야. 그리고 창틀을 용접으로 새로 뗐다 붙였다 했고. 이 두 가지는 반드시 흔적이 남았을걸. 그것만 확인해 봐. 물론 살인의 직접 증거가 되는 건 아니지만 어쨌든 자살로 위장한 트릭은 허물 수 있어. 이게 하나의 출발점이 될 수 있지는 않을까."

이유현은 생기를 회복했다. 그는 양팔을 뻗어 고진의 손을 덥석 붙잡았다.

"왜 이래. 담배를 피울 수가 없잖아."

"역시 형님은 죽지 않았어요. 당장 그 컨테이너를 조사해야겠어요. 창틀을 새로 절단하거나 용접한 흔적이 있는지."

"그보다 급한 게 있어."

고진은 이유현의 팔 아래쪽을 눈으로 가리켰다.

"뭡니까."

"돼지가 타고 있어."

14

이유현의 조급한 마음과는 어긋나게 컨테이너 조사는 잠시 미루어두어야 했다.

이튿날 한 신문에 기사가 뜬 탓이었다.

'21세기의 살인에 19세기식 수사'라는 비판적인 제목이 달려 있었다. 아무 증거 없이 형사의 감만으로 동일한 피의자를 두 번이나 긴급체포했다가 영장이 기각돼 석방했다는 내용이었다. 용해운은 A씨로 지칭되었다. 광역수사대는 심각한 인권 침해 기관으로 낙인찍히고 정면으로 질타를 받았다. 그다음 날에는 '인권도, 증거도, 정신도 가출해 버린 경찰'이라는 좀 더 자극적인 제목의 기사를 비롯해 유사한 기사를 실은 신문이 여섯 개로 늘어났다. 수사팀은 물론 경찰 상층부도 시끄러워졌다.

대체 어디서 사건이 새어 나간 건지 의아했지만, 기자들이 취재

원을 공개할 리도 없고 루트는 결국 알아낼 수 없었다. 김성노 별장의 살인은 그 엽기성 때문에 일차 보도 이후로도 줄곧 언론의 관심 대상이었던 것이다. 그런데 그 사건에서 아무 증거 없이 경찰에 체포되었다가 풀려난 피의자는 이전 장문오 일가 살인사건의 피의자와 동일인이었다. 그리고 그때도 증거 없이 체포되었다가 영장이 기각되었던 바 있었으니, 두 사건의 연관성을 알지 못하는 기자로서는 이자가 경찰에 미운털이 박혔나 싶을 수도 있었으리라. 그보다는 최초에 기사를 실은 기자가 눈치를 채고 이유현에게 캐물었다가 보안상의 문제로 노코멘트 답변을 듣자 일단 외피적인 사실에 토대해 기사를 내버린 것으로 추측할 뿐이었다. 어쨌든, 용해운이 광적인 사이비 종교 집단을 이끄는 인물임을 알 리 없는 사람들은 위험한 살인자에게 피살되는 쪽보다는 경찰의 자의적 판단으로 신병이 구금되는 쪽의 위험을 더 크게 느낄 수밖에 없었다. 여론은 갈수록 악화되었다.

형사들의 말로는 민호원이 이유현을 보호하려 노력했다고 했다. 하지만 결국 여론 무마용으로 경찰징계위원회가 열렸다.

조직의 문제가 아니라 개인의 오점일 뿐이며, 그 오점은 조직 차원에서 부정한다는 신속한 제스처가 필요했다. 곧바로 책임자인 이유현에게 정직 2개월의 처분이 내려졌다. 애당초 징계를 각오하고서 몽땅 책임지겠다며 밀어붙인 일이었기에 청문 절차에서도 이유현은 일체의 변명을 하지 않았다.

물론 경력에는 타격을 입겠지만 비리에 연루된 징계가 아니니 좌절할 일은 아니라고 자위했다. 이유현은 징계 처분 통보를 받으며 돌이켜보았다. 이럴 줄 알았다면 과연 안 했을 것인지. 곧 생각을 지웠다. 구설수를 의식해 납작 엎드려 살 작정이었으면 현장 근무를 자원하지도 않았다. 이유현이 용해운을 전격 체포하기로 단행한 결정은 공식적으로는 징계를 먹었지만 경찰 내부적으로는 소신 있는 행동으로 받아들여졌기에 이유현을 지지하는 정서가 광역수사대 안에 팽배해 있었다.

개인 소지품 몇 가지만을 챙겨 사무실을 나올 때 형사들은 "휴가라 생각하시고 푹 쉬세요." 하며 그의 뒤통수에 위로의 말을 던졌다. 이유현은 발을 멈추고 돌아보며 말했다.

"내가 그럴 것 같나?"

김종낙을 비롯한 세 명이 별장에서 처참하게 죽어 나간 사건은 직접 자신의 안전을 위협하거나 일본 국채를 찾는 일에 지장을 초래하지 않는 한 김성노에게 큰 비중을 둘 일이 못 되는 게 분명했다. 수화기 너머로 들려오는 김성노의 불만스러운 목소리에서 노인의 용심이 묻어나왔다. 모래가 가득 낀 듯 거슬리는 음색은 휴대전화를 건너서도 여전했다.

"어떻게 된 거야. 일은 하고 있는 거야?"

김성노가 말하는 '일'은 물론 대량 학살의 범인을 잡는 일이 아니라 일본 국채를 찾는 일이다.

"일은 하려고 합니다만."

화미령과 마주해 모히토 잔을 막 집어 들던 고진은 김성노의 전화를 받고서 화미령에게 눈짓을 보낸 다음 수화기에 대고 심드렁하게 말했다.

"그 전에, 임인건한테서 끈을 받아 오신다면서요. 어떻게 됐습니까?"

김성노는 대답 대신 변사사건 이야기로 다시 말을 돌렸다.

"대체 경찰은 뭐하고 있어? 범인 안 잡고?"

"그게 시간이 좀 걸릴 모양입니다."

"나한테 와서 별장을 왜 빌려줬느냐는 둥 엉뚱한 소리만 하고 있더라고."

"사건 주변에 관해 기본적인 조사를 하는 거죠. 신경 쓰지 마십시오."

고진은 변사사건에서 다시 화제를 되돌렸다.

"그건 그렇고, 임인건은요? 지금 어딨는지 혹시 아세요?"

"몰라."

김성노는 마지못해 대답하는 듯 했다.

이유현이 그랬었다. 김성노한테 혹시 임인건이 연락하지 않는지 슬쩍 알아봐 달라고. 그런데 김성노의 대답으로 봐서는 역시 그쪽도 아닌 모양이었다. 임인건의 연락이 있었다면 끈을 건네받기 위해 거래를 시도했을 것이고 고진에게도 그 이야기를 했을 터였다. 바짝 겁을 먹고 종적을 감추어 버린 임인건은 끈만 가지고 사라진 채 김성노에게까지 소재를 숨긴 모양이다.

"어르신도 모르신다고요?"

"애들 죽고 나서 갑자기 연락이 닿지 않아."

"글쎄요, 충격이 컸던 모양이네요."

"임인건이가 있어야 흥정이라도 해 보지. 염병할……."

수화기 너머로 김성노 특유의 쇳소리가 흘러왔다.

"경찰도 모르고 있으니 당분간은 도리가 없습니다."

"경찰은 설마 임인건이가 한 짓이라고 보는 건 아니겠지?"

김성노는 엉뚱한 질문을 했다. 고진은 소리 나지 않게 웃으며 되물었다.

"저야말로 묻고 싶습니다. 어르신 생각은 어떻습니까?"

"임인건이는 아냐. 거칠긴 해도 약삭빠른 녀석이야. 뭐 남는 게 있다고 애들을 죽여? 지 인생 망치는 그런 짓을 할 놈은 절대 아니지."

김성노는 단정적으로 말했다.

"임인건은 계산적인 남자다. 부하들 셋 죽여 봤자 수지 타산이 맞지 않는다, 그러니 임인건은 아니다, 그런 말씀이군요."

"이렇든 저렇든."

"알겠습니다. 저도 나름대로 임인건이 있는 데를 한번 찾아볼 테니까 어르신은 염려 마시고 좀 기다려 주세요."

고진은 노인을 달래며 전화를 끊었다.

"뭐래요?"

건너편의 화미령이 칵테일 잔을 내려놓으며 물었다.

"이것저것 궁금한가 봐요. 임인건도 사라져 버렸고. 그런데 돈은 포기 못 하겠고. 그런 거죠."

화미령은 미간에 살짝 주름을 잡은 채 미도리 사워를 한 모금 기울였다.

"그 영감님도 참 이런 때까지……."

고진이 알기에 화미령이 김성노에 대해 대놓고 싫은 내색을 한 건 처음이었다. 고진은 화미령의 찌푸린 얼굴을 살피며 말했다.

"미령 씨 충격이 많이 컸나 봅니다."

"신경 써 주신 건 그래서 고마워요."

화미령이 표정을 느슨하게 풀면서 말했다. 고개를 돌려 멀리 남산 타워의 아련한 불빛을 바라보는 그녀의 창백하다 못해 투명한 얼굴 뒤로는, 노란 조명을 받아 넘칠 듯 말 듯한 술잔처럼 찰랑거리는 수영장의 정경이 펼쳐져 있다. 고진은 별장에서 시체와 조우한 화미령을 위로하기 위해 남산 아래쪽에 위치한 S호텔 스파 패키지 티켓을 건네주었다. S호텔의 조그만 야외 수영장은 밤이 되면 '하바나라운지'라는 바로 변신한다. 약간은 후덥지근하지만 이미 실컷 호텔 안에서 에어컨을 쐬어 보송보송해진 사람들에게는 쾌적하게 술 한잔할 수 있는 장소였다. 고진과 화미령이 앉은 반대편 쪽은 조금 더 떠들썩했다. 건너편 무대에서 라이브로 연주되는 재즈 음악이 춤추며 수영장 물을 건너왔다.

"안 그래도 집에 에어컨 냉매가 다 새어 나가서 더웠거든요. 오늘은 시원하게 잘 수 있을 것 같네요."

"스파는 어땠습니까?"

고진은 탱크탑에 반바지를 입은 화미령을 신기한 듯 보며 말했다. 반바지 아래로 고속도로처럼 뻗은 화미령의 다리는 그동안 긴 치마로 가리고 다녔다는 게 안타까울 정도였다.

"마사지도 좋았어요. 잘하는 사람은 손끝의 느낌이 다르거든요. 혼자만 받기엔 좀 미안하던데요. 고 변호사님은 왜 안 하셨어요?"

고진은 "좀 간지러워서요."라고 대답했지만 실은 아직은 화미령과 같이 반라로 커플실에 누워 마사지를 받을 단계가 아니라고 나름의 판단을 하고 있었다. 그는 칵테일을 한 모금 마신 후 의자 옆에서 포장된 꾸러미를 들어 테이블 위에 올려놓았다.

"어머, 뭐예요?"

화미령은 포장지를 뜯었다. 프랑스제 발로나 초콜릿이었다. 화미령의 표정은 '이걸 왜?' 하는 듯한 얼굴이었다.

"놀랐을 때 단 걸 먹으면 좋다더군요."

고진이 싱긋 웃었다. 화미령은 어이없다는 듯 고진을 바라보았다.

"그건…… 아이들이 깜짝 놀랐을 때나 그런 처방 하는 거 아니에요?"

"놀란 건 똑같잖습니까?"

"……이건 뭐라 할 말이…….."

화미령인 초콜릿을 조용히 테이블 위에 내려놓았다.

"혹시 감격해서요?"

"아…….."

화미령은 작은 한숨을 쉬었지만 고진은 만족스러운 듯 씩 웃었다.

"그냥 깜짝 놀란 거면 지금쯤 잊었을 거예요. 그런데 도무지 그 일이 잊히질 않아요. 지금도 몸이 떨릴 정도예요."

"시체를 처음 보셨을 테니까."

화미령은 미도리 사워 글래스로 손을 뻗다 말고 눈을 올려 떠 고진을 보았다. 기묘한 당혹감이 어린 시선이었다.

"시체를 본 게 중요한 게 아니라…….."

화미령은 고개를 저었다.

"아니, 그만둘래요. 고 변호사님은 그런 게 어떻게 사람의 정신에 흔적을 남기는지를 이해 못 하실 것 같아요."

"글쎄요, 뭐 깊은 흔적을 남기겠죠."

"고 변호사님은요? 충격 안 받으셨어요?"

"충격이라…… 충격, 받았죠. 물론."

고진의 말에는 누가 들어도 건성만 있을 뿐 진정성이 없어 보였다. 화미령은 다시 작은 한숨을 내쉬고는 말했다.

"그날 문자메시지를 받은 뒤부터는 요즘 메시지가 오면 깜짝깜짝 놀래요."

분명 위로해야 할 타이밍이었지만 고진은 그러지 않았다. 대신 후후후 낮은 웃음을 흘렸다.

"왜 웃으세요?"

고진은 마치 재밌는 이야기가 생각 난 듯 몸을 바짝 당겼다.

"그 메시지는 강태수가 보낸 게 아니에요. 범인이 보낸 거죠."

"범인이 보냈다고요?"

화미령은 숨을 훅 들이마셨다. 사건 이야기에 반응하는 화미령을 보면서 고진은 만족스러운 듯 씩 웃었다. 호텔 스파 패키지를 준비한 목적이 화미령을 위로해 주기 위함이었음에도 그 사실을 거의 잊어버린 모양이다. 화미령이 의자 등받이에서 몸을 떼고 심기가 불편한 목소리로 말했다.

"왜 저한테 메시지를 보내요?"

"그야 알리바이 증인을 위해서죠. 아마 메시지를 받고 경찰에 신고할 거라고 예상했을 겁니다. 미령 씨가 직접 가는 바람에 최초 발견자가 경찰이 아닌 우리가 되었지만, 뭐 그들 입장에서는 차이가 없죠."

"확실해요? 범인이 보냈단 게?"

"제가 기지국 추적을 권했고요, 해 보니까 역시 발신지가 강서구청 쪽으로 나왔답니다. 바로 용해운과 남기만이 교통사고를 당했던 곳이죠."

"……메시지에 별장이라고 표시했잖아요. 제가 그 별장을 떠올릴지 어떻게 알고 그랬단 거죠?"

"그야 세 사람 중 한 명에게만 들어도 알 수 있는 거죠. 실컷 정보를 빼낸 다음 프로포폴로 잠재운 거고."

"하지만 보스인 임인건 씨도 있는데 왜 하필 저한테……."

화미령은 범인이 자신한테 메시지를 보냈다는 사실을 끝내 부정하고 싶은 모양이었다. 살인마의 손길이 전파로 변해 자신의 휴대전화에 닿았다는 사실이 꺼림칙할 법도 하다.

"임인건이란 인물은 부하들이 도와 달란다고 한걸음에 달려오진 않을 거라고 판단했던 거죠. 그렇다고 곧장 112에 연락할 만큼 경찰과 친한 사람도 아니고. 그들로선 적격인 사람을 고른 거예요. 아무튼 여기서 중요한 건 용해운은 그 시각 서울과 대전만큼 떨어진 데에 있었단 사실이죠. 하지만."

고진은 검지를 치켜들었다.

"여기서 또 다른 의심을 해 볼 순 있어요. 만약 경찰이 기지국 추적을 한다면 메시지를 보낸 곳이 별장이 아니란 게 들통나죠. 강서구청 부근이란 게 밝혀지면 근처에 있던 용해운이 보냈다고 의심을 받게 될 거고요. 물론 철벽의 알리바이가 있으니 문제는 없지만 굳이 강서구청 쪽에서 발신을 한 건 오히려 역으로 혼란을 일으키려는 게 아닌지 하는 의심은 돼요. 이를테면 진짜 범인은 별장에 있었다, 그런데 강서구청 부근에 있던 용해운이 그걸 은폐하러 굳이 거기서 보냈다, 그런 건 아닐까 하고요."

"그럴 수도⋯⋯. 모르겠어요."

화미령은 물이 반사하는 어지러운 빛의 조각을 멍하니 바라보고 있었다. 고진의 말이 귀에 들어오지 않는 모양이었다. 그녀는 두려운 생각을 떨쳐 버리듯 머리를 천천히 가로저었다. 고진은 주머니에서 담배를 끄집어내 불을 붙였다. 화미령이 담배 연기를 쳐다보며 입술을 샐쭉했는데 고진은 보지 못했다.

"생각할수록 소름 끼치네요."

"조금."

고진이 건성으로 나름의 맞장구를 쳤다.

"살인도 살인이지만, 어떻게 사람을 그렇게 광신에 빠트릴 수 있는지. 그 백백교란 게 대체 뭐길래⋯⋯."

고진이 의외라는 듯 눈을 들었다.

"이런, 잘 아시는 줄 알았는데."

"백백교란 건 전 사실 이번에 처음 들었거든요."

"그렇군요."

고진이 고개를 끄덕였다.

"하긴 김성노 영감님 말처럼 한 세대만 건너뛰어도 지식이 절멸하는 판에 거의 80년이 지난 이야기이니…….”

고진은 담배 연기를 한 움큼 내뿜고 말했다.

“백백교는 동학의 한 분파입니다.”

“동학요? 의외인데요. 동학이면 버젓한 전통이 있는 민족 종교잖아요.”

화미령은 말하면서 손짓으로 담배 연기를 쫓았다. 고진은 그제야 담배를 비벼 껐다.

“뼈대 있는 집안에도 엇나가는 자식은 있는 법이니까요. 사이비 종교란 게 완전히 새로운 교리를 창안하기보다는 기독교나 불교 혹은 전통신앙 같은 걸 적당히 섞어서 내거는 경우가 많죠. 백백교주 전용해의 집안은 대를 이어 사이비 교주였어요. 그 아버지 전정운은 평안북도 영변의 가난한 농가 출신이었는데 일찍이 금강산에서 도를 터득했다며 신도를 모으다가 동학의 일 분파로 백도교(白道敎)란 걸 창설을 하게 되죠. 그런데 이 전정운이란 인물이 교주 노릇에 특출한 재능이 있었던지 금세 신도가 1만 명 이상으로 불어났고 전국 각지에 지부를 두기에 이르렀답니다. 강원도 김화군 오성산에서 호화로운 생활을 하면서 첩도 여럿 거느렸다고 하네요. 전정운이 죽자 간부들 사이에 분쟁이 일었는데 맏아들 전용주와 간부 이화룡이 일파가 되고, 둘째 아들인 우리의 전용해와 간부 차병간이 일파가 돼서 싸웠어요. 셋째 아들인 전용범도 거기에 가세했고요. 명분은 포교 방법을 둘러싼 분쟁이었지만 원인은 전정운이 남긴 막대한 재산이었습니다. 결국은 쪼개졌죠. 맏이인 전용주는 이화룡을 교주로 내세워 경성 마포구 도화정에서 인천교(人天敎) 간판을 내걸었고, 셋째 아들인 전용범도 근처에서 도화교(桃花敎)라는 종교를 창설합니다. 둘째인 전용해는 1923년 차병간을 교주로 내세워 '백백교'를 창립하게 되지요. 전용해는 나중에 제2대 교주가 되었다는군요. 이때만해도 경기도 가평군 북면 적목리에서 '일월 백백교 본원'이라는 현판까지 내걸고 그럴듯하게 출발했어요. 포교 활동을 해 가면서 신도를 넓혀 갔는데 실상은 재산 갈취와 여신도 간음, 살인 등이 뒷면에서 이루어졌으니 결국 제 버릇은 개 못 줬죠. 그러다가 1930년에 전정운이 첩 네 명을 생매장했던 김화(金化) 사건이 뒤늦게 발각돼 일제 검거령이 내려지게 됩니다. 전정운은 살인 행각이 들통 나기 훨씬 전인 1919년에 이미 천수를 누리고 죽었다고 하니, 악인은 반드시 천벌을 받을 거라며 자기 위로를 하는 사람이 들으면 머쓱할 이야깁니다. 전용해는 검거를 피해 잠적했어요. 이때부터 비밀리에 포교를 하기 시작합니다. 역시 아버지를 닮아 특출한 재능이 있었던가 봐요. 음성적으로 포교를 했음에도 각지에서 신자를 다수 확보하고 각 지방 책임자까지 두는 완전한 비밀결사 형태를 갖추었다니, 그런 방면의 재능은 아버지를 뛰어넘었다고 봐야겠죠. 충청도, 강원도, 함경도, 평안도 등 산간 지역을 중심으로 암세포가 신선한 육체를 잠식하듯 야금야금 먹어 들어갔습니다. 그들이 유일하게 포교를 단념하고 물러난 지역이 있었는데, 전라도 지방이었어요. 거긴 이미 차천자(車天子)라는 인물이 보천교라는 어마어마한 종교 집단을 만들어 완전히 장악하고 있었기 때문이죠. 신도는 100만이라는 소문이 돌았고, 총본산인 차천자궁은 전라도 정읍 대흥리에 있었는데 총 600칸으로 경성에 있는 궁궐을 능가하는 규모였다고 합니다."

"……."

"백백교는 경기도 양주군 봉암산에 천원금광을 등록하고는 경찰 서장까지 초빙해서 성대한 개광식을 가졌다는 기록이 있으니 이 무렵 벌써 상당한 재력을 갖추게 된 것 같습니다. 전용해는 마침내 경성으로 진출합니다. 여러 곳에 아지트를 두고 옮겨 다니다가 마지막에 정착한 곳이 앵정정(櫻井町) 1정목 49번지입니다. 앵정정은 지금의 중구 인현동인데, 막다른 골목 안에 들어앉은 자그마한 이 집은 어둠의 황제 전용해에게 안성맞춤인 곳이었고, 온갖 살육과 환락의 전당이 되었죠. 신도들로부터 상납 받은 여러 여자들을 '시녀'란 이름으로 번갈아 가며 성노리개로 삼았다고 하는군요……."

"어쩌면 그렇게 자질구레한 것까지 아세요?"

화미령의 칭찬에 고진은 웃음을 띠었다.

"제 기억력은 형편없습니다만, 이번 사건을 계기로 조사를 좀 했죠."

"……대체 백백교에 어떤 매력이 있었을까요?"

화미령이 긴 팔을 쭉 뻗어 칵테일 잔을 집어 들었다.

"전용해가 이용한 것도 결국은 종말론이었어요."

"종말론?"

화미령은 와우, 하며 작게 감탄했다.

"겉으론 여느 선량한 종교나 다름없이 좋은 말씀들을 내걸었습니다. 백백교 15계명이란 게 있었어요. 하늘을 공경하고, 임금에게 충성을 하며, 스승을 존경하고, 부모에게 효도하고, 형제끼리 화목하며, 이웃을 사랑하고, 간음하지 말며, 살인하지 말며, 등등이에요. 물론 실질은 그들이 철저히 반대로 행한 것들이긴 하지만…… 어떻습니까? 종교 한두 개 더 만들어도 될 만큼 온갖 좋은 말은 다 갖다 붙여 놓았죠? 이 '착한 사람 흉내 내기' 비법은 어느 세대, 어느 곳을 막론하고 통하는 모양입니다. 인류가 과거에서 배운다지만 그 안의 사람은 자꾸 물갈이가 되고, 지식이 오랜 세월 층층이 쌓여도 백지에서 출발해 배우는 시간은 그대로죠. 어떻게 보면 김성노 노인의 말씀이 맞는 부분도 있습니다. 과연 지식이, 지혜가 전달되는가 하는 회의 말이죠.

아무튼 계명은 그렇다 치고, 정작 신도들을 미치도록 울렁거리게 한 건 종말을 알리는 예언이었죠. 곧 조선에 큰 홍수가 나 전멸하게 되는데 그 심판에서 구원을 받으려면 백백교를 믿어야 한다, 이런 식으로요. 종말이라, 사이비 종교의 영원한 테제 아니겠습니까? 정감록 잘 아시죠? 그 예언을 빗대 정도령이 아닌 '전도령'이 후천개벽 후 세상의 주인이 된다, 이렇게 말하고 다녔답니다."

"종말론…… 정말 지긋지긋하네요. 21세기 들어와선 좀 조용하나 싶었더니 얼마 전엔 또 마야 달력이 어쩌구 하면서 유행했죠. 종말이란 설정 그 자체에 사람의 마음을 끄는 어떤 마력이 있는 건지도 모르겠어요."

화미령의 말에 고진은 고개를 끄덕였다.

"미령 씨는 잘 모를 수도 있는데, 20세기 끝 무렵, 1992년에도 다미선교회라는 종말론자들이 전국적으로 일으킨 휴거 소동이 있었죠."

"휴거……."

화미령은 되뇌다가 고개를 작게 끄덕였다.

"네. 어렴풋이 기억이 나요."

"그해 10월에 예수님이 공중 재림하면서 모두가 허공으로 들려 올라간다는 휴거(携擧)설. 이 종말론에 빠져서 행방불명된 사람이 수두룩했고, 남녀노소 가릴 것 없이 종말의 광풍에 뛰어들었죠. 정통 기독교계에서는 휴거론이 명백히 잘못된 거라며 입장을 내놓았지만 소용없었어요. 예언한 종말의 날이 가까워지면서 주장이 엇갈려 떨어져 나간 분파들도 생겨났는데, 다베라선교회와 성화선교회를 이끄는 인물이 각각 18세, 21세밖에 되지 않은 젊은이들이었다니 정말 놀랍죠. 예정된 10월이 임박해지니까 추종자들이 기하급수적으로 늘었죠. 바야흐로 이 한 많은 세상의 종말이 시시각각으로 다가오고 있었는데…….

그런데 정작 휴거설의 장본인인 이장림 목사는 구속되어 있었어요. 신도들의 재산 34억여 원을 헌납받아 가로챈 사기 혐의였죠. 결국 휴거는 오지 않은 채 흐지부지 끝났고, 무슨 노래 가사처럼 세상은 어제와 같았고, 주역 이장림은 징역 2년을 선고받는 것으로 끝났어요. 이장림 목사는 세상의 끝을 주장하면서 정작 자신은 달콤한 미래를 약속하는 수십 개의 예금 통장을 머리맡에 묻어 두고 있었단 거죠, 핫핫핫."

"그게 재밌어요? 전 웃음이 안 나오네요."

화미령은 웃고 있는 고진의 비뚤어진 입술을 어이없다는 듯 쳐다보았다.

"더 웃기는 부분이 남아 있거든요. 휴거가 안 일어났는데도, 종말론 교회들은 휴거일이 연기되었다며 끝까지 우겨 댔고, 일부 교도들도 다시 다가올 휴거를 참고 기다리자며 집단생활을 계속했답니다."

고진은 말을 멈추고 또다시 킬킬댔다.

"이걸 어떻게 해석하면 안 웃을 수 있습니까? 물고기도 가짜 미끼에 속으면 한동안은 그쪽으로 안 간다는데."

"전 그래도 여전히 우습지 않네요. 심리학적으로 인지부조화 뭐 그런 걸로 해석할 수 있지 않을까요?"

"뭐 여러 각도에서 볼 수 있겠죠. 블랙 코미디로 치부하는 사람이 있겠고, 미령 씨처럼 심리학적 해석을 하는 사람도 있겠고. 그런데, 백백교주 전용해 같은 사람은 '자산'으로 본 겁니다. 술술 돌리기만 하면 실을 자아내는 물레처럼 끝없이 이윤을 낳는, 어리석음이란 이름의 무한 자산 말이죠.

광신의 메커니즘이야 지성의 유무와는 별개겠지만, 적어도 백백교에 한해서는 무식한 계층의 사람들이 대부분이었다고 하는군요. 백백교 사건으로 재판을 받은 사람들 거의가 문맹이어서 자신의 공소장을 읽어 볼 수도 없었고, 지금으로 치면 초등학교 중퇴 학력을 가진 자 한 명 외엔 정규 교육을 받은 사람이 아무도 없었답니다."

"하지만 그런 어리석음이 학력의 문제는 아니겠죠."

"물론입니다. 저학력층이 사이비 종교나 다단계에 빠진다면 지성인은 이데올로기에 빠지지 않습니까? 그 심리적 얼개는 조금도 다를 바 없죠. 광신 안에서 광신이 보이지 않는, 정신의 반죽 상태입니다. 하지만 백백교처럼 터무니없는 사례에는 시대의 후진성도 한몫했을 겁니다. 지금의 통념으로는 상상하기 어려운 미신 같은 것들이 횡행하던 때였으니까요. 그 무렵 경성 한복판에서 몸통이 없는 아이

머리가 발견된 일이 있었어요. 치안을 자랑하던 일본 경찰은 난리가 났고, 경성의 민심은 뒤숭숭해졌죠. 문둥병자가 병을 낫게 하려고 아이를 죽여 골을 삶아먹었다는 소문에서부터 아이 모친에게 원한을 가진 여자가 한 짓이라는 등 온갖 이야기가 돌았습니다. 여러 번 수사가 엎어지고 깨지면서 힘들게 범인을 잡고 보니, 아들의 간질병에 고민하던 아버지가 간질병에 아기 골이 특효라는 말을 믿고 저지른 범죄였음이 밝혀졌다죠. 아기의 골을 먹였지만 물론 아들의 간질은 조금도 나아지지 않았고요. 이런 미신과 무지함은 광신과 친하다고 봐야겠죠."

고진은 잠시 멈추었다가 눈알을 굴리더니 말을 이었다.

"백백교가 저지른 패악의 정점은 역시 살인이겠죠. 전용해는 수많은 교도들을 살해해 암매장했습니다. 그 엽기성 탓에 백백교는 그해 로이터 통신이 선정한 세계 10대 사건에 선정되었어요. 식민지 시대 우리나라 이름을 그런 식으로 세계에 알렸다는 게 좀 그렇긴 하지만. 어쩔 수 없는 게 발굴된 시신만 346구였으니 역사적인 기록인 거죠."

"엄청난 숫자네요."

"전용해에겐 기본적으로 남의 목숨이라는 건 먹다 남은 사과 꼭다리 정도에 불과했던 거겠죠. 이미 죽인 교도의 시신을 예배하는 교도들 사이에 몰래 섞어 놓고서 예배 도중 전용해가 그자를 지목하면 바로 신통력으로 그 자리에서 죽은 것처럼 연출하기도 했답니다. 자신의 위엄과 능력을 과시하는 방법이었죠. 교도들은 혼비백산하면서도 도망칠 엄두도 못 낼 만큼 무서웠을 것이고 또 그만큼 교주의 능력을 철석같이 믿었을 겁니다. 야산에서 생매장하거나, 여럿이서 빙 둘러싸서 구타해 죽이거나, 사설 교수대에서 목을 매달기도 했어요. 항문에 총을 쏴서 머리로 총알이 튀어나오게 해서 죽인 일도 있었답니다. 20대 초반인 교도 부부가 있었는데 부인이 미모가 뛰어났던 모양이에요. 전용해가 여자에게 소위 '신의 행사'를 치르라고 명했는데 남편이 있다는 이유로 여자가 거부했죠. 그러자 '그러면 남편이 죽으면 응하겠느냐'며, 부하를 시켜 남편을 천원금광 뒤편 야산 나무에 묶어 놓은 다음, 칼로 성기를 자르고 피 흘리는 남편 앞에서 여자를 강간했습니다. 그리고 부하들에게 윤간하도록 넘기고는 부부를 끝내 살해해 그 자리에 묻었지요."

고진은 화미령의 눈썹이 파르르 떨리는 것도 눈치 채지 못하고 계속 이야기에 열을 올렸다.

"백백향(百百鄕)이라고 불린 백백교의 비밀 아지트는 양평, 양주, 연천, 사리원 등 전국에 20여 곳이 있었다는데, 정겨운 이름과 달리 주로 여기에서 비밀리에 신도 살해를 자행한 모양이에요. 신도 살해는 '벽력사'라는 이름이 붙은 전용해의 심복들이 실행했는데, 혼자서만 무려 166명을 살해한 간부도 있었고, 교주의 명령 한마디에 곡직불문하고 여자들을 산 채로 묻어 버린 경우도 흔했다고 합니다……."

"죄송한데……."

화미령이 결국 참지 못하고 손으로 이마를 짚었다.

"계속 듣고 있으려니 머리가 좀 어질어질하네요……."

고진은 화미령을 내려다보며 입꼬리가 올라간 기묘한 미소를 띠웠다. 아마 이 자리에 이유현이 있었다면 한마디 날렸을 성싶다. 형님은 잔인한 이야기로 냉랭한 화미령 변호사를 무너뜨렸다는 쾌감에 사로잡힌 건 아닙니까? 고진은 지었던 미소를 거두고 말했다.

"알겠습니다. 그럼 이들의 패악상은 그만하고, 백백교의 마지막에 관해서만 말씀드리죠. 유곤용이라는 사람이 있었어요. 부잣집 아들이었는데 자꾸만 가세가 기우는 거예요. 이상하다고 생각하던 중, 부친이 백백교에 현혹되어 전 재산을 전용해에게 바치고 자신의 누이마저 전용해의 첩으로 만들어 버렸다는 사실을 알게 되죠. 경악한 유곤용은 백백교에 가입할 것처럼 위장하여 앵정정에 있는 전용해의 집으로 찾아갑니다. 이미 많은 재산을 바쳤고 누이까지 첩으로 있는 처지였으니 비싸게 굴던 전용해도 한번 만나 준 모양입니다. 구슬려서 더 짜낼 게 없을까 하고 말이죠. 전용해와 대면한 유곤용이 그와 언쟁을 벌이다가 싸움이 일어났고 전용해 일당과 격투가 벌어집니다. 유곤용은 싸움을 대비해 몰래 칼도 준비해 갔고 힘도 좋았던 것 같아요. 전용해는 싸움에 패해 그대로 도주했고, 유곤용은 동대문서 왕십리주재소에 신고하게 되죠. 1937년의 일입니다. 이 사건을 계기로 백백교의 실체가 만천하에 드러난 겁니다. 일제 소탕작전이 펼쳐지고 전용해는 경찰에 쫓기는 신세가 되죠. 도주하면서도 양평 행소리 산막에서 젊은 여자 한 명과 15세 여자아이 두 명을 살해해서 부엌 바닥에 암매장한 걸로 기록되어 있어요. 경찰에 쫓긴 끝에 용문산 도일봉에서 자살합니다. 그때가 43세였는데, 한평생 작은 왕국 안에서 절대 권력을 누리며 살아온 인생의 끝이 그러했다면 그 당시 평균적인 인생에 비추어서는 좋은 건지 나쁜 건지 판단이 잘 안 서네요."

고진은 모히토를 기울여 목을 축였다. 화미령은 조용히 말했다.

"놀랍네요. 그게 판단이 안 서신다는 게."

힐난이 섞인 말투였다. 고진은 모히토 잔을 놓고 손을 휘휘 저었다.

"오해하지 마십시오. 전용해 본인이 자기 인생의 끝을 알았다면 어떻게 평가했을까 하는 겁니다."

"글쎄요, 그 사람이 한 짓을 보면 그런 자의식도 없는 사람인 것 같네요."

"그런 사람일수록 더 강한 카리스마를 가지는 법이니까. 머리에 먹물이 가득 든 사람들은 그런 능력도 퇴화해 버리는 것 같더군요."

고진의 그 말에 화미령이 겨우 가벼운 웃음기를 띠고 대꾸했다.

"뭐랄까, 고 변호사님에겐 반(反)지성의 정서가 있는 것 같아요. 바바리안을 동경하시는 건가요?"

"그런 건 아니지만, 사람이 지성으로 물들면서 잃어 가는 매력에 관심이 있다고나 할까요."

"그렇다면 왜 제게 잘해 주세요? 바바리안 쪽은 아닌 거 같은데."

"지성으로도 잃지 않는 매력에는 더 큰 관심이 있거든요."

화미령이 고개를 저었지만 기분 나쁜 빛은 아니었다.

"그럼 제가 일종의 틈새시장이겠네요. 외모와 매력의 간격 사이에서 허우적대는 기분이 들어요. 물론 고 변호사님의 머릿속 이야기겠지만."

고진이 웃음을 터뜨렸다.

"오해 마십시오. 그렇다고 해서 미령 씨가 꼭 외면적인 매력이 없단 이야긴 아닙니다. 제가 그런 매력을 느끼는 대상이 여자만도 아니고요. 제가 아는 어떤 인물 중에도 애증이 교차하는 분이 있죠. 괴상한 생각만을 하는 박사이신데, 이 사람이 평생의 숙적이 될지도 모르지만 마음속으로는 묘한 끌림을 느낍니다."

화미령은 물끄러미 고진을 바라보았다. 그러고는 엉뚱한 말을 던졌다.

"고 변호사님은 굉장히 모순되어 있는 것 같아요."

"제가요?"

"광기에 빠진 사람들의 모습을 비웃으면서도 다른 한편으론 호감이라도 갖고 있는 것처럼 느껴져요."

고진은 팔을 저어댔다.

"천만에요. 그건 호감이 아니라 제게 수수께끼이기 때문이에요. 모르는 것에 대한 동경. 도무지 이해할 수 없는 영역입니다. 하물며 비웃다니요."

화미령은 화제를 바꾸었다.

"그…… 용해운이란 사람은 대체 누굴까요? 백백교와 어떤 관련이 있다고 생각하세요? 나이도 젊은 사람이 뒤늦게 100년 전의 교리에 빠져 자생적 백백교도가 된 건 아닐 테고."

"물론 그런 건 절대 아니죠. 지금 일련의 사건이 제 눈앞에서 터지면서 솔직히 그 용해운이란 인간에게 엄청난 흥미가 생기는 것도 사실이에요. 말이 안 되는 사건입니다. 머리를 이리저리 굴려 봐도 생각이 꽉 막혀 버렸어요. 하나의 가설을 갖고 있긴 하지만……."

"가설요? 어떤 건지 듣고 싶네요."

"아직은 어떤 모양을 갖추기엔 근거가 너무 약해요. 그래서 지금은……."

고진은 화미령과 잠깐 눈을 맞춘 후 말을 이었다.

"용해운이란 인간 자체를 속속들이 한번 파헤쳐 볼 생각입니다. 살인 자체의 분석보다 오히려 이 뛰어나게 사악한 한 인물의 전인격 연구에서 어떤 계시를 받을 수 있지 않을까 하는 느낌이 솟구치거든요."

"위험하진 않을까요?"

화미령이 물었다. 고진은 씩 웃으며 대꾸했다.

"용해운 선생이 날 신경이나 쓸까요?"

하바나라운지에 젊은 남자가 들어섰다. 수영장을 둘러싸고 비키니에서부터 기껏해야 절반 정도만 가린 옷차림의 남녀들이 뒤섞인 라운지에 전혀 어울리지 않게 후줄근한 라운드 티셔츠에 발목을 덮는 긴 면바지 차림을 한 그는 입구 근처에 서서 이리저리 둘러보다가 고진을 발견하더니 목을 달랑 숙이고는 다가왔다. 더운 날씨에 열심히 걸어왔는지 이마와 목에 땀방울이 흥건하게 맺혀 있었다. 화미령의 등 뒤쪽에서 걸어온 그는 고진에게 서류봉투를 불쑥 내밀었다. 화미령이 놀라 남자 쪽을 돌아보았다.

"선생님이 말씀하신 대로 해 왔습니다."

"수고했어."

고진은 누런 서류봉투를 건네받았다. 그는 지갑에서 지폐를 몇 장 꺼내 남자에게 건넸다. 남자는 꾸벅 인사하고 수영장을 지나쳐 총총걸음으로 떠나갔다.

"뭐예요?"

"아, 저 친구는 일 잘하는 심부름센터 직원이에요. 보통 사람은 하기 힘든 서류를 척척 떼는. 내가 이번에 뭘 좀 시켰죠."

"무슨 서류를 떼어 오라고 시키셨는데요?"

고진은 삐딱하게 웃었다.

"용해운의 가족관계등록부입니다." ·

이유현은 KTX편으로 홀로 경남 울주군까지 내려와 있었다. 정직 처분을 받았다고 해서 물론 집에서 쉴 생각은 없었다. 내 처분은 내가 한다. 그런 오기가 발동했다. 오히려 경찰로서의 온갖 제약에서 한 걸음 떨어져 홀가분해졌으니 수사를 계속하기엔 더 편해졌다고 긍정적으로 생각하기로 했다. 물론 그러기까지는 꽤 많은 알코올과 시간이 필요했지만.

이유현은 악에 받친 것이었다. 살인에. 용해운에. 어차피 눈치 보며 책임져야 할 가정도 없다. 당분간은 생길 것 같지도 않다. 승진에 목매 물의를 일으키지 않도록 적당히 수사해 가며 대충 경찰 생활을 연명하는 건 구미에 맞지 않는다. 그럴 작정이라면 애당초 피할 수 있었던 현장 근무를 피하고 서류 작업을 지원했을 것이다.

고진이 묘하게 힘이 되었다. 2개월 정직 처분을 받았다며 씁쓸하게 고백하니, 고진은 키득키득 웃을 뿐이었다. "축하해. 이제 사건에 전념할 수 있겠네." 할 뿐이었다. 그의 괴이한 발상에 기겁을 할 때도 있지만 항상 그의 목표는 단순하고 결론은 명확했다. 이번 사건에서는 이유현도 목표가 명확했다. 용해운.

수많은 살인의 배후에 늘 용해운이 있었다. 이유현이 사건성을 인지하고 개입한 이후부터만 세어 봐도, 낙동강 하구에서 발견된 울주서 박진우 형사의 토막 시체, 뒤이어 컨테이너에서 목을 매단 여순철, 몇 달 후 벌어진 장문오 일가 살인사건, 교토의 안병조 살해, 또다시 낙동강 하구에서 시체로 발견된 반요한, 그리고 한 방에서 한 무더기로 살해당한 김종낙, 우대원, 강태수. 피해자는 모두 아홉 명이며, 사건 수로는 여섯 건에 이른다. 장문오의 추락사는 김각수의 독자적 판단에 따른 살인이었으니 용해운의 살인 목록에서 뺀다 해도 그렇다.

이 많은 살인 중 하나만 입증할 수 있으면 되련만, 단 하나의 사건에서도 증거를 갖추지 못했다. 오히려 밀실에다 알리바이가 겹겹이 장벽을 쳤고, 분명히 용해운 일당은 출국한 흔적이 없는데도 일본에서 살인이 발생했다. 낙동강 하구에서 발견된 두 구의 토막 시체는 아예 범행 일시조차 알 수 없다. 수사하면 수사할수록 경찰이 오히려 용해운의 무죄를 입증해 주고 있는 꼴이었다. 게다가, 사건의 중요한 증거물인 광목 끈을 갖고 있는 임인건은 어디엔가 숨어서 애를 먹이고 있다. 그러다가 만에 하나 용해운의 눈에 띄는 날엔 그날이 바로 제삿날이다. 사건 파일이 하나 더 추가되는 건 시간문제다.

하나만 입증되면 된다.

이유현은 재차 생각했다. 어느 것도 최소한 '살인' 아닌가. 더구나 화를 못 이겨 우발적으로 사람을 죽인 격정범이 아니라 돈을 목적으로 철저히 계산해서 살인을 저지른 이욕범(利慾犯)이다. 사형은 몰라도 무기징역으로 엮어 평생 세상 구경 못 하게 하기엔 충분하다. 모두를 입증할 수는 없다 하더라도, 한 건의 살인만이라도 증거를 찾을 수만 있다면. 그래서 용해운의 그 뻣뻣한 손목에 은빛 찬란한 수갑을 채울 수 있다면. 구속만 시켜 놓으면 얼마든지 여죄를 추궁해 죄상의 전모를 밝혀낼 수도 있다.

그래서 이유현은 고진의 가설에 주목했다. 여순철의 죽음이 실은 밀실에서의 자살이 아니었고, 컨테이너를 가져다 놓고 안에서 살인한 다음 창문으로 빠져나와 밖에서 용접으로 창틀을 이어 붙였다는 가설. 고진다운 재밌는 발상 정도로 간단히 제쳐 놓을 수 없었던 게, 그 방법이 아니라면 자살이 아닌 밀실'살인'은 불가능하다. 만약 이 살인의 트릭이 밝혀진다면 분명 그 조작과 실행에 따르는 실마리를 캐내 용해운에게까지 이를 수 있지 않을까.

이유현은 내려오기 전 미리 울주경찰서에 부탁을 해 놓았었다. 정직 처분을 받은 상태이니 왠지 께름칙해 윤영탁을 통해 의뢰한 것이었는데, 여순철이 죽기 전 무렵에 용해운이나 그 일당이 트럭이나 중기를 렌트한 흔적이 없는가 하는 거였다. 고진의 가설대로라면 용해운 일당이 직접 밀실살인을 위해 준비한 컨테이너를 그 무렵 범행 장소에 트럭으로 실어 나른 다음 포크레인 같은 장비에 줄을 매달아 하역을 해야 하기 때문에 분명 트럭과 포크레인을 임대한 흔적이 남았을 것이라는 판단에서다. 하지만 수배하기가 너무나 막연했다. 트럭과 컨테이너를 어디서부터 운반해 왔는지 알 수 없기에 그 확인 범위는 결국 전국이 되거나, 혹은 범위를 좁게 잡아도 경남 지역 일대가 될 수밖에 없는데, 이 조사는 현 단계에서는 사실상 진행이 어려웠다. 포크레인 같은 중기는 이동성에 제약이 있겠지만 대형 트럭을 빌려 실어 버리면 그만이다. 울주서에서도 난색을 표하며, "일단 우리 관할 쪽은 찾아보겠습니다." 정도로 답했다고 한다.

이유현은 조사를 의뢰해 놓고는 조급한 마음에 무턱대고 울산행 KTX에 올랐다. 울주경찰서에 도착해서는 수사를 담당한 형사로부터 설명을 들었다. 울주서에서야 이유현이 정직 처분을 받았는지 직접 수사하러 왔는지 알 턱이 없으니 충실히 협조해 주었다. 하지만 친절은 있었으되 손에 잡히는 결과는 없었다. 1차 조사 결과, 역시 울주군 일대에서 용해운 일당의 이름은 드러나지 않았다고 했다. 물론 거기서 조사를 멈추지는 않았다. 애당초 그들이 실명으로 렌트하였을 리가 없다. 울주서에서는 2차로 용해운 등의 사진을 돌리며 인상착의를 중심으로 훑어 나갔다. 하지만 결국 나오지 않았다는 이야기였다. 실망스러웠지만 사실 거기서 나오는 게 요행수라 할 만했다. 이 용의주도하기가 비할 바 없는 자들이 단지 귀찮다는 이유로 동네에서 트럭과 장비를 임대했을까. 이유현은 한편으로 기대감의 끈을 놓지 않고 경험 많은 용접업자를 수배해 달라고 부탁해 놓았다. 트럭이나 중기 임대업자는 찾지 못할 수도 있다. 하지만 컨테이너 창틀을 전문가로 하여금 검사하게 해서 재용접한 흔적만 발견되면 고진의 가설은 확인된다. 그렇다면 이것을 명분 삼아 수사를 대대적으로 확대해 전국의 임대업자를 뒤져 볼 수도 있다. 그러다 보면 언젠가는 임대업자든 무엇이든 실마리가 나올 것이다. 이유현은 기대감을 접진 않았지만 맥이 다소 풀리는 건 어쩔 수 없었다.

이유현이 울주경찰서를 나온 건 저녁 무렵이었다. 더위가 한풀 꺾였다고는 해도 울주군은 울산에서도 남쪽인 데다가 먼지가 풀풀 일어나는 한적한 교외 지역인 탓에 내리쬐는 뙤약볕의 맹위가 시퍼렇게 살아 있었다. 정처 없이 길을 걷다 무심히 눈길을 준 담벼락 위에 광고 스티커가 붙어 있었다.

'중장비(포크레인) 대여, 작업일체'

글귀와 함께 전화번호와 휴대전화 번호가 적혀 있었다.

이유현은 전화를 걸어 보았다. 걸쭉한 경상도 사투리를 쓰는 남자가 생각보다 친절하게 사무실 위치를 가르쳐 주었다. 손님이 아쉬운 불경기인가. 이유현은 내친 김에 안내받은 곳으로 향했다. 뚜렷한 목적이 있어서라기보다는 지금 당장 달리 할 수 있는 일이 없었다.

중기 업자의 사무실이라고 해 봤자 포크레인 한 대를 갖고서 이것을 임대하거나 직접 의뢰받아 작업을 하는 터라 연락만 받는 용도로 다른 이의 사무실에서 더부살이하는 모양이었다. 2차선이 오붓하게 뻗은 도로가의 한적한 동네, 허름한 사무실 몇 개가 붙어 있는 게 전부였다. 텅 빈 김치찌개 전문집을 지나쳐 그 옆 여닫이로 된 가게 문을 열고 들어가니 더운 김이 훅 끼쳐올 뿐 인적이 없었다. 이유현은 사무실 입구에 걸려 있는 두루마리 휴지를 몇 장 뜯어 목 뒤의 땀을 닦았다. 사무실이라기보다 동네 사람 몇이서 모여 노닥거리기 딱 좋은 사랑방 같은 느낌이었다. 왼쪽에 놓인 합판 책상 위에 위가 잘린 박카스 통이 있고, 그 안에 광고 스티커가 가득 들어 있었다. 전신주 위에서 본 그 광고 스티커였다.

"누구십니꺼?"

이유현의 뒤에서 걸걸한 남자의 목소리가 들렸다. 이유현이 돌아보니 남색 셔츠에 카고 바지를 입은 50대 남자가 서 있었다. 이유현이 물었다.

"중장비 임대업을 하시는?"

"예, 맞심더. 뭐 원하시는데예?"

입도 크고 목소리도 큰 남자였다.

"어떤 영업을 하십니까?"

"어떤 영업요? 글자 그대로죠. 포크레인 빌려도 드리고, 아니믄 원하시는 대로 작업을 직접 해 드리기도 하고. 입금만 되믄 마, 전화한 통이면 바로 달려가서…… 그런데 뭐 하실라꼬요?"

"아, 아닙니다. 중기를 빌리려는 게 아니고요, 전 형사입니다."

이유현은 정직 처분으로 사용할 수 없게 된 경찰수첩 대신 노랗게 코팅된 경찰공무원증을 내보였다.

남자의 안색이 확 바뀌었다.

"형사요? 내가 뭐 걸렸는교?"

"아닙니다. 그런 거 아닙니다. 그냥 몇 가지 물어보러 왔을 뿐입니다. 다른 사건 관계로요."

"아, 혹시 아까 전화했던 분 아입니꺼?"

남자의 안색이 다시 돌아왔다.

"예, 맞습니다. 영업 관계가 아니라서 죄송합니다."

이유현은 광고 스티커 통을 뒤적이며 말했다.

"이런 광고 스티커를 곳곳에 뿌려서 영업을 하시는군요."

남자는 겸연쩍은 듯 웃으며 머리를 긁적였다.

"거 머, 우얍니꺼. 아는 단골도 있지마는 그거 갖곤 택도 없고, 그래라도 광고는 해야지요. 설마 형사님이 그런 걸 벌금 매길라꼬 그라는 건 아이지요?"

"아, 예. 아닙니다. 전 협조를 부탁드리러 온 거니까, 절 믿으시고 어떤 거라도 편하게 말씀해 주십시오. 어떤 얘길 들어도 그걸로 문제 삼을 일은 없습니다."

"예, 마 형사님 몸도 듬직하고 인상도 서글서글한 게 안 그래 보이네예."

남자의 얼굴에서 완전히 긴장이 사라졌다. 이유현은 박카스 통에서 광고 스티커 한 장을 꺼내 만지작거렸다. 용해운도 이런 스티커 광고를 보고 중기 임대업자를 찾아간 게 아닐까. 이유현은 여순철이 죽은 때를 어림잡아 물었다.

"그 무렵 이런 사람한테 포크레인을 빌려주신 일이 혹시 없으신가 싶어서요."

이유현은 혹시나 싶어 용해운과 김각수, 남기만, 반요한의 사진을 내밀었다. 남자는 사진을 손에 쥐고 이리저리 돌려 보더니 이유현에게 사진을 돌려주며 말했다.

"잘 모르겠습니다."

남자의 어중간한 반응에 이유현이 재차 물었다.

"혹시 긴가 민가 하시는 겁니까?"

"아니요. 전혀 모르는 얼굴이란 겁니더. 만에 하나 이 사람들이 손님이었다고 해도요, 몇 달 전에 잠깐 와서 빌렸으면 지금 와서 얼굴 기억하겠는교?"

"결국 알 수 없단 말씀이네요."

"이 사람들 이름은 모릅니꺼?"

"이름은 알지만……."

김이 새 버린 이유현이 말끝을 얼버무렸다.

"이름 알면 줘 보이소. 내가 확인해 봐 드릴게요."

"이름은 경찰서에서 며칠 전 이미 확인해 갔을 겁니다. 이런 이름으로 빌린 사람은 없다고 나왔다던데요."

"그럼 아닌 거죠. 제일 확실한 게 이름 아닙니까?"

"이 사람들이 가명을 썼을 수가 있어서요."

남자는 피식 웃었다.

"아니, 그라마 이름도 본명인지 확실치가 않고, 사진만 갖고 찾으시겠다, 이긴데, 그게 되겠십니꺼. 그것도 몇 달 전의 거래라믄서요."

"다른 확인 방법은 없겠습니까?"

"통장 거래를 보면 알 수도 있겠지요."

이름 쪽을 거의 기대하지 못한다고 한다면 통장 거래는 전혀 기대할 여지가 없다. 그자들이 얌전하게 실명으로 금융 거래 흔적을 남긴다고? 있을 수 없는 일이다. 틀림없이 현금 거래를 했거나, 하다못해 대포통장이라도 사용했을 것이다. 이유현은 왠지 풀이 죽어 버렸다. 적당히 인사의 말을 건넨 뒤 사무실을 나왔다.

임대업자에게 현장에서 확인해 본 대로, 용해운 일당이 중기를 빌린 흔적을 확인하기란 난망이었다. 더구나 울주군 근처에서 빌렸다고 믿을 근거도 없다. 낙망스러운 기분 위에 애매하고 막연한 불쾌감이 겹쳐졌다. 그래도 벌써 끈을 놓을 필요는 없다. 중기를 빌려준 업자가 없는 게 아니라 아직 확인되지 않았을 뿐이다. 내일 컨테이너를 검사해서 창틀의 용접 여부만 확인된다면 최소한 범행 방법은 드러난다.

이유현이 울주경찰서에 다시 돌아갔을 때 마침 여순철 사건을 담당했던 형사가 자리에 앉아 있다가 이유현을 보더니 대뜸 말했다.

"컨테이너를 범행 직전에 딴 데서 싣고 온 건 아닌 거 같습니다."

"어째서요?"

"지난번에 등산객 한 명이 증언했었는데요, 그 뒤로도 여순철이 죽기 거의 2주일 전부터 그곳에 컨테이너가 놓여 있었다고 이야기하는 사람들이 여럿 더 나왔어요. 그 길이 원래 인적이 드문 데고, 등산 코스는 아니지만 가끔 샛길로 이용하는 사람이 있는 곳이었거든요. 으슥한 곳에 두 대가 나란히 놓여 있으니까 사람들 눈에 오히려 더 띄었던 거죠. 여순철이 죽기 직전에 갖다 둔 건 아닙니다."

울주서 형사는 그렇게 말하며 이유현에게 컨테이너를 실어 나른 트럭이나 중기 대여업자에 대한 수사를 이제 그만 포기하라고 눈으로 암암리에 권하는 것 같았다.

"그런가요……."

등산객 한 명의 증언이라면 착각의 가능성이 있지만 여러 명이라면 거의 사실이라고 봐야 한다. 더구나 '없었다'라는 상대적으로 확실성이 낮은 소극 사실의 증언이 아니라 '있었다'는 적극 사실의 증언이지 않은가. 그렇다면 용해운 일당이 컨테이너를 가져다 놓은 건 범행 전날이 아니라 등산객들의 목격이 시작된, 범행 2주일 이전이다. 분명해진 건 그 사실이다. 이유현이 물었다.

"컨테이너가 누구 건지는 확인됐습니까?"

"아뇨. 아직 파악 못 했습니다. 컨테이너 주인이라고 나서는 사람이 없어요. 그렇다고 버린 것 같지는 않은데…….”

이유현은 감사를 표한 후 말없이 울주경찰서를 빠져나왔다.

울산 시내로 들어가 저녁을 먹은 후 모텔을 잡았다. 삼산동 현대백화점 다음 블록은 작은 라스베이거스라고 해도 좋을 만큼 화려한 네온사인으로 뒤덮인 모텔들이 밀집해 있다. 객지의 불빛이 유혹했지만 더 걸어 다닐 기운이 남아 있지 않았다. 고진과 달리 혼자서 청승맞게 술을 마시는 버릇은 없다. 이유현은 비교적 불빛을 덜 뿌려대는 모텔을 골라 투숙했다. 침대에 허리를 걸치고 누워 집에 있는 것보다 두 배는 큰 TV 화면을 멍하니 쳐다보았다. 생각은 화면을 떠나 울주군 외곽에 덩그러니 놓여 있던 컨테이너 하우스로 옮겨 갔다. 그리고 그 생각은, 최소한 2주일 전부터 컨테이너가 그곳에 있었다는 분명해진 사실을 토대로 이 범행의 방법을 밝혀내는 게 가능하다는 긍정론으로 색칠되어 갔다.

고진이 최종적으로 제시한 가설을 다시 한 번 음미했다. 용해운 일당은 아마 중고 컨테이너를 구입해서 적어도 범행 2주일 이전에 누군가의 눈에 띄도록 범행 장소에 몰래 가져다 놓았을 것이다. 범행 바로 전날 컨테이너를 가져다 놓으면 의심을 사게 되니까.

그런데 컨테이너를 옮긴 때가 범행 전날 같은 특정 날짜가 아니라면 트럭이나 장비를 임대한 기록은 사실상 추적이 물 건너갔다고 봐야 한다. 그렇지 않아도 가명 등을 썼을 것이 분명해 추적이 어려운 판에, ‘2주일 이전’이라고 보면 조사 범위가 무한정 늘어나 버리기 때문이다. 장비업자에 대한 더 이상의 수사는 기대를 접어야 한다.

용해운 일당이 범행의 착수에 들어간 건 범행 전날일 가능성이 높다. 용접기로 창문을 뜯어냈을 것이다. 그 전에 창을 뜯어 놓으면 자칫 사람들에게 목격될 수 있으니까. 창문을 뜯어내는 작업은 사람들 눈에 띄지 않도록 전날 밤 시간에 했을 것이다. 그건 디지털도어록이 잠긴 시간으로도 알 수 있다. 범행 전날 밤 12시경. 그때 출입문의 디지털도어록을 잠가 놓고, 사람들의 이목을 피해 용접으로 창문을 잘라낸다. 그리고 혹시라도 뻥 뚫린 창문이 사람들의 눈에 쉽게 띄지 않도록 비닐 같은 것으로라도 대충 막아 놓았을 것이다. 여순철의 사망추정시각인 다음 날 12시경, 범인들은 술과 수면제를 먹인 여순철과 미리 준비한 유서 따위를 현장에 날라다 왔다. 뚫린 창틀을 통해 여순철을 데리고 들어간 다음 컨테이너 내벽 옷걸이에 목을 매달아 살해한다. 창틀을 통해 빠져나온 다음 밖에서 창틀을 용접해 붙인다. 용접 도구는 범행의 편의를 위해 그 옆 빈 컨테이너 안에 미리 숨겨 놓았으리라. 이로써 완벽하게 밀실이 완성된다. 밀실에서 살인한 것이 아니라 살인한 후에 밀실을 만든 것이다.

그리고 이 모든 흉계는 내일 있을 용접 부위 조사에서 밝혀진다.

분명…….

이유현은 리모콘을 쥔 채 그대로 잠들었다.

〈2권에서 계속〉

유다의 별 (1)

1판 1쇄 펴냄 2014년 7월 4일
1판 10쇄 펴냄 2023년 2월 9일

지은이 | 도진기
발행인 | 박근섭
편집인 | 김준혁
책임편집 | 장은진
펴낸곳 | 황금가지

출판등록 | 2009. 10. 8 (제2009-000273호)
주소 | 06027 서울 강남구 도산대로 1길 62 강남출판문화센터 5층
전화 | 영업부 515-2000 편집부 3446-8774 팩시밀리 515-2007
홈페이지 | www.goldenbough.co.kr

도서 파본 등의 이유로 반송이 필요할 경우에는 구매처에서 교환하시고
출판사 교환이 필요할 경우에는 아래 주소로 반송 사유를 적어 도서와 함께 보내주세요.
06027 서울 강남구 도산대로 1길 62 강남출판문화센터 6층 민음인 마케팅부

© 도진기, 2014. Printed in Seoul, Korea

ISBN 978-89-6017-868-7 04810(1권)
       978-89-6017-870-0 04810(set)

㈜민음인은 민음사 출판 그룹의 자회사입니다.
황금가지는 ㈜민음인의 픽션 전문 출간 브랜드입니다.